S. Schneider

BASTEI LÜBBE

JONATHAN WYLIE

DER TRAUMSTEIN

DIE TRÄUMENDE WELT
ERSTES BUCH

Fantasy-Roman

Ins Deutsche übertragen
von Caspar Holz

BASTEI LÜBBE

BASTEI-LÜBBE-TASCHENBUCH
Band 20278

Erste Auflage:
März 1996

Deutsche Lizenzausgabe 1996
Bastei-Verlag
Gustav H. Lübbe GmbH & Co.,
Bergisch Gladbach
Originaltitel: Dreams of Stone
Lektorat:
Nicola Bartels/Stefan Bauer
Titelbild: Geoff Taylor
Umschlaggestaltung:
Quadro Grafik, Bensberg
Satz: Fotosatz Schell, Hagen a.T.W.
Druck und Verarbeitung:
Brodard & Taupin,
La Flèche, Frankreich
Printed in France

ISBN 3-404-20278-3

Der Preis dieses Bandes
versteht sich einschließlich der
gesetzlichen Mehrwertsteuer.

1.
KAPITEL

Sie ging weiter, obwohl die Bewegung längst keine Bedeutung mehr hatte. Die Landschaft ringsum erstreckte sich bis zum Horizont – flach, unveränderlich. Nichts rührte sich, bis auf den Wind. Selbst ihr Vorankommen schien Einbildung zu sein.

Drei Tage zuvor war ihr das Wasser ausgegangen. Die noch übrigen Trockenfleischstreifen und das Hartbrot in ihrem Beutel waren mittlerweile bedeutungslos und hinderlich. Sie konnte nicht mehr schlucken.

Am Tag gleißte die Sonne von einem erbarmungslosen blau-weißen Himmel herab und verwandelte die Ebene in einen riesigen Glutofen. Nachts wurde die kristallklare Luft kalt wie Sternenlicht, und die kostbare Flüssigkeit, die sie am Tage ausgeschwitzt hatte, gefror auf ihren rastlosen Gliedern zu Reif. Bis die Sonne wieder aufging und sich der Kreislauf wiederholte.

Die Landschaft bot ihr keinen Anlaß zur Hoffnung. Das Erdreich bestand aus einer Mischung aus kahlem, zerborstenem Gestein und Sand. Niedriges, braunes Gestrüpp, das in jedem Spalt wuchs, bildete die einzige Vegetation. Es besaß weder Früchte noch Blätter, doch die verschlungenen, unzerbrechlichen Äste waren mit nadelspitzen Dornen übersät. Die Sträucher boten keinen Schutz oder Nahrung, und jeder Versuch, sie zu nutzen, endete mit Schmerzen und Enttäuschung. Sie paßten perfekt in die Landschaft.

Einmal – wie viele Tage war das jetzt her? – hatte sie in der Ferne eine breite Nebelbank gesehen, die rasch ihren Weg zu kreuzen schien, hatte aber bald gemerkt, daß es eine Täuschung war, eine Fata Morgana. Sie hatte nicht einmal den Versuch unternommen, ihr zu folgen, sondern sich weitergeschleppt, denn die einzige Alternative war, sich hinzulegen und zu sterben.

Der aufrechte Stein hatte ihre Aufmerksamkeit erregt, weil er einen krassen Bruch in der Eintönigkeit aus Felsen und Dornen darstellte. Er zog sie an wie ein Magnet.

Als Grabstein so gut geeignet wie jeder andere auch.

An dem Markierungspunkt ließ sich ihr Vorankommen messen, und sie erkannte, wie langsam sie sich bewegte. Mittlerweile stolperte sie nur noch und näherte sich ihm nur ganz allmählich. Der graue Monolith schien sie mit seiner unerschütterlichen Unnahbarkeit verhöhnen zu wollen, und sie begann sich zu fragen, ob er vielleicht auch nur eine Fata Morgana und für sie auf immer unerreichbar war.

Bei Einbruch der Dunkelheit hatte sie ihr Ziel noch immer nicht erreicht und verbrachte die Nacht zusammengerollt und zitternd in einer Sandmulde.

Im Zwielicht vor Einbruch der Dämmerung stand sie auf und machte sich auf den Weg, gegen jede Vernunft entschlossen, den Stein an diesem Tag zu erreichen.

Erst aus der Nähe wurde die Größe des Steines deutlich. Er war etwa fünfmal so hoch wie ein großer Mann, maß jedoch nur zwei Schritte im Durchmesser und zeigte in den Himmel wie der Finger eines Riesen. Die graue Oberfläche war unregelmäßig und wies keine Spuren der Bearbeitung auf – trotzdem, natürliche Kräfte allein konnten ihn nicht hier hingestellt haben. Er machte keinen Sinn. Selbst seine Farbe wirkte fremd in dieser Welt aus Gelb und Braun.

Ein Rätsel.

Sie erreichte den Stein gegen Mittag, als er überhaupt keinen Schatten warf, und stellte fest, daß sein unteres Ende in einer Vertiefung steckte. Ohne Hoffnung warf sie einen Blick hinein; die Mulde war trocken, was auch sonst. Sie streckte die Hand aus, berührte die Oberfläche des Steins und stolperte. Reaktionsschnell krümmte sie den Rücken und ruderte mit den Armen, um zu verhindern, daß sie in den immer größer werdenden Spalt zu ihren Füßen stürzte. Als sie wieder sicher stand, bestätigte ihr ein Blick, was ihr verlorenes Gleichgewicht hatte vermuten lassen. Der Monolith hatte sich trotz seiner enormen Größe bei der leisesten Berührung durch ihre Hand geneigt. Der massige, hochaufragende Rumpf ruhte jetzt in einem deutlich anderen Winkel in seiner Verankerung, wenn er auch immer noch in den Himmel zeigte. Er schien sich wieder stabilisiert zu haben, doch seine Besucherin bekam es plötzlich mit der Angst.

Als der Stein sich von ihr fortgeneigt hatte, war sie zu überrascht gewesen, um etwas Außergewöhnliches zu bemerken, doch jetzt erinnerte sie sich an ein lautes Klicken und ein Beben unter ihren Füßen, als hätte sie durch ihr Tun eine unterirdische Kette von Ereignissen ausgelöst.

Ein schaukelnder Stein?

Sie war ebenso neugierig wie ängstlich und wunderte sich, daß eine derart große Masse so empfindlich ausbalanciert sein konnte. Den Stein anzustarren lieferte keine unmittelbare Erklärung. Er stand regungslos und schwieg, gab seine Geheimnisse nicht preis. Doch dann bewegte sich etwas auf der ausdruckslosen Oberfläche – winzige kleine Lichter tanzten wie gespenstische Flammen über die Ritzen und Kanten. Sie nahmen rasch an Größe und Helligkeit zu, und zur Überraschung der verblüfften Beobachterin wurde es plötzlich kalt – trotz der Wüstensonne. Sie trat einen Schritt nach hinten, wich instinktiv vor der unbekannten Energie zurück, doch als sie auf dem unebenen Gelände ins Stolpern geriet, gaben ihre geschwächten Beine unter ihr nach. Sie stürzte und konnte nur hilflos mit ansehen, wie das blaue Feuer den Monolithen mit einem pulsierenden Schild umgab. Dann, wie als Antwort auf eine Kraft aus dem Erdinnern, begann der Stein sich zu bewegen.

Als er, die Sonne verdunkelnd, auf sie zustürzte, wich alle Neugier und alle Angst von ihr, und sie versank in tiefster Nacht.

Ein Schmerz drang zögernd in ihre Dunkelheit vor. Sie schreckte davor zurück, aus Angst vor dem Leben, das sich dahinter verbarg. Ihre aufgeplatzten Lippen öffneten sich leicht, und kaltes, dünnes Blut rann in ihre Kehle. Sie hustete, japste nach Luft und erzitterte am ganzen Körper unter einer neuen Welle von Schmerz. Ihr Bewußtsein kehrte zurück – leider.

»Nein«, röchelte sie und klammerte sich an die schwindende Leere, in der es keine Schmerzen gab.

»Trink schon, dumme Kuh.«

Die Worte klangen schroff und hallten in ihrem Kopf wieder, ohne einen Sinn zu ergeben. Die Flüssigkeit füllte ihren Mund, sie schluckte widerwillig und zuckte zusammen, als ihre ausgetrocknete Kehle die Flüssigkeit aufnahm. *Das war kein Blut. Das war Wasser.*

Sie hatte Mühe, die Augen zu öffnen. Sie hatte keine Erwartungen, war aber mittlerweile neugierig geworden. Ein Auge blieb fest geschlossen, die Wimpern waren mit Sand und Salz verklebt. Mit dem anderen erblickte sie ineinandergelaufene Farben, ohne Bedeutung, unscharf. Langsam klärte sich das Bild ein wenig. Tiefgrüne Augen starrten aufmerksam auf sie herab.

»Na also. Ich wußte doch, daß du meinem Charme nicht allzulange widerstehen kannst.« Seine Stimme klang belustigt. Weiße Zähne blitzten sie an.

»Cai?« fragte sie. In ihrer Verwirrtheit hatte sie den erstbesten Namen aus ihrem Gedächtnis geklaubt.

»Was? Na, schon gut«, erwiderte der Fremde. »Versuch nicht zu sprechen.« Der Becher wurde ihr erneut hingehalten, und sie trank. »Das reicht. Leg dich wieder hin.«

Die Hand, die von ihr unbemerkt den Kopf gehalten hatte, legte ihn langsam wieder auf dem Boden ab. Sie schloß das Auge, in ihrem Innern kämpften Übelkeit und Mattheit miteinander. Rauhe und doch sanfte Hände strichen über ihr Gesicht und ihre Arme und rieben die entzündete, schuppige Haut mit einer kühlen, eingenartig duftenden Creme ein. Sie merkte, daß sie wieder in die Dunkelheit zurücksank, doch diesmal war es die sanfte Umarmung des Schlafes.

Zu ihrer eigenen Überraschung freute sie sich auf das Erwachen.

Blau-grüne Schuppen glänzten in der Nachmittagssonne. Der Kopf der Schlange war größer als ihr eigener. Er besaß vier rote Augen, doch nur zwei von ihnen beobachteten sie. Sie fand das seltsam beruhigend. Die Schlange öffnete das Maul, und eine schwarze Schlangenzunge zuckte hervor und kitzelte ihr Gesicht. Sie kicherte und beobachtete fasziniert, wie mehrere Spinnen aus dem Schlangenmaul hervorgekrochen kamen, gefolgt von Flammen tief aus dem Innern. Sie hatte keine Angst.

»Dieser süße Duft«, flüsterte sie, sich erinnernd.

Die Schlange wirkte plötzlich leblos. Alle vier Augen waren jetzt auf sie gerichtet.

»Es wird nicht lange dauern«, sagte eine geheimnisvolle Stimme. »Keine Sorge.«

Sie lächelte, getröstet vom Gefühl, ein neues Gesicht zu haben, und ein weiteres Mal übermannte sie der Schlaf.

Als sie das nächstemal aufwachte, befand sich der Stein wieder an seinem alten Platz, und die Sonne stand tief am Himmel. Sie versuchte, sich auf die Ellenbogen zu stützen, dabei wurde ihr so schwindlig, daß sie sich wieder hinlegen mußte. Als ihr bewußt wurde, daß ihr Kopf auf einem weichen Kissen ruhte, erschien das Gesicht eines Mannes in ihrem Gesichtsfeld, und zum erstenmal bekam sie ihren Retter richtig zu Gesicht. Sonnengebleichtes Haar umgab ein dunkles, kantiges Gesicht, grüne Augen sahen sie an.

»Bist du die Schlange?« fragte sie und zuckte zusammen, als sie hörte, wie schrill ihre Stimme klang.

»Der süße Duft hat mir besser gefallen«, erwiderte er lächelnd. Als er sah, wie verwirrt sie war, fügte er hinzu, »Du hast halluziniert. Sonnenbalsam hat diese Wirkung, wenn man ihn in großen Mengen anwendet. Und jetzt trink.«

Er hob ihren Kopf an und hielt ihr einen Becher an die Lippen. Heraus floß kühles Wasser, wunderbar und quälend zugleich. Neue Empfindungen erwachten in ihrem Körper – Schmerzen und Steifheit –, aber sie lebte, und ihre Haut fühlte sich nicht mehr an, als wäre sie mit stumpfen Messern abgeschabt worden.

Der Becher wurde zurückgezogen, und sie versuchte, sich nach ihm zu strecken, denn sie hatte immer noch Durst. Ein weiches Stück Frucht wurde ihr an die Lippen gehalten, und der überwältigende Duft raubte ihr fast die Sinne. Sie ließ sich den Leckerbissen in den Mund schieben, der augenblicklich von dem scharfen Geschmack überflutet wurde. Sie schluckte es gierig hinunter und merkte, wie ausgehungert sie war.

»Ganz langsam. Dein Magen verträgt nicht soviel auf einmal.«

Es folgten noch ein paar Scheiben, und sie versuchte, größtenteils unbewußt, sie langsam zu essen.

Viel zu schnell meinte er: »Das reicht«, und sein Tonfall duldete keinen Widerspruch.

»Nimm das.« Er hielt ihr eine kleine, weiße Tablette hin.

»Was ist das? Sonnenbalsam?« Ihre Stimme klang fast normal.

»Salz«, antwortete er und reichte ihr wieder den Becher zum Trinken.

»Was ist Sonnenbalsam?«

»Eine Salbe. Sie besteht zum größten Teil aus Drachenblumensamen, deswegen hattest du auch diese wilden Träume. Ich habe dich überall damit eingerieben.«

Als er die Überraschung in ihrem Gesicht aufblitzen sah, fügte er hinzu: »Wo du zuviel Sonne abgekriegt hast. Es gibt nichts Besseres gegen Sonnenbrand oder Schlimmeres.«

»Und woher kommen die wilden Träume?«

»Kennst du keine Drachenblumensamen?«

Sie schüttelte vorsichtig den Kopf.

»Sie enthalten eine Droge, die, abgesehen von ihrer Heilkraft, auch lebhafte Träume und Halluzinationen hervorruft. Manche Leute nehmen sie nur aus diesem Grund.« Die Verachtung in seiner Stimme war überdeutlich. »Vermutlich, um aus ihrer eigenen Bedeutungslosigkeit zu fliehen.«

»Aber du nimmst sie doch auch.«

»Ja, wenn ich muß. Bei dir hat sie bereits Wunder gewirkt.«

Sie dachte einen Augenblick darüber nach.

»Stimmt. Ich fühle mich ...« Nach einer kleinen Pause fuhr sie fort: »... wieder wie ein Mensch. So als könnte ich mich wieder bewegen.« Verblüfft demonstrierte sie die Beweglichkeit ihres Körpers. »Weich«, fügte sie verwundert hinzu.

»Genau«, brummte er. »Weich kommt hin. Weich im Kopf. Was führt dich an diesen gottverlassenen Ort?«

»Gott? Wer ist das?«

Er grinste. »Auf die Frage sucht man schon seit Jahrhunderten eine Antwort. Warum fängst du nicht mit etwas Einfacherem an? Zum Beispiel mit ›Wie heißt du?‹«

2. KAPITEL

»Also gut, wie heißt du?« fragte sie folgsam.

»Arden. Und du?«

Sie zögerte einen Augenblick, dann erwiderte sie: »Gemma.«

»Ist das dein richtiger Name?«

»Ja.«

»Und warum hast du überlegt, ob du mir einen falschen nennen sollst?« Arden sah sie gespannt an.

»Aus Gewohnheit.«

»Irgend etwas sagt mir, daß du eine Menge zu erzählen hast«, sagte er, »aber jetzt ist nicht der richtige Augenblick. Du brauchst mehr Schlaf. Lieg still.«

Gemma tat, wie ihr geheißen, und genoß das Gefühl seiner Hände, die behutsam und doch fest über ihre Haut strichen und sie weiter mit Sonnenbalsam einrieben. Kurz darauf befand sie sich wieder im Land der Träume.

Als sie das nächstemal erwachte, war es dunkel, doch am Himmel waren keine Sterne zu sehen. Das verwirrte sie, bis sie dahinterkam, daß sie sich im Innern eines Zeltes befand. Wie es dorthin gekommen war, war ihr ein Rätsel. Eine unglaubliche Wohligkeit perlte durch ihren Körper, und sie räkelte sich genüßlich. Dabei stieß sie mit der Hand gegen ein warmes, weiches Etwas, das in eine Decke gehüllt war. Das Etwas brummte, und Gemma zog ihre Hand rasch zurück. Bilder zuckten durch ihr Bewußtsein, doch sie war in der Lage, dies auf die Auswirkung der Drachenblumensamen zurückzuführen. Nichts schien ihr Glück in diesem Augenblick trüben zu können, und im Nu war sie hellwach und wollte sich unterhalten.

»Arden?« flüsterte sie leise, vorsichtig.

»Was ist?« brummte er.

»Bist du wach?«

»Nein.«

»Ich habe Durst.«

Gemma hörte, wie er sich bewegte und anschließend das wundervolle Geräusch von Flüssigkeit, die ausgeschenkt wird. Er beugte sich in der Dunkelheit über sie.

»Kannst du den Becher halten?« fragte er.

»Ich glaube schon.«

Ihre Finger berührten und betasteten sich, als der Becher weitergereicht wurde. In diesem Augenblick fiel Gemma auf, daß sie unter der Decke vollkommen nackt war. Sie stürzte rasch einen Schluck hinunter und versuchte, ihre Fassung wiederzufinden. Was war passiert, als sie von Drogen benommen geschlafen hatte?«

»Trink langsam«, riet ihr Arden. »Sonst bekommst du Krämpfe.« Nach einer Welle fügte er hinzu, »Hast du Hunger? Augenblick.«

Gemma hörte ihn auf seiner Seite des Zeltes herumkramen. Ein scharfes Klicken, dann ein Funke, und eine Lampe erglühte zum Leben. Arden hängte sie an die Zeltstange, dann sah er zu seiner Gefährtin hinüber. Gemma hatte sich zum Trinken aufgesetzt und wickelte sich schnell in die Decke.

»Nur keine falsche Scham«, erklärte er.

»Woher willst du wissen, daß sie falsch ist?«

»Weil Leute, die alleine und dem Tode nah durch die Wüste wandern, gewöhnlich nicht viel mit diesen Dingen am Hut haben.«

Sie sahen sich an. Ardens Augen funkelten amüsiert. Ein weiteres Mal betrachtete er Gemmas rotes Haar sowie ihre taubengrauen Augen und kam zu dem Schluß, daß sie jemand Besonderes war, jemand, den zu retten sich lohnte –

wenn er sich nicht völlig täuschte. Ihre Haut war hell und sommersprossig gewesen, und trotz der verheerenden Einwirkung der Sonne und dem Tribut, den sie an den Hunger hatte zahlen müssen, sah Arden, daß sie wunderschön gewesen war – und es wieder werden würde.

»Wo sind meine Sachen?« Ihre Stimme war eine eigenartige Mischung aus Schüchternheit und gebieterischem Wesen.

»Die kriegst du, sobald du sie brauchst. Jetzt müssen sie erstmal gelüftet werden.« Nach kurzer Überlegung fügte er hinzu: »Außerdem brauchst du dich deines Körpers wirklich nicht zu schämen. Ganz im Gegenteil – wenn du ihm auch in letzter Zeit einiges zugemutet hast.«

Gemma merkte, daß sie heftig errötete. Hoffentlich konnte Arden im schwachen Lampenschein nicht zu viel erkennen. Sein Grinsen verriet etwas anderes. Die Auswirkungen von Schlaf und Medikamenten auf ihren wiedererwachenden Körper hatten sie mittlerweile völlig verwirrt. Dieses neuerliche Mißgeschick war ihr äußerst peinlich, und offenbar stand ihr das auch ins Gesicht geschrieben, denn Arden klang hörbar amüsiert, als er weitersprach.

»Keine Sorge. Ich habe dich nur dort angefaßt, wo es sich nicht vermeiden ließ – zu *medizinischen* Zwecken.«

Seine Erklärung beruhigte sie, trotzdem konnte sie ihm nicht in die Augen sehen. Das nervte ihn allmählich.

»Nicht, daß du dich beschweren könntest, hätte ich es getan«, fügte er mit einem Hauch von Bosheit in der Stimme hinzu. »Schließlich habe ich dir das Leben gerettet, und dafür bist du mir etwas schuldig.«

Gemma hob abrupt den Kopf und sah ihn schockiert an. Er wirkte erstaunt.

»Bist du wirklich so naiv?« fragte er sich eher selbst.

»Nein«, antwortete sie schnell. »Ich bin es nur nicht gewöhnt, daß man so mit mir redet.«

»Du lieber Himmel, wer bist du denn? Eine Prinzessin oder was?«

Gemmas Augen blitzen erbost.

»Darüber spreche ich nicht!« fuhr sie ihn an. Das war die

zweite Überraschung. Arden war doppelt verblüfft, sagte aber nichts. Nach ein paar Augenblicken des Schweigens sah Gemma wieder auf den Boden. Sie war offensichtlich verlegen.

»Du brauchst dir jedenfalls keine Sorgen zu machen«, sagte Arden noch einmal. »Ich dränge mich niemandem auf. Unter welchen Umständen auch immer.«

Er wartete auf eine Reaktion und hatte Mühe, ein Gähnen zu unterdrücken.

Endlich sagte Gemma leise: »Danke.« Noch immer, ohne aufzusehen.

»Außerdem«, fuhr er fort, »würde dich das wahrscheinlich umbringen, so geschwächt wie du bist.«

Woraufhin Gemma grinsend den Kopf hob und schelmisch erwiderte: »Bist du *so* gut?«

Dieser neuerliche Stimmungswechsel verblüffte ihn. Er blieb trotzdem schlagfertig.

»Sagt man mir zumindest nach, Prinzessin«, antwortete er in der Hoffnung, noch etwas mehr aus ihr herauszukitzeln.

Diesmal jedoch lachte Gemma bloß, was Arden aus irgendeinem Grund schwer auf die Nerven ging.

»Offenbar hast du eine sehr hohe Meinung von dir«, meinte sie.

»Ich verfüge über eine gesunde Selbstachtung«, fauchte er zurück. »Ich würde jedenfalls nicht in der Wüste herumirren, bis ich verdurstet bin.«

Gemmas Gesicht wurde daraufhin so ernst, daß Arden Gewissensbisse bekam. Wenn er nur mit ihren Stimmungswechseln Schritt halten könnte! Bestimmt war die Salbe zu einem Teil dafür verantwortlich, aber …

»Wie fühlst du dich?«, fragte er so besorgt es ging.

»Viel besser, und das habe ich dir zu verdanken«, erwiderte sie leise. »Aber ich habe Hunger.« Es klang wie eine Entschuldigung.

Arden holte noch etwas Obst hervor und schnitt mit seinem Messer dünne Scheiben ab, die er ihr dann reichte. Gemma aß schweigend und beobachtete dabei seine Hände, wie sie die wächserne Schale der grünen, sternenförmigen Früchte entfernten und das saftige Fleisch darunter freilegten. Danach gab es kleine Hartbrotwürfel. Auf Ardens Anweisung hin tauchte sie das Brot in Wasser, bevor sie versuchte, es zu schlucken.

Gähnend reichte er ihr das letzte Stück.

»Halte ich dich vom Schlafen ab?« fragte sie vollkommen unschuldig.

»Aber nein. Ich verbringe die Stunden nach Mitternacht immer damit, irgendwelche Kranken zu füttern.«

»Tut mir leid«, antwortete sie. Ihr Ton verriet etwas anderes. »Bitte schlaf weiter, wenn du willst. Soll ich dich in den Schlaf singen?«

»Noch vor ein paar Stunden konntest du nicht einmal sprechen. Schone deine Stimme – und meine Ohren.«

Sie grinsten sich an.

»Dieser Sonnenbalsam ist gut«, meinte Gemma. »Es tut fast nicht mehr weh.«

»Das kommt noch. Im Augenblick bist du so berauscht wie eine Drachenblume, aber irgendwann wirst du wieder davon runterkommen. Möchtest du noch etwas? Hinten am Hals war es besonders schlimm.«

Vorsichtig betastete Gemma ihre Haut mit den Fingern, dann nickte sie. »Nur ein bißchen«, sagte sie. »Ich will nicht süchtig werden.«

»Darauf achte ich schon.«

»Es wundert mich allerdings nicht, warum Leute süchtig davon werden. Ein paar von meinen Träumen …« Sie sprach nicht weiter. Lächelnd rieb Arden ihr die Salbe in den Nacken.

»Wo wir ohnehin wohl die ganze Nacht wach bleiben werden«, meinte er, »könntest du mir eigentlich auch erzählen, wie du hierhergekommen bist.«

Gemma dachte eine Weile nach.

»Alles hat mit Der Zerstörung angefangen«, sagte sie schließlich.

»Die Zerstörung. Du meinst Die Planierung?«

»So nennst du das?«

»Aber das ist doch schon Jahre her.« Auf diese letzte Wendung des Gespräches konnte Arden sich überhaupt keinen Reim machen.

»Stimmt, aber damit hat alles angefangen«, beharrte Gemma. »Damals hat sich alles verändert.«

»Das ist allerdings richtig«, meinte Arden.

»Daß die Welt, wie wir sie wahrnehmen, ein Traum des Weltgeistes ist, weißt du doch, oder?« fuhr sie langsam fort, so als würde sie einen auswendig gelernten Text aufsagen.

»Ich habe von der Theorie gehört«, antwortete er, »allerdings in etwas anderen Worten. Ich weiß nicht, ob ich sie glauben soll.«

»Aber es ist die Wahrheit!« stieß Gemma hervor. »Die Träume des Weltgeistes sind so lebhaft, daß sie für uns zur Wirklichkeit werden. Wir leben in ihnen. Wir sind ein Teil von ihnen.«

»Der Weltgeist schläft also?« fragte Arden mit einem nachsichtigen Lächeln.

»Genau!« Gemma hatte allmählich ihr Thema gefunden. »Nur eben nicht bei Der Zerstörung.«

»Wie ist das passiert?«

»Wir haben ihn geweckt.«

»Wir? Halte mich da raus.« Arden fühlte sich zunehmend verwirrt.

»Dich habe ich doch gar nicht gemeint«, erwiderte Gemma überrascht. »Ich meinte Ferragamo und die anderen aus der Höhle. Ich war damals natürlich noch ein kleines Mädchen.«

Arden sah sie ungläubig an.

»Soll das vielleicht heißen«, sagte er langsam, »du warst für Die Planierung *persönlich* verantwortlich?«

»Ja. Zusammen mit den anderen.«

Arden hatte gerade etwas hinzufügen wollen, doch die Sicherheit in ihrer Stimme ließ ihn innehalten.

»Glaubst du mir nicht?« fragte sie, drehte sich um und sah ihn an. »Hör auf, mich so anzustarren.«

Nach einer Weile sagte er: »Entweder bist du vollkommen

verrückt, oder du hast mehr zu erzählen, als ich angenommen hatte. Und da ich lieber nicht mit einer Irren mitten in der Wüste übernachten möchte, solltest du mir davon erzählen.

3.
KAPITEL

Drei Stunden später, als über der trostlosen Landschaft die Dämmerung hereinbrach, ging Gemma und Arden schließlich der Gesprächsstoff aus. Sie hatten sich gegenseitig durch ihre Halsstarrigkeit zum Schweigen gebracht. Lediglich über den Zeitpunkt und das Ausmaß Der Zerstörung, Der Planierung, wie Arden es nannte, hatten sie sich einigen können. Diese gewaltige, erderschütternde Umwälzung hatte vierzehn Jahre zuvor begonnen, und die Nachwirkungen hatten an manchen Orten Monate, sogar Jahre gedauert. Die Katastrophe hatte ein für ihre beiden Welten unvorstellbares Ausmaß gehabt – es hatte Erdbeben gegeben, Vulkanausbrüche, Wirbelstürme und Flutwellen, alles gleichzeitig. Tausende waren umgekommen, weitaus mehr noch hatten ihre Häuser verloren, und die Überlebenden hatten viele Tage lang unter einem beständig verdunkelten Himmel gezittert, als Vulkanasche, Rauch und Wolken die Sonne verhüllt hatten.

Darüber hinaus hatten die beiden Reisenden nichts oder wenig gemein.

Gemma *wußte*, daß ihre Geschichte wahr war.

Arden *wußte*, daß dies nicht stimmte.

Und *beide* hatten Beweise.

Gemma behauptete, von einer Inselgruppe weit oben im Norden zu stammen, deren Existenz Arden bestenfalls für unwahrscheinlich hielt. Dort hatte sie, ihrer Erzählung nach, an einem bizarren magischen Ritual teilgenommen, das der Grund für Die Zerstörung gewesen war. Als wäre dies noch nicht absurd genug, hatte sie sich auch noch zu der Behauptung verstiegen, der große Südkontinent – wie sie ihn nannte – hätte erst nach Der Zerstörung angefangen zu existieren!

An diesem Punkt hatte Arden die Geduld verloren. Er hatte durchaus ruhig zugehört, als sie von Zauberern und Magie erzählte, von guten Königen und bösen Hexenmeistern – auch wenn er nichts davon glaubte –, denn Gemma war eine gute Geschichtenerzählerin. Vermutlich war die Hälfte dessen, was sie erzählte, auf die Drachenblumensamen zurückzuführen, aber zumindest vertrieb es ihnen auf angenehme Weise die Zeit. Jetzt jedoch versuchte sie, seine eigenen Erinnerungen, seine Existenz in Zweifel zu ziehen.

»Augenblick mal!« herrschte er sie an. »Willst du etwa behaupten, das Land, auf dem ich lebe, hat bis zur Planierung nicht existiert? Daß irgendein unsinniges Ritual von euch es erst *geschaffen* hat?«

»Ja«, erwiderte Gemma ungerührt von seiner ungläubigen Entrüstung. »Die Menschen auf diesen Inseln waren große Seefahrer und Entdecker. Wäre es schon dagewesen, hätten wir es längst entdeckt gehabt.«

Einen Augenblick lang war Arden sprachlos. *Sie glaubt es tatsächlich!* dachte er fassungslos. Er versuchte, seine Gedanken zu sammeln, während Gemma einen Schluck Wasser trank, mit dem sie sich immer wieder die Kehle benetzte.

»Wie alt bin ich, Gemma?« fragte er.

Sie sah ihn über den Rand des Bechers an.

»Dreißig Sommer?« schlug sie vor.

»Siebenundzwanzig, um genau zu sein«, erwiderte er. Er ignorierte den kleinen Stich, den ihre Schätzung seinem Selbstbewußtsein versetzt hatte, und fuhr fort: »Ich habe mein ganzes Leben hier verbracht, Gemma. Mein *ganzes* Leben. Sehe ich aus, als hätte ich meine Kindheit unter Wasser verbracht?«

Sie antwortete nicht.

Und zahllose andere, die *viel* älter sind als ich, werden dir dasselbe erzählen. Kommt dir das nicht ein bißchen komisch vor? Es gibt Städte hier, die sind Jahrhunderte alt. Berge, die schon seit Urzeiten hier stehen.«

»Berge können fallen oder geschaffen werden«, erwiderte sie. »Ich habe es selbst schon gesehen.«

»Soll ich dir verraten, was ich glaube?« sagte er, ohne auf ihre Unterbrechung einzugehen. »Deine Geschichte enthält Bestandteile, die ich akzeptieren kann. Wahrscheinlich stammst du tatsächlich von einer weit entfernten Insel. Offenbar besteht mein Volk nicht aus solch abenteuerlustigen Entdeckern wie deins«, fügte er mit einem Hauch von Sarkasmus hinzu. »Und offensichtlich hattest du auf deinen Reisen ein paar recht seltsame Erlebnisse. Die Götter wissen es, selbst hier haben wir einige merkwürdige religiöse Kulte –« Er hob die Hand, damit Gemma ihn nicht unterbrach. »Aber was mich betrifft, ich glaube nicht an Zauberei.«

»Du redest genauso wie Cai«, sagte Gemma und machte ein düsteres Gesicht.

»Wer ist das? Ach, ja. Der Zauberer.« Der offensichtliche Widerspruch, mit einem Zauberer über die Nichtexistenz von Magie einer Meinung zu sein, wurde Arden nicht sofort bewußt, und er fuhr entschlossen fort, sein Argument anzubringen.

»Dieses Ritual, von dem du gesprochen hast, hatte nichts mit Der Planierung zu tun. Das war eine Naturkatastrophe. Manche Leute finden es schwer, unangenehme Wahrheiten zu akzeptieren, daher denken sie sich eine andere Erklärung aus.«

»Aber ich nicht!« meinte Gemma aufgebracht.

»Das habe ich auch nicht gesagt«, entgegnete er aufreizend ruhig. »Aber jemand anderes hat es getan.«

»Du irrst dich«, gab sie zurück. Tränen der Wut standen ihr in den Augen. »Selbst wenn ich so leichtgläubig wäre, wie du ganz offensichtlich annimmst, wie hätte ich mir all die Einzelheiten ausdenken sollen?«

»Ich gebe zu, das war eindrucksvoll«, sagte er. Tatsächlich klangen alle Behauptungen Gemmas wahr, einige waren jedoch einfach zu weit hergeholt, als daß man sie hätte glauben können, was bedeutete ...

»Du hast eine Menge durchgemacht«, sagte er beschwichtigend. »Von allem anderen abgesehen, bist du ein paar Tage lang von der Sonne geröstet worden, und dann haben die Nachwirkungen des Sonnenbalsams dich durcheinandergebracht. Wir reden besser später darüber – wenn du dich erholt hast.«

Sein versöhnlicher Ton zeigte nicht die gewünschte Wirkung.

»Mit anderen Worten«, fuhr Gemma ihn an, »du hältst mich für verrückt! Das bin ich nicht! Ich bin im Augenblick nicht gut bei Kräften, aber ich bin nicht konfus –«.

Der Wutausbruch fand ein abruptes Ende, als ihr überanspruchter Kehlkopf endlich aufgab und sie einen heftigen Hustenanfall erlitt. Arden eilte ihr zur Seite und half ihr beim Trinken. Als Gemma sich wieder beruhigt hatte, legte sie sich erschöpft nieder.

Arden bot ihr einen Waffenstillstand an.

Sie nickte.

»Alles in Ordnung?«

»Die Kehle tut mir weh«, krächzte sie mit rauher Stimme.

»Schlaf jetzt, ich werde dich in Ruhe lassen. Wir werden noch ein paar Tage hier sein, und es gibt noch einige Dinge, um die ich mich kümmern muß.« *Und so manches, über das ich nachdenken muß*, fügte er insgeheim hinzu.

Gemma schloß dankbar die Augen, als Arden das Zelt verließ und die Klappe hinter sich befestigte.

Sie stand nackt in der Wüstensonne, als die Geschöpfe um sie herum tanzten. Ihre klaren, hellen Stimmen vereinten sich zu einem hypnotischen Gesang der Huldigung. Wie Eichhörnchen, doch mit längerem Körper und dem zum Greifen geeigneten Schwanz von Affen, schwankten die Geschöpfe auf den Hinterbeinen und reckten die Hälse, als wollten sie sich größer machen. Ihr intensiver Blick war gleichzeitig schmeichelnd und angsteinflößend.

Dann befand sie sich plötzlich außerhalb des Kreises und betrachtete die Geschöpfe beim Umtanzen des Monolithen.

Wasser begann aus dem Felsen zu fließen, rann in Strömen aus blendendem Blau an ihm herab.

Er weint, dachte sie und spürte eine schwere Traurigkeit in ihrem Herzen.

Dann erschien Arden, und sie war mit einem Male aufgeregt, doch als er sprach, tat er es mit Cais Stimme.

»Es gibt keine Zauberei.«

»Nur Liebe«, antwortete sie und fing an zu weinen.

Die Tiere und Arden verschwanden. Der Stein blieb stehen, trotzig und aufrecht.

Als Gemma aufwachte, war ihr heiß. Sie war verwirrt und blieb ein paar Augenblicke regungslos liegen und versuchte, den Grund für ihre Beklommenheit zu finden.

Der Zeltstoff über ihr schien zu glühen. Offenbar war die Sonne aufgegangen, seit Arden sie verlassen hatte. Unangenehme Zweifel drückten auf ihre Stimmung. *Und wenn er nicht zurückkommt?*

»Arden«, rief sie mit schwacher Stimme.

Die Zeltklappe wurde aufgeschlagen, und er beugte sich vor, um einzutreten, umgeben von gleißendem Sonnenlicht.

»Du bist noch da«, hauchte Gemma und kam sich sehr dumm vor.

»Du hast doch nicht etwa geglaubt, ich würde ein so wertvolles Zelt zurücklassen, oder?« erwiderte er grinsend. »Wie fühlst du dich?«

Gemma überlegte.

»Besser.«

»Und du bist wieder hungrig, wetten?«

Sie nickte, und Arden kümmerte sich um sie und sah ihr beim Essen zu. Nach einer Weile wurde Gemma das ständige Beobachtetwerden zuviel.

»Was starrst du so?« fragte sie in der Hoffnung, den Bann zu brechen.

»Du bist meine Patientin. Als Arzt bin ich zu einer gewissen Sorge berechtigt.«

»Du bist kein Arzt.«

»Deiner schon.«

»Jedenfalls brauchst du dir um mich keine Sorgen zu machen.«

»Nein?«

Gemma hörte auf zu essen und sah ihn an.

»Hast du immer noch diese seltsamen Träume?« fragte er ernst.

»Ja. Woher weißt du?«

»Du hast im Schlaf gesprochen.«

Beim Himmel, dachte sie. »Und was habe ich gesagt?«

Ardens Verhalten änderte sich. Er sah nach oben und sagte leichthin: »Oh, nur, daß ich der überwältigendste und bestaussehendste Mann bin, den du je gesehen hast, und daß es eine große Ehre ist, von mir gerettet zu werden. Und so weiter.«

Gemma hatte das Schlimmste befürchtet. Jetzt merkte sie, daß sie aufgezogen wurde.

»Das hast *du* gesagt. *Ich* ganz bestimmt nicht«, gab sie zurück.

»Ich bin erledigt«, sagte Arden mit gespielter Demut, und Gemma warf mit einer Frucht nach ihm. Er fing sie geschickt auf, steckte sie in den Mund und murmelte dabei: »Danke.« Gemma mußte lachen und zuckte zusammen, weil die Bewegung so ungewohnt war. Jeder Muskel in ihrem Körper fühlte sich steif an.

»Um ehrlich zu sein«, fuhr Arden fort, »was du da gerade gesagt hast, macht ebensoviel Sinn wie der Unsinn gestern abend, als du aufgewacht bist. Nämlich gar keinen.«

»Kann ich etwas dafür, daß ein Mann von deiner begrenzten Intelligenz nicht in der Lage ist, so etwas zu begreifen?« konterte sie.

»Es geht dir wirklich besser.«

In diesem Augenblick grinsten sie sich an. Sie wußten, daß sie zwar immer noch die breite Kluft zwischen ihnen überbrücken mußten, aber den nächsten Versuch konnten sie getrost der Zukunft überlassen.

»Kann ich rauskommen?« fragte Gemma. »Ich muß mich mal strecken.«

»Im Augenblick ist die Sonne zu heiß. Du mußt noch eine Weile im Schatten bleiben, sonst waren all meine Bemühungen umsonst. Ich kann aber die Seiten hochklappen. Dann ist es nicht mehr so stickig.«

»Kann ich meine Kleider bekommen?« fragte Gemma.

»Ich hole sie – sie müßten jetzt trocken sein.«

Kurz darauf kehrte Arden zurück und warf ihre Sachen auf die Decke.

»Du hast sie gewaschen?« rief Gemma überrascht. »Wieviel Wasser hast du eigentlich dabei?«

»Viel nicht«, erwiderte er geheimnisvoll. Er ging, und die Zeltklappe schloß sich wieder. »Es ist überall. Sag mir Bescheid, wenn du glaubst, der Welt wieder gegenübertreten zu können.«

Gemma stieg umständlich in ihre Unterkleider, auf den Rest verzichtete sie. Ihr war zu heiß, und sie fühlte sich zu matt. *Wer soll mich schon sehen? Falsche Scham, genau.*

»Weg mit euch!« rief sie und erlitt einen weiteren Hustenanfall. Als sie das Wasser gefunden und sich ein wenig Erleichterung im Hals verschafft hatte, hatte Arden bereits einige Veränderungen an der Zeltkonstruktion vorgenommen. Gemma lag immer noch im Schatten eines Baldachins, doch die ›Wände‹ waren verschwunden, so daß nur noch vier dünne Stangen und verschiedene Seile sie von der Wüste ringsum trennten. Zwanzig Schritt entfernt hielt der rätselhafte Monolith Wache. Daneben befand sich ein sauber begrenztes Lagerfeuer, um das verstreut verschiedene Kochutensilien lagen, und auf der anderen Seite war ein kleineres Zeltdach errichtet worden. In seinem Schatten standen regungslos zwei Pferde.

Ein leichte Brise fuhr in Gemmas Haar, als sie sich umsah. Trotz der heißen Luft fühlte sie sich besser. Arden kam zu ihr in den Schatten.

»Du bist gut ausgerüstet«, sagte sie bewundernd. »Das Zelt ist äußerst raffiniert.«

»Ja, nicht wahr? Ich habe es selbst entworfen«, fügte er selbstzufrieden hinzu.

»Du leidest nicht an den gleichen Schwierigkeiten wie ich, habe ich recht?«

Arden ahnte, was sie meinte.

»Falsche Bescheidenheit gehört nicht zu meinen Stärken«, sagte er. »Andererseits habe ich nicht häufig Grund, bescheiden zu sein.« Er sah Gemmas Gesichtsausdruck und kam ihrer Antwort zuvor: »Übrigens, deine Sachen gefallen mir. Stehen dir ausgezeichnet.«

Bloß nicht rot werden, zwang Gemma sich. *Auf keinen Fall.* Es nützte ihr wenig.

»Hörst du nie auf damit?« fragte sie lachend.

»Aufhören? Womit?« fragte er mit gespielter Unschuld. »Dein Unterkleid ist aus einem schönen Stoff, sehr weich. Muß sich gut anfühlen auf der ... Haut.«

»Ein hoffnungsloser Fall ...« setzte Gemma an, dann fiel ihr etwas ein. »Er fühlt sich wirklich gut an. Du hast es tatsächlich gewaschen.«

»Gehört alles zum Service.«

»Aber das Wasser ...« sagte Gemma und sah sich um.

»Normalerweise würde ich das nicht machen. Es war ein bißchen zusätzliche Arbeit, aber ich dachte, von meinen Sachen würde dir nichts passen. Wenigstens nicht so gut.« Er konnte nicht anders, er mußte das hinzufügen. »Es gibt hier eine Menge Wasser, wenn man weiß, wie man es sich verschafft.«

»Wo?«

Statt zu antworten, verließ Arden den Schatten und nahm ein seltsames Gerät zur Hand. Die Metallklinge sah aus wie eine Mischung aus einem Spaten und einem Schwert, und dort, wo sie in den hölzernen Griff überging, besaß sie ein Querstück, das mit einem Haken versehen war. Arden schob die Klinge in einen Erdspalt unter einem Dornenbusch, lockerte dann das Erdreich mit einer Reihe geübter Bewegungen, faßte die Pflanze mit dem Haken und riß sie ruckartig in die Höhe. Zum Vorschein kam eine Wurzel, die sich an einer Stelle zu einer knollenartigen Wucherung verbreiterte, halb so groß wie Ardens Unterarm. Diesen Teil schnitt er heraus und brachte ihn hinüber zu Gemma. Auf dem Weg dorthin hob er weiteres Gerät auf. Er ging in die Hocke, legte die Wurzel in das Gerät aus Hartholz, das wie eine Kreuzung aus einem Blasebalg und einem überdimensionalen Nußknacker aussah, und preßte die Griffe zusammen.

»Halte die Hände hier drunter«, wies er sie an und zeigte dabei auf eine kleine Abflußöffnung am unteren Ende. Gemma gehorchte und legte die Hände gewölbt zusammen, während Arden die Griffe in entgegengesetzter Richtung drehte. Zu ihrer Überraschung kam Wasser herausgesprudelt, füllte ihre Hände und spritzte auf das Bodenblech.

»Nicht zu fassen«, sagte sie atemlos.

»Normalerweise bin ich nicht so verschwenderisch«, meinte Arden, während er die Wurzelschale herausnahm und sie in die Höhe hielt. »Die Pferde mögen das. Man selbst könnte es auch essen, wenn man nichts anderes hätte, aber es schmeckt ... recht unangenehm.«

»Wo kommt das alles her?«

»Hier regnet es nicht oft«, antwortete Arden, »aber wenn, dann speichern die Dornbüsche so viel Wasser, wie sie können. Sonst könnten sie nicht überleben.«

»Und wir auch nicht.«

»Alles, was man braucht, ist das Wissen und die Werkzeuge«, sagte Arden mit einem Lächeln.

»Jetzt sag bloß nicht«, meinte Gemma, »Du hast das selbst entworfen.«

4.
KAPITEL

Später am selben Tag erzählte Gemma Arden, wie es dazu gekommen war, daß sie alleine durch die Wüste wanderte. Eigentlich hatte sie das vermeiden wollen, denn in der Rückschau erschien die ganze fürchterliche Folge von Geschehnissen – und ihr Anteil daran – ziemlich töricht. Trotzdem, sie wußte, daß sie Arden früher oder später irgendeine Erklärung würde liefern müssen. Als sie dann jedoch angefangen hatte, erwies er sich zu ihrer Erleichterung als aufmerksamer und einfühlsamer Zuhörer und legte seinen schnoddrigen Zynismus ab. Mit dem Erzählen fiel ihr das Erinnern irgendwie leichter. Die größte Ironie von allem war, daß alles in solch heiterer, optimistischer Stimmung begonnen hatte …

Decks und Kabinen der *Dawn of Fire* hallten wider von Gelächter und vergnügtem Geschrei. Die ausgelassene Stimmung der Passagiere war der Mannschaft ein Rätsel, doch schon bald ließen sie sich von der festlichen Stimmung anstecken und brachten das Schiff auf Kurs Richtung Süden.

An Bord befanden sich zwölf Passagiere, acht Männer und vier Frauen, die von allen Gegenden der Insel und aus sämtlichen Bereichen des Lebens stammten. Ihre Vorgeschichten hätten nicht unterschiedlicher sein können, doch an jenem Tag waren sie enger miteinander verbunden als jede Familie und verstanden sich untereinander besser, als Worte es hätten ausdrücken können. Ein paar von ihnen wußten, wer Gemma war, doch sie sprachen nicht darüber. Die Vergangenheit war bedeutungslos, was zählte, war die Zukunft. Bei diesem Abenteuer waren alle gleich.

Sie selbst nannten sich die ›Schwalben‹, nach den Vögeln, die zu jedem Blattfall nach Süden zogen. Der Name war in doppelter Hinsicht passend, denn auch sie zogen nach Süden, aus demselben unbegreiflichen Grund. Sie waren gerufen worden.

Keiner konnte seinen Drang zu reisen erklären, und doch wußte jeder, daß ihn *etwas* erwartete dort unten im Süden, vielleicht auf jenem sagenhaften Südkontinent, der vor wenig mehr als einem Jahrzehnt plötzlich zu existieren begonnen hatte. Jeder hatte diesen Drang schon eine Weile gespürt, und jeder hatte seinen ganz persönlichen Kampf mit Freunden und der Familie austragen müssen – und mit sich selbst, bevor er sich eingestehen mußte, daß sich der Traum nicht leugnen ließ. Ihre Freude darüber, daß es noch andere wie sie gab, die das gleiche irrationale und übermächtige Verlangen trieb, war groß.

Die Gruppe hatte sich nur langsam gebildet, doch als sie vollzählig war, hatten sie ihren Plan rasch in die Tat umgesetzt. Durch Zusammenlegung ihrer finanziellen, geistigen und körperlichen Mittel hatten sie ihre Abreise ermöglicht. Gemma war die einzige der Gruppe, die vor diesem Zeitpunkt jemals die Gestade ihrer Heimatinsel verlassen hatte – und sie hatte Grund genug, über ihre Reisen zu schweigen –, doch die anderen zeigten keinerlei Anzeichen von Angst, als die *Dawn of Fire* den Hafen verließ. Jeder einzelne von ihnen war angefüllt von einem Gefühl für seine Bestimmung und einer fast fieberhaften Erwartung.

Diese Gefühle ließen in den folgenden Tagen nicht nach – selbst wer anfällig war für Seekrankheit, blieb hartnäckig gut gelaunt.

Die Schwalben lernten von den Seeleuten, was sie konnten. Abgesehen von den technischen Einzelheiten über die Führung des Schiffes, die Passagiere immer faszinierten, stellten sie viele Fragen über die südlichen Länder. Ziel der *Dawn of Fire* war eine große Insel weit im Süden, Haele. Der Name beschwor für Gemma vage Erinnerungen herauf, doch die schob sie auf Seite. Schließlich wußte sie, daß die Welt, seit man ihr die Insel beschrieben hatte, neu geboren worden war, und sich vieles verändert haben würde.

Statt dessen verschlang sie die Fülle der Informationen, die die mitteilsameren Seeleute ihr erzählten, und erfuhr so, daß der gewaltige Vulkan mitten auf der Insel immer noch aktiv war und alle paar Tage Feuer und Asche Hunderte von Schritten himmelwärts schleuderte. Die Lavaströme jedoch waren erstarrt, und die kleineren Ausbrüche bereiteten den Inselbewohnern wenig Sorge. Manchmal beschrieb man ihr die rasch anwachsenden Städte in lebhaften Einzelheiten, und sie kamen ihr so vetraut vor wie das Zuhause der Schwalben selbst.

Auch die Landschaft beschrieb man ihnen. Offenbar

reichte sie von grünem Dschungel und Sumpfland bis zu den schwarzen, kahlen Wüsten aus erstarrter Lava, doch es gab auch reichlich Farmland. Die Schwalben wußten zwar, daß Haele nicht ihr endgültiges Ziel war, trotzdem freuten sie sich voller Neugier auf ihre Ankunft. Dort würde der letzte Abschnitt ihrer Reise nach Süden beginnen. Das zumindest glaubten sie.

Im Gegensatz zu der Fülle von Einzelheiten, die die Reisenden über Haele in Erfahrung bringen konnten, blieben die Informationen über den Südkontinent bestenfalls umrißhaft. Schon bald wurde deutlich, daß keiner der Seeleute, trotz seines angeblichen Wissens, dieses entfernte Gestade tatsächlich betreten hatte. Die Folge war, daß ihre Erzählungen aus einer Mischung aus Mythen, Berichten aus dritter Hand und zweifelhaften Ursprungs, Wunschdenken und aller Wahrscheinlichkeit nach glatten Lügen bestanden. Es gab Geschichten von furchteinflößenden Ungeheuern und Riesen mit zwei Köpfen, von Flüssen, die zu bestimmten Mondphasen bergan flossen, von juwelenbesetzten Städten, die in der Luft schwebten, und von singendem Sand, der Reisende in die Wüste lockte.

Trotz allem kristallisierten sich aus all diesen phantastischen Geschichten – die die Schwalben als Unsinn abtaten – ein paar hartnäckige Einzelheiten heraus. Fest stand, daß der Südkontinent riesengroß war. ›Mehr als zehnmal so groß wie alle Inseln zusammen‹, hatte einer der alten Seebären es ausgedrückt. Von Haele aus gelangte man am schnellsten dorthin, wenn man genau nach Süden segelte, doch diese Route führte durch ein von Unterwasserriffs und unvorhersehbaren Strömungen heimgesuchtes Seegebiet – besser war es, drei, vier Tage lang einen südöstlichen Kurs einzuschlagen, bevor man sich nach Süden wandte. Die Küste des Kontinents, so hieß es, sei dicht bevölkert, es gab viele Städte und Dörfer, so daß die Reisenden, wo immer sie landeten, darauf hoffen durften, mit offenen Armen empfangen zu werden.

Lange bevor Haele in Sicht kam, zeichnete sich die Nähe der Insel durch eine schwarze, vulkanische Rauchsäule ab.

An Bord der *Dawn of Fire* wuchs die Spannung noch, bis sie schließlich nach zwanzig Tagen auf See im Haupthafen der Insel, Bayard, festmachten.

Während die meisten der Seeleute sich zum Landgang verteilten, beschlossen die Schwalben, sich aufzuteilen, um geeignete vorübergehende Unterkünfte zu suchen. Sobald das erledigt war, wollten sie ein Schiff suchen, daß sie weiter nach Süden bringen würde. Sie spürten die Sehnsucht noch immer, und so willkommen fester Boden unter den Füßen auch war, ein längerer Aufenthalt wäre unerträglich gewesen.

Gemma zog mit Danil los, einem untersetzen Mann mit Sinn für derben Humor. Er war Schmied gewesen – und in seinem Heimatdorf ein angesehener Mann. Auf dem Weg durch die Straßen entlang der Docks genossen sie den Lärm und das Treiben der Stadt.

»Das könnte es sein«, meinte Danil und zeigte auf eine Gaststätte, die wohlhabender aussah als die meisten anderen. Die Holzwände waren frisch gestrichen, und die Fenster sauber und hell. Über der Tür hing ein riesiges Schild mit der Aufschrift ›Stern von Adara‹ unter einem Bild.

»Versuchen wir's«, stimmte Gemma zu.

Drinnen bestätigte sich der Eindruck von Sauberkeit.

»Was können wir für Sie tun?« wollte ein lächelnder junger Mann wissen.

»Haben Sie genug Zimmer für zwölf Reisende?« fragte Gemma. Sie wußte schon jetzt, daß sie hier bleiben wollte.

»Da muß ich erst die Chefin fragen. Setzen Sie sich, ich bringe Ihnen etwas zu trinken.« Damit verschwand er in einem Hinterzimmer. Gemma und Danil setzten sich, dann blickten sie sich an und nickten. Augenblicke später erschien der junge Mann wieder mit drei Gläsern Wein, die er auf ihren Tisch stellte.

»Die Besitzerin kommt sofort«, meinte er.

»Sie ist schon da«, sagte eine Stimme hinter ihnen. »Danke, Rob.«

Eine attraktive Frau Anfang dreißig setzte sich zu ihnen an den Tisch.

»Mein Name ist Zana«, sagte sie und hob ihr Glas. »Willkommen im ›Stern‹.« Ihr Lächeln war warm und vertrauenerweckend. Gemma mochte sie sofort.

Das Geschäftliche war schnell erledigt. Die Zimmer waren sauber und gemütlich – was Gemma vorher gewußt hatte – und die Preise annehmbar. Zana und ihr Personal waren freundlich, hilfsbereit und wußten, was sie taten. Doch darüberhinaus stimmte das Gefühl. Gemma und ihre Freunde hatten bei diesem Unternehmen gelernt, sich auf diese Dinge zu verlassen.

Die Schwalben war rasch untergebracht. Die meisten von ihnen flogen jedoch fast sofort wieder aus. Sie hatten es eilig, ihre Passage nach Süden zu finden. Gemma ging nicht mit ihnen, sondern suchte statt dessen Zana, die sie beim Bedienen der wenigen spätnachmittäglichen Gäste in der Bar antraf. Wenig später saßen sie zusammen an einem ruhigen Ecktisch.

»Was führt Sie nach Haele?« fragte Zana.

»Neugier.«

»Ein langer Weg, nur um seine Neugier zu befriedigen. Sind alle aus dem Norden so erpicht auf eine neue Umgebung?«

»Nein«, erwiderte Gemma, die Worte vorsichtig abwägend. »Nur ein paar.«

Zana nickte. »Sie werden mir verzeihen, wenn ich sage, daß ich Ihre Gruppe seltsam finde. Was hat Sie zusammengeführt?«

»Eine gemeinsame Sehnsucht. Wir sind auf dem Weg zum Südkontinent.«

»Das hatte ich befürchtet«, antwortete Zana.

»Wieso befürchtet?« wollte Gemma wissen. Ihr Herz setzte einen Schlag aus.

Zana lächelte, doch ihr Blick hatte etwas Düsteres. »Ich will Ihnen sagen, wie Sie sich fühlen«, meinte sie. »Es ist, als riefe sie dort unten etwas. Sie wissen nicht, was – nur, daß es wichtig ist, wichtiger als alles andere in Ihrem Leben. Sie sind nur glücklich, solange Sie dem immer näher kommen – oder Pläne dafür schmieden. Keine Einwände, wie berechtigt sie auch sein mögen, weder von der Familie noch von Freunden oder Geliebten, haben letzten Endes Erfolg. Sie fühlen sich verpflichtet, dorthin zu gehen, ohne jedoch so recht zu wissen, warum.«

Gemma starrte sie an.

»Woher wissen Sie das?« fragte sie nach einer Weile.

»Ich kenne das alles bereits«, erwiderte Zana, und diesmal enthielten ihre Worte einen Hauch von Bitterkeit.

»Von anderen Reisenden?« fragte Gemma.

»Nein.«

»Verspüren Sie es auch?«

»Nein.«

»Warum haben Sie dann Angst?«

»Weil ich Sie trotzdem begleiten werde«, erklärte Zana.

5. KAPITEL

Die anderen Reisenden hatten bei ihrer Suche nach einem Schiff wenig Erfolg gehabt und kehrten entmutigt zurückt. Beim Abendessen tauschten sie ihre Berichte aus, und als deutlich wurde, daß ihre Aufgabe nicht leicht werden würde, sank ihr Mut noch tiefer. Man hatte verschiedene Kapitäne hochseetüchtiger Schiffe gefunden, doch sie alle hatten ihnen Gründe angegeben, warum eine Reise zum Südkontinent unmöglich war.

So manche dieser Ausflüchte hatten sich widersprochen. Ein Seemann hatte ihnen gesagt, die Spätsommerstürme im Südmeer könnten jetzt jeden Tag einsetzen, ein anderer behauptete dagegen, er könne es sich nicht leisten, an den Perlengründen im Süden vorbeizusegeln, nur zwei Monate, bevor die Stürme das Tauchen unmöglich machten. Andere hatten sich zu Reisen verpflichtet, die sie nach Norden, Osten oder Westen, nie jedoch nach Süden, führten – und das, obwohl an ihren Schiffen nichts darauf hinwies, daß sie beladen oder auch nur segelfertig waren. Keine noch so großzügigen finanziellen Anreize zeigten irgendeine Wirkung. Es wurde deutlich, daß etwas anderes als die Sorge um Wetter oder Geschäfte ihr Fortkommen behinderte.

Während dieser Diskussion saß Gemma schweigend da und fragte sich, wann – und wie – sie ihnen erzählen sollte, was sie erfahren hatte. Es würde bestimmt nicht einfach werden, es in einem positiven Licht erscheinen zu lassen, doch sie verließ sich ganz auf ihre Fähigkeiten. Sie brauchte Zeit zum Nachdenken.

Sie mußte an ihre Unterhaltung mit Zana denken. Nach der überraschenden Erklärung der Besitzerin des Gasthauses dämmerte Gemma plötzlich, was sie zuvor gemeint hatte.

»Jemand von hier«, sagte sie.

Zana nickte.

»Ihr Mann?«

»Dazu wäre es nie gekommen. Selbst wenn ich ihn gelassen hätte. Nennen wir ihn besser meinen Liebhaber.«

»Wann ist er aufgebrochen?«

»Letzten Monat war es ein Jahr her.«

»Und Sie haben nie etwas gehört?«

»Man hört nie etwas«, erwiderte Zana. »Vom Südkontinent kehrt kein Schiff zurück.«

Die Bemerkung sollte vieles erklären, was Gemma an diesem Abend noch erfuhr, doch in diesem Augenblick fand sie es schwer, sie zu glauben.

»Vielleicht segeln sie zu anderen Inseln zurück.«

»Nein«, sagte Zana voller Nachdruck. »Irgend etwas geschieht mit ihnen, und ich muß einfach herausfinden, was es ist. Das frißt mich bereits all die Zeit auf. Und vergangenen Monat habe ich beschlossen, mich der nächsten Gruppe, die aufbricht, anzuschließen. Ich wußte, daß früher oder später eine kommen würde.« Sie zögerte. »Entweder das, oder ich bleibe hier und werde langsam wahnsinnig.«

»Und Ihre Familie?« fragte Gemma ruhig.

»Meine Eltern und meine Schwestern sind tot.«

»Haben Sie Kinder?«

»Ich kann keine Kinder bekommen«, erklärte Zana schlicht, ohne eine Spur von Selbstmitleid.

»Und der ›Stern‹?«

»Rob und die anderen kommen damit zurecht. Ich habe es ihnen schließlich beigebracht«, erwiderte Zana mit einem Lächeln. »Außerdem erwarte ich nicht, hierher zurückzukehren. Ich habe mehr als genug Geld für meine Passage flüssig, und ich bin fit. Ich werde Ihnen nicht zur Last fallen.«

»Sie sind also entschlossen?«

»Oh, ja. Ich werde Ihnen sogar helfen, ein Schiff zu finden«, sagte die Wirtin. »Und das ist alles andere als einfach«, fügte sie mürrisch hinzu.

Wie recht sie hatte! dachte Gemma jetzt, als sie den Leidensgeschichten ihrer Begleiter lauschte. Sie wartete den richtigen Augenblick ab und sagte: »Ich habe Neuigkeiten.«

Rings um den Tisch fiel alles in erwartungsvolles Schweigen. Alle Augen richteten sich auf sie. Sie erzählte, was Zana ihr mitgeteilt hatte, und der verzweifelte Ausdruck auf ihren Gesichtern zeigte ihr deutlich, wie aufmerksam sie ihr zuhörten.

»Dann ist es also aussichtslos«, meinte einer ihrer Begleiter. »Kein Kapitän wird sich zu einer solchen Reise bereit erklären oder eine Besatzung dafür finden.« Zustimmendes Gemurmel.

»Ganz so schlimm steht es nicht«, sagte Gemma rasch. »Seht ihr nicht, was das bedeutet?« Sie wartete und blickte vom einen zum anderen. »Wir sind nicht alleine! Es hat vor uns viele andere gegeben, und sie werden alle dort sein – im Süden – und uns den Weg zeigen können. Und wir werden denen den Weg zeigen können, die noch kommen.«

»Wenn wir überhaupt hinkommen«, warf einer der anderen ein.

»Laßt euch nicht entmutigen«, fuhr Gemma fort. »Zana hat gesagt, daß alle, die den Ruf verspürt haben – Reisende wie wir von anderen Inseln oder aus Haele –, eine Möglichkeit gefunden haben, nach Süden zu segeln. Selbst wenn die

Chancen noch so ungünstig standen. Es ist unsere Bestimmung, dorthin zu gelangen, das wißt ihr alle. Und das werden wir auch!«

Die anderen wirkten unschlüssig, und Gemma fuhr entschlossen fort.

»Zana wird uns helfen, ein Schiff zu finden. Sie hat Verbindungen über die ganze Insel. Dazu kommt noch«, fügte sie hinzu und spielte ihren Trumpf aus, »wenn es soweit ist, brauchen wir nicht einmal eine Mannschaft. Auf der *Dawn of Fire* haben wir genug gelernt, um ein kleines Schiff selbst zu bedienen. Wir können es schaffen!«

Gemma glaubte daran. Und ihre Zuhörer ebenfalls. Sie hatte den Samen neuen Muts gepflanzt, und die Saat ging schnell auf. Die Schwalben hatten ihr Ziel wiedergefunden.

Sie waren bereit zum Start.

Vier Tage nach Verlassen des Hafens begannen die Schwierigkeiten.

Das einzig verfügbare Schiff war ein alter, einmastiger Kahn, der schon bessere Tage gesehen hatte. Dennoch hatten ihn sowohl der Kapitän – ein graubärtiger Seemann mit klarem Blick und dem Namen Barris – als auch andere, denen Zana vertraute, für seetüchtig erklärt. Eine Mannschaft zu finden war unmöglich – es sei denn, sie wären bereit gewesen, Kopf und Kragen zu riskieren und Kriminelle anzuheuern. Selbst wenn Barris es zugelassen hätte, die Reisenden waren nicht dazu bereit. Getragen von dem wiedererlangten Gefühl ihrer Bestimmung erklärten sie sich einverstanden, als Mannschaft einzuspringen, und nach vielen Worten und einigen praktischen Demonstrationen hatten sie Barris überzeugt, daß sie genügend Erfahrung besaßen.

Zuerst ging alles gut. Auf südöstlichem Kurs ging es dank kräftiger Winde und problemlosen Segelns gut voran, und unter Barris' vorzüglicher Anleitung gewann die ›Mannschaft‹ an Selbstvertrauen. In den frühen Stunden der vierten Nacht schlug der Kapitän einen südlichen Kurs ein, zog sich in seine Kabine zurück und gab Anweisung, ihn beim Auftreten irgendwelcher Schwierigkeiten zu wecken. Es war die letzte sinnvolle Äußerung, die einer der Reisenden von ihm hörte.

Mit Einbruch der Dämmerung schwenkte der Wind um nach Südwest und legte sich, bis er kaum noch ein leises Säuseln war. Danil, der den Kapitän vertrat, gab sein Bestes, doch das komplizierte Manövrieren wuchs ihm über den Kopf, und sie gerieten in eine fast völlige Flaute. Als sie gingen, um Barris zu holen, lag er bewußtlos in seiner Koje, daneben zwei leere Flaschen. Nichts konnte ihn wecken.

Danach entwickelte sich die Fahrt zu einem Alptraum. Aufgrund ihres begrenzten Navigationsvermögens konnten die Schwalben nicht einmal sicher sein, daß sie sich überhaupt von der Stelle bewegten. Ihr Schicksal glich immer mehr einem wahrhaft üblen Scherz.

Als Barris zwei Tage später zu sich kam, tobte er wie ein Wahnsinniger und wurde gewalttätig, als sie ihm weiteren Alkohol verweigerten. Dann sank er in ein Koma. Als er das nächstemal erwachte, gelang es ihm irgendwie, trotz der Bewachung durch die ›Mannschaft‹ noch eine Flasche aufzutreiben, und er soff sich bewußtlos. Er starb am darauffolgenden Tag.

Die Vorräte begannen ihnen Sorgen zu machen, ganz besonders das Frischwasser. Sie rationierten es, doch das half nur wenig gegen ihre Angst, und als ihre mißliche Lage sich verschlimmerte, brach unter den Reisenden zum erstenmal Streit aus. Sie wurden zunehmend verbitterter.

Als endlich Land gesichtet wurde, befanden sich Schiff und Mannschaft in schlechter Verfassung. Der erste Blick auf das gelobte Land verriet kein eindeutiges Lebenszeichen und war nicht das freudige Ereignis, das es hätte sein sollen. Ihre Ankunft war in jeder Hinsicht ein Schiffbruch. Zwar ging niemand verloren, doch die Truppe, die mit ihren paar geretteten Habseligkeiten an Land ging, war unglücklich und entmutigt. Der Südkontinent – wenn sie denn überhaupt dort waren – konnte durchaus unbewohnt sein.

Ihre Abenteuerlust war ihnen weitgehend vergangen.

»Warum hat er das getan?« fragte Gemma später, als sie um ein trostloses Lagerfeuer hockten.

»Keine Ahnung«, meinte Zana.

»Tolle Tips, die Sie uns gegeben haben«, murrte einer der anderen.

Gemma wollte gerade ihre neue Freundin verteidigen, als diese sie mit einer Handbewegung zum Schweigen brachte. »Lassen Sie sie«, meinte sie matt.

Zum Glück war die Nacht warm und trocken, und mit dem Morgen kam auch neue Kraft und Hoffnung auf. Einige aus der Gruppe hatten seltsame Träume gehabt.

»Hier ist es«, meinte einer. »Ich spüre es. Wir werden doch noch hinfinden.«

»Wenn wir lange genug leben«, kam die säuerliche Antwort.

Sie erklommen die niedrigen Klippen, die den Kiesstrand säumten, ohne größere Schwierigkeiten und machten sich auf den Weg ins Landesinnere. Sie kamen nur langsam vorwärts, doch bald darauf stieg ihre Stimmung, als sie auf eine Spur stießen, die parallel zur Küste verlief.

»Welche Richtung?« fragte Danil und sprach damit die Frage aus, die sie alle in den Köpfen hatten. »Nach Osten oder nach Westen?«

Sie entschieden sich für Osten und liefen geradewegs in eine Falle.

6. KAPITEL

Die blauen Flammen waren die erste Warnung.

Den größten Teil des Vormittags hatten sich die Schwalben, die alle widerstrebenden Empfindungen erlegen waren, mühsam dahingeschleppt. Die Sanddünen oder Felsen auf der einen Seite des Weges und die sanft geschwungenen Hügel der Steppe zogen unverändert vorüber – unberührt von Menschenhand. Nur die Straße selbst gab ihnen Hoffnung. Nach der ersten Stunde waren sie vom Fehlen jeglicher Spuren von Besiedelung so niedergeschlagen, daß ihre Unterhaltung erstarb. Dann entdeckte Danil eine Änderung der Landschaft vor ihnen.

»Seht!« rief er und zeigte voraus. »Hinter den Flammen. Felder!«

Sie sahen hin. In der Ferne erstreckten sich Felder, grün und golden, doch andere Zeichen von Leben gab es nicht. Wo die Straße in diese Gegend führte, entstand ein bläulicher Dunst, und die Scharfäugigeren unter ihnen erkannten, daß er aus geschwungenen, flammenähnlichen Wesen bestand, die vor ihren Augen tanzten.

»Sind sie lebendig?« fragte Zana und sprach damit ungefragt die Gedanken einiger ihrer Begleiter aus.

»Was ist das?« flüsterte ein anderer.

»Wenn wir hier stehenbleiben, werden wir es nie erfahren«, stellte Danil fest und zog los. Die anderen folgten widerwillig, wenn auch nicht alle im gleichen Maße.

Beim Näherkommen schmolzen die Flammen dahin und verteilten sich über das umliegende Gelände. Plötzlich, als sie die unsichtbare Grenze zwischen dem Ödland und der Farm überschritten, kehrten die Flammen zurück und stießen mit schwindelerregender Geschwindigkeit zwischen den Schwalben herab, bevor sie wieder verschwanden. Nach der anfänglichen Verwirrung eilte die Gruppe weiter. Sie hatten es eilig, diesen verwunschenen Ort hinter sich zu lassen. Die Landschaft ringsum änderte sich, und sie fragten sich, wie sie sie jemals für Farmland hatten halten können.

Erst nach einer ganzen Weile bemerkten sie, daß sie mehr geworden waren.

Sie waren eine Zeitlang schweigend gegangen, als Gemma Zana hinter sich sagen hörte, »Das sieht nach einem guten Rastplatz aus.« Und eine andere Stimme – die seltsam vertraut wirkte – antwortete: »Ja, Sie haben recht. Dort ist es sicher.«

Gemma sah sich um und wollte sich nach dem Grund für eine so zeitige Rast erkundigen – und blickte in ihr eigenes

Gesicht. Zana neben ihr schrie auf. Sie hatte die gleiche erschütternde Erfahrung gemacht. Ringsum ertönte Gelächter, und mehrere aus ihrer Gruppe – darunter auch die Duplikate von Zana und Gemma – schmolzen vor ihren Augen, schwebten als blaue Flammen davon und ließen die Reisenden bestürzt und entsetzt zurück.

Nach der ersten Aufregung sprach eine Weile niemand ein Wort. Alle waren damit beschäftigt, ihre Gefährten zu zählen, um sich zu vergewissern, daß alle echt waren.

»Bei den Sternen!« entfuhr es Danil endlich. »Was war denn das?«

Bevor jemand antworten konnte, kam ein Pfeil aus dem Nichts gezischt und bohrte sich einem der Männer in den Rücken. Als er stürzte, gerieten die anderen in Panik, liefen in alle Richtungen davon und warfen sich in die spärliche Deckung, die sie finden konnten. Zwei weitere Männer wurden von tödlichen Geschossen getroffen.

Gemma und Zana hockten hinter einem niedrigen Felsen.

»Dort drüben«, flüsterte Gemma und zeigte auf das felsübersäte Gelände, das die Zanaflamme eben noch empfohlen hatte.

»Ich sehe sie«, antwortete ihre Freundin. »Was sollen wir tun?«

Mehrere grau gekleidete Männer rückten gut getarnt zwischen den Felsen näher.

»Uns ergeben?« schlug Gemma mit Galgenhumor vor.

Eine aus ihrer Gruppe brach aus ihrem Versteck hervor und rannte zum Meer. Sie hatte noch nicht einmal ein Dutzend Schritte gemacht, als sich ein Pfeil in ihre Schulter bohrte und sie im Sand zusammenbrach.

»Tod der Teufelsbrut!« brüllte eine unbekannte Stimme triumphierend.

»Ich habe nicht den Eindruck, daß sie darauf aus sind, Gefangene zu machen«, kommentierte Zana sarkastisch.

»Wir können hier nicht einfach liegenbleiben.«

»Aber –«

Sie wurden unterbrochen von einem ansteigenden Geheul von furchteinflößender Lautstärke. Sie hielten sich die Ohren zu und sahen, wie ihre Angreifer sich erhoben und umsahen, um dann in großer Eile Richtung Süden davonzustürzen. Einen Augenblick später zerriß ein riesiger Metallvogel die Lüfte, der in schwindelerregendem Tempo über ihren Köpfen hinwegraste und dabei einen Lärm machte wie ein ausbrechender Vulkan. Er war ebenso schnell verschwunden wie er gekommen war.

Es dauerte lange, bis die überlebenden Reisenden den Mut aufbrachten, sich gegenseitig zu suchen oder auch nur die gespenstische Stille zu brechen, die sich über alles gelegt hatte. Nach und nach sammelten sie sich, bestürzt und tief betrübt. Nur acht lebten noch.

»Das ist völlig verkehrt«, meinte Gemma, überrascht über ihre Worte. »Wir müssen nach Süden! Und zwar sofort!«

»Ja«, stimmte einer der anderen zu.

»Sollen wir vielleicht die Straße verlassen?« fragte Danil ungläubig.

»Das ist Wahnsinn!« warf Zana ein. »Seht euch das Gelände an – nichts als blanker Fels. Weiter landeinwärts wird es Wüste sein.«

»Das hier ist Wahnsinn«, wiederholte Gemma und deutete auf den Weg. »Seht doch, was mit uns passiert ist.«

Es entstand eine hitzige Diskussion, während der Gemma und zwei der Männer sich nicht von ihrer Überzeugung abbringen ließen, ihre einzige Hoffnung bestünde darin, direkt nach Süden zu gehen. Am Ende jedoch behauptete sich die Ansicht der Mehrheit – daß sie auf dem gegenwärtigen Weg bleiben, aber mit größerer Vorsicht weitergehen sollten. Drei Meilen weiter westlich machten sie Halt und schlugen ihr Nachtlager auf

»Wir werden bestimmt bald ein Dorf erreichen«, meinte Zana, während sie und Gemma versuchten, einzuschlafen.

»Ich fürchte, das werden wir auf diese Weise nie.«

»Wir müssen zusammenbleiben.«

»Vielleicht sind wir schon tot«, sagte Gemma trotzig, »nur, daß es uns noch niemand gesagt hat.«

»Reden Sie nicht so.«

»Diese Gegend ist Wahnsinn. Ich begeife überhaupt nichts.«

Zana wußte keine Antwort darauf.

Mitten in der Nacht rüttelte einer der Männer, die ebenfalls nach Süden hatten gehen wollen, Gemma aus einem wundervollen Traum von Musik und Glück. Die Musik spielte weiter, selbst als sie schon wach war.

»Hören Sie das?« drängte er.

Gemma nickte.

Der dritte aus ihrem Bunde gesellte sich zu ihnen. Sein Blick war verzückt. »Der singende Sand«, flüsterte er, und sprach aus, was sie alle gemeinsam geträumt hatten.

Die Musik spielte weiter. Ihre schwungvolle Melodie und ihre schmerzhaft schönen Harmonien verbanden sich zu einem makellosen Lockruf der Sirenen.

Die drei erhoben sich, vereint durch ein unausgesprochenes Ziel, sammelten schweigend ihre wenigen Sachen zusammen und verschwanden heimlich in der Nacht.

Erst später kam Gemma auf die Idee, sich zu erkundigen, was aus dem Mann geworden war, der nachts Wache gehalten hatte – doch da war es bereits zu spät.

7. KAPITEL

»Was wurde aus den anderen?« fragte Arden mit unbewegter Miene.

»Einer hat die Nacht nicht überlebt«, antwortete Gemma. »Der Boden gab einfach unter ihm nach, und er stürzte in ein tiefes Loch. Wie ein Minenschacht. Wir haben ihn schreien gehört, als er hineinstürzte, aber wir konnten nichts tun ...« Sie mußte schlucken, schüttelte sich bei der Erinnerung, dann riß sie sich zusammen und fuhr fort. »Schließlich mußten Malin und ich schlafen. Die Musik hatte aufgehört, und wir hatten uns völlig verlaufen. Als ich am nächsten Morgen aufwachte, war er tot. In seinem Knöchel befanden sich zwei winzige Einstiche. Das Gift hatte so schnell gewirkt, daß er nicht einmal Zeit zum Schreien hatte. Keine Ahnung, warum es mich nicht auch gebissen hat.«

»Du hast Glück gehabt«, meinte Arden.

»So kann man es auch nennen.«

»Entschuldige. Ich wollte nicht ...« Arden wirkte ungewöhnlich durcheinander.

»Du brauchst dich nicht zu entschuldigen«, beeilte sich Gemma. »Ich hatte wirklich Glück. Meine nächste klare Erinnerung ist der Monolith. Und danach du.« Sie lächelte matt. »Du bist das erste Gute, das dieses Land zu bieten hat.«

»Das Beste«, korrigierte er sie und fand zu seiner alten Sicherheit zurück. »Aber es gibt hier noch eine Menge anderer guter Dinge. Bis jetzt hast du nur das Schlechte gesehen.«

»Und das zum größten Teil wegen meiner eigenen Dummheit«, meinte Gemma angewidert. »Kannst du mir irgend etwas davon erklären?«

Arden, der schweigend Gemmas trauriger Geschichte gelauscht hatte, schüttelte langsam den Kopf. »Nur zum Teil«, erwiderte er. Gemma wartete gespannt, doch Arden schien es nicht eilig zu haben. *So als müßte er überlegen, wieviel er mir erzählen soll,* überlegte Gemma.

»Ich weiß nicht genau, wo ihr an Land gegangen seid«, sagte er endlich, »aber ich kann es mir denken. Es gibt zahlreiche lange unbewohnte Küstenabschnitte – aber nicht viele Stellen, an denen sich die Elementalen tummeln.«

»Die Elementalen?«

»Die blauen Flammen.«

»Was ist das?«

»Das weiß niemand. Sie leben gern an Orten, wo das Schleifen die größte Wirkung gezeigt hat, und ganz besonders dort, wo sich der Küstenverlauf geändert hat. Sie scheinen über eine große Menge Energie zu verfügen und können jede beliebige Gestalt annehmen. Darüber hinaus ist nicht viel über sie bekannt – bis auf ihren seltsamen Sinn für Humor.«

»Sinn für Humor? Sie haben uns in eine Falle gelockt!«

»Das glaube ich nicht. Die Männer, die euch angegriffen haben, haben die Elementalen nur dazu benutzt, euch abzulenken.«

»Nein.« Gemma blieb fest. »Da steckte mehr dahinter.«

»Elementale sind dafür bekannt, daß sie Reisenden Streiche spielen«, entgegnete Arden. »Aber bis jetzt haben sie noch nie jemandem wirklich etwas getan.«

»Also schön. Dann hatten die Männer, die uns angegriffen haben, sie eben in ihrer Gewalt.«

»Ausgeschlossen«, rief Arden. »Das schafft niemand.«

»Bist du sicher? Oder macht dir die Vorstellung vielleicht Angst?« Gemma starrte ihn grimmig an, er ließ sich jedoch nicht einschüchtern.

»Es ist ausgeschlossen«, wiederholte er tonlos.

»Und wer waren diese Männer?«

»Diebe«, anwortete er sofort.

»Warum wollten sie uns dann umbringen?« hakte Gemma nach. »Wir waren nicht bewaffnet. Und warum haben sie uns diese Dinge zugerufen?«

»So wie sie leben, ist es nicht verwunderlich, daß sie gelegentlich boshaft werden. Höflichkeit kannst du von denen nicht erwarten.« Dabei grinste er, aber sein Grinsen wirkte ebensowenig überzeugend wie seine Worte.

»Was willst du vor mir verbergen?«

»Gar nichts!« Ein Anflug von Ärger schlich sich in seine Stimme. »Ich kann dir bloß nichts sagen.« Er tat, als wollte er sich erheben und murmelte dabei: »Ich werde die Pferde füttern gehen.«

»Bleib hier«, sagte Gemma und streckte die Hand aus, um ihn aufzuhalten. »Tut mir leid. Es ist nur, daß ich so wenig begreife.«

»Mir geht es doch genauso«, antwortete Arden wie zur Entschuldigung. Er blieb sitzen und starrte auf seine Füße.

Nach einer Weile fragte Gemma vorsichtig: »Und dieser Vogel aus Metall?«

»Wir nennen sie Himmelsraben. Sie können einen töten, einfach indem sie einen ansehen«, erklärte er ruhig. »Sie kommen aus dem Südland hinter den Bergen.«

Wieder schien seine Stimme zu verraten, daß er mehr wußte, als er zu sagen bereit war, doch diesmal bedrängte Gemma ihn nicht. Ihr fiel noch etwas ein.

»Sind die Elementalen hier?« wollte sie wissen. »Überall auf dem Stein waren blaue Flammen.«

Der Schock stand Arden ins Gesicht geschrieben.

»Du hast das Pilgerfeuer gesehen?«

»Ja, wenn du es so nennst«, antwortete sie und wunderte sich über seine Bestürzung. »Nachdem ich ihn umgestoßen hatte«, fügte sie hinzu, doch Arden hörte es nicht. Er hatte sich umgedreht und starrte den Monolithen an.

»Solange ich lebe, hat das noch niemand zu Gesicht bekommen«, sagte er leise. »Noch niemand.«

»Bis auf die Tiere«, sagte Gemma, ohne nachzudenken.

»Was?« Arden war mittlerweile völlig ratlos und sah Gemma an, als wäre ihr gerade ein zweiter Kopf gewachsen.

»Ich ...ich weiß nicht, warum ich das gesagt habe«, fügte sie leise hinzu. Als Arden weiter schwieg, fuhr sie fort mit der Beschreibung der Wesen, die sie gesehen hatte.

»Das waren Meyrkats«, sagte er. »Aber wieso?« Nach einer weiteren Pause fragte er: »Wie hat das Pilgerfeuer genau ausgesehen?«

»Einige der Flammen haben seltsame Muster gebildet«, meinte Gemma. »Eines ... warte, ich male es dir auf.«

Arden half ihr an den Rand des Zeltbodens. Sie nahm einen Stock zur Hand und kritzelte etwas in den Sand.

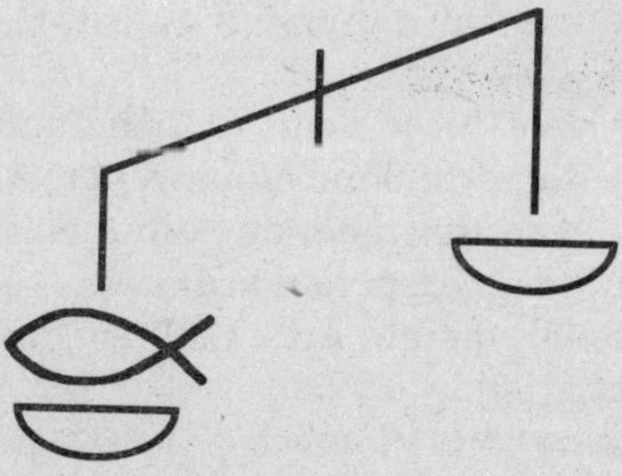

Bevor sie zu Ende zeichnen konnte, schlug Arden ihr den Stock aus der Hand und verwischte hastig die Zeichnung, dabei sah er sich um, als hätte er Angst, sie könnten beobachtet werden. Gemma starrte ihn ungläubig an. Ihre Verwunderung wurde noch größer, als er es erklärte.

»Tu mir einen Gefallen, Gemma. Zeichne *niemals* wieder dieses Zeichen.« Sie nickte stumm. Seine stille Heftigkeit war stärker als ihre Neugier. »Ich werde es dir später erklären, wenn du das Land besser kennst«, fuhr Arden fort. »Im Augenblick ist es besser, wenn du so wenig wie möglich weißt.« Er stand auf. »Aber jetzt muß ich wirklich die Pferde füttern«, sagte er und verschwand.

Gemma fühlte sich plötzlich sehr müde und kroch zurück in den Schatten. Sie sah zu, wie Arden die Pferde versorgte. Dabei fiel ihr auf, daß er immer wieder zu dem Monolithen hinüberblickte, so als erwartete er, daß er ein weiteres Mal in Flammen aufgehen würde. *Vielleicht, wenn ich ihn noch einmal umstoße*, war ihr letzter Gedanke, bevor sie in einen unruhigen Schlaf fiel.

Als sie am frühen Abend erwachte, sah Gemma, daß Arden sie beobachtete. Sein Gesichtsausdruck war eine seltsame Mischung aus Zartheit und Verwirrung. Als er merkte, daß sie die Augen geöffnet hatte, lächelte er schnell.

»Es ist kühler geworden. Am besten streckst du dich ein bißchen. Komm ich zeige dir die Pferde.« Er half ihr auf die Beine und führte sie die ersten Schritte. »Wie fühlst du dich?«

»Wie eine Zweijährige – mit Tendenz nach unten«, erwiderte sie und stolperte ohne Hilfe weiter. Arden blieb dicht an ihrer Seite. Die tiefstehende Sonne wärmte ihr Gesicht und Glieder, und auf der Haut kribbelte es angenehm.

»Gut gemacht«, meinte Arden, als sie das andere Schutzdach erreicht hatten.

Gemma fühlte sich plötzlich schwach und hielt sich an einem der Pfosten fest. Sie merkte, daß Arden ihren anderen Arm stützte.

»Womit habe ich mich nur in diesen Zustand gebracht?« stöhnte sie.

»Du wirst es überleben«, meinte Arden zuversichtlich. »Unkraut vergeht nicht. Nur wenige Menschen wären lebend so weit gekommen.«

Sie sah ihn überrascht an, die Bemerkung freute sie.

»In ein oder zwei Tagen müßtest du wieder reiten können«, fuhr er fort. »Du solltest also Mischa kennenlernen. Sie wird dich tragen, es wäre daher keine schlechte Idee, wenn ihr euch vertragen würdet.«

»Hallo, Mischa«, sagte Gemma und strich der Stute sacht über die Nüstern. Das Pferd senkte den Kopf, verlagerte das Gewicht und stapfte mit einem Vorderfuß auf.

»Sie hat dich angenommen«, meinte Arden ein wenig überrascht. »Das hier ist Lark«, fügte er auf das andere Pferd zeigend hinzu.

»Schöne Tiere. Und sehr geduldig«, meinte Gemma.

»Sie passen sich ihrer Umgebung an«, meinte Arden zufrieden. »In dieser Hinsicht sind sie intelligenter als die meisten Menschen.«

»Verstehe.«

»Dabei habe ich nicht an dich gedacht«, sagte er unverfroren.

»Schöner Trost.«

»Außerdem entschuldigt Genialität den Mangel an gesundem Menschenverstand.«

»Ich bin also plötzlich ein Genie?« meinte Gemma und hob die Augenbrauen.

»Jeder, der all das durchsteht, was du durchgemacht hast, mitten in der Diamantenwüste landet und dabei noch so bezaubernd aussieht wie du, ist ein Genie.« Arden grinste und fügte hinzu, bevor Gemma eine passende Entgegnung einfiel: »Deine Sachen gefallen mir übrigens noch immer.«

»Das wär's also dann«, meinte Gemma. »Ich bin hübsch, ein bißchen blöd und ein Genie.«

»Es gibt schlimmeres.«

»Gutaussehend und arrogant vielleicht?« schlug sie vor.

»Damit, Mylady, meinst du doch ganz bestimmt nicht mich, oder?« erwiderte er mit gespielter Bescheidenheit.

»Gutaussehend war vielleicht wirklich etwas übertrieben.«

»Geh ein paar Schritte«, kommandierte Arden. »Das wird dir gut tun. Es wird dir etwas die Steifheit vertreiben.« Dabei machte er ein so ernstes Gesicht, daß Gemma nur lachen konnte, und Arden, der seinen gespielten Ernst nicht länger beibehalten konnte, fiel kurz darauf ein. Zusammen machten sie sich auf den Weg und umkreisten langsam den Monolithen. Allmählich wurden die Bewegungen für Gemma weniger schmerzhaft, und ihre gelöste Stimmung hielt an.

»Erzähl mir von den Meyrkats«, sagte sie. »Gibt es sie wirklich?«

»Aber ja, es gibt sie, aber du wirst sie nie zu Gesicht bekommen«, antwortete Arden. »Ich habe sie jedenfalls nie gesehen.«

»Wieso nicht?«

»Sie leben in Rudeln und handeln immer als Gruppe. Während einige von ihnen jagen oder nach Wasserwurzeln graben und die anderen auf die Jungen des Rudels aufpassen, halten immer ein oder zwei von ihnen Wache. Sie würden uns sehen, bevor wir uns ihnen bis auf vierhundert Schritte genähert hätten.«

»Woher weißt du das alles, wenn du sie nie gesehen hast?«

»Aus alten Erzählungen. Außerdem habe ich ihre Spuren und Bauten gesehen.« Arden zögerte. »Mich würde allerdings interessieren, woher du von ihnen weißt.«

»Träume sind seltsam«, antwortete Gemma nachdenklich.

»Besonders deine.«

»Können sie singen?«

»Soweit ich weiß nicht.« Er sah sie gespannt an, doch sie war zu sehr mit ihren unsicheren Beinen beschäftigt, als daß sie es bemerkt hätte.

Als sie wieder am Zelt waren, meinte Gemma, »Du hast mir noch nicht gesagt, was du hier tust – mitten im Nirgendwo.«

»Ganz einfach. Ich befinde mich auf dem Weg von der einen auf die andere Seite«, sagte er schnodderig.

»Hättest du nicht außen rum gehen können?« erwiderte sie auf die gleiche Art.

»Schon, aber das hätte länger gedauert, außerdem gefällt mir die Wüste. Ich mag die Einsamkeit.«

»Tut mir leid, daß ich dich dabei gestört habe.« Gemma wartete. »Jetzt bist du wieder dran mit einer gallanten Bemerkung«, erklärte sie. Als Arden immer noch nichts erwiderte, fragte sie ihn: »Was denkst du?«

»Nicht viel«, antwortete er und hob den Kopf. Seine grünen Augen hatten etwas ungewöhnlich Feierliches. Als er Gemmas fragendes Gesicht sah, fügte er hinzu: »Ich gehe nach Great Newport, um mich für das Tal einzusetzen.« Er unterbrach sich, fuhr aber fort, als er merkte, daß dies als Erklärung wohl kaum genügte. »Newport ist die Bezirkshauptstadt, dort konzentriert sich alles Geld und alle Macht. Und die Politiker.« Der Ekel war seiner Stimme anzumerken. »Das Tal hat jetzt vier Jahre lang kein Wasser mehr bekommen. Wenn die Leute dort nicht bald welches erhalten, werden sie es entweder verlassen müssen oder sie bleiben dort und sterben. Ich will versuchen, etwas dagegen zu unternehmen.«

»Das Tal ist dein Zuhause?«

»Nein. Ich habe kein Zuhause.«

Gemma reagierte nicht darauf. »Und wieso bist du dann deren Botschafter?«

»Weil sie nicht selber gehen können, und weil sie mir vertrauen. Mir fällt das Reisen leicht, für sie jedoch ist es etwas Abscheuliches, und irgend jemand muß nun einmal gehen. Außerdem bezahlen sie mich dafür.«

»Du läßt dich von ihnen bezahlen?«

»Aber ja. Ich muß schließlich leben.«

»Tolle humantitäre Motive.«

Arden ließ sich davon nicht beeindrucken.

»Wenn ich Erfolg habe, wird ihnen das sehr viel mehr wert sein als jeder Geldbetrag, und wenn nicht, dann nützt ihnen das Geld ohnehin nichts mehr«, meinte er fest.

»Aber du kannst es dann ausgeben!«

»Sowas soll es schon gegeben haben.« Er mußte lachen. »Ist das so fürchterlich?«

Gemma mußte widerstrebend anerkennen, daß er damit nicht ganz unrecht hatte.

»Wofür willst du es ausgeben?« fragte sie.

»Für Tanzmädchen, belavasischen Wein und für ein Paar neue Ohrringe«, kam es wie aus der Pistole geschossen.

»Neue Ohrringe! Für dich?«

»Nein. Für dich. Deine sehen fürchterlich aus.«

8.
KAPITEL

Zwei Tage später bauten Arden und Gemma bei Tagesanbruch ihr Lager ab und machten sich auf den Weg nach Great Newport, entschlossen, die relative Kühle des frühen Morgens zu nutzen. Gemma war nervös, sie fürchtete einen Sturz auf dem harten Boden, der so weit unter ihr zu sein schien, doch Lark und Mischa bewegten sich mit dem gemessenen Schritt des geübten Reisetieres, und wenig später hatte sie sich an die stete Bewegung gewöhnt. Trotz ihrer Schwäche gelang es ihr bald, sich zu entspannen. Arden ritt neben ihr; er war im Sattel offensichtlich zu Hause.

»Erzähl mir von dem Tal«, sagte Gemma, nachdem sie drei Meilen schweigend geritten waren.

»Das kann ich nicht«, erwiderte Arden. »Du mußt es selbst sehen.«

»Ist es so außergewöhnlich?«

»Ja.«

Sie wartete auf eine Erklärung, dann versuchte es Gemma noch einmal.

»So außergewöhnlich, daß du es nicht beschreiben kannst?«

»Darüber scherzt man nicht!« fuhr Arden sie an und starrte wütend auf den Horizont vor ihnen. Sein Ton und sein Gesichtsausdruck waren so verbittert, daß Gemma erschrocken schwieg, und für eine Weile war das einzige

Geräusch das Stapfen der Pferdehufe auf dem ausgetrockneten Boden.

»Tut mir leid ...« setzten beide gleichzeitig an und drehten sich um und sahen sich an. Nach einem Augenblick der Unsicherheit fing Arden an zu grinsen, und Gemma erwiderte sein Lächeln mit einem erleichterten Schmunzeln.

»Ich wollte mich nicht in deine Angelegenheiten mischen«, sagte sie ruhig. »Du liebst das Tal sehr, habe ich recht?«

»Ja, ich glaube schon«, antwortete ihr Führer nachdenklich, und fügte dann hinzu: »Ich hatte nicht die Absicht, dich vor den Kopf zu stoßen.« Nach einer weiteren Pause fuhr er fort. »Es ist wirklich schwer zu beschreiben. Nicht nur, weil es dort so schön ist – oder besser, war. Es ist die Atmosphäre dort, die Stimmung.« Er schüttelte den Kopf, als wollte er seine Gedanken dadurch klären. »Normalerweise rede ich nicht so ein unzusammenhängendes Zeug.«

Gemma spürte Ardens Verärgerung und konnte nicht anders, sie mußte ihn ein wenig aufziehen. »Nicht einmal nach ein oder zwei Flaschen belavasischen Weins?«

»Vielleicht nach dreien«, antwortete er mit einem Grinsen. »Und dann würde sich mein Verstand wahrscheinlich auf Dringlicheres konzentrieren.«

»Die Tanzmädchen?«

»Schon möglich. Höre ich da vielleicht Mißbilligung heraus?« fragte er und hob die Brauen.

»Das kann ich nicht beurteilen, ich habe noch keine kennengelernt«, meinte Gemma. »Machen sie auch noch etwas anderes – außer tanzen?«

»Ja«, antwortete er vielsagend. »Sie stellen zu viele Fragen wie alle Frauen.«

Gemma schlug sich in einer übertriebenen Geste die Hand vor den Mund. Sofort verlor sie das Gleichgewicht und mußte sich festhalten. Schließlich klammerte sie sich an die Mähne des Pferdes.

»Entschuldige, Mischa«, flüsterte sie der Stute ins Ohr, »aber du verstehst das bestimmt, schließlich bist du auch ein Weibchen.« Ihr Roß wieherte leise. »Hab ich's doch gewußt.«

Arden lachte, als Gemma langsam wieder nach oben kam.

»Gut, daß wenigstens eine von euch weiß, was sie tut«, meinte er. »Hast du auch ganz bestimmt nicht vom Wein probiert?«

»Deine bloße Anwesenheit versetzt mich schon in einen Rausch«, antwortete sie bescheiden, die Augen in Demut niedergeschlagen. »Bestimmt wirkst du auf alle Mädchen so.«

»Normalerweise schon«, gab ihr Arden recht, ohne eine Miene zu verziehen.

Eine Weile später versuchte es Gemma noch einmal. »Du hast mir noch immer nichts über das Tal erzählt«, meinte sie.

Arden sah sie betont abschätzig an.

»Ich werde dir eine Geschichte erzählen«, sagte er langsam. »Über das erste Mal, als ich das Tal gesehen habe. Vielleicht verstehst du dann ...«

Er war von den Bergen heruntergekommen, ohne genau zu wissen, wohin er ging. Es war ihm auch egal. Sein ganzes Leben kam ihm vor wie eine lange, sinnlose Wanderung.

Der Rucksack auf seinem Rücken enthielt sein gesamtes Hab und Gut, aber es waren die Dinge eines Reisenden, anonym. Nichts verriet seine Herkunft oder deutete auf einen Beruf hin, es gab keine Hinweise auf das Zuhause, das er verlassen hatte. All seine Erinnerungen saßen fest verschlossen hinter den harten, grünen Augen, die viel älter waren als seine sechzehn Sommer.

Die Dunkelheit setzte ein, als er sich seinen Weg durch die Bäume in das unten liegende Tal bahnte. Es würde warm sein nachts, er konnte draußen schlafen, wenn es sein mußte, in der Ferne jedoch waren Lichter zu erkennen, und die Bequemlichkeit einer Scheune wäre ein willkommener Luxus. Von weit oben hatte das Tal einladend ausgesehen, üppig und grün, und Ardens Stimmung war bei seinem Anblick gestiegen. Er traute seinen Gefühlen jedoch nicht recht und näherte sich schleichend einer der abgelegenen Farmen.

Das Hauptgebäude hatte zwei Stockwerke, was in den Jahren nach Der Einebnung ungewöhnlich war, als nur wenige das Risiko eingingen, oberhalb des Erdgeschosses zu wohnen.

Es war aus Holz gebaut, und selbst in dem schwindenden Licht konnte Arden das handwerkliche Geschick erkennen, das in seine Konstruktion eingeflossen war. Aus den unteren Fenstern strömte goldener Lampenschein, Lachen und das Klappern von Geschirr. Die sanfte Brise wehte weitere Informationen heran. Das jahrelange Leben in der Wildnis hatte Ardens Geruchssinn geschärft, und die köstlichen Düfte aus der Farmküche wurden fast zur Qual. Er hatte irgendwo einen Schlafplatz suchen und dann am Morgen etwas zu Essen stehlen oder erbetteln wollen, doch der lautstarke Protest seines leeren Magens und das Wasser, das ihm im Mund zusammenlief, waren zuviel für ihn. Er ließ die Scheune und die anderen Nebengebäude links liegen und näherte sich kriechend der Quelle der verlockenden Wohlgerüche.

Ohne rechten Plan kroch er weiter und fand bald keine Deckung mehr. Um noch näher heranzukommen, mußte er in das offene Gelände vor dem Haus treten, und alle seine Vagabundeninstinkte sagten ihm, daß dies eine Dummheit wäre. Mittlerweile konnte er das Essen im Haus beinahe schmecken. Er sah sich um, ob die Farmhunde in der Nähe waren, dann ging er in die Hocke und huschte durch den Garten. Als er unter dem offenen Fenster kniete und versuchte, seinen Atem zu beruhigen, hörte er das Scharren eines Stuhls, der nach hinten geschoben wird. Augenblicke später wurde die Tür ein paar Zentimeter weit nach außen geöffnet, und ein Keil aus warmem Licht fiel über den Vorgarten. Arden erstarrte.

Heraus kam ein großer, bärtiger Mann. Er sah dem Reisenden direkt ins Gesicht.

»Komm herein, mein Freund«, sagte er mit einer tiefen, ruhigen Stimme. »Kris hat gesagt, wir sollen dich erwarten.«

Arden war unfähig, sich zu bewegen. Die Worte des Mannes waren verwirrend, und doch wurde sein einladender Ton noch von seinem Lächeln unterstrichen.

»Es gibt etwas zu essen«, fügte der Farmer hinzu. »Komm.« Er lud Arden mit einer Handbewegung ein, ins Haus zu kommen.

Der Junge erhob sich langsam. Diese plötzliche Freundlichkeit in einer Welt, die sonst nur Schmerzen, Ablehnung oder grausame Nichtbeachtung für ihn bereithielt, hatte ihn verwirrt. Immer noch Verrat fürchtend, trat er ein paar Schritte vor und blickte durch die Haustür. Dort blieb er stehen. Acht Augenpaare sahen ihn an. Ein sanfter Schubs von hinten beförderte ihn in den Raum.

Am riesigen Holztisch waren drei Plätze frei. Der Farmer führte Arden zu einem von diesen, dann bekam er einen dampfenden Teller mit nach Kräutern duftendem Gemüse vorgesetzt.

»Iß«, befahl sein Gastgeber und gab ihm einen Wink mit dem Löffel.

Arden nahm seinen Löffel zur Hand. Er fühlte sich schwach vor Hunger. Dann blickte er den Farmer an, der jetzt am anderen Ende des Tisches Platz genommen hatte.

»Ich ...« begann er zögernd. Seine Stimme war kaum mehr als ein Flüstern. »Ich habe kein Geld ... um euch zu bezahlen.«

Aus irgendeinem Grund bewirkte seine Bemerkung Lächeln und leises Lachen rings um den Tisch.

»Iß«, wiederholte der Mann.

Arden brauchte nicht länger gebeten zu werden und nahm den ersten Mundvoll. Während seine Geschmacksnerven in Verzückung gerieten, machten die anderen sich wieder über ihre Mahlzeit her, und die Küche füllte sich wieder mit Lärm. Zwischen den Happen warf Arden einen Blick auf die Menschen ringsum. Seine Anwesenheit schien ihnen nicht das geringste auszumachen.

Sein Teller war bald geleert, und das Mädchen, das neben ihm saß, füllte ihn aufs neue, ohne daß er ein Wort sagen mußte.

»Danke«, murmelte er schüchtern.

»Bitte«, antwortete sie mit einem Lächeln. »Ich heiße Mallory.« Sie blickte ihn erwartungsvoll an, und er beeilte sich mit dem Schlucken.

»Arden«, sagte er leise.

»Ein hübscher Name«, meinte sie. »Und passend.«

Bevor er fragen konnte, wie sie das gemeint hatte, sprach Mallory bereits weiter.

»Das hier ist mein Vater Elway«, sagte sie und nickte dem bärtigen Mann zu, der Arden ins Haus gebeten hatte und der gerade mit der Frau, die neben ihm saß, über einen Scherz lachte. »Und meine Mutter, Teri. Der Alte dort ist mein Urgroßvater.«

Arden, der weder seine Großeltern, geschweige denn irgendwelche früheren Generationen gekannt hatte, sah Fletcher erstaunt an. Sehr alt sah er nicht aus; er hatte graue Stellen im Haar, aber sein Blick war klar und seine Handbewegungen sicher.

»Am nächsten Namenstag wird er einhundertundzehn«, erklärte Mallory.

Arden hätte sich fast verschluckt.

»Und er ist immer noch ein ebenso guter Holzfäller wie die anderen im Tal«, fügte sie nicht ohne Stolz hinzu.

Arden war so verblüfft, daß er das Essen für ein paar Augenblicke vergaß, Mallory aber hatte seine Überraschung nicht bemerkt und stellte die Runde weiter vor.

»Das ist mein ältester Bruder Hunley und seine Frau, Dorcas. In zwei Monaten ist ihr Baby fällig.«

Hunley war fast das genaue Ebenbild seines Vaters: dunkler Schopf, breite Schultern und kräftige, sonnengegerbte Arme. Neben ihm wirkte Dorcas trotz ihrer Leibesfülle klein. Eine große Schönheit war sie nicht, aber sie strahlte Gesundheit und Zufriedenheit aus.

»Auf der anderen Seite sitzen Annys – meine Schwester – und Lang, der auf der Farm aushilft. Vermutlich werden sie bald heiraten.«

»Hör auf mit deinem Getratsche«, warf der junge Mann an Ardens anderer Seite ein. »Annys und Lang sind durchaus in der Lage, sich selber um ihre Angelegenheiten zu kümmern. Dazu brauchen sie deine Hilfe nicht.«

»Und das ist Horan«, fuhr das Mädchen unbeeindruckt fort. »Mein anderer Bruder. Der, der keine Manieren hat.«

Horan mußte grinsen. Mit ihren blonden Haaren und den tiefblauen Augen kamen er und Mallory auf ihre Mutter.

»Du mußt meine Schwester entschuldigen. Sie ist noch sehr jung.«

Mallory strecke ihm die Zunge raus.

»Siehst du?« meinte Horan, immer noch lächelnd. »Man würde niemals glauben, daß sie sechzehn ist.«

Arden hatte tatsächlich angenommen, daß sie jünger war als er, und schüttelte den Kopf. Er sollte noch herausfinden, daß jeder im Dorf viel älter war, als er anfangs angenommen hatte.

»Kommst du von weit her?« fragte Horan.

»Aus Manesty«, antwortete Arden und nannte das Dorf, in dem er sich zuletzt aufgehalten hatte.

»Bist du dort zu Hause?«

»Nein.«

Teri bewahrte ihn vor weiteren Erklärungen, indem sie mit fester aber freundlicher Stimme das Wort ergriff.

»Laßt Arden essen, Kinder. Den Beerenkuchen können wir erst essen, wenn wir alle fertig sind.«

Erst jetzt merkte Arden, wie köstlich das Essen war, das er in sich hineingeschaufelt hatte – und die Aussicht auf weitere Köstlichkeiten regte seinen Appetit aufs neue an. Erst viel später kam er auf die Idee, sich zu fragen, woher Teri seinen Namen wußte. Seine leise Bemerkung zu Mallory hatte man am anderen Ende des Tisches unmöglich verstehen können.

Nach dem Essen fühlte Arden sich angenehm satt, und er bemerkte den freigebliebenen Stuhl.

»Habe ich vielleicht jemanden noch nicht kennengelernt?« erkundigte er sich vorsichtig, ohne genau zu wissen, warum.

»Oh, der ist für Kris«, antwortete Mallory. »Wir legen immer ein Gedeck für ihn auf, falls er uns erwählen sollte.«

»Kris? Das ist doch der, der euch erzählt hat, daß ich kommen würde?«

Mallory nickte. »Kris weiß so manches«, erklärte sie.
»Du wirst ihn schon bald kennenlernen«, fügte Horan hinzu.
Plötzlich stand Teri hinter Arden.
»Ich will dir dein Zimmer zeigen«, meinte sie. »Wo sind deine Sachen?«
»Mein Rucksack!« rief Arden. »Er liegt immer noch draußen.«
»Gut, dann geh und hol ihn«, meinte sie lachend.
Er tat es. Anschließend folgte er Teri die Treppe hinauf und durch einen Flur bis zu einem kleinen, sauberen Zimmer mit einem Bett, ein paar Regalen und einer Kommode. Die Laken waren schneeweiß und bereits zum Auslüften umgeschlagen.
»Wir stehen früh auf«, sagte Teri. »Schlaf gut.«
Arden setzte sich auf das Bett und konnte sein Glück kaum fassen. Die Freundlichkeit dieser fremden Menschen hatte ihn so verwirrt, daß er nichts anderes tun konnte, als den ungewohnten Luxus von Matratze und Bettwäsche einfach hinzunehmen.
Er schlief gut.

9. KAPITEL

Drei Monate lang blieb Arden bei Elway und seiner Familie. Man verlangte zwar nichts von ihm, trotzdem zeigte er sich für ihre Gastfreundschaft erkenntlich, indem er auf der Farm arbeitete. Seine letzten Reisen hatten ihn körperlich stark gemacht, aber an die Kraft von Elway und seinen Söhnen reichte er nicht heran. Dank Mallorys Unterstützung – die zu seiner hauptsächlichen Begleiterin wurde – und Horan konnte er sich trotz seiner fehlenden Erfahrung nützlich machen.

Während seines Aufenthaltes erfuhr er, daß die Gemeinde im Tal zwar weit verstreut lebte, dennoch aber eng miteinander verwoben war und durch mehr als nur den Wohnort und die gemeinsamen Interessen zusammengehalten wurde. Etwas, das Arden anfangs nicht benennen konnte, gab ihnen ein Zusammengehörigkeitsgefühl, das er noch nirgendwo erlebt hatte.

Es gab nur zwei Dörfer im Tal, bekannt schlicht als Ober- und Unterdorf – die übrige Bevölkerung verteilte sich auf die vielen Farmen –, und in diesen Dörfern fanden die regelmäßigen Sitzungen der Gemeinde statt. Arden nahm an einer in Oberdorf teil, sechs Meilen von Elways Farm entfernt. Man hatte sie angeblich einberufen, um einen neuen Ernteturnus und das Fällen einiger Bäume für den Bau eines neuen Farmhauses zu besprechen und um sich um den Namen dreier Neugeborener zu kümmern. In Wirklichkeit jedoch, wie Arden sehr bald merkte, waren all diese Angelegenheiten bis auf Einzelheiten schon entschieden, und trotz zahlreicher temperament- und humorvoller Ansprachen zu Beginn war es in erster Linie ein gesellschaftliches Ereignis. Der Tag endete mit Musik und Tanz unter freiem Himmel. Man trank reichlich bernsteinfarbenen Wein aus der Gegend und war ausgelassener Stimmung.

Arden wurde einer verwirrend großen Zahl von Leuten vorgestellt, Abgesandten aus allen Teilen des Tales, die alle bereits seinen Namen kannten. Ihre dagegen vergaß er zu seiner Schande meist augenblicklich wieder, und Mallory mußte ihm mehr als einmal aus der Verlegenheit helfen. Natürlich tanzte er mit ihr, was für ihn ebenso peinlich wie für sie schmerzhaft war. Anfangs nahm Mallory seine Unerfahrenheit und Ungeschicktheit noch geduldig hin, dann machte sie ihrer Verzweiflung Luft. Nach einer Weile konnte sie nicht mehr, sie lachte unkontrolliert und drohte Arden, sich die Stiefel ihres Bruders auszuleihen, wenn er ihr weiter auf die Zehen trat. Auf dem Weg zurück zur Farm wurde Arden zur Zielscheibe so manchen Scherzes, doch der gesamte Tag hatte ihn in eine derart gute Stimmung versetzt, daß ihm das nichts ausmachte.

»Vielleicht braucht er einfach einen besseren Lehrer«, schlug Horan vor, während der Karren gemächlich hinter den beiden schweren, grauen Pferden herrumpelte.

»Woher willst du das denn wissen«, schimpfte Mallory. »Jeder sieht doch, daß du zwei linke Füße hast. Leider hat Arden drei davon! Jedenfalls nach meinen blauen Flecken zu urteilen!« Und sie konnte sich vor Kichern wieder nicht mehr halten.

Elway saß mit seiner Frau auf dem Bock.

»Vielleicht wären deine Füße nicht so wund, wenn du den Jungen nicht so sehr mit Beschlag belegt hättest. Es waren eine Menge anderer Leute da, die ihn auch gerne kennengelernt hätten.«

»Warum?« fragte Arden.

»Hier kommen nur selten Fremde her«, antwortete Teri. »Die Menschen im Tal bleiben lieber unter sich.«

»Das soll keine Beleidung sein, Junge«, meinte Elway. »Aber so gefällt es uns nun mal am besten.«

»Bevor ich herkam, wußte ich überhaupt nicht, daß es das hier gibt«, meinte Arden. »Es ist wunderschön.«

»Das stimmt«, meinte Teri. Sie drehte sich um und lächelte ihn an. »Es gibt allerdings nicht viele Fremde, die das erkennen.«

Arden wollte gerade protestieren, als ihn etwas innehalten ließ. *Wieso hatte er nie von diesem Ort gehört?* Bestimmt waren Nachrichten von hier nach draußen gedrungen.

»Wir bekommen nicht viel Besuch«, fuhr Elway fort. »Und wir verlassen diesen Ort nicht.«

»Niemals?«

»So ist es, Junge.«

»Aber warum?«

»Weil wir sterben, wenn wir es tun«, erklärte Mallory schlicht.

»Aber ihr seid die gesündesten Menschen, die ich je gesehen habe!« rief Arden. Es stimmte. Selbst die ältesten Männer und Frauen waren noch voller Leben, und Krankheiten waren fast unbekannt.

»Solange wir im Tal bleiben, ja«, erwiderte Elway ernst. »Aber die Welt draußen bekommt uns nicht.«

»Du wirst das verstehen, wenn du nur lange genug bei uns bleibst«, fügte Mallory hinzu und sah ihn dabei mit einem merkwürdigen, rätselhaften Ausdruck im Gesicht an.

»Bist du sicher, daß deine Füße das aushalten?« fragte er. Das Gespräch hatte eine etwas unangenehme Wendung genommen, und er wollte zu der Unbeschwertheit von vorhin zurück.

»Aber ja«, meinte sie. »Das nächste Mal ziehe ich Clogs an.«

Sie lächelten sich an und merkten nicht, wie Horan sie nachdenklich musterte.

Während seines dreimonatigen Aufenthalts erfuhr Arden eine Menge über das Tal. Er sah, daß die Menschen keinerlei Fleisch aßen, und daß, obwohl es auf jeder Farm Tiere gab – Ziegen, Pferde, ein paar Kühe und Schafe auf höhergelegenen Weiden. Statt dessen aßen sie die Erzeugnisse des fruchtbaren Bodens und pflanzten eine außergewöhnliche Vielzahl von Gemüse, Obst, Nüssen, Getreide und Kräutern an. Anfangs war Arden erstaunt, daß man daraus eine so abwechslungsreiche und appetitanregende Kost herstellen konnte, doch unter Teris geduldiger Anleitung lernte er bald die Feinheiten der Zubereitung und der Kombinationsmöglichkeiten schätzen. Daß im Tal an den nach Süden gelegenen Hängen auch ein eigener Wein angebaut wurde, machte das Essen noch wohlschmeckender. Als er Mallory aus Neugier auf den Verzicht auf Fleisch ansprach, reagierte sie zuerst schockiert und angewidert. Dann dachte sie ein paar Augenblicke darüber nach.

»Früher, das heißt vor meiner Geburt, hat man Fleisch gegessen«, sagte sie schließlich. »Aber das war nicht richtig. Das Tal gehört den Vögeln und den Kaninchen und all den anderen Tieren genauso, wie es uns gehört. Warum sollten wir sie schlachten, wenn keine Notwendigkeit besteht?«

Arden hatte sie noch nie so ernst erlebt. Er akzeptierte ihre Erklärung, wie er alle anderen Tatsachen über ihr Zuhause akzeptierte. Die Landwirtschaft des Tales hing zu einem großen Teil von einem komplizierten Bewässerungssystem ab. Das Klima war im Sommer heiß und mild im Winter, und die Berge zu beiden Seiten hatten zur Folge, daß es zu keiner Jahreszeit viel Regen gab. Deshalb war der zentrale Fluß von großer Bedeutung. Als Horan Arden davon erzählte, fragte er sofort: »Welcher Fluß?« Und dann erfuhr er von dem bislang ungewöhnlichsten Aspekt des Lebens im Tal.

»Du hast bestimmt das Flußbett gesehen«, meinte Horan mit einem wissenden Lächeln. Arden dachte darüber nach.

»Ja«, antwortete er nach einer Weile, als er sich an den felsübersäten Hohlweg erinnerte, der das Tal der Länge nach durchzog und den an einigen Stellen robuste Holzbrücken überspannten. Beide Dörfer lagen an ihm. »Aber es ist knochentrocken!«

»Voller Staub«, gab Horan ihm recht.

»Ist das im Sommer immer so?« Arden verstand nicht, wie ein solcher Fluß, der aussah, als sei er schon seit Jahren ausgetrocknet, dieses eindrucksvolle System aus Auffangbekken, Röhren und Abzugsgräben speisen konnte, das er gesehen hatte.

»Nein«, entgegnete Horan. »Er führt allerdings nur das Regenwasser und das Schmelzwasser aus den südlichen Bergen von Mitte Winter bis zum Spätsommer.«

»Aber ...« Arden war zunehmend verwirrt.

»Und er fließt nur jedes zweite Jahr«, erläuterte Horan. »Jedenfalls seit Der Einebnung.«

Arden blieb stehen und dachte nach.

»In dem einen Jahr floß er«, fuhr Horan fort, »und im nächsten war er trocken, letztes Jahr ist er geflossen, jetzt ist er trocken. Nächstes Jahr wird er wieder fließen.« Er klang so sicher, daß Arden nicht auf die Idee kam, zu fragen, woher er das wußte.

»Willst du damit sagen, daß dieses Bewässerungssystem in den letzten drei Jahren aufgebaut wurde?« Ardens Respekt vor den Menschen im Tal wuchs noch ein Stück.

»Es war schon vorher da«, antwortete Horan. »Wir haben es nur ausgebaut.«

»Das ist unglaublich«, sagte Arden und betrachtete das üppige Grün ringsum.

»Manchmal haben wir unsere guten Augenblicke«, antwortete sein Freund.

»Aber warum nur jedes zweite Jahr? Das gibt keinen Sinn.«

»Bei Der Einebnung ist eine Menge geschehen, und es wird lange dauern, bis wir für alles eine Erklärung haben.«

Arden betrachtete das hohe Gebirge im Süden. *Irgendwo dort muß die Quelle sein*, überlegte er und spürte eine seltsame Regung in seinem Herzen. *Dort liegt die Lösung des Rätsels.*

Horan sah seinen Blick, sagte aber nichts.

Während dieses ersten Besuches im Tal erfuhr Arden viel Erstaunliches und noch mehr, was sein Gemüt erfreute. Er sah, wie Fletcher im Geäst eines uralten Apfelbaumes herumkletterte, und hatte Mühe, sich das Alter des Mannes vorzustellen. Er war am Namenstag von Dorcas erstem Kind dabei und nahm an der Gemeindefeier teil. Er erfuhr eine Menge über die Farmarbeit – nicht zuletzt, daß es harte Knochenarbeit war. Er lernte sogar, mehr schlecht als recht, das Tanzen. Doch das überwältigendste Erlebnis während all dieser Zeit hatte er bereits an seinem ersten Tag im Tal.

Kurz nach Sonnenaufgang stand er auf und stellte fest, daß im Haus schon geschäftige Betriebsamkeit herrschte. Er setzte sich auf seinen Platz am Frühstückstisch, als hätte er sein ganzes Leben hier gelebt. Obwohl er nur redete, wenn er angesprochen wurde, und man ihm das Essen aufdrängen mußte, konnte er nicht anders, er fühlte sich aufgenommen.

Er aß gerade seine dritte Scheibe Brot mit Honig, als Mallory vom Garten hereingeplatzt kam.

»Kris ist da!« rief sie ganz außer Atem und sah Arden dabei an, als warte sie auf eine Reaktion von ihm.

Ihm war nicht ganz wohl in seiner Haut. Er stand auf und sah sich unsicher um.

»Komm schon!« drängte Mallory und winkte ihn zur Tür. »Er ist extra deinetwegen gekommen.«

»Nun laß den Jungen doch, Mallory«, meinte Elway ruhig. »Er kennt unsere Sitten doch noch nicht.«

Arden ging hinaus in den Vorgarten und wischte sich dabei immer wieder die Hände am Hosenboden ab. Ohne zu wissen, was ihn erwartete, blickte er sich um und sah, wie ein Kind den Garten betrat. Es hatte irgend etwas Merkwürdiges an sich. Als Kris sich zum Haus umdrehte, nachdem er das Gatter verschlossen hatte, mußte Arden einen entsetzten Schrei unterdrücken. Es war gar kein Kind, sondern ein Mann, dessen Glieder und Wirbelsäule so entsetzlich verkrümmt waren, daß er nicht größer war als ein Zehnjähriger. Als er näherkam, wirkten seine Beine unkoordiniert und seine Arme wirbelten in alle Himmelsrichtungen, trotzdem kam er gut voran. Unmöglich zu sagen, wohin sein Blick gerichtet war, denn sein Kopf hing vornübergeneigt, als betrachtete er den Boden. Er war barfuß, und seine Kleider waren schwarz und unförmig, so daß er wie eine übergroße verwundete Krähe wirkte.

Arden trat instinktiv einen Schritt zurück und stieß dabei gegen Mallory, die ihn wieder nach vorne schob. Als er sich umsah, stand die gesamte Familie in Reih und Glied hinter ihm. Offensichtlich war ihnen dieses Zusammentreffen wichtig. *Was soll ich tun?* überlegte er voller Panik. Die kalte Angst, etwas falsch zu machen, krallte sich um seinen Magen, doch das war er gewöhnt, und er schob es von sich. Er drehte sich wieder zu dem näherkommenden Fremden um und wurde ganz von Kris' Kopf in Anspruch genommen, der sich ihm unberechenbar schwankend näherte. Das Haar war dünn und spärlich, kurz und ungekämmt, und mitten auf dem Kopf befand sich eine seltsam kahle Beule. Arden fühlte sich gleichzeitig fasziniert und abgestoßen.

Das Schwanken und Schlurfen des Besuchers setzte sich fort, bis er nur noch einen Schritt – einen normalen Schritt – vor Arden stand. Dort blieb er stehen und beugte sich langsam, qualvoll nach hinten, um Arden ins Gesicht sehen zu können.

Diesmal konnte Arden beim besten Willen nicht verhindern, daß er die Luft scharf zwischen den Zähnen einsog. Keine Warnung, keine noch so große Selbstbeherrschung hätte ihn daran hindern können. Kris' Augen waren gelb und schillerten wie ein unperfekter Kristall – und die Pupillen waren waagerechte Schlitze. *Wie eine Ziege*. Arden fing an zu zittern.

Kris erwiderte seinen Blick eine Zeitlang, dann hob er den rechten Arm. Die krallenartige Hand zitterte leicht – wie totes Laub im Herbstwind.

Arden kniete instinktiv nieder, damit er leichter begutachtet werden konnte, und streckte seine Linke aus, um die dargebotene Hand zu ergreifen. Dabei durchfuhr ihn am ganzen Körper ein neues Bewußtsein, doch das beifällige Gemurmel hinter ihm bekam er nicht mit. Sein Zittern hörte auf.

Gedanken fielen ihn ungebeten an. Üble Erinnerungen stiegen an die Oberfläche seines Bewußtseins, doch sie taten ihm nichts. *Er beschützt mich*. In seinem Innern regten sich kaum merklich geheimnisvolle Dinge. Vorstellungen, die sein Begriffsvermögen überstiegen, erblühten und starben wieder ab. *Es ist ein Test*. Die Angst kehrte zurück, um jedoch langsam, aber entschlossen gebannt zu werden.

Arden wußte anschließend nicht, wie lange er im Staub gekniet hatte. Es war, als wären Stunden verstrichen, und doch hatte alles vielleicht nicht länger gedauert als das Zukken eines Lides. Als Kris seine Hand zurückzog, war das wie ein Schock, der Arden in die gewöhnliche Welt aus Geräuschen und Gerüchen und kühler Morgenluft zurückstieß. Ein undefinierbares Verlustgefühl durchfuhr sein ganzes Sein mit einer Schärfe, daß er einen ungeschickten Versuch unternahm, die Hand seines Gegenübers wieder zu ergreifen. Wie betäubt blieb er auf den Knien sitzen, während sein Blick langsam wieder sein Ziel fand.

Kris, vor ihm, betrachtete seine eigene rechte Hand, leckte dann ein wenig Honig von den Fingern und lächelte schief. Arden lächelte zurück, doch irgend etwas in seinem Innern weinte. *Wieso war dieser ganz besondere Mensch in einem fürchterlich entstellten Körper gefangen?* Später, als er erfuhr, wie gesund das Tal tatsächlich war, erschien ihm Kris' Los noch ungerechter. Doch da wußte er bereits, daß Kris sich nicht für unglücklich hielt – und das aus vielen guten Gründen.

Einige davon wurden ihm schon an diesem ersten Morgen deutlich. Allmählich drangen die Stimmen voller Herzlichkeit und Freude in sein Bewußtsein vor. Kris sagte nichts. Er war dazu auch gar nicht in der Lage, wie Arden fast augenblicklich bemerkte, doch er reagierte mit einem Lächeln und raschen, flatternden Bewegungen seiner Finger. Schon jetzt stand fest, daß Elway und seine Familie ihm mit Respekt und Liebe begegneten. Immer noch kniend verfolgte Arden, wie sie herbeikamen, um ihren alten Freund zu begrüßen, und dabei seine Hände auf eine Weise ergriffen, die mehr als nur eine förmliche Begrüßung erkennen ließ. Sie baten ihn ins Haus.

Arden fuhr zusammen, als er die Hand auf seiner Schulter spürte.

»Komm«, drängte Mallory ihn. »Du kannst wieder aufstehen.« Sie platzte fast vor Aufregung.

Arden erhob sich langsam. Dann überraschte das Mädchen ihn zum zweitenmal, als sie die Arme um ihn schlang und ihn kurz, aber heftig an sich drückte. Als sie von ihm abließ, waren seine Augen voller Fragen.

»Warum hast du mir nichts davon gesagt?« flüsterte er heiser.

»Gesagt? Was denn?« erwiderte Mallory strahlend und hüpfte ins Haus zu den anderen aus der Familie.

Arden folgte ihr.

Drinnen hatte man Kris bereits auf seinen Platz am Tisch gesetzt, wo er mit offensichtlichem Genuß Honigkuchen verspeiste. Die anderen ringsum waren damit beschäftigt, ihm lachend Geschichten zu erzählen, bis Arden sich fragte, wie Kris sich darauf einen Reim machen konnte. Doch er schien an all die Aufregung gewöhnt, reagierte in seiner vogelgleichen Zeichensprache und verbreitete eine wohlige Wärme im gesamten Raum. Arden stand im Eingang und sah zu, als er spürte, wie ihm die Tränen in die Augen schossen.

»Kris sagt, du seist der, den er erwartet hatte«, rief Mallory ihm durch das Getöse zu. »Das bedeutet, daß du bei uns bleiben kannst!«

Arden verstand es noch immer nicht, aber irgendwie war ihm diese Neuigkeit sehr wichtig. Er trat in den Raum.

10.
KAPITEL

Nach dieser ersten traumartigen Begegnung sollte Arden Kris nur noch selten treffen, doch er entdeckte seinen Einfluß überall und er sah, daß der Behinderte bei der Gemeinde im Tal ein hohes Ansehen genoß. In jedem Haus hielt man einen Platz am Tisch und ein Bett für ihn bereit, und es galt als besondere Gunst, wenn er auf seinen Reisen von der Gastfreudschaft Gebrauch machte.

Auf allen Gebieten legte man höchsten Wert auf seinen Rat. Fast jeder kannte sich ein wenig mit seiner geheimnisvollen Zeichensprache aus und konnte sich daher mit ihm verständigen, und viele von den älteren Leuten waren darin recht bewandert, so daß sie seine Zeichen gelegentlich selbst untereinander benutzten. Wenn sie über ihn sprachen, begannen ihre Bemerkungen oft mit »Kris meint ...«, ohne sich der Ironie bewußt zu sein, jemanden zu zitieren, der nie ein einziges Wort gesprochen hatte.

Mehr als das war es jedoch die ihm eigene Wärme, die Kris so beliebt machte. Arden hatte sie kurz zu spüren bekommen, als sie sich die Hand gegeben hatten und er in eine seltsame, friedvolle Welt gezogen worden war. Für die Menschen aus dem Tal war dieses Gefühl jedoch von größerer Dauer und erforderte nur seine bloße Anwesenheit. Die Liebe und Hingabe, die Kris auslöste, stand in scharfem Gegensatz zu der Art und Weise, wie Krüppel in der Außenwelt behandelt wurden. Arden hatte gesehen, wie sie mißhandelt worden waren, daß sie gefürchtet waren und vertrieben wurden, und er wußte, daß man vielerorts verkrüppelte Babys eher aussetzte, als daß man sich um sie sorgte und sie großzog. Allein Kris' seltsame Augen hätten genügt, um ihn zum Tode verurteilen zu können.

An jenem ersten Tag war Arden voller Fragen gewesen, doch er mußte bis zum späten Nachmittag warten, bis einige davon beantwortet wurden. Kris war zu diesem Zeitpunkt trotz des Protestes seiner Freunde bereits aufgebrochen, und Elway und seine Familie hatten wieder Zeit für Arden und konnten ihm wahrheitsgetreu von Kris' bemerkenswerten Fähigkeiten berichten.

Arden beobachtete, wie Kris ins Oberdorf aufbrach, wie seine flatternden Kleider die Unbeholfenheit seiner Bewegungen noch unterstrichen, und staunte über solch verwegene Unabhängigkeit.

»Wird er denn zurechtkommen?« fragte er in die Runde.

»Aber sicher«, rief Mallory.

»Vor Einbruch der Nacht wird er noch an mehreren Häusern vorbeikommen«, beruhigte Elway ihn. »Man wird ihn überall willkommen heißen.«

»Und wenn nicht, kümmern sich die Tiere um ihn«, fügte Mallory überzeugt hinzu.

Elway mußte lachen. »Genau«, meinte er. »Ich habe schon gesehen, wie Füchse ihm aus der Hand gefressen haben und Dachse herbeigelaufen kamen, um ihn zu begrüßen.«

Arden atmete tief durch.

»Was ist ... dort hinten passiert?«

Der Farmer drehte sich um und sah ihn an.

»Komm mit, Junge.«

Sie machten sich auf den Weg, vorbei an den Hecken, die sich kreuz und quer über die Farm erstreckten. Ihre Stiefel wirbelten große Pollenwolken auf, und ein Nieser hinter ihnen verriet, daß Mallory ihnen gefolgt war. Elway winkte sie heran, und sie gingen weiter. Der Farmer hatte je einen seiner mächtigen Arme um die Schultern der jungen Leute gelegt.

»War das eine Prüfung?« platzte Arden heraus, der die Stille nicht länger ertragen konnte.

»Natürlich war es das«, sagte Mallory rasch. »Er hat dich kommen sehen, aber bei Neuen will er es immer ganz genau wissen. Er –«

»Langsam, Kind«, unterbrach Elway sie. »Gib dem Jungen eine Chance. Manchmal solltest du dir genauer überlegen, was du sagst. Könnte jedenfalls nicht schaden«, fügte er hinzu. Mallory schwieg, war aber offensichtlich nicht gekränkt.

»Ich brauche dir wohl kaum zu sagen, daß Kris ein sehr außergewöhnlicher Mensch ist«, begann Elway.

Das weiß ich, dachte Arden.

»Ohne ihn wäre das Tal nicht, was es ist. Er verfügt über bestimmte Fähigkeiten ...«

»Er sieht ...« begann Mallory, doch ein Blick ihres Vaters brachte sie zum Schweigen.

»Wir alle hier verfügen zu einem gewissen Teil über diese Fähigkeiten«, fuhr der Farmer fort, »er jedoch ist einzigartig. Ich glaube, auf diese Weise möchte die Natur ihn dafür entschädigen, was ihm versagt geblieben ist. Verstehst du das?«

Arden nickte. »Ich denke schon, aber was sind das für Fähigkeiten? Was genau hat er mit mir gemacht?«

»Er hat nichts mit dir gemacht, Junge. Das war einfach seine Art, jemanden zu begrüßen, dich kennenzulernen. Er kann keine Fragen stellen wie die meisten von uns ...« Elway sah seine Tochter an und mußte lächeln. »Also versucht er auf seine Weise, Dinge herauszufinden.«

»Du meinst ... er kann meine Gedanken lesen?« Arden war entsetzt. *Dann weiß er Bescheid!*

»In gewisser Weise, ja.« Elway schien daran nichts Außergewöhnliches zu finden.

»Du brauchst nicht so ein besorgtes Gesicht zu machen«, warf Mallory ein, die nicht mehr länger schweigen konnte. »Er mag dich. Hast du das nicht gemerkt?«

Arden hatte immer noch Mühe, das alles zu begreifen. »Dann habe ich die Prüfung also bestanden?«

»Wenn du es so sehen willst«, meinte Elway ruhig. »Kris hat dich akzeptiert, also wird man dich auch im Tal akzeptieren. Du kannst gerne bleiben, solange du willst.«

»Kris ist der Ansicht, daß du dem Tal eines Tages helfen wirst«, sagte Mallory voller Ungeduld. »Er wußte, daß du kommen würdest.«

»Was soll das heißen? Woher hätte er das wissen sollen?«

»Kris kann Dinge sehen, bevor sie geschehen«, sagte sein Ratgeber in aller Seelenruhe, so als mache er eine Bemerkung über den Ertrag der Kartoffelernte. »Vor einigen Tagen hat er uns erzählt, daß ein Junge ... ein Junge kommen würde, der uns ein Freund in der Not sein würde.«

Arden sah ihn ungläubig an.

»Er hat gesagt, ein Junge voller –« begann Mallory.

»Still, Kind«, sagte Elway schnell.

»Was? Was hat er gesagt?«

Nach kurzer Überlegung gab der Farmer nach.

»Er sagte: »Ein Junge voller Schmerzen, dessen Qualen im Verborgenen liegen und der anderen helfen könnte, aber nicht sich selbst.«

In Ardens Herz und Verstand machten sich widerstrebende Gefühle breit. *Was hatte das zu bedeuten? War es möglich, daß Kris alles wußte?*

»Das glaube ich nicht«, rief er, doch in seinen Augen stand etwas anderes geschrieben. »Niemand kann in die Zukunft sehen.«

»Es gibt viele Möglichkeiten, Dinge zu wissen, Arden.«

»Niemand erzählt dir etwas vom Ruf der Natur«, meinte Mallory. »Doch wenn sie einen ruft, weiß man sofort, daß man pinkeln gehen muß.«

Ihr Vater brüllte vor Lachen – es klang gesund, unkompliziert.

»Mallorys Beispiel ist ein wenig derb«, meinte er, »aber durchaus passend.«

»Da ist etwas, das man durch *Erfahrung* lernt«, hielt Arden dagegen und hatte Mähe, nicht rot zu werden.

»Und wir wissen auch, daß die Sonne heute Abend untergehen und morgen früh wieder aufgehen wird. Siehst du, ich kann auch ein Prophet sein.«

»Das ist etwas anderes«, protestierte Arden.

»Vielleicht kann Kris auf andere Erfahrungen zurückgreifen«, sagte Elway, der ernst geworden war. »Er lebt bestimmt in einer anderen Welt als wir.«

An jenem Abend sprach Arden wenig, und seine neuen Freunden überließen ihn gerne seinen Gedanken. Als er zu Bett ging, kreisten Elways Worte ohne Ende durch seinen Kopf. Besonders ein Satz wiederholte sich immer wieder.

Wir alle hier verfügen zu einem gewissen Teil über diese Fähigkeiten.

Dieses Gespräch war eine der frühesten Lektionen, die Arden über das Leben im Tal und seine Bewohner erteilt bekam, und es war ganz gewiß nicht die letzte. Seine Neugier war grenzenlos, und er gab sich alle Mühe, das Gesagte auszuprobieren. Er fand sogar Zeit – hauptsächlich auf Mallorys Drängen –, ihnen etwas aus seinem eigenen Leben zu erzählen. Bewußt verschwieg er große Teile seiner Vergangenheit, aber er war nur zu bereit, Einzelheiten von seinen Reisen zu erzählen, von den Dingen, die er gesehen hatte, den Landschaften, den Städten und Tieren. Das Thema seiner eigenen Familie sparte er vollkommen aus und erwähnte nur, daß alle während Der Einebnung umgekommen waren.

Ohne daß er es so recht bemerkte, blühte seine Freundschaft zu Mallory auf, und auch Teri und Horan gewannen ihn besonders lieb. Dieser erste Sommer im Tal war die glücklichste Zeit, die Arden je erlebt hatte, und doch wußte er, daß er es am Ende würde verlassen müssen.

11. KAPITEL

Horan sah, daß Arden alleine dasaß und auf die Felder hinausstarrte. Es war Spätsommer, und die ersten Blätter begannen sich zu verfärben. Arden saß ganz still und hatte das Kinn in eine Hand gestützt. Er fuhr auf, als Horan sich neben ihn setzte, und einen Augenblick lang sah er seinen Freund an, als würde er ihn nicht erkennen.

»Du verläßt uns, habe ich recht?«

Arden sah ihn an. Er war nicht überrascht.

»Wißt ihr immer alle *alles?*« Seine Stimme klang müde, resigniert.

»Ich hatte es schon eine Weile vermutet.«

Arden blickte wieder auf die Felder und die mächtigen Berge dahinter.

»Ich gehöre nicht hierher«, sagte er nach einer Weile. »Ich

kenne die Dinge nicht so wie du. Ich kann niemals ein Teil des Tals werden, ich werde immer ein Außenseiter bleiben, der den anderen zusieht.« Arden hielt inne, so als wäge er ein paar bittere Wahrheiten ab. »Ich kann dem Tal nicht so helfen, wie Kris es vorhergesagt hat. Es würde mich zerreißen …« Er sah Horan an, und der Schmerz und das Bedauern standen ihm deutlich ins Gesicht geschrieben. »Ich will nicht fort. Aber ich muß.«

»Wir werden dich vermissen«, sagte Horan und fügte sich in das Unvermeidliche. »Am meisten Mallory«, setzte er hinzu.

Arden machte ein überraschtes Gesicht, dann dämmerte es ihm. Irgendwie bestärkte ihn diese Erkenntnis noch in seinem Entschluß.

Sein Abschied wurde ohne Groll und kommentarlos hingenommen. Mallory war gekränkt, wußte es aber gut zu verbergen, und aufgrund einer unausgesprochenen Übereinkunft vermieden sie es, außer in Gesellschaft anderer zusammenzusein. Sie hatten beide Angst, Mallory könnte versuchen, ihn von seinem Vorhaben abzubringen, sobald sie alleine waren – und vielleicht Erfolg damit haben. Manchmal dachte Arden, es wäre ihm lieber gewesen, wenn sie getobt und gebettelt hätte – dann hätte er wenigstens versuchen können, es ihr zu erklären. Ihr trauriges Hinnehmen war schwieriger zu ertragen.

Größtenteils jedoch sorgte sich die Familie um praktische Dinge, nachdem sie einmal von seinem Entschluß in Kenntnis gesetzt worden war. Am besten drückte Fletcher ihre Haltung aus, als er beschloß, daß der Junge neue wasserdichte Kleidung brauchte, da der Herbstnebel bereits das Hochland einzuhüllen begann. Man stellte sie ihm rechtzeitig zur Verfügung, wie auch zahlreiche andere Geschenke. Schließlich mußte Arden ihrer Großzügigkeit Einhalt gebieten – sein Rucksack wurde zu schwer.

Am Morgen seines Aufbruchs hatte Arden halb erwartet, Kris zu treffen, doch es war nichts von ihm zu sehen. Er wußte nicht, ob er erleichtert oder enttäuscht sein sollte.

Die gesamte Familie fand sich im Hof ein, um ihn zu verabschieden, doch ihr Abschied war kurz.

»Du bist hier immer willkommen«, erinnerte Teri ihn.

»Ja, vergiß das nicht, Junge«, meinte Elway. »Jedes Haus im Ort wird dich aufnehmen.«

»Mit ein bißchen mehr Übung könnten wir einen brauchbaren Farmer aus dir machen«, sagte Horan und lächelte.

Mallorys Gesicht war blaß und fest entschlossen, und sie sagte nichts. Es gab so viel, was Arden sagen wollte, doch wo sollte er beginnen? Schließlich waren seine Worte die einfachsten und direktesten.

»Danke«, sagte er. »Auf Wiedersehen.« Damit machte er auf dem Absatz kehrt und ging. Im Abschiedschor fehlte gerade jene Stimme, auf die er gehofft hatte, und er mußte sich zusammenreißen, um sich nicht umzudrehen.

Zuerst lief er nach Norden, das Tal hinab, und bis zum Schluß widerstrebte es ihm, sich zu entscheiden. Dann zwang er sich, nach Westen abzubiegen und quälte sich den mühsamen Weg die Berge hinauf.

Gemma schwieg eine Weile, nachdem Arden seine Geschichte beendet hatte. Sie spürte, daß er eine Menge ausgelassen hatte – besonders, was sein früheres Leben anbetraf –, doch jetzt begriff sie, warum es ihm das Tal so sehr angetan hatte. Ihr Gefühl sagte ihr, daß seine Erlebnisse dort aus dem unglücklichen, jungen Wanderer den selbstbewußten Mann gemacht hatten, der für sich selbst sorgen konnte und der jetzt neben ihr ritt. Auch er schwieg, und seine Augen waren voller Erinnerungen.

Nach einer Weile sah er zu seiner Gefährtin hinüber.

»Das ist jetzt elf Jahre her.«

Gemma riskierte es.

»Warst du seitdem nochmal dort?« fragte sie.

»Mehrere Male.«

»Und Mallory?«

Arden mußte grinsen. *Diesen Geist braucht man ihm wohl nicht mehr auszutreiben*, dachte Gemma.

»Sie ist mittlerweile verheiratet«, antwortete er, »mit einem Farmer im unteren Teil des Tales. Sie haben zwei Söhne, die mich jedesmal, wenn ich sie besuche, wie einen lange verloren geglaubten Onkel behandeln.«

»Ihre Füße sind also in Sicherheit?«

»Oh, ja. Sie ist viel zu klug, um mit mir zu tanzen«, lachte Arden. »Außerdem ist ihr Mann viel größer als ich.«

»Und die anderen?«

»Fletcher ist tot«, sagte Arden, und sein Gesicht bewölkte sich. »Er ist hundertneunzehn Jahre alt geworden.«

»Ich dachte, nur Zauberer würden so alt«, meinte Gemma nachdenklich. »Ferragamo war zweihundertfünfzig.«

Arden sah sie geduldig-leidend an.

»Doch, das stimmt!« wehrte sie sich. »Aber ich habe niemanden sonst kennengelernt, der so alt geworden wäre.«

»Fletcher würde vielleicht noch leben, wenn der Fluß nicht gewesen wäre«, erwiderte Arden. »Es hat nicht nur an der Mißernte gelegen. Er konnte einfach nicht glauben, daß der Fluß sie im Stich gelassen hatte. Der Schock war zuviel für ihn.«

»Ist er tatsächlich nur jedes zweite Jahr geflossen?«

»Ja.«

»Und wie kam das?« fragte Gemma verwirrt.

»Das weiß niemand. Es war einfach so«, antwortete Arden. Sein Ton verriet, daß das Warum und Weshalb keine Rolle spielte.

»Und jetzt ist er ganz fortgeblieben?«

»Zweimal«, sagte er düster. »Das erstemal vor zwei Jahren. Das war, als Fletcher starb. Sie konnten es einfach nicht glauben und warteten und warteten auf das erste Rinnsal. Es kam jedoch nie, und als sie merkten, daß er überhaupt nicht fließen würde, war es zu spät, Wasservorräte anzulegen.« Arden unterbrach sich und schluckte, als wäre seine Kehle trocken. »Letztes Jahr hofften sie dann, daß er kommen würde, doch das war ohnehin ein trockenes Jahr. Dieses Frühjahr war der entscheidende Test.«

»Und er ist wieder nicht gekommen?«

Arden nickte. »Die Zeit für Schmelzwasser ist längst vorbei«, erklärte er. »Der Fluß müßte jetzt schon kräftig fließen, statt dessen ist er staubtrocken.« Er runzelte die Stirn, als er an den Gesichtsausdruck seiner Freunde dachte, der von verzweifelter Hoffnung in schiere Verzweiflung umgeschlagen war. Sein letzter Besuch im Tal war nicht sehr freudvoll gewesen.

»Vier Jahre ohne Wasser«, sagte Gemma leise, entsetzt.

»Sie haben getan, was sie konnten, um das bißchen Regen aufzufangen, das sie bekommen«, fuhr Arden dort. »Sie sind sogar hinauf in die Berge gezogen, um zu sehen, ob es irgendwelche Gebirgsbäche gäbe, die man hätte umleiten können, aber all das hat wenig gebracht. Die Vegetation stirbt ab, es hat Mißernten gegeben, sogar einige der Bäume befinden sich in schlechtem Zustand. Der Boden trocknet aus und wird an manchen Stellen fortgeweht. Selbst wenn sie jetzt Wasser bekämen, würde es sehr lange dauern, bis sie sich erholt hätten.« Unter die Traurigkeit in seiner Stimme mischte sich Wut. »Wieso zerstört diese Welt alles wirklich Schöne?« fragte er plötzlich. »Warum?«

Gemma fand keine tröstenden Worte für ihn. Sie wußte, daß er mehr meinte als nur das Tal. Als Arden weitersprach, klang seine Stimme ruhig. Er vermied bewußt jegliches Gefühl.

»Zur Zeit verhungern sie noch nicht, doch das wird nicht mehr lange dauern. Aber alles andere geht schon zu Bruch. Viele von den Alten sind gestorben, und ihre Immunität vor Krankheit läßt nach. Lebensmittel sind so knapp, daß einige sogar das Tal verlassen haben. Sie werden es nicht mehr lange überleben.« Seine Stimme bekam einen seltsamen Unterton.

Er wäre auch so geworden, wenn er geblieben wäre, vermutete Gemma. *Gefangen. Unfähig zu gehen.*

»Sie haben sogar einige der Tiere schlachten müssen«, fuhr Arden fort. »Sie können es sich nicht mehr leisten, sie durchzufüttern. Einige haben sogar versucht, das Fleisch zu essen, aber es hat sie bloß krank gemacht. Sie haben es auch mit wilden Tieren versucht, aber das war dasselbe, daher sind sie von der Idee wieder abgekommen.« Er schüttelte traurig den Kopf. »Sogar ihre besonderen Gaben lassen nach.«

»Was für Gaben?« fragte Gemma, obwohl sie schon eine Ahnung hatte.

»Sie wußten bestimmte Dinge«, erklärte Arden. »Einer von ihnen sah etwas, und kurz darauf konnte jeder aus dem Tal es beschreiben, obwohl der ursprüngliche Zeuge zu niemandem darüber gesprochen hatte.«

»Gedankenübertragung?« fragte Gemma nach.

Arden sah sie verdutzt an.

»Stille Gespräche im Kopf«, erklärte sie. »Wie Zauberer mit ihren Vertrauten.«

»Nein«, antwortete er wütend. »Das war es nicht.« Sein Gesicht erstarrte zu einer Grimasse, die ebenso deutlich wie Worte zu sagen schien: *Was für einen Unsinn du redest!*

Gemma war sprachlos. *Er erwartet, daß ich Kris und seine besondere Gabe glaube, ist aber nicht bereit, die Magie in* meiner *Welt hinzunehmen,* dachte sie. Dann kam ihr ein anderer Gedanke.

»Hat Kris das nicht vorhergesehen?«

»Nein. Er ist ebenso verwirrt wie alle anderen«, antwortete Arden. »Einige haben sich sogar gegen ihn gekehrt, weil er sie nicht gewarnt hat.« In seinen Worten schwang Bitterkeit mit.

»In einem hatte er jedoch recht«, meinte Gemma.

Arden sah sie an.

»Und das wäre?«

»Er hat gesagt, daß du eines Tages zum Freund des Tals werden würdest. Und ihnen helfen würdest, wenn sie es brauchten.«

Ardens Gesicht blieb hart.

»Ich werde es versuchen«, sagte er.

12.
KAPITEL

Nach zwei Tagen langsamen, aber steten Fortkommens wich die unversöhnliche Landschaft der Diamantenwüste einem leicht hügeligen Grasland, das mit dem Weiterreiten immer grüner wurde. Trotzdem bestand Arden darauf, zur heißesten Tageszeit Rast zu machen und nur morgens und abends zu reiten.

Gegen Ende des dritten Tages durchquerten sie ein Wäldchen auf dem Grat eines Bergrückens und blickten auf das seltsamste und schönste Gebäude herab, das Gemma je gesehen hatte. Der große Saal, dessen Spitzbögen von elegant geschwungenen Stützpfeilern flankiert wurden, war ungeheuer hoch. Ein Turm am einen Ende stieg zur Sonne empor, seine obersten Steine schienen der Luft und dem Himmel zu gehören. Der Saal war von anderen Gebäuden umgeben, die alle aus demselben grauen Stein errichtet worden waren und alle in perfektem Ebenmaß.

Gemma war so ergriffen von seinem Reiz, daß es einige Augenblicke dauerte, bis sie die fehlenden Dächer und blinden Fenster bemerkte und sah, daß die Krähen, die unter heiserem Rufen den Turm umkreisten, die einzigen Bewohner waren. Das elegante Gebäude war offensichtlich sehr alt. Ihre Besorgnis spannte sich wie ein Seil. Wie war das möglich? Dieses Gebäude war vor Jahrhunderten errichtet worden und war schon mehr Jahre, als sie zählen konnte, eine Ruine. Und doch hatte der Boden, auf dem es stand, vor fünfzehn Sommern noch nicht einmal existiert. Sie riß sich von dem Anblick los, drehte sich zu Arden um und stellte fest, daß er sie bereits ansah.

»Es ist wunderschön, nicht wahr?« sagte er.

»Ja.«

»Es wird die Abtei genannt. Heute nacht können wir hierbleiben. Die Brüder betreiben in den alten Badehäusern eine kleine Unterkunft für Reisende.«

»Die Brüder?«

»Männer, die ihr Leben Gott geweiht haben. Sie leben hier, weil sie sich hier den ewigen Wahrheiten näher fühlen.«

Gemma wußte nicht, ob er hatte sarkastisch sein wollen.

»Haben sie es erbaut?« fragte sie leise.

»Ihre Vorfahren aus alter Zeit«, antwortete er mit Nachdruck. »Es ist Hunderte von Jahren alt, Gemma.«

»Das sehe ich.«

»Du wirst also zugeben -«

»Das ganze Land hier muß irgendwo anders existiert haben«, ereiferte sich Gemma und unterbrach ihn, »Die Zerstörung hat es hierhergebracht.«

Arden starrte sie an.

»Du kommst wirklich aus einer anderen Welt«, meinte er.

Gemma brach in Gelächter aus.

»Früher einmal, ja«, stellte sie fest. »Aber das ist vorbei. Siehst du das nicht?«

»Ich sehe nur, daß du wieder zu lange in der Sonne gewesen bist.«

»Ich meine es ernst!« schimpfte sie, aber ihr breites Grinsen strafte ihre Behauptung Lügen. »Wo steht geschrieben, daß der Weltgeist nur einen Traum träumen kann? In dem einen warst du, in dem anderen ich. Die Zerstörung hat die beiden zusammengeführt.«

Ihr Eifer amüsierte Arden. »Das klingt, als wäre der Weltgeist ebenso verrückt wie du. Ihr beide wärt ein gutes Paar.«

»Sag so etwas nicht«, antwortete sie schockiert.

»Ich glaube nicht an Götter oder an deinen Weltgeist«, erklärte er. »Kein Wesen mit dieser Macht hätte die Welt in ein solches Chaos gestürzt.« Er war ernst geworden.

»Nicht der Weltgeist hat die Welt ins Chaos gestürzt«, behauptete Gemma, »sondern die Männer.«

»Du vergißt dabei die Frauen«, erwiderte Arden leicht sauer.

»Oh, wir helfen gerne – wenn ihr uns laßt«, entgegnete Gemma mit einem Grinsen.

»Wann wären wir jemals in der Lage gewesen, euch an etwas zu hindern?« Arden grinste zurück. »Sag nichts!«

fügte er rasch hinzu. »Komm. Wir können beide eine ruhige Nacht mit einem Dach über unseren Köpfen gebrauchen.«

Seine Stimmung schlägt sehr schnell um, dachte Gemma. *Eben ist er noch verärgert, dann lacht er, plötzlich ist er traurig. Kein Wunder, daß er nicht seßhaft geworden ist.* Sie versetzte Mischa einen leichten Stoß, damit sie Lark folgte, und mußte plötzlich leise lachen. *Und was ist mit mir?*

Als sie den grasbewachsenen Hang zur Hälfte hinter sich hatten, setzte die Musik des singendes Sandes ein. Gemma hallten die Ohren wider von der Schönheit der Melodien, und sie wand sich im Sattel nach hinten, um zu sehen, woher sie kamen. Mischa blieb stehen, sie wußte nicht, was man von ihr verlangte. Eine starke Sehnsucht erwachte in Gemmas Herzen. *Ich sollte nach Süden reiten. Warum habe ich zugelassen, daß dieser Mann mich nach Norden schleppt?* Es war das erste Mal, daß sie ihre Handlungsweise in Frage stellte. Seit Arden sie gerettet hatte, waren die beiden stillschweigend davon ausgegangen, daß sie mit ihm reiten würde. Jetzt jedoch, als die verführerische Melodie immer lauter wurde und durch ihren Kopf pulsierte, erkannte Gemma plötzlich, daß ihre Bestimmung im Süden lag – und je eher sie dorthin kam, desto besser.

»Das ist bloß der Wind«, meinte Arden. Gemma überhörte den flehenden Unterton in seiner Stimme.

»Ich muß gehen«, sagte sie und blickte wieder nach Südwesten.

»Es kommt aus den Höhlen unter der Wüste«, fuhr er verzweifelt fort. »Der Wind verfängt sich dort und löst alle möglichen Schwingungen aus. Ich habe es oft gehört und manchmal auch gespürt.«

»Es ruft mich.«

»Es ist nur ein Trick, Gemma.«

»Nein!« Ihr Kopf wirbelte herum, und sie sah ihn wütend an.

»Wenn du dem Geräusch folgst, wirst du sterben«, sagte er ruhig. Unter der Oberfläche kochte er vor Wut. »Du bist noch zu schwach ...»

»Das verstehst du nicht«, jammerte sie.

»Nein, allerdings nicht!« brüllte er, und seine Augen blitzten. »Du bist verrückt, warum willst du dich umbringen?«

»Es ist nicht nur der singende Sand«, versuchte Gemma zu erklären. »Es ist der Süden. Alles zieht mich dorthin. Diese ganze Reise ...«

»... hätte dich beinahe umgebracht«, beendete Arden den Satz für sie, »und das werde ich nicht noch einmal zulassen. Du kommst mit mir, und wenn ich dich aufs Pferd binden und an die Kandare nehmen muß.«

Die beiden sahen sich finster an, ganz ruhig, während die Musik in Wellen über sie hinwegspülte, lauter und wieder leiser wurde, sie anlockte und von sich wies. Gemma war es, die, erschöpft von ihrer Streiterei, zuerst die Augen niederschlug. »Ich komme mit«, sagte sie leise. »Erst einmal.«

Arden nickte. Sein Gesicht entspannte sich ein wenig.

»Aber irgendwann muß ich trotzdem noch nach Süden«, fuhr sie fort.

»Wenn du meinst«, räumte er ein. Sein Ton verriet, daß ihn die Zukunft nicht sonderlich interessierte.

Als sie weiter den Hang hinabritten, brach die Musik unvermittelt ab, doch die Sehnsucht, die sie in Gemma erweckt hatte, blieb. Nicht einmal die ehrfurchtgebietende Eleganz der Abtei konnte ihre Stimmung heben.

Sie stiegen ab, betraten das Gelände und führten die Pferde zwischen die Gebäude. Aus der Nähe betrachtet, war der Hauptsaal noch außergewöhnlicher, und Gemma vermutete sofort, daß bei seiner Erbauung Magie angewandt worden sein mußte. Die größten Gebäude auf ihrer alten Heimatinsel – Stadtmauern, Türme – waren vor langer Zeit von Magiern unter Verwendung von Fertigkeiten erbaut worden, die der Welt längst verlorengegangen waren, und es schien unvorstellbar, daß dieses wuchtige Gebäude allein von Menschenhand stammte. Fenster ragten in die Höhe, ihre Bögen reckten sich in den Himmel, und in den Fassungen hingen noch einige vergessene bunte Glassplitter.

Als es noch intakt gewesen ist, muß es ein hinreißender Palast gewesen sein, dachte sie staunend.

Schweigend gingen sie weiter. Das kurze, gepflegte Gras

der Innenhöfe dämpfte die Hufe der Pferde. Sie kamen an weiteren kleineren Sälen vorbei, einige waren nichts als eingestürztes Mauerwerk, doch sie alle erweckten den Eindruck von Unvergänglichkeit, von Ruhe, so als wäre die Abtei von all den Unruhen, deren Zeuge sie geworden war, unberührt geblieben. Trotz ihrer Beklommenheit mußte Gemma den Reiz des Ortes eingestehen. Das war ihr ein kleiner Trost, und sie verstand, warum die Brüder noch immer zwischen den Ruinen lebten.

Sie erblickte Kellergewölbe, dickwandige Lagerräume, das geschwungene Dach einer Darre, längliche, strenge Säle mit kleinen, hohen Fenstern und schließlich ein rechteckiges Gebäude, dessen Dach intakt war und dessen Fenster Glas enthielten. Von drinnen war Gesang zu hören, feierliche Worte, die sie nicht verstand, zu einer Melodie, die schlicht war und sich ständig wiederholte. Er war nicht ohne Kraft, dieser Klang, doch er hatte nichts vom Geheimnis und Zauber des singenden Sandes. Er war zu menschlich, zu erdverbunden, trotz all seiner Bemühungen, sich gen Himmel zu erheben.

Vor der Tür blieb Arden stehen.

»Was ist?« fragte Gemma leise und zeigte nach drinnen.

»Sie singen das Lob Gottes«, antwortete er. »Wir werden warten, bis sie fertig sind.«

»Ist hier jeder willkommen? Auch ... Ungläubige?«

»Sie richten nicht über andere«, erwiderte Arden und grinste. »Außerdem brennen sie einen außerordentlich guten Schnaps.«

Als der Gesang endete, klopfte Arden an die Tür. Sie wurde von einem Mann geöffnet, der mit einem langen Gewand im selben Grau wie die Abtei bekleidet war.

»Zimmer für die Nacht«, bat Arden. »Wenn es gestattet ist.«

Der Mann nickte und winkte sie hinein in einen kleinen Saal mit aufgebockten Tischen und Holzbänken. Es erschienen andere, ähnlich gekleidete Männer, und zwei gingen hinaus, um sich um die Pferde zu kümmern. Zwei weitere, der eine jung, der andere alt, führten die Gäste durch einen

Durchgang in entgegengesetzte Richtungen. All dies geschah, ohne daß die grau gekleideten Männer ein Wort sprachen.

»Wenn die Glocke ertönt, komm zurück in den Saal«, erklärte Arden Gemma, als sie getrennt wurden. »Es wird etwas zu essen geben.«

Gemma folgte dem älteren Bruder, der sie in eine kleine Kammer führte. Die Steinmauern waren schmucklos und das Fenster zu hoch, um hinauszusehen. Auf dem hölzernen Bett lagen sauber gefaltete Decken. Ein Tisch sowie ein einzelner Stuhl bildeten die einzigen weiteren Möbel.

Gemma bedankte sich und setzte ihr kleines Bündel ab. Der Mann nickte und schien gehen zu wollen.

»Kann ich mich irgendwo waschen?« fragte sie rasch. Die strenge Umgebung hatte sie verunsichert, und sie wollte den menschlichen Kontakt nicht so schnell missen. Sobald er sie verlassen hatte, war sie in diesem Flügel des Gebäudes bestimmt völlig alleine. Statt einer Antwort zeigte ihr der Bruder eine andere Kammer etwas weiter den Gang hinunter. Darin befand sich eine riesige Steinwanne. Aus dem Wasser stiegen einige Dampfschwaden in die Höhe. Dann machte er kehrt und ging, und diesmal hielt Gemma ihn nicht zurück.

Sie wusch sich rasch in dem lauwarmen Wasser, kehrte dann in ihr Zimmer zurück, schlug die Decken auf, legte sich hin und starrte an die Decke. *Was soll ich jetzt tun?* fragte sie sich. Darf ich hinaus? Darf ich mich nach Belieben umsehen? Gibt es unter den Brüdern irgend jemanden, der spricht? Sie wollte sich nicht ausruhen, um die Glocke nicht zu verschlafen. Warum hatte man Arden und sie getrennt? Sie glaubte, die Antwort darauf zu wissen, trotzdem vermißte sie ihn.

Und die ganze Zeit über sträubte sich noch etwas anderes in ihrem Innern gegen dieses Eingesperrtsein.

Die Glocke rettete sie vor weiteren Grübeleien. Das bedrückende Schlagen war viel lauter als nötig. Gemma eilte in den Saal, und als sie sah, daß er leer war, ließ sie sich auf einer der Bänke nieder. Kurz darauf kam Arden herein, gefolgt von mehreren Brüdern. Man setzte den beiden Gästen Brot, Käse, eine Art Haferschleim und Gemüse vor, dann nahmen die Brüder ihre Plätze ein. Aufallend war, daß nur ältere Männer neben Gemma saßen.

»Alles in Ordnung?« erkundigte sich Arden.

Gemma nickte. Das Schweigen der Brüder hatte sie eingeschüchtert, und sie wollte nicht sprechen.

»Dann iß.«

Nach der Mahlzeit entschuldigte Arden sich und ging hinüber zu dem Bruder, der ihnen die Tür geöffnet hatte. Es folgte eine kurze, geflüsterte Unterhaltung, während der beide Männer zu Gemma hinübersahen.

Ein Verdacht regte sich in ihr. *Er klärt meine Bewachung ab!* dachte sie. *Damit ich nicht fortlaufe.*

Empörung stieg in ihr hoch, doch gab es auch einen Teil von ihr, der anders darüber dachte. Dieser Teil wurde Opfer eines völlig entgegengesetzten Gefühls, eines Gefühls, das sie erschütterte.

Erleichterung.

13. KAPITEL

Gemma war selbst überrascht, daß sie in jener Nacht recht fest schlief. Sie hatte sich von der heiteren Umgebung beeinflussen lassen. Zum erstenmal seit ihrer Abreise träumte sie von ihrer Heimatinsel. Doch selbst das war tröstlich, denn sie wurde nicht von der Unrast und dem Unglück heimgesucht, das bezeichnend war für ihre letzten Monate dort. Cai hatte zu ihr gesprochen, sein jugenhaftes Gesicht war so ansehnlich wie immer, doch beim Erwachen konnte sich Gemma nicht mehr an seine Worte erinnern. Fast war es, als hätte er aus der Ferne über sie gewacht und sich wieder zurückgezogen, nachdem er sich vergewissert hatte, daß es ihr gutging. Sie erwachte mit einem Lächeln.

Die Sonne war bereits aufgegangen, als sie sich eilig anzog und einen Blick aus ihrer Tür riskierte. *Muß ich auf die Glocke warten?* überlegte sie. Ardens Erscheinen löste ihr Problem. Er winkte ihr vom Saal aus zu. Dort nahmen sie ein karges Frühstück zu sich – die Brüder waren schon seit einiger Zeit auf den Beinen –, bevor sie ihre Pferde holten und sich wieder auf den Weg machten. Als sie das Schweigen hinter sich gelassen hatten, das die Abtei umgab, fragte Gemma: »Wird hier überhaupt nicht gesprochen?«

»Nur zu den Göttern«, erwiderte Arden, »und manchmal mit einem Händler oder Besuchern wie mir. Ich glaube, die Brüder, die in die Stadt gehen, um ihre Waren zu tauschen, bekommen eine spezielle Erlaubnis.«

»Es ist unheimlich«, meinte Gemma und schauderte.

»Sie wollen es so«, kommentierte Arden trocken. Er kramte in einer von Larks Satteltaschen und fischte eine kleine verkorkte Tonflasche heraus. »Das hier hat überhaupt nichts Unheimliches. Probier mal.« Er zog den Stöpsel heraus und reichte ihr die Flasche.

Gemma schnupperte vorsichtig daran, rümpfte die Nase, dann legte sie den Kopf zurück und trank einen Schluck. Fast hätte sie sich verschluckt. Die brennende Flüssigkeit schien in der Kehle zu explodieren, und Tränen traten ihr in die Augen. Rasch gab sie Arden die Flasche zurück, und er nahm einen ordentlichen Schluck.

»Gut, was?« meinte er.

»Das verrate ich dir, wenn ich meine Kehle wieder spüre«, erwiderte Gemma heiser.

»Trink noch etwas. Deine Kehle ist dann zwar immer noch gefühllos, aber es wird dich nicht mehr stören.« Arden grinste und rollte wild mit den Augen.

»Nein, vielen Dank«, lachte Gemma. »Es ist zu früh am Morgen für mich.«

»Du wirst es vielleicht noch brauchen.«

»Wieso?«

»Bei Einbruch der Dämmerung werden wir Newport erreichen. Die Stadt ist ein bißchen gewöhnungsbedürftig.« Arden nahm noch einen Schluck.

»Ist das klug?« wollte Gemma wissen.

»Aber ja«, meinte Arden. »Nüchtern würde ich es wahrscheinlich nicht über mich bringen, diese Stadt zu betreten.«

»Ist es *so* schlimm?«

»Sagen wir mal so, es ist völlig anders als in der Abtei«, antwortete Arden und setzte die Flasche erneut an die Lippen. Dann zögerte er, schüttelte den Kopf, verstöpselte die Flasche wieder und steckte sie weg. »Bei den Göttern«, sagte er leise. »Du bist erst ein paar Tage hier, und schon hast du es geschafft, mir Schuldgefühle einzureden.«

Die Stadt Great Newport war in der Tat sehr anders als alles, was Gemma bislang auf dem Südkontinent begegnet war. Ihre Stellung als Hauptstadt des Bezirkes Cleve verdankte sie eher der Vergangenheit als irgendwelchen ökonomischen oder geographischen Vorzügen. Vor Der Einebnung war sie ein wichtiges Handelszentrum gewesen, auf drei Seiten umgeben von fruchtbarem Land. Ein tiefer Fluß war mitten durch die Stadt geflossen und weiter bis zum großen Meer im Norden. Jetzt hatte sich alles verändert. Der Fluß war nicht mehr als ein Rinnsal, und nur ein kleines Gebiet südlich der Stadtmauern konnte als gutes Ackerland bezeichnet werden. Nahrungsmittel mußten aus den größeren und wohlhabenderen Städten im Osten und im Westen längs der Küstenstraße eingeführt werden. Das Binnenland zu beiden Seiten bestand aus Wüste.

Arden behauptete sogar, der Name der Stadt sei in jeder Hinsicht unpassend: Nur ein vollkommen dem Wahn Verfallener hätte sie als groß bezeichnen können – es sei denn, was das Ausmaß des Elends anbetraf; und ganz bestimmt war sie nicht neu – es sei denn, man meinte die endlose Vielfalt des Lasters, der man dort begegnen konnte. Außerdem war sie seit Der Einebnung längst kein Hafen mehr, da sie sechs Meilen von der Küste entfernt lag.

In den vielen Jahren ihrer Herrschaft war die Stadt süchtig nach Macht geworden, doch seit Der Einebnung konnte sie kaum noch ihren Anspruch auf Vorherrschaft untermauern. Als Folge davon, behauptete Arden, waren die Leute, die die Macht ausgeübt hatten, gerissen und gewälttätig geworden. An der Spitze der Hierarchie von Great Newport stand der Oberlord der Stadt, der gleichzeitig seinen offiziellen Titeln zufolge Herrscher der Provinz Cleve, Oberster Handelsminister und Oberkommandeur von Heer und Marine war.

»Mich würde es nicht einmal überraschen, wenn er mittlerweile behaupten würde, in direkter Folge von den Göttern abzustammen«, meinte Arden angewidert.

»Wie heißt er denn?« fragte Gemma und überlegte, was ihr Begleiter wohl von den Königshäusern ihrer Heimatinseln gehalten hätte.

»Hilger war der letzte Name, den ich gehört habe«, antwortete Arden. »Aber das war vor einem Jahr. Durchaus möglich, daß *Lord* Hilger mittlerweile ausgewechselt wurde.«

»Ausgewechselt? Wie das?«

»Theoretisch wird der Oberlord alle drei Jahre von der Handelsgilde gewählt. In der Praxis hat sich dieses Verfahren jedoch als zu umständlich erwiesen, daher neigt man zu Abkürzungen.« Arden hielt inne. »Seit dem Austrocknen des Flusses hat es hier Probleme ohne Ende gegeben«, fügte er gutgelaunt hinzu.

»Wieso?« fragte Gemma, obwohl sie die Antwort bereits erraten hatte.

»Wohin mit den Leichen?« antwortete er. »Die Leute sind nur schwer davon zu überzeugen, daß ein Oberlord in einem Fluß, kaum tiefer als eine Pfütze, ertrunken sein soll.«

»Du machst Spaß, oder?«

»Nein. Oberlords kommen und gehen. Nur die Macht der Gilde hat Bestand. Das wirst du bald mit eigenen Augen sehen.«

Ardens Prophezeiung erwies sich tatsächlich als richtig. Am späten Nachmittag kamen die Stadtmauern von Great Newport in Sicht. Sie waren aus dem gleichen grauen Gestein wie die Abtei errichtet, doch das wäre Gemma niemals aufgefallen. Mauern und Türme waren mit allen möglichen Rückständen in Grün, Schwarz und Braun übersät. Außerdem wurde sie zum Teil von einer behelfsmäßigen Barackenstadt verdeckt, aus der immerfort Rauch und Dampf aufstieg und die sich eng um die Stadt legte.

Arden und Gemma wurden auf der Straße von vier berittenen Soldaten in Empfang genommen, deren Rüstung und Waffen in der Sonne blinkten. Der Anführer betrachtete sie argwöhnisch.

»Sie wollen in die Stadt?« fragte er. Seine Stimme war kalt.

Gemma hatte erwartet, Arden würde mit der ihm eigenen Schnodderigkeit antworten, statt dessen war seine Reaktion sachlich und voller Respekt.

»Ja, Captain. Mit Ihrer Erlaubnis.«

»Wollen Sie eine Eskorte?«

»Ja, vielen Dank.«

Der Soldat gab seinen Leuten ein Zeichen, und sie bezogen ihre Positionen zu beiden Seiten der Neuangekommenen, bevor sie sich gemessenen Schritts in Bewegung setzten.

»Ist das wirklich nötig?« flüsterte Gemma.

Arden nickte und legte einen Finger an die Lippen.

Der letzte Teil ihres Ritts war entnervend. Die dürftigen Holzhütten am Straßenrand verströmten tiefste Armut und Hoffnungslosigkeit. Einige der Bewohner der Barackensiedlung verfolgten, wie die Reisenden vorbeiritten. Der Unmut brannte in ihren Augen. Nackte Kinder kamen mit flehend erhobenen Händen auf sie zugesprungen, bevor ihre Müttern sie zurückrissen.

Die Soldaten schwiegen voller Hochmut; ihre makellosen Uniformen und die gepflegten, wohlgenährten Pferde standen in scharfem Gegensatz zu den zerlumpten Menschen überall. Gemma betrachtete voller Entsetzen die elenden Bedingungen, unter denen die Schaulustigen hausten, und sah die dumpfe Feindseligkeit in ihren Blicken. Die Ungerechtigkeit und Häßlichkeit ringsum erzürnte sie und widerte sie an, trotzdem konnte sie nicht anders, sie war erleichtert, als sie endlich das Stadttor erreichten.

Sie hielten, der Captain drehte sich zu Arden um und

streckte die Hand aus, Handfläche nach oben. Der Reisende nahm wortlos vier Münzen aus seinem Beutel und gab sie ihm. Der Soldat rührte sich nicht, doch sein Blick zuckte kurz hinüber zu Gemma, und ein dünnes, grausames Lächeln spielte um seinen Mund. Arden gab ihm zwei weitere Münzen, woraufhin er ohne ein weiteres Wort davonritt. Die anderen Soldaten folgten ihm.

»Es ist teurer geworden«, brummte Arden. Gemma hörte die verhaltene Wut in seinen Worten und dachte: *Er haßt das alles*. Es war ein weiterer Beweis dafür – als ob sie den noch brauchte –, wieviel das Tal ihm bedeutete.

»Bleib auf dem Pferd«, befahl Arden. »Überlaß das Reden mir.« Er stieg ab und hämmerte gegen das hölzerne Tor. Ein schmaler Schieber wurde zurückgezogen und ein anonymes Augenpaar musterte sie von drinnen. Das Tor wurde geöffnet, und Arden führte die beiden Pferde hinein, dann half er Gemma beim Absteigen. Als das Tor sich hinter ihnen schloß, erschien ein weiterer Soldat. Seine Uniform war weniger schmuckvoll als die der Kavallerie, doch sein Abzeichen trug dasselbe Emblem, eine Waage im Gleichgewicht. Gemma platzte fast vor Neugier, schwieg jedoch.

»Hier entlang.« Es war ein Befehl. Gemma folgte Arden aus dem Dunkel des Eingangs in einen nackten, von einer Lampe beleuchteten Raum in der Stadtmauer. Der Soldat nahm hinter einem Schreibtisch Platz und gab ihnen ein Zeichen, sich davorzustellen. Er nahm ein Blatt und Papier und einen Schreiber in seine dicken Finger und fragte, ohne aufzusehen.

»Name?«

»Arden.«

»Ihre Heimatstadt?«

»Manesty.«

»Der Zweck Ihres Besuchs?«

»Eine Eingabe beim Oberlord.«

Der Soldat grunzte. Als er den Kopf hob, stand ihm seine Ansicht deutlich ins Gesicht geschrieben. *Na dann viel Glück*.

»Lord Lunkett ist ein vielbeschäftigter Mann. Ihre *Eingabe* ist hoffentlich wichtig. Es wäre äußerst töricht von Ihnen, ihn mit irgendwelchen Nichtigkeiten zu behelligen.«

»Leben und Sterben sind keine Nichtigkeiten«, antwortete Arden gelassen. »Ich habe gehört, der Lord sei ein gerechter Mann. Alles, was ich will, ist Gerechtigkeit.«

»Der Oberlord ist allerdings der Vater aller Gerechtigkeit«, meinte der Soldat vieldeutig. »Wovon beabsichtigen Sie während Ihres Aufenthaltes in der Stadt zu leben?« fuhr er mit einem Seitenblick auf Gemma fort.

»Ich habe Geld«, sagte Arden entschlossen.

»Manesty muß reicher sein, als ich dachte«, merkte sein Inquisitor an. »Sie haben also nicht die Absicht, zu arbeiten oder Geschäfte zu machen?«

»Nein.«

Der Soldat sah wieder zu Gemma hinüber, diesmal mit einem ausgedehnten, abschätzenden Blick, der ihren gesamten Körper erfaßte.

»Und wer ist das hier?«

»Meine Frau«, antwortete Arden sofort. »Gemma.«

»Sie sieht ungesund aus.«

»Sie ist schwanger. Die Reise hat sie ermüdet.«

Gemma brannte vor Scham und Wut, zwang sich aber, ruhig zu bleiben und nichts zu sagen.

»Das ist verständlich.« Der Soldat verlor das Interesse an Gemma und sah wieder auf die Papiere auf seinem Schreibtisch. Er schrieb noch ein paar Worte, dann meinte er: »Ich brauche einen Beweis dafür, daß Sie genügend Geld besitzen, um für Ihren Besuch hier zu bezahlen.« Er tippte auf die Schreibtischplatte. »In dieser Stadt sind Unterkunft und Verpflegung nicht billig, besonders, wenn man für drei ißt.« Er grinste.

Arden leerte seinen Beutel auf den Tisch. Plumpe Finger schoben mehrere Münzen auf Seite.

»Das scheint zu genügen.«

Während Arden wieder einsammelte, was von seinem Geld noch übrig war, stempelte der Soldat die Formulare ab, die er ausgefüllt, hatte und gab eines davon Arden.

»Eine Aufenthaltserlaubnis für drei Tage. Wenn Sie länger bleiben, müssen Sie hierher zurückkommen.« Damit winkte er sie hinaus.

Arden nahm Gemmas Arm und zog sie rasch nach draußen. Eine weitere Münze wechselte den Besitzer, als sie ihre Pferde von einem Wärter abholten. Sie betraten Great Newport zu Fuß, ihre Pferde am Halfter führend, und gerieten in eine Welt aus zwielichtiger Geschäftigkeit, aus exotischen Düften und einer wilden Mischung von Geräuschen. Das verschlungene Straßengewirr hatte Gemma schon bald völlig verwirrt, Arden jedoch ging zielsicher voraus und gab ihr ein Zeichen zu schweigen.

Als sie außer Hörweite der Torwache waren, warf Arden plötzlich den Kopf zurück, hob die Fäuste über den Kopf und brüllte in den Himmel.

»Aaaaargh!« Sein Gesicht war entsetzlich verzerrt, doch dann kehrte er ebenso rasch wieder zum normalen Zustand zurück und grinste Gemma an, die ihn aus großen Augen ansah.

»Das habe ich gebraucht«, meinte er gutgelaunt.

»Kein Wunder, daß du diesen Ort haßt«, sagte sie. »Sind alle hier so korrupt?«

»Oh, nein«, antwortete er. »Die meisten sind viel schlimmer.«

»Hast du ihm dein ganzes Geld gezeigt?« fragte Gemma besorgt. »Viel scheint nicht übrig zu sein.«

»Natürlich nicht«, erwiderte Arden. »Und er hat es mit Sicherheit gewußt. Das Ganze ist mehr ein Ritual.«

»Gehört dazu auch, daß du behauptest hast, ich sei deine Frau?«

»Hätte ich das nicht getan, hätte er mir vermutlich ein Angebot für dich gemacht.«

Gemma war sprachlos.

»Ich wäre nicht der erste, der hier seine Frau verkauft«, fuhr Arden fort. »Aber Schwangere sind weniger wert, und sie brauchen mehr Sicherheit.«

»Vielen Dank«, sprudelte sie hervor.

»Denk dir nichts dabei«, entgegnete er. Dann wurde er wieder ernst und fügte hinzu: »Im Augenblick würde es vieles erleichtern, wenn du tatsächlich die Rolle meiner Frau spielen könntest. Schaffst du das? Da drinnen warst du sehr gut.«

»Du hättest mich wenigstens warnen können«, warf sie ihm vor. »Gut, daß ich einige Erfahrung darin habe, meine Gefühle zu verbergen.«

»Ich dachte, du vertraust mir«, sagte er schlicht und breitete die Arme aus.

Gemma hatte nicht die Absicht, sich beschwatzen zu lassen. »Ich habe keine Wahl«, sagte sie. »Du kennst dich hier aus. Ich nicht. Warst du schon oft hier?«

»So selten wie möglich. Vielleicht vier-, fünfmal.«

»Wer sind die Leute draußen?«

»Das sind die, die zu wenig Geld haben, um die Stadt zu betreten oder drinnen zu überleben. Die Opfer des Systems, könnte man sagen.«

»Kein Wunder, daß sie uns so angesehen haben.« Gemma schauderte, als sie daran dachte. »Allmählich bin ich der gleichen Meinung wie du, was diesen Ort anbetrifft.«

»Mit Hilger hatte ich auch recht«, meinte Arden. »Er hat nicht lange überlebt.«

»Kennst du diesen Lord Lunkett?«

»Nur vom Hörensagen.«

»Und?«

»Sagen wir mal so ... würde er unbewaffnet in einem Sumpf voller Alligatoren landen, täten mir die Tiere leid.«

Gemma hatte keine Ahnung, was Alligatoren waren, trotzdem verstand sie recht gut, worauf Arden hinauswollte.

»Reichen drei Tage, um ihn zu überzeugen?«

Arden mußte lachen. »Ausgeschlossen! Es ist unwahrscheinlich, daß wir den mächtigen Oberlord überhaupt zu sehen kriegen. Sollte es uns dank irgendeines Wunders gelingen, uns durch das Dickicht aus Bürokratie und Militär hindurchzuwinden, das ihn umgibt, wird das mindestens einen Monat dauern.«

»Wie willst du denn ...«

»Der Drei-Tage-Paß war reine Formsache. Wenn die Patrouille uns aufgreift, wird sie uns natürlich rausschmeißen, aber das ist nicht wahrscheinlich. Außerdem erwartet niemand, daß wir zur Torwache zurückgehen.«

»Aber –«

»Sollten wir – was die Götter verhüten mögen – tatsächlich bleiben *wollen*, wird uns die Stadt so lange dulden, wie wir nützlich sind. Danach ...«

»Wie hältst du das nur aus?« fragte Gemma, die völlig verwirrt und verzweifelt war.

»Indem ich eins nicht vergesse: Wenn wir tatsächlich Erfolg haben, heiligt der Zweck die Mittel«, gab er freimütig zu. »Wir werden am Schuldgericht eine Anhörung beantragen. Mit ein bißchen Glück erreichen wir vielleicht etwas.« Die Hoffnung in seinen Worten spiegelte sich in seinen Augen nicht wider, trotzdem schaffte er es zu lächeln. »Komm. Wir müssen etwas finden, das nicht gleich in den ersten beiden Nächten unseren gesamten Besitz verschlingt.«

»Wenn du kein Geld mehr hast, kannst du ja immer noch deine Frau verkaufen«, meinte Gemma.

»Dazu müßte ich dich erst ein wenig mästen«, sagte er.

14. KAPITEL

Anfangs war Gemma mit der Rolle zufrieden, die Arden ihr zugedacht hatte, und verbrachte den größten Teil ihrer Zeit im Gastraum. Als kränkelnde und schwangere Gattin war ihr von den Frauen im Lokal reichlich Zuwendung und Mitgefühl sicher. Als Folge davon aß sie gut und schlief viel – in einem der beiden Einzelbetten, denn ihre ehelichen Pflichten gingen nicht so weit, daß sie mit ihrem ›Mann‹ das Lager teilen mußte –, und allmählich gewann sie ihre alte ausgezeichnete Gesundheit zurück.

Arden ging inzwischen jeden Tag dem rätselhaften Geschäft nach, der Forderung des Tales Nachdruck zu verleihen. Die Angelegenheit war ihm offenkundig zuwider, selbst mit Gemma sprach er nicht gerne darüber. Sie bekam nichts weiter aus ihm heraus, als daß er Kontakte knüpfte, den einen überredete, ihn mit dem nächsten in Verbindung zu bringen, und dieser wiederum stellte ihn einem anderen vor und so weiter. Es war eine langwierige, mühselige Prozedur, und Gemmas Hochachtung vor ihrem Begleiter wuchs mit seiner Beharrlichkeit.

Größtenteils jedoch verbrachten sie ihre gemeinsame Zeit mit Zerstreuungen – sie unterhielten sich, lasen, spielten Brettspiele und machten gelegentlich einen Spaziergang oder tranken etwas im Gastraum der Taverne. Gemma wußte, daß dieser Mann, der zu solchen Gelegenheiten mit ihr scherzte und lachte, der eigentliche Arden war, und sie erkannte, wie wichtig solche Augenblicke für ihn waren, damit er bei Verstand blieb und weitermachen konnte. Dunkel war sie sich auch bewußt, daß ihre Anwesenheit ihm eine Hilfe war.

Nach ein paar Tagen jedoch empfand Gemma diese passive Unterstützung als lästig. Mit ihrer körperlichen Gesundheit kehrte auch die ihr vertraute Unruhe zurück. Das Verlangen, weiterzuziehen, und ihr ständiges Eingesperrtsein führten bald dazu, daß sie sich langweilte. Sie bedrängte Arden, mit ihm gehen zu können, ihm zu helfen. Doch er weigerte sich mit der Begründung, schon bald würden seine Bemühungen unwiderruflich zum Erfolg führen. Dann, so behauptete er, könne sie alles mit eigenen Augen sehen. Gemma war damit nicht zufrieden, doch für Arden war es wichtig, daß sie bei Laune blieb, und so ließ sie sich davon abbringen und drängte nicht weiter.

Mit der Zeit wurde der Mangel an Abwechslung unerträglich, und sie begann, sich heimlich tagsüber hinauszuschleichen und die Stadt zu erkunden. Das Gasthaus befand sich mitten in einem geschäftigen Viertel, und es gab immer reichlich zu sehen. Ein steter Strom aus Karren und Kutschen schob sich durch die gepflasterten Straßen, an Marktständen oder in Geschäften standen Waren aller Art zum Verkauf, und das Geschrei der Händler lag in der von einer außergewöhnlichen Vielzahl von Düften durchdrungenen, warmen Spätsommerluft. Gewürze, Obst und Gemüse, frisches Brot, menschlicher Schweiß, Pferdedung, Parfum, faulender Müll und andere, nicht indentifizierbare Substanzen verströmten ihr Aroma in die Atmosphäre. Über das zwielichtige Treiben in den Hintergassen konnte Gemma bestenfalls Vermutungen anstellen. Eins war jedoch völlig klar. Hier regierte vor und über allem das Geld. Mit Geld ließ sich alles beherrschen, jeder Wunsch befriedigen. Ohne war man wertloser als eine Kanalratte – Ardens Mittel bereiteten Gemma zunehmend Sorge. Ihre Anwesenheit war sicherlich eine finanzielle Belastung, und bestimmt war ein großer Teil für Schmiergelder draufgegangen. Was, wenn seine Mittel versiegten, bevor die Probleme des Tals Gehör fanden?

Gemma fand sich zunehmend besser zurecht. Jeden Tag streifte sie weiter umher und bekam so einige der unterschiedlichen Gesichter Newports zu sehen. Es war eine Stadt der Extreme. Viele der Behausungen waren so dreckig und verwahrlost, daß die Hütten vor den Stadtmauern vergleichsweise nobel erschienen. Kleine Kinder spielten nackt inmitten dieses Elends und sahen Gemma aus großen Augen an, die sie bis in ihre Träume verfolgten.

In einem dieser Viertel stieß sie auf eine riesige unbebaute Fläche, die sie nur für einen ungewöhnlichen Platz hielt. Doch dann blieb sie am Rand stehen und traute ihren Augen nicht. Vor ihr lag eine gewaltige Senke, Hunderte von Schritten im Quadrat, in dem aller möglicher Müll angehäuft lag, ein scheinbar endloser Ausblick auf den Abfall der Stadt. Der Gestank, der sich in kräuselnden Rauch- und Dampfschwaden daraus erhob, drehte einem den Magen um. Doch zu ihrem Entsetzen stellte Gemma fest, daß sich Menschen in der Grube aufhielten. Sie bewegten sich gemächlich, kletterten an den Seiten hoch, durchwühlten den Schutt. An einigen Stellen schwelten Brände, und in der Ferne explodierte vor ihren Augen ein kleiner Hügel und schleuderte Flammen und Trümmer in die Luft. Mehrere Müllsammler ergriffen die Flucht, kehrten jedoch schon nach wenigen Augenblicken zögernd wieder zurück.

»Geh nicht zu nah ran, Mädel«, meinte eine Stimme neben ihr. Sie drehte sich um und sah einen alten Mann in schmutzigen Lumpen, dessen eines Auge für immer getrübt war. Er grinste sie zahnlos an und fügte hinzu: »Im Sommer und Herbst geht hier häufig etwas in die Luft.«

»Was machen die Menschen dort?« fragte Gemma leise.

»Sie suchen nach etwas Brauchbarem. Was sich verkaufen läßt. Metall. Eßbarem.«

»Eßbarem?« rief sie entsetzt. »Da drinnen?«

»Besser, als zu verhungern«, entgegnete der Alte, doch Gemma hörte ihn nicht. Sie hatte sich umgedreht und lief davon, bemüht, sich nicht zu übergeben. Der Alte sah ihr mit seinem gesunden Auge nach. »Recht so!« brüllte er. »Sie wollen sich doch bestimmt nicht ihr hübsches Kleid schmutzig machen!« Er spie ihr hinterher und bekam einen Hustenanfall.

Ganz anders einer ihrer anderen Ausflüge, der sie in ein Viertel geführt hatte, wo breite Alleen an Parks vorbeiführten und in farbenprächtigen Gärten palastähnliche Villen standen. Hier war die Luft süß, und doch hinterließ sie bei Gemma einen üblen Nachgeschmack. Im Gegensatz zu dem, was sie woanders gesehen hatte, wirkte der Überfluß obszön, zudem wurde er strengstens gehütet. Bewaffnete Posten beobachteten sie voller Argwohn aus verschiedenen Wachhäuschen heraus, und einer hatte gerufen: »Verschwinde! So was wie dich wollen wir hier nicht!« Sie war in heller Aufregung davongelaufen und hatte sich geschämt.

Zu gerne hätte Gemma mit Arden über ihre Erlebnisse gesprochen, doch er ging bestimmt davon aus, daß sie im Gasthaus blieb, und wäre mit Sicherheit verärgert, wenn sie ihm etwas anderes erzählte.

Als sie schon annahm, Newport könnte sie nicht mehr überraschen oder anwidern, entdeckte sie zufällig noch einen anderen Aspekt der Stadt. Eine Entdeckung, die sie fast das Leben gekostet hätte.

Sie waren seit zehn Tagen in der Stadt. Arden wirkte zunehmend erschöpft, und doch spürte Gemma seine brodelnde Erregung, als er sie an jenem Morgen verließ. *Viel-*

leicht heute, dachte sie, als die Tür sich schloß. *Ich könnte ihm nachgehen*. Ein paar Augenblicke lang kämpfte Abenteuerlust mit gesundem Menschenverstand, doch nachdem sie der Gedanke einmal gepackt hatte, ließ er sie nicht mehr los. Sie eilte die Treppe hinunter und hinaus auf die Straße – und dachte dabei an die Kinderspiele in den Schlössern, die in einem anderen Leben einmal ihr Zuhause gewesen waren.

Arden bog gerade in eine Seitenstraße ein. Schnellen Schrittes ging sie ihm nach. Zum Glück waren bereits Menschen unterwegs. Sie linste um eine Ecke, sah seinen zielstrebigen Gang und folgte in sicherem Abstand. Sie konzentrierte sich so sehr auf ihr Opfer, daß sie mit mehren Leuten zusammenstieß, sich flüchtig entschuldigte und dafür viele erboste und verwirrte Blicke erntete.

Alles ging gut, solange Arden auf den Hauptstraßen blieb. Doch kurz darauf bog er in ein Viertel ab, das Gemma nicht vertraut war – ein Irrgarten aus winzigen Straßen und Gassen. Sie konnte ihn unmöglich auf seinem verschlungenen Weg die ganze Zeit im Blick behalten, also mußte sie näher ran und bei jeder Abzweigung Vorsicht walten lassen. Arden führte sie tiefer und tiefer in das Labyrinth. Manchmal glaubte sie schon, ihn ganz verloren zu haben.

Schließlich geschah, was geschehen mußte. Gemma blickte in eine Gasse, in der sie Arden vermutete – doch sie war leer, eine Sackgasse. Trotz hektischer Suche in den umliegenden Gassen fand sie ihn nicht, und erst jetzt wurde Gemma das Ausmaß ihrer mißlichen Lage bewußt. Sie hatte sich schlicht verlaufen. Das alleine war schon entsetzlich genug. Doch erst Ardens Verschwinden hatte ihr den Blick für ihre Umgebung geöffnet, und sie entdeckte andere beunruhigende Fakten. Es war kein Mensch in der Nähe, tatsächlich hatte sie niemanden gesehen, seit sie Arden aus den Augen verloren hatte. Die ungewohnte Stille wirkte bedrohlich. Die Gassen waren unglaublich schmal, manche von ihnen so eng, daß man sich zur Seite drehen mußte, um aneinander vorbeizukommen. Die zweistöckigen Gebäude bedrängten sie, schienen sich nach innen zu neigen, den Himmel zu verdunkeln. Viele besaßen im Erdgeschoß keine

Fenster, was ihnen etwas Trostloses, Unmenschliches verlieh. Und doch waren die Gassen erstaunlich sauber, ganz anders als in den anderen Vierteln, die sie gesehen hatte. Nicht einmal im reichsten Viertel war es so makellos sauber gewesen. Es war, als hätten sämtliche Einwohner diesen Teil der Stadt verlassen – wodurch sie unverfälscht wirkte, aber tot.

Gemmas Herz schlug schneller.

Stell dich nicht an, befahl sie sich. *Denk nach!*

Sie versuchte, denselben Weg zurückzugehen, langsam, sich jede Abzweigung einprägend, für den Fall, daß sie umkehren mußte. Es dauerte jedoch nicht lange, und all die unpersönlichen Gassen sahen gleich aus, so daß sie die Hoffnung aufgab, wirklich voranzukommen. Wieder endete eine Gasse vor einer geschlossenen Wand. Sie drehte sich um und stellte erschrocken fest, daß drei schweigende Männer ihr den Weg versperrten. Der kleinste von ihnen, der in der Mitte, war ganz in Weiß gekleidet. Gemma sah sofort, daß der Stoff seines Gewandes teuer war und weich. Seine Hände und das Gesicht waren sehr blaß, doch das auffallenste waren seine Augen. Sie lagen hinter zwei kreisrunden Gläsern in einem Metallrahmen verborgen, wodurch seine blaßblauen Augen doppelt so groß erschienen wie normal. Er starrte Gemma eulengleich und mit sichtlicher Neugier an.

Die beiden großen Männer rechts und links von ihm wirkten derb und bunt im Vergleich. Sie standen mit verschränkten Armen da, die Beine leicht gespreizt, so als warteten sie auf Anweisungen.

Der Blasse sprach. Seine Stimme klang ölig.

»Dies ist Privatbesitz. Darf ich fragen, was Sie hier zu suchen haben?«

»Entschuldigen Sie ...«, stammelte Gemma. »Ich habe mich verlaufen.«

Einer der großen Männer flüsterte ihm etwas zu.

»Ein Rotschopf, Boss.«

»Das sehe ich. Danke, Ziv.« Die ruhige Stimme war voller Abscheu. Dann hatte er offenbar einen Entschluß gefaßt und sagte: »Bringt sie her.« Er drehte ab, und seine Posten kamen auf sie zu.

»Wohin bringen Sie mich?« fragte Gemma voller Panik. Ihre Stimme war plötzlich schrill vor Angst. »Das dürfen Sie nicht.«

Der kleine Mann drehte sich wieder um.

»Ganz im Gegenteil«, meinte er mit einem frostigen Grinsen. »Hier kann ich tun, was mir beliebt.«

Damit machte er auf dem Absatz kehrt und ging. Gemma gab jeden Gedanken an Widerstand auf, als die beiden stämmigen Männer sie an den Armen packten und festhielten. Sie hätten sie wie einen Zweig zerbrechen können.

Man brachte sie in eines der gesichtslosen Häuser und führte sie in einen Raum im ersten Stock. Er war reich verziert mit Seidentüchern über der Holzvertäfelung und einem roten Teppich. Der Raum enthielt ein großes Himmelbett mit Baldachin und Spitzengardinen, einen Schreibtisch mit Hocker, dazu zwei bequeme Sessel. Vor dem Fenster waren Gitter.

Ihre Entführer drehten sich um und wollten gehen.

»Wartet!« rief sie. »Was wollt ihr von mir?« Doch der Blasse war bereits gegangen, und seine Gefolgsleute grinsten bloß. Die Tür wurde geschlossen, und als Gemma hörte, wie die Riegel vorgeschoben wurden, wünschte sie, dieser Tag wäre nie angebrochen.

15. KAPITEL

Nach ungefähr einer Stunde in dem stillen Haus gab Gemma die Hoffnung auf, ihre Entführer könnten jeden Augenblick zurückkehren. Gegen die Tür zu hämmern oder aus dem Fenster zu schreien würde ihr in dieser menschenverlassenen Gegend sicher nichts nützen, daher untersuchte sie statt dessen ihre Umgebung. Seit ihrer Kindheit hatte sie solch großartige Möbel nicht mehr gesehen, doch das überall vorherrschende Rot hatte etwas Krankhaftes. Offensichtlich lebte hier niemand, und doch war der Raum nach einem ganz speziellen Geschmack entworfen. Vieles ließ sich im Notfall als Waffe benutzen – eine Vase, der Hocker –, doch für Gemma unterstrich dies bloß, wie sicher sich ihre Wärter offenkundig fühlten. Als sie mit ihrer Untersuchung fertig war, tat sie das einzige, was ihr blieb. Sie setzte sich hin und wartete.

Als Arden am Spätnachmittag in das Gasthaus zurückkehrte, war seine Stimmung eine Mischung aus Entschlossenheit und zaghafter Vorfreude. Endlich hatten seine Bemühungen gefruchtet! Er rannte die Treppe hinauf, zwei Stufen auf einmal nehmend, und platzte ins Zimmer, um Gemma die freudige Nachricht mitzuteilen.

Als er sah, daß sie nicht da war, dachte er sofort, sie müsse im Gasthaus sitzen und sich mit ihren neuen Freunden unterhalten. Nachdem er nachgesehen hatte, verwandelte sich seine Stimmung jedoch in ein Gemisch aus Angst und Wut, denn man teilte ihm mit, daß Gemma oft alleine ausging. Die Zimmermädchen hatten daran nichts Schlimmes gefunden, meinten jedoch, daß sie noch nie so lange fortgeblieben wäre. Niemand hatte eine Ahnung, wo sie steckte. Arden glaubte es zu wissen.

»Zieh das an.« Gemma bekam eine Auswahl dünner und knapper Kleider in unterschiedlichen Rottönen in den Schoß geworfen. Ziv hieß der muskelbepackte Kerl, der sie ihr zugeworfen hatte. »Sieh zu, daß du das Zeug anhast, wenn Mendle aufkreuzt«, fügte er hinzu. »Der Boss mag es nicht, wenn man ihm nicht gehorcht.« Er zog sich zurück und verriegelte erneut die Tür.

Gemma betrachtete die Kleider angeekelt. Sie waren aus Seide und feiner als alles, was sie je gesehen hatte, aber die kurze, knappe Bluse und die feine Unterwäsche konnte ihre

Blöße kaum verdecken. Ihr fröstelte. Sie mußte daran denken, was Arden ihr über die Stadt erzählt hatte, und erschrak bei der Vorstellung, was die neueste Wendung der Geschehnisse für sie bedeuten konnte.

Widerstrebend zog sie sich um. Das Gefühl von Seide auf der Haut gefiel ihr, und sie haßte sich deswegen. Sie fühlte sich unwohl und hatte Angst. *Und jetzt?* fragte sie sich.

Gemma zuckte zusammen, als erneut der Riegel zurückgeschoben wurde. Sie stand auf und war innerlich gefaßt. Notfalls war sie sogar bereit zu kämpfen. Herein kam Mendle, immer noch in Weiß. Er hatte eine kleine schwarze Tasche dabei, die er auf den Hocker stellte. Ziv stand gleich neben der Tür Wache.

»Ich bin froh, daß Sie sich entschlossen haben, mitzuspielen«, meinte Mendle. Seine Stimme klang ruhig. Er sah sie wohlgefällig aus vergrößerten Augen an.

»Was wollen Sie?« fragte Gemma so aggressiv sie konnte.

Mendle grinste. Man sah seine perfekten, weißen Zähne.

»Sie haben Mut«, meinte er. »Gut. Das kann Ihrem Auftritt nur guttun.«

»Was für ein Auftritt?«

»Mein liebes Kind, wie Sie sicher wissen, hat Schönheit wie die Ihre einen gewissen Wert, besonders hier, wo die meisten Frauen eine dunklere Haut haben. Rotes Haar hat sogar Seltenheitswert.« Mit kaltem Blick setzte er seine Inspektion fort, als begutachte er irgendein Handelsgut. Mit einem Frösteln wurde Gemma bewußt, daß er genau das tat. »In dieser Stadt gibt es eine Menge Gentlemen, die schöne Frauen zu schätzen wissen«, fuhr Mendle fort. »Es gehört zu meinen beruflichen Pflichten – und Freuden –, diese Wertschätzung zu optimieren.«

Gemma krallte die Finger in den Stoff ihrer Bluse. *Alles, bloß das nicht!* flehte sie innerlich.

»Natürlich verfügen diese Gentlemen über beträchtliche Mittel«, fuhr er fort, »und es steht ihnen frei, ganz nach Belieben zwischen den Dingen zu wählen, die man ihnen anbietet. Daher auch die wundervollen Kleider, die Sie tragen. Ich will, daß sie sich völlig über Ihren Wert im klaren sind, wenn sie sich entscheiden, für Sie zu bieten.«

»Für mich zu *bieten*?« Gemmas gespannter Stimme war die Angst anzumerken. »Sie wollen mich *verkaufen?*«

»Aber selbstverständlich ...«

»Das können Sie nicht tun! Sie ...« Sie trat einen Schritt vor, ihr Gesicht war wutentbrannt. Ziv richtete sich auf, und sie hielt inne. Es war aussichtslos.

»Sie haben Glück, meine Liebe«, fuhr Mendle fort, als ginge ihn das alles nichts an. »Noch heute abend findet eine Versteigerung statt. Bei Ihrem Aussehen werden Sie schon bald Ihren Platz in einem der wohlhabendsten Häuser der Stadt finden, wo es Ihnen an nichts mangeln wird.«

»Bis auf die Freiheit. Bis auf Würde«, fauchte sie ihn an.

»Belanglose Nichtigkeiten«, erwiderte er fast gelangweilt. »Was nützt Ihnen Freiheit, wenn Sie ständig Schmerzen leiden? Ist Würde so wichtig, daß sie dafür verhungern würden?« Die Drohung in seinen Worten war überdeutlich, aber Gemma war zu wütend, als daß sie darauf geachtet hätte.

»Bastard!« zischte sie.

Mendle lachte. »Wie ich Schmeicheleien liebe«, meinte er.

»Haben Sie nicht etwas vergessen?« fragte sie, jetzt etwas ruhiger. »Sie sagten, mein ›Auftritt‹ bei dieser perversen Versteigerung sei wichtig. Ich verspreche Ihnen, nach meinem Auftritt werden Sie froh sein, mich überhaupt noch loszuwerden.« Ihre Worte sprudelten hervor, angetrieben von einer an Hysterie grenzenden Verzweiflung, doch immer noch innerhalb der Grenzen der Vernunft. »Sie sind darauf angewiesen, daß ich mitspiele. Sie können mich nicht zwingen. Ihre *Gentlemen* werden nicht bereit sein, für beschädigte Ware zu bezahlen – und Sie werden mir jeden einzelnen Knochen brechen müssen, bevor ich mich freiwillg zur Sklavin machen lasse.«

»Tz, tz, meine Liebe. Sklavin ist so ein häßliches Wort.« Mendles sanft tadelnder Ton machte Gemma wild.

»Längst nicht so häßlich wie *Sklaventreiber!*« kreischte sie. »Ich will mit Ihren ekelhaften Machenschaften nichts zu schaffen haben!«

Mendles Lächeln blieb standhaft.

»Doch, ich denke schon«, meinte er. Er öffnete seine Tasche und zog ein kleines Glasfläschchen hervor. Gemma starrte es argwöhnisch an. Neue Angst keimte in ihr auf.

»Ich kann nur hoffen, daß Sie mir keine Schwierigkeiten machen«, meinte der blasse Mann voller Ernst. »Es wäre bedauerlich, wenn wir nicht auf zivilisierte Weise fortfahren könnten.«

»Zivilisiert?« schrie Gemma. Sie konnte es kaum fassen.

»Ich möchte nicht, daß Sie in *irgendeiner* Weise schlecht behandelt werden«, fügte er hinzu. Diesmal ließ ihr sein bedrohlicher Tonfall das Mark gefrieren. Er entkorkte das Fläschchen und reichte es ihr. »Trinken Sie das«, sagte er.

»Was ist das?«

»Etwas zur Entspannung. Sie werden sich wohler fühlen.«

Gemma schnupperte vorsichtig daran. Der Geruch der farblosen Flüssigkeit war ihr sofort vertraut, und wieder hörte sie Ardens Stimme. *Drachenblumensamen rufen lebhafte Träume und Halluzinationen hervor. Manche benutzen sie ausschließlich zu diesem Zweck.* Wie im Reflex schleuderte sie das Fläschchen von sich. Es zerschellte an der Wand und füllte das Zimmer mit dem schweren Duft der Flüssigkeit, die an der Wandtäfelung herunterlief.

Einen Augenblick lang schwand die zivilisierte Gelassenheit aus Mendles Gesicht.

»Das war sehr dumm«, meinte er und hatte Mühe, seine Stimme zu beherrschen. »Und sehr kostspielig.« Er griff in seine Tasche und zog ein zweites Fläschchen hervor. »Außerdem vollkommen nutzlos. Für Ziv und seine Kollegen wäre es überhaupt kein Problem, Sie zu zwingen, das zu schlukken. Selbst wenn Sie es nicht täten, gäbe es noch andere, weniger angenehme Methoden. Ich hatte gehofft, Sie wären vernünftiger.« Gemma warf einen Blick auf den ekelhaft grinsenden Ziv.

»Nun?« hakte Mendle nach.

Gemma streckte langsam die Hand aus und nahm die Droge. *Ich schaffe es*, redete sie sich ein. *Ich habe es schon einmal geschafft, und ich kann es wieder.* Sie wußte nicht recht, ob sie sich glauben sollte, aber dann holte sie tief Luft und nahm einen kleinen Schluck der Flüssigkeit.

»Alles«, befahl Mendle.

Gemma gehorchte. Das Lächeln des blassen Mannes reichte nicht bis zu seinen kalten, blauen Augen. »Wisch den Dreck weg«, befahl er Ziv, dann wandte er sich wieder an Gemma.

»Noch ein Letztes, meine Liebe. Bitte versuchen Sie nicht zu fliehen. Ziv hat die Aufgabe, Sie zu beschützen, und es wäre für euch *beide* ein großes Unglück, wenn Sie nicht auf der Versteigerung erscheinen würden.«

Ziv stand vornübergebeugt, den Lappen in der Hand. In seinen Augen spielgelten sich Bosheit und Verachtung.

»Um Mitternacht fangen wir an«, fügte Mendle hinzu. Sie brauchen also nicht lange zu warten. Sollten Sie etwas zu trinken oder zu essen wünschen, wird Ziv das für Sie arrangieren. Auf Wiedersehen, meine Liebe. Bis heute abend.«

Gemma sah ihm nach, als er das Zimmer verließ. *Was hat er gegen Ziv und die anderen in der Hand? Sie könnten ihn doch in Sekundenschnelle vernichten.* Sie sah wieder zu Ziv hinüber und verwarf die Idee, an das Gute in ihm zu appellieren. Er stand auf und hielt Glasscherben in seiner massigen Hand.

»Wenn du mir Ärger machst, breche ich dir jeden einzelnen Knochen im Leib«, versprach er. »Und das ist noch längst nicht alles.« Er ging ohne ein weiteres Wort, und Gemma hörte, wie die Riegel wieder vorgeschoben wurden.

Ihre dringendste Sorge war es, die Auswirkungen der Droge auf ihren Körper im Blick zu behalten. Bis jetzt schien sich nichts verändert zu haben.

Wieviel Zeit bleibt mir noch? fragte sie sich.

Arden begriff es nicht. Die Pferde waren noch da. Gemma hatte kein Geld, ein anderes zu mieten oder zu kaufen, und die typische Pferdediebin war sie sicher auch nicht. Aber selbst ihr unsinniges Verlangen, nach Süden zu kommen, würde doch bestimmt davor Halt machen, zu Fuß weiterzureisen. *Verdammtes Weib!* fluchte Arden im stillen. *Wieso ausgerechnet jetzt? Wo ich so wenig Zeit habe?*

Er brach auf, um neue und alte Bekannte aufzusuchen. Vielleicht würden sie noch einmal helfen.

Gemma betrachtete das Zimmer wie durch einen Schleier. Zeit hatte längst jede Bedeutung verloren. Jeglicher Wille war aus ihrem Körper gewichen, und die Augen ließen sich nicht mehr zentrieren. Ein Mann in Weiß kam und erteilte Anweisungen, wieder und wieder. Gemma begriff kein Wort, doch nach einer Weile schien er zufrieden und ging. Kurz davor schnippte er mit den Fingern vor ihrem Gesicht. Sofort war sie wieder wach, und sie konnte wieder richtig sehen, doch was er ihr gerade gesagt hatte, wußte sie nicht mehr.

Ziv kam mit einem Tablett voll Essen zurück. Er stellte es auf dem Schreibtisch ab und vergewisserte sich mit einem kurzen Blick auf Gemma, daß sie jetzt ruhig war. Offenbar hatte die Droge gewirkt.

»Iß, wenn du willst«, meinte er. Seine Stimme verriet, daß es ihm völlig gleich war, so oder so. Er ging und verriegelte aufs neue die Tür.

Gemma hatte keinen Appetit, griff aber nach dem Rotwein, der neben den Tellern stand. Sie nippte daran und überlegte, ob das in Verbindung mit dem Drachenblumensamen klug war. In ihrem Kopf brach ein Streit darüber aus, doch der Rat, den sie schließlich befolgte, war der einfachste und praktischste. *Ein Glas Wein wird wohl keinen großen Unterschied machen. Vielleicht verwässert es die Droge sogar.* Außerdem hatte sie den ganzen Tag noch nichts getrunken. Sie betrachtete die dunkle Flüssigkeit. *Rot gefällt dir, was, Mendle,* überlegte sie. *Oder ist es vielleicht die Lieblingsfarbe eines deiner Kunden*? Trotz ihrer Lage mußte sie schmunzeln und trank. Aus dem gleichen praktischen Grund verspeiste sie auch ihre Mahlzeit. Sie kaute mechanisch, ohne etwas zu schmecken.

Die ganze Zeit über analysierte sie die Veränderungen in

ihrem Innern. Mittlerweile funktionierte ihr Verstand auf mehreren Ebenen gleichzeitig. Das hätte sie eigentlich verwirren müssen, doch entwickelte sie ein meisterliches Geschick dafür, jeden einzelnen Gedanken für sich klar und direkt zu verfolgen. Sie merkte, daß ihr Zorn verflogen war, und der Gedanke an die bevorstehende Nacht erfüllte sie nicht mehr mit Angst. Vage ahnte sie, daß dies nicht so war, wie es sein sollte. Trotzdem, der Gedanke war zu tröstlich, um ihn aufzugeben. Fast freute sie sich auf ihren ›Auftritt‹, während gleichzeitig eine leise Stimme ihr Dinge einzuflüstern suchte, von denen sie nichts wissen wollte. *Meine Bewegungen sind nicht beeinträchtig,* dachte sie und bewies es, indem sie das Glas genau auf den kreisrunden Flecken zurückstellte, den es auf dem Tablett hinterlassen hatte. Sie stand auf, schlug ein Rad und landete neben dem Bett. Sie ließ sich rücklings darauf fallen und mußte lachen: Sie war bereit für ihren Auftritt!

In diesen Kleidern läßt sich nirgends eine Waffe verstecken, beharrte die innere Stimme. Eine Waffe? Warum sollte sie eine Waffe brauchen? *Merk dir den Weg zu der Versteigerung,* befahl ihr anderes Selbst.

Wieder ein anderer Teil ihres Verstandes tagträumte von der Vergangenheit, von der Zukunft, einem Gewebe aus Zeiten, das ihr durchaus logisch erschien. Lächelnde Gesichter blitzten vor ihr auf: Arden, Zana, Keran, ihr lange verstorbener Vater, ein Soldat, ein alter Mann mit nur einem guten Auge, Mendle, andere, die sie nicht erkannte, Cai. *Cai.*

Cai lächelte nicht. Seine grünen Augen waren vor Angst oder Wut weit aufgerissen. Genau konnte sie es nicht sagen.

Warum bist du nicht glücklich? flehte sie. Eine eiskalte Kralle umschloß ihr Herz. Sein zerrissenes Bild verärgerte sie.

Und dann war er verschwunden. Andere hatten seinen Platz eingenommen, und Gemmas eigenes Lächeln war wieder da. Sie lag auf dem Rücken und starrte auf den Baldachin über ihrem Kopf. Plötzlich faszinierte sie die Stickerei der zwei ineinander verschlungenen Schlangen darauf. Was taten sie? Kämpften sie? Rangen sie miteinander? Liebten sie sich? Gemma fing an zu kichern, und die Lindwürmer fingen an, sich zu bewegen. Gelbe Augen blitzten, die Schuppen blinkten, Flammen schossen aus ihren Nüstern. Sie schloß die Augen. Plötzlich wurde ihr schwindelig und übel. Das Pandämonium in ihrem Kopf ließ allmählich nach, und vorsichtig öffnete sie die Augen wieder: Die Schlangen rührten sich nicht, jeder Stich war deutlich zu erkennen, bewegte sich aber nicht.

Unter all dem regten sich unbekannte Vorstellungen, verschmolzen zu etwas Seltsamem, als seien sie aus Quecksilber und für sie ungreifbar. Sie spürte, zu was es fähig war, nicht jedoch seine Kraft. *Warten.*

16.
KAPITEL

Gemma wartete bereits, als sie kamen, um sie zu holen. Irgendein sechster Sinn hatte ihr gesagt, daß es kurz vor Mitternacht sein mußte. Sie stand mitten im Zimmer, umflutet vom warmen Schein der Lampe, als die Tür aufging. Mendle betrachtete sie voller Wohlwollen.

»Wie eine Rose«, meinte er. »Eine rote Rose.«

Gemma mußte lächeln. *Ohne seine Augengläser wäre er ziemlich hilflos*, kommentierte die innere Stimme.

»Erlauben Sie mir, Sie zu begleiten«, sagte Mendle. Gemma trat vor und nahm seinen dargebotenen Arm. Sie fand Gefallen an seiner Höflichkeit. Ein anderer, kleiner, unbedeutender Teil war außer sich über die Heuchelei jenes Mannes, der sie eingesperrt und wie eine Hure gekleidet hatte und der sie jetzt wie eine Königin behandelte. Als ihr diese Ironie bewußt wurde, mußte sie lachen, und Mendle warf ihr einen Seitenblick zu, als sie den Gang entlangliefen und Ziv sich ihnen anschloß.

»Ich freue mich, daß Sie in guter Stimmung sind«, meinte er.

Mehrere Gemmas gingen neben ihm her, und sie alle

dachten über die Bemerkung nach. Die Antwort war eine Mischung ihrer Schlußfolgerungen.

»Was bleibt mir übrig? Ich bin froh, daß Sie sich entschlossen haben, mich persönlich abzuholen.«

»Ist mir ein Vergnügen«, erwiderte er. »Schließlich sind Sie meine Hauptattraktion.«

»Ich?« Gemma fühlte sich geschmeichelt, verwirrt und angewidert zugleich, doch nur die Überraschung spiegelte sich in ihrem Gesicht. »Ich weiß nicht, was ich tun soll. Sie müssen es mir zeigen.«

»Das kann Ihnen niemand beibringen«, sagte er. »Am allerwenigsten ich. Ich verfüge selbst über keinerlei Schönheit. Es ist etwas ganz Natürliches. Wer es besitzt – wie Sie – braucht es nicht zu lernen. Seien Sie einfach Sie selbst. Wer Augen im Kopf hat, wird es erkennen und Ihren wahren Wert zu schätzen wissen.«

Und Sie *dafür bezahlen,* dachte Gemma voller Bitterkeit. Gleichzeitig sagte sie: »Was für eine nette Ansprache.« Und meinte es auch noch ernst! *Ich bin nicht mal mehr eins mit mir selbst!* Sie mußte lachen, und Mendle lachte mit, doch hinter all dieser Fröhlichkeit hatte sie eine wichtige Entdeckung gemacht. Ihre Wut kehrte zurück. Was bedeutete das? Die Wirkung der Drachenblumensamen konnte unmöglich so schnell nachgelassen haben. War sie endlich in der Lage, sie zu kontrollieren? Oder veränderte sich etwas anderes in ihr? Gedanken wirbelten ihr durch den Kopf, sandten Botschaften aus, die sie nicht verstand. *Alles Unsinn,* entschied sie, und schob sie von sich. *Laß mich nachdenken!*

Sie zwang sich, nach außen hin glücklich und ruhig zu wirken, während sie weiter durch scheinbar endlose Korridore gingen. Aussichtslos, sich diesen verschlungenen, sich windenden, auf- und absteigenden, durch Gebäude und dann wieder unterirdisch verlaufenden Weg zu merken. *Dies ist sein Reich,* dachte Gemma. *Hier kann er tun, was ihm beliebt*. Auch die Angst kehrte zurück.

Nach einer Weile erreichten sie eine schlichte, weiß gestrichene Tür.

»Sie warten hier drinnen«, sagte Mendle, und es klang

wie ein Privileg. »Ziv wird Ihnen den Weg zeigen, wenn Sie aufgerufen werden.«

Gemma zeigte sich von ihrer folgsamen Seite. Nickend und lächelnd ließ sie sich von Ziv hinein führen. Fünf weitere Gefangene saßen auf Holzstühlen, mit jeweils einem Wachposten dahinter. Die Frauen drehten sich um, betrachteten die Neue mit freundlichem Gesicht und mäßigem Interesse. Sie machten Gemma krank. Die Männer, alle so groß wie Ziv, betrachteten sie ganz anders. Gereiztheit, Verachtung, Lust und Neid mischten sich zu unterschiedlichen Teilen.

Von denen ist keine Hilfe zu erwarten, meinte ihre innere Stimme.

Sie setzte sich auf den letzten freien Stuhl. Ziv stand seitlich hinter ihr. Niemand sprach. In der Ferne ertönte ein Gong, daraufhin stand eine der Frauen auf und ging, gefolgt von ihrem Beschützer. Ihr Lächeln verriet keinerlei Gemütsregung. *Stehen sie alle unter Drogen*? fragte sich Gemma.

Die anderen wurden eine nach der anderen aufgerufen, bis neben Gemma nur noch ein Mädchen übrig war. Sie war zierlich, dunkelhaarig und viel jünger als die anderen. Sie hatte ein hübsches Gesicht, eine reine, makellose Haut und große braune Augen, aber ihr Lächeln war falsch, und ihre Augen waren ohne Leben. Der Gong ertönte ein weiteres Mal, und man führte sie ab.

»Was geschieht jetzt?« fragte Gemma.

Einen Augenblick lang wirkte Ziv überrascht, dann fing er an zu grinsen.

»Willst du es sehen?« fragte er. »Dann komm – du kannst von der Seite aus zusehen.«

Als sie aufstand, wirbelten wieder diese Wolken der Unvernunft durch ihren Kopf. Ziv musterte sie genau.

»Alles in Ordnung?« fragte er.

»Ja.« *Nein. Keine Ahnung.* »Alles scheint so weit entfernt.«

Er lachte, in seinen Augen blitzte die Grausamkeit auf. »Nicht mehr lange«, meinte er. »Spätestens morgen früh weißt du genau, wo du bist.« Er öffnete die Tür. »Los, geh – sonst verpaßt du das Beste.«

Sie gingen einen weiteren Gang entlang. Das Summen der vielen Stimmen, die Rufe, das Klirren von Gläsern wurden lauter. Ziv blieb stehen, und Gemma stellte fest, daß sie sich im Seitenflügel einer hellerleuchteten Bühne befand, auf der Mendle an einem Podium stand. Neben ihm stand ruhig das zuletzt aufgerufene junge Mädchen. Mendle hielt die unsichtbare Menge dazu an, ihre zierliche Gestalt, ihre Gesundheit und Grazie zu würdigen, und pries ihre Vollkommenheit in den Künsten des Schlafzimmers und der Küche an. Nach dem Ansteigen des Geräuschpegels zu urteilen, schien ersteres das größte Interesse zu erregen. Gemma schämte sich ihretwegen, doch das Mädchen wirkte ungerührt, und Gemma erinnerte sich mit Entsetzen, daß sie als Nächste an der Reihe war.

Mendle wandte sich an das Mädchen.

»Nun, Elyse, was kannst du diesen Gentlemen noch über dich erzählen? Du bist sicher viel beredter als ich.« Er lächelte aufmunternd, seine vergrößerten Augen blinkten im Licht der Bühne. Elyse blinzelte und fing an zu sprechen.

»Ich bin jung, aber nicht ohne Erfahrung.« Es klang wie auswendig gelernt, wie der übermäßig geprobte Text einer untalentierten Schauspielerin. *Die müssen doch merken, daß das nicht stimmt*, dachte Gemma, während Elyse ihren Text weiterleierte. *Vielleicht wollen sie es gar nicht merken.* Dann kam ihr ein Gedanke, der noch widerwärtiger war als der erste. *Vielleicht haben sie es nicht nötig.* Wenn sie ständig unter Drogen stand und willig war …

Die Vorstellung, jemand könnte für immer in einen solchen Zustand versetzt werden, begann ihr Angst zu machen. Sie würde alles tun, um einem solchen Schicksal zu entgehen.

Alles?

Sie drehte sich um und betrachtete Ziv. Die Bewegung rief die verwirrenden schwarzen Wirbel zurück in ihr Bewußtsein. Sie erschrak und versuchte verzweifelt, nicht wieder darin zu versinken. Ihr Wächter war zu sehr vom Geschehen auf der Bühne in Anspruch genommen und bemerkte nichts. Sein Blick war entrückt, sein Gesicht mit einer Schweißschicht bedeckt.

»Jetzt fängt es erst richtig an«, sagte er leise.

Gemma drehte sich langsam um und konzentrierte sich wieder auf die Bühne. Elyse hatte aufgehört zu sprechen. Die Einzelheiten ihrer intimen Talente waren erschöpft.

»Gentlemen«, verkündete Mendle. »Wir werden Ihre wertvolle Zeit nicht länger vergeuden. Die Auktion wird sofort beginnen.«

Ein paar Mißfallenskundgebungen aus dem Publikum waren rasch niedergezischt.

»Manchmal versteigert er erst ein paar ihrer Kleidungsstücke«, erklärte Ziv im Flüsterton. Er wirkte enttäuscht.

»Beginnen wir bei zweihundert«, fuhr Mendle fort. »Vielen Dank, Sir.«

Anfangs ging das Bieten recht flott, und jedesmal, wenn es nachzulassen drohte, machte Mendle ein paar schlüpfrige Bemerkungen darüber, wie begehrenswert Elyse war. Er war ein gewiefter und überzeugender Verkäufer. Als er schließlich »Verkauft!« rief und mit der Hand auf das Podium schlug, war der Preis bis auf 655 Taler geklettert – mehr als die meisten Männer in Newport in fünf Jahren verdienten. Elyses Wächter führte sie jetzt zu einer hinteren Ecke der Bühne, um sich mit ihrem neuen Besitzer abzusprechen. *Morgen früh wirst du wissen, wo du bist,* dachte Gemma mit Schaudern. Wieder ertönte der Gong, jetzt viel lauter. Hinter Gemmas Augen brach ein Feuer aus.

»Endlich kommen wir zu dem Augenblick, auf den Sie alle gewartet haben.« Mendle strahlte vor Vergnügen. »Es ist ein ganz besonderer Augenblick, wie ich Ihnen versprochen habe, denn heute abend bietet sich eine einzigartige Gelegenheit, wie noch nie zuvor auf diesem Kontinent.« Er machte eine dramatische Pause. »Die Gelegenheit, eine weiße Hexe von den nördlichen Inseln zu ersteigern.«

Einen Augenblick lang herrschte Stille, gefolgt von überraschtem Gemurmel. Mendle hatte jetzt ihre ganze Aufmerksamkeit.

Das Feuer griff um sich. Flammen und Rauch krochen in ihren Verstand. *Spricht er etwa von mir?*

»Sie ist wunderschön«, fuhr der Auktionator fort. »Helle Haut, Haar wie Feuer, ein Körper ...«

»Und wo bleibt sie?« brüllte besoffen eine gierige Stimme.

»Geduld, Gentlemen. Wie Sie sehr bald sehen werden, besitzt sie all die körperlichen Eigenschaften, die sich ein Mann nur wünschen kann, aber das stellt erst ein Zehntel ihres wahren Wertes dar. Denn sie besitzt Geheimnisse, Kräfte, die selbst meine Beschreibungsfähigkeiten übersteigen. Der Mann, der sie bezähmt, wird wahrhaft gesegnet sein.

Bislang war es nur ein Mythos. Reisende haben uns von den Rätseln der lange verloren geglaubten nördlichen Inseln erzählt. Doch die meisten von ihnen waren unzuverlässig – Wahnsinnige, die starben oder flohen, bevor wir mehr als nur Halbwahrheiten von ihnen in Erfahrung bringen konnten. Und doch wissen wir, daß ihre Göttinnen als strahlende Frauen auf die Welt kommen, als Hexen mit flammendem Haar, die einen Mann durch raffinierte Anwendung ihres erotischen Geschicks zu neuen Höhepunkten der Lust treiben können.«

Mendle hatte seinen Spaß. Schon die Worte schienen ihn zu erregen. Sein bleiches Gesicht glänzte schweißnaß, und seine Augen glühten strahlender als die vielen Lampen, die ihn von oben und unten beleuchteten.

Gemmas Verstand kapitulierte vor dem Brand. *Wie kann er erwarten, daß ich seinen Ankündigungen entspreche?* fragte sie sich und hörte auf zu denken.

»Gentlemen, ich präsentiere Ihnen die Rose des Nordens!« Mendle breitete die Arme aus, als wollte er jemanden begrüßen.

»Los!« drängte Ziv. »Und laß dich von nichts überraschen.« Er versetzte ihr einen Stoß, aber der wäre gar nicht nötig gewesen. Ihr Körper bewegte sich wie von selbst. Sie hatte ihn einfach nicht mehr in der Gewalt. Sie ging leichtfüßig, schwang die Hüften, ein Lächeln auf den Lippen – in ihrem Innern brach ein Aufstand los.

Die Schwärze hatte von ihr Besitz ergriffen wie ein Tier, das die Flammen verschlingt und sie in einen Strudel aus Irrsinn taucht. Ihr Körper jedoch war eine Marionette, deren Fäden Mendle in der Hand hielt. Ein winziger Teil von ihr blieb wachsam, beobachtete alles, aber in ihr Tun eingreifen konnte er nicht.

Ihr Auftritt wurde begleitet von Gemurmel, erstaunten Lauten und beifälligem Pfeifen aus dem Publikum. Hinter den Lampen an der Bühnenrampe erkannte sie einen schwach ausgeleuchteten Saal, Gruppen von Männern, die an mit Getränken übersäten Tischen hockten, während andere weiter hinten im Schatten blieben. Qualm vernebelte zusätzlich den Raum.

Gemma erreichte ein weißes, auf die Bretter gemaltes Kreuz und blieb stehen, ohne nachzudenken. Sie drehte ihr Gesicht zum Publikum und machte eine förmliche Verbeugung. *Wieso tue ich das?* Sie richtete sich wieder auf und breitete die Arme zu einer übertriebenen Geste aus, warf den Kopf in den Nacken. Als sie das tat, zuckten ringsum blaue und grüne Flammen aus der Bühne. *Laß dich von nichts überraschen*.

Die dunklen Schwaden zogen immer noch durch ihr Hirn, verflochten sich miteinander, verbanden und teilten sich. Sie lernten dazu. Lichtfunken drängten in die Schwärze vor.

Das ist alles nicht wahr! Gemma war außer sich. *Das konnte sie sich doch unmöglich bieten lassen*.

Sie vernahm eine Stimme und erkannte zu ihrem Entsetzen, daß es ihre eigene war.

»Jetzt habt Ihr mich gesehen!« rief sie. »Wer möchte diese Kraft beherrschen? Dem Mann, der dies vermag, wird es an nichts mangeln.« *Das kann ich unmöglich gesagt haben! Woher kommt das?*

»Die Hexe verlangt nach einem Meister«, verkündete Mendle dramatisch. Als die Worte gesprochen waren, ging Gemma auf die Knie und verneigte sich. Sie fand diese Selbsterniedrigung widerlich, aber ihr Körper tanzte nach der Melodie eines anderen.

Dann erhob sie sich. Durch die Bewegung begannen die

schwarzen Schwaden in ihrem Kopf noch heftiger zu brodeln. Bunte Blitze schossen durch das Dunkel.

»Sprich, Rose«, wies Mendle sie an. »Erzähl den ehrenwerten Gästen von deinem Können.« Sie zögerte. *Er weiß, was ich sagen werde!* Ihre Lippen öffneten sich wie von selbst, und in dem winzigen, noch zu vernünftigen Überlegungen fähigen Teil ihres Verstandes kochte die Wut. *Woher?* Ein Zwischenruf aus der Menge brachte ihre verräterische Zunge zum Schweigen.

»Spar es dir. Fangt mit dem Bieten an!«

Allgemeine Zustimmung. Die Menge war ungeduldig. Mendle schnippte mit den Fingern, und Gemmas Bedürfnis, etwas zu sagen, versiegte. Er ließ den Blick über die Menge schweifen. Das selbstzufriedene Grinsen auf seinem Gesicht sprach Bände.

»Also schön«, sagte er gedehnt und ließ die Worte auf der Zunge zergehen. »Fangen wir an bei –«

»Eintausend!« rief eine Stimme aus der unsichtbaren Nische im Hintergrund.

Einen Augenblick lang wirkte Mendle schockiert. Erstauntes und verärgertes Geflüster machte die Runde, als die Leute in der Nähe der Bühne die Hälse reckten, um festzustellen, wer dieses ungeheuerliche Gebot gemacht hatte. Mendle, ganz Profi, fand als erster seine Haltung wieder.

»Vielen Dank, Sir«, rief er, »doch für ein solch einzigartiges Exemplar dürfte das kaum ausreichend sein. Höre ich elfhundert?« Es folgte vereinzeltes Geflüster, aber keine weiteren Gebote. »Rose, vielleicht könntest du zeigen, wie –«

Jemand unterbrach ihn.

»Elfhundert«, rief eine zaghafte Stimme.

»Zwölfhundert.« Eine tiefere Stimme.

»Zwölfhundertfünfzig«, rief der erste Bieter, diesmal mit mehr Überzeugung.

Mendle befand sich in einem Zustand erhöhter Glückseligkeit und zeigte abwechselnd auf die beiden Bieter. Er wollte gerade etwas sagen, als ihm der erste Bieter das Wort abschnitt.

»Zweitausend.«

Wieder herrschte vollkommene Stille. Gier kämpfte mit Mendles angeborener Geschäftstüchtigkeit. Der gesunde Menschenverstand sagte ihm, daß dieses Gebot zu gut war, um es zurückzuweisen. Aber vielleicht ließ sich der unter seinen Kunden ausgebrochene Wahn noch weiter melken. Die Gier siegte.

»Sprich, Rose«, meinte er noch einmal, und Gemma spürte den Zwang, etwas zu sagen ... doch diesmal war es anders.

Im Verlauf der Auktion hatte Gemma ihren eigenen Kampf ausgefochten. Nach langem Widerstand hatte sie endlich den schwarzen Schwaden nachgegeben, sich erleichtert in sie hineinfallen lassen und ihren Verstand aufgegeben, wie ihr Körper sie aufgegeben hatte. Sie hatte verloren – sie war gleichgültig geworden.

Und doch gewonnen. Am fernen Ende ihres Bewußtseins, tief in dem labyrinthischen Muster, war ein Licht. Wissen. Begreifen. Irgend etwas war in ihr erwacht, und jetzt war es lebendig, bereit, in die Welt zu springen. Gemma fühlte sich vollständig, wirklicher als jemals zuvor. Sie hatte keine Angst mehr. Aber sie war sehr wütend.

»Mendle hat recht!« sagte sie. Ihre Stimme war leise, aber voller Überzeugungskraft. »Zweitausend ist ein armseliger Preis für mich.« Lächelnd verfolgte sie, wie Mendle zusammenzuckte und dann ein Zeichen zur Bühnenseite machte. *Offenbar war das nicht das, was ich hatte sagen sollen.* »Ich bin unbezahlbar«, fügte sie entschieden hinzu.

Ziv und zwei weitere Lakaien kamen schnellen Schrittes auf sie zu. Als sie sich zu ihnen umdrehte, blieben sie an Ort und Stelle stehen, die Augen vor Entsetzen aufgerissen. Die Hexe, die sie erschaffen hatten, war echt.

»Die widerwärtige Farce ist vorbei!« rief Gemma. Sie spürte die neue Kraft. *Wie einfach das ist,* dachte sie. *Wieso bin ich nicht selbst darauf gekommen?*

Mendle sprang ihr vom Podium entgegen, aber sie schob ihn mit einer Hand beiseite. Seine Brille wurde fortgeschleudert und zersprang.

»Vorbei!« rief sie und schlug zu.

Jede einzelne Lampe über der Bühne explodierte. Glas splitterte, das Licht flackerte und flammte erneut auf, als das Öl in Flammen aufging. Echte Flammen. Ringsum entstand ein Höllenspektakel. Im Saal brach eine Panik aus, als alles zu den Ausgängen drängte. Die muskelbepackten Kerle auf der Bühne hatten das Weite gesucht und Mendle alleine zurückgelassen, der halb blind und Obszönitäten fluchend über die Bühne torkelte. Gemma sah ihm einen Augenblick lang zu, dann verließ sie unbehelligt von den Flammen die Bühne.

Kurz darauf hatte sie einen Weg nach draußen auf die saubere, enge Straße gefunden und machte sich entschlossen auf den Weg.

Cai hatte sich geirrt! dachte sie begeistert. *Es gibt noch Magie. Und jetzt weiß ich, wo ich sie finden kann!*

Eine Stunde später war sie wieder in ihrem Zimmer im Gasthaus.

17. KAPITEL

Weit im Norden, in einem ganz anderen Schlafzimmer, wand sich ein Mann ruhelos im Schlaf. In den letzten Jahren war Cai oft von seltsamen Träumen heimgesucht worden. Die Vergangenheit verfolgte ihn, und immer wieder durchlebte er bestimmte tragische Ereignisse. Am Tage war er der nach außen hin glückliche Mann, den alle am Hof kannten und liebten. Doch nachts war er wieder ein Zauberer, wie energisch er sich auch dagegen wehrte.

Nach Gemmas Fortgang waren seine Träume schlimmer geworden, auch wenn ihr Verschwinden für ihn weniger ein Schock war als für all die anderen – das galt auch für ihren Bruder Keran, der die Herrschaft über ihr Heim auf der Insel hatte. Wenigstens hatte sie Cai ein wenig von ihren Hoffnungen und Träumen offenbart – vielleicht schmerzte ihn gerade deswegen ihre Flucht um so mehr. Er war ihr Freund, ihr bester Freund gewesen, auch wenn sie sich manchmal gestritten hatten. Cai hätte nie geglaubt, daß sie tatsächlich weggehen würde. Der Abschiedsbrief, den sie hinterlassen hatte, war an Keran gerichtet gewesen und nicht an ihn, trotzdem hatte sich jedes einzelne schicksalträchtige Wort in Cais Hirn eingegraben.

Gemma und Cai hatten viel Zeit zusammen verbracht und wurden oft fälschlicherweise für Liebende gehalten. Obwohl er mehr als doppelt so alt war, hatte Cai das hübsche Gesicht und den geschmeidigen Körper eines Zwanzigjährigen. Der Zauberer war zwei Jahrzehnte lang nicht gealtert und verabscheute sich deshalb um so mehr. Als Gemma ging, sah er darin einen weiteren Beweis für sein Versagen und verbrachte immer mehr Zeit alleine, unfähig, in der unveränderten Bewunderung schöner, junger Frauen so wie in früheren Jahren Trost zu finden.

In seinem Leben gab nichts mehr einen Sinn. Und trotzdem plagten ihn die Alpträume noch immer.

Doch dieser Traum war anders …

Ein Klopfen an der Tür. Cai setzte sich auf.

»Wieviel Zeit bleibt mir noch?« hörte er eine schwache Stimme aus weiter Ferne fragen.

Die Tür ging auf, und Gemma kam herein. Ihre bleichen Glieder standen in starkem Kontrast zu ihrem kurzen, schwarzen Umhang.

»Du magst Schwarz, stimmt's, Cai?« Sie bewegte die Hände geschickt wie ein Zauberer. »In diesen Kleidern kann man keine Waffe verstecken«, sagte sie und zog eine Rose hervor. Eine rote Rose.

Einen Augenblick lang hatte er die Vision zweier kopulierender Schlangen. Nach dem Liebesbeweis, den sie ihm gerade gezeigt hatte, wirkte das Bild wie eine Gotteslästerung.

»Warum bist du nicht glücklich?« fragte sie.

Er wollte etwas einwenden, hielt aber inne. Gemma lachte, doch in ihren Augen blitzte eine fremde Grausamkeit auf.

»Freut mich, dich zu sehen«, meinte er schlicht.

»Ich bin froh, daß du dich entschlossen hast, mich zu sehen«, antwortete sie.

»Du bist mir ... wichtig«, meinte er und verfluchte sich, weil er es nicht fertig brachte, ›ich liebe dich‹ zu sagen.

»Ich?« Gemma riß die Augen auf. »Ich weiß nicht, was ich tun soll. Du mußt es mir zeigen.« Ihre Bitte ging Cai zu Herzen, er konnte ihr trotzdem nicht nachgeben.

»Das kann dir niemand beibringen. Am allerwenigsten ich. Ich verfüge selbst nicht über Zauberkraft.« Er fühlte sich matt – er hatte diese Rede schon so oft gehalten. »Sei du selbst.«

Gema schien verwirrt.

»Das ist dein Königreich«, sagte sie. »Hier kannst du tun, was immer dir beliebt.«

Dunkle Wirbel der Nacht füllten das Zimmer. Gemma sah sich um. »Von ihm ist auch keine Hilfe zu erwarten«, dachte sie entschieden.

Cai fing innerlich an zu zittern. Er konnte sich nicht bewegen.

»Alles in Ordnung?« fragte er besorgt.

»Ja. Nein. Keine Ahnung. Alles ist so weit entfernt.« Hoffnungslose Verzweiflung spiegelte sich in Gemmas Gesicht.

Das Traumszenario veränderte sich. Gemma marschierte auf der Stelle, dabei zuckten ihre Glieder unnatürlich.

»Warum tue ich das?« fragte sie flehend. Dann veränderte sich ihr Gesicht, wurde leer, ausdruckslos. »Wer will diese Kraft beherrschen?« fragte sie mit monotoner Stimme. »Dem Mann, der es schafft, wird es an nichts mangeln.«

Gemma schien in der Finsternis zu ertrinken, die den Raum füllte. Dann brachen Sterne aus dem Nichts hervor.

»Sprich, Gemma!« beschwor Cai sie.

Licht durchflutete den Raum, und plötzlich bekam er fürchterliche Angst. Er hatte versucht, sie zu beschützen, ihr die Wahrheit zu sagen, doch auf einmal war sie zu mächtig. Und frei.

»Ich brauche deine Hilfe nicht mehr«, meinte sie. »Es ist vorbei.«

In diesem Augenblick spürte er, wie sie sich das Wissen zu eigen machte, das Wissen, daß er ihr solange verschwiegen, vor ihr verborgen hatte. Er hatte nicht die Macht, sie aufzuhalten. Statt dessen wurde seine Schwäche seine Gabe an sie, das einzige Geschenk, das er noch machen konnte.

»Wie einfach!« rief sie entzückt. »Wieso bin ich nicht selbst darauf gekommen!«

Plötzlich wurde der Raum in völlige Dunkelheit getaucht, doch diesmal war es so still wie in einem Grab. Panik verbreitete sich explosionsartig in Cais Innerem.

Er war blind, einsam, hilflos. Sie hatte ihn verlassen.

Eine schwächer werdende Stimme meinte: »Du hast dich geirrt. Es gibt noch Zauberei. Und jetzt ...« Die Stimme verhallte, und es wurde still.

Cai erwachte mit Tränen in den Augen. Sie stammten aus dem Traum. Die, die dann kamen, kamen aus seinem Herzen.

18. KAPITEL

Arden erreichte das Gasthaus in der grauen Stunde kurz vor Anbruch der Dämmerung, die Gemma die ›Stunde des Wolfes‹ genannt hatte. Sie schlief, als er hereinkam, und trug noch immer ihr rotes Kleid. Im Gasthaus hatte niemand gewußt, wohin Arden gegangen war, also hatte sie gedacht, es wäre am besten, zu bleiben, wo sie war. Nach zwei Stunden war sie eingenickt. Ihre aufgewühlte Stimmung war der Erschöpfung gewichen.

Sie wachte auf, als er ihr gemeinsames Zimmer betrat, und lächelte ihn an. Der Triumph stand ihr in den verschlafenen Augen. Erleichterung, Zorn und Neugier huschten in rascher Folge über sein Gesicht.

»Wo bist du gewesen?« Er schüttelte den Kopf. »Und wo hast du diese Kleider her?«

»Gefallen sie dir nicht?« fragte sie neckisch.

»Du lieber Gott«, erwiderte er. »Du siehst aus wie eine ... du siehst ziemlich gut aus.« Er ging zum Bett, zog sie auf die Beine und drückte sie an sich. Gemma erwiderte die Umarmung. Seine Gefühlsäußerung berührte sie und richtete sie auf. Sie lösten sich voneinander, beide waren voller Fragen, doch es war Arden, der zuerst sprach und den Bann brach.

»Du wirst mir einiges erklären müssen«, sagte er streng.

»Mehr, als du je erraten wirst«, antwortete sie.

Und dann erzählte sie ihm die Geschichte. Arden hielt sich bis kurz vor Schluß mit seinem Kommentar zurück, als Gemma davon erzählte, wie sie die Versteigerung beendet hatte.

»Es war, als hätte mir jemand die ganze Zeit über etwas sagen wollen und ich hätte nur nicht auf ihn gehört ... nein, das stimmt nicht.« Sie hielt inne und dachte nach. »Jedenfalls wurde mir plötzlich klar, daß ich zaubern kann! Ich! Ich habe sämtliche Lampen im Raum mit meinen Gedanken zerstört.«

»Hör auf!« rief Arden. »Nicht wieder dieser Unsinn.«

»Es ist wahr. Ich schwöre es. Sie sind alle explodiert.«

»Vielleicht sind sie das«, meinte Arden. »Nach den Berichten zu urteilen, die ich gehört habe, war es ein ziemlich großes Feuer. Aber du kannst unmöglich erwarten, daß ich glaube ...«

»Es ist wahr!« wiederholte Gemma »Ich habe mich auf sie konzentriert, und dann ist es passiert. In unserem Verstand gibt es so viel, von dem wir nichts wissen und das wir beherrschen sollten.« Sie war todernst, Arden jedoch blieb skeptisch. »Wenn ich es dir nur zeigen könnte«, sagte sie aufgebracht.

»Vielleicht kannst du es«, meinte er ruhig. »Bring die Lampe dort zum Explodieren.« Er zeigte auf die Laterne, die an der Wand hing.

»Das geht nicht«, meinte sie. »Das Zimmer würde Feuer fangen.«

»Tu es!« befahl er.

»Nein.«

»Dann versuch nicht, mir einzureden –«

»Also schön!« feuerte sie zurück. »Aber mach mir keinen Vorwurf ...«

Sie konzentrierte sich und versuchte mit aller Kraft, das gleiche Gefühl wie bei ihrem Abenteuer von vorhin zu erzeugen, doch es gelang ihr nicht. Die Dunkelheit barg keine Geheimnisse. Vor Enttäuschung traten ihr Tränen in die Augen. »Ich kann es nicht«, sagte sie schließlich leise.

Arden legte den Arm um sie und redete sanft und tröstend auf sie ein.

»Du hast eine Menge durchgemacht, Gemma, und ich bin stolz auf dich. Deine Fähigkeit, selbst die verwegensten Situationen zu überstehen, ist schlicht und einfach erstaunlich. Der gefährlichste Mann der Stadt entführt dich, setzt dich unter Drogen, hypnotisiert dich und hätte dich um ein Haar an einen reichen Wahnsinnigen verschachert, und du kommst davon, ohne daß dir ein Haar gekrümmt wird. Das sollte dir eigentlich reichen. Unter tausend hätte das kaum eine geschafft.«

»Wieso glaubst du mir eigentlich nicht?« beklagte sie sich.

»Wahrscheinlich ist mit dem Feuer, mit dem sie das Publikum davon überzeugen wollten, daß du eine Hexe bist, etwas schiefgegangen«, erwiderte Arden. »Bei all dem Zeug, das du im Blut hattest, ist es nicht überraschend, daß du dir solche verrückten Dinge ausdenkst.«

»Nein –« begann sie.

»Das reicht!« fuhr er sie an. Seine Geduld war am Ende. »Ich war die ganze Nacht auf den Beinen und habe nach dir gesucht. Jetzt brauche ich etwas Ruhe.«

Gemma schwieg. *Ich werde es dir beweisen,* dachte sie. *Irgendwann.* Aber dann fiel ihr auf, daß Arden gerade etwas Seltsames gesagt hatte. *Der gefährlichste Mann in der Stadt?*

»Wer ist Mendle?« wollte sie wissen.

»Hoffentlich hat es ihn erwischt«, antwortete er. »Offenbar hat er sehr schwere Verbrennungen erlitten – es ist ungewiß, ob er überlebt hat oder nicht. Ich hoffe wirklich, daß er es nicht überlebt hat.«

»Wieso?«

»Mendle versorgt die sehr Reichen von Newport mit Zerstreuungen«, meinte Arden sarkastisch. »Drogen, Frauen, Gewalt, alles Widernatürliche – das gesamte dekadente Zubehör des schnellen Lebens. Mag sein, daß die Gilde die

Stadt regiert, aber Mendle regiert die Gilde, und es gibt kein einziges Mitglied, das nicht in seiner Schuld stünde.«

»Oh«, meinte Gemma. Allmählich dämmerten ihr die Zusammenhänge.

»Allerdings«, sagte Arden, »sollte er überleben, hast du dir einen mächtigen Feind gemacht, Gemma. Du wirst untertauchen müssen, bis wir fortkönnen.«

Gemma dachte darüber nach, dann kam ihr ein Gedanke. »Er hat mich hypnotisiert?«

»Scheint ganz so. Einige seiner Worte waren Auslöser, die dich veranlaßt haben, bestimmte Dinge zu tun. Deswegen hattest du die Kontrolle verloren.«

»Er hätte mich zu *allem* zwingen können.« Sie war entsetzt.

»Denk nicht mehr daran«, meinte Arden. »Hier bist du sicher, außerdem werden wir diese verfluchte Stadt bald verlassen.«

Gemma sah ihn fragend an.

»Es wird eine Anhörung vor einem Untergericht geben, dann wird man sich mit dem Fall des Tals befassen«, erklärte er, froh darüber, seine eigenen Neuigkeiten loszuwerden.

»Wann?«

»Morgen«, sagte er und korrigierte sich nach einem Blick auf das Fenster, hinter dem es heller wurde, »– heute. Ich muß schon bald zum Gericht.«

Tatsächlich fand die Anhörung jedoch nicht an diesem Tag statt – und auch nicht am darauffolgenden. Das Feuer im Weißen Viertel, wie Mendles Bezirk genannt wurde, hatte mehrere Opfer gefordert, darunter einflußreiche Männer der Stadt. Da die Mitglieder der Gilde auch als Richterschaft fungierten, befand sich das gesamte Rechtssystem der Stadt in einiger Verwirrung. Dieser Zustand wurde durch die Ereignisse des folgenden Tages noch verschlimmert.

Als Arden am späten Vormittag zusammen mit einem Dutzend anderer enttäuschter Kläger herauszufinden versuchte, was mit ihren Fällen geschehen sollte, wurde die

Stadt von einer Gruppe Himmelsraben angegriffen. In Berichten schwankte ihre Zahl von sechs bis zu einhundert, und als die massigen Vögel am Himmel dahindonnerten, explodierten Gebäude unter ihnen zu einem Haufen rauchender Trümmer. Eine Panik brach aus, und es dauerte einige Zeit, bis die Miliz der Gilde die Situation unter Kontrolle bekam. Mittlerweile breiteten sich die unglaublichsten Gerüchte aus wie ein Lauffeuer – angefangen von Hexerei bis hin zu Vulkanausbrüchen wurde alles für die Feuer verantwortlich gemacht. Die meisten dieser Geschichten waren offenkundig absurd, eine Geschichte jedoch, die sich hartnäckig hielt, berichtete davon, mehrere der metallenen Himmelsraben seien auf dem ebenen Gelände südlich der Stadt gelandet, wo sie von einer Gruppe von Leuten aus Newport empfangen worden seien. Zu dieser Gruppe gehörten eine oder mehrere unbekannte Personen in einer Kutsche. Anschließend waren die Himmelsraben wieder davongeflogen.

Von denen, die die Raben angeblich empfangen hatten, war niemand erkannt worden – es hieß, sie seien nicht in die Stadt zurückgekehrt. Einige waren sogar der Ansicht, sie seien von den metallenen Vögeln davongetragen worden. Aus all diesen lebhaften Mutmaßungen trat eine Tatsache deutlich zu Tage.

Tot oder lebendig, Mendle war nicht länger in Newport.

Drei Tage später hatte sich die Gilde auf die neue Situation eingestellt. Zum einen hatte Lunkett das Chaos dazu benutzt, die Zügel der Macht stärker an sich zu reißen, und er war bestrebt, seine Macht unter Beweis zu stellen. Um wenigstens den Anschein von Normalität wiederherzustellen, ordnete er an, die Gerichtsverhandlungen augenblicklich aufzunehmen. Nach der langen Warterei war Arden zuversichtlich, endlich gehört zu werden. Die offene Sitzung sollte am nächsten Morgen abgehalten werden.

Während all dieser Zeit war Gemma auf ihrem Zimmer geblieben. Arden hatte daran gedacht, umzuziehen, sich dann aber dagegen entschieden – in den Wirrnissen der Dunkelheit war es unwahrscheinlich, daß jemand ihre Rückkehr in das Gasthaus bemerkt hatte, und sie war sicherer dort, wo sie war. Voller Angst und weil sie viel nachdenken mußte, hatte Gemma dies hingenommen, aber jetzt wollte sie unbedingt die Verhandlung sehen und versuchte Arden zu überreden, dabeisein zu dürfen.

»Wo soll sie denn abgehalten werden?« fragte sie.

»Auf dem Platz des Colosseums.«

»Unter freiem Himmel? Wird sie deswegen offene Sitzung genannt?«

»Eigentlich nicht«, erwiderte Arden. »Man macht das, damit möglichst viele Menschen zuhören und ihre Meinung kundtun können.«

»Das klingt nicht gerade praktisch.«

»Es ist hier Tradition. Alle Mitstreiter erhalten Gelegenheit, sich zu äußern, nicht nur die Richter, sondern auch das Publikum. Auf diese Weise können die Männer aus der Gilde sicherstellen, daß die Verleihung des Gerichtspreises an den Gewinner von der Öffentlichkeit gebilligt wird.«

»Augenblick mal«, meinte Gemma. »Wieso nennt man euch Mitstreiter? Und was ist ein Gerichtspreis? Ist das nicht ein amtliches Gericht?«

Arden mußte schmunzeln, als er ihr verwirrtes Gesicht sah.

»Natürlich«, sagte er. »Aber es ist lediglich eine vorläufige Anhörung, in der darüber entschieden wird, ob der Fall vor das Gildengericht kommt. *Dort* wird dann endgültig entschieden – aber zuerst muß man diesen Gerichtspreis verliehen bekommen.«

»Was für ein System!« rief sie.

»Es gibt schlimmere«, meinte er voller Ernst.

»Wie viele Mitbewerber gibt es?«

»Drei.«

»Und was geschieht, wenn wir verlieren?« fragte sie ruhig, darauf bedacht, in der Mehrzahl zu sprechen.

»Dann gehen wir nach Hause«, meinte Arden schlicht.

Sie sahen sich an und mußten lachen.

»Und wo wird das sein?« fragte Gemma.

»Überall, nur nicht hier«, antwortete er lachend. »Aber wir werden nicht verlieren. Hat du kein Vertrauen in mich?«

»Das weißt du doch. Kann ich mitkommen und dir moralischen Beistand leisten?« versuchte sie rasch seine gute Laune auszunutzen. Er schüttelte den Kopf, doch bevor er etwas sagen konnte, fuhr Gemma schnell fort. »Ich könnte mich als Mann verkleiden, mein Haar bedecken, so daß es niemand sehen kann, und sogar meine Haut dunkler färben. Jetzt, wo Mendle verschwunden ist, wird niemand nach mir suchen.«

Arden sah ihren Augen an, wie wichtig ihr das war. *Sie ist verrückt, diese Frau,* dachte er. Es war fast ein Kompliment. Trotzdem sagte er nichts.

»Bitte«, fügte sie hinzu.

»Ich will erst sehen, wie du aussiehst«, meinte er endlich. »Dann entscheiden wir.« Er machte eine Pause, und ihre plötzliche Freude wurde von seinen nächsten Worten im Keim erstickt. »Aber wie auch immer wir entscheiden, glaub nicht, daß du in Sicherheit bist, Gemma. Mendle ist vielleicht nicht mehr hier, aber irgend jemand wird seinen Platz eingenommen haben. Die Gelegenheit ist zu günstig, um sie ungenutzt verstreichen zu lassen«, fügte er bissig hinzu. Außerdem wissen bereits zu viele Menschen von dir und wie wertvoll du bist. Die Hälfte von ihnen glaubt wahrscheinlich wirklich, du bist eine Hexe.«

Das war noch immer ein empfindlicher Punkt zwischen ihnen. Gemma war fest davon überzeugt, der Grund für ihre Flucht sei Zauberei, doch davon wollte Arden nichts hören.

»Du nicht, das weiß ich«, meinte sie.

»Stimmt«, antwortete er leichthin. »Aber du hast überlebt. Wenn deine Verkleidung gut genug ist, kannst du mir bei meinem Auftritt zusehen.«

Gemma gefiel dieser Ausdruck überhaupt nicht, sie entschloß sich aber, ihre Erinnerungen zu verdrängen, auch wenn es schwerfiel.

»Dann gib mir eine Stunde«, meinte sie.

»Also gut. Ich trinke ein paar Gläschen, dann komme ich zurück.«

Er verließ das Zimmer. Gemma lauschte auf seine Schritte, die die Treppe hinabliefen, dann machte sie sich an die Arbeit.

Arden bestellte sich eine halbe Maß Ale, nahm an einem Ecktisch Platz und dachte darüber nach, was er bei der Anhörung vorbringen wollte. In der halbleeren Bar blieb es ruhig, außerdem war Arden so in Gedanken vertieft, daß er den Fremden nicht kommen sah.

»Sie sehen aus wie ein Reisender, Sir. Darf ich mich zu Ihnen setzen und Sie nach Ihrer Meinung über einige seltsame Anblicke fragen, die ich gesehen habe?«

Arden war immer noch in Gedanken und nickte zerstreut.

»Danke, Sir. Meine Name ist Jordan.« Der Fremde streckte seine Hand aus, und Arden schüttelte sie zum Gruß. Er sah den Fremden zum erstenmal genauer an. Der Mann war groß und breitschultrig und gekleidet wie ein Reisender. Seine Haut war so dunkel, daß sie fast schwarz wirkte, und sein kurzes Haar war dicht gelockt.

»Ich heiße Arden.«

»Freut mich, Arden. Möchten Sie vielleicht noch etwas zu trinken?« Ohne eine Antwort abzuwarten, rief Jordan den Schankwirt heran und bestellte Ale für beide. Er drehte sich wieder um und meinte, »Was haben Sie von den Veränderungen in der Welt gesehen?«

Arden wußte nicht, was er von dieser Frage halten sollte und begann zu überlegen, ob er einem Wahnsinnigen Gesellschaft leistete. Jordans Augen hatten etwas Stechendes, trotzdem sah er nicht wie ein Fanatiker aus. Arden schwieg, seinen Gefährten brachte das jedoch nicht aus der Ruhe.

»Sie sind mir seit Der Einebnung überall aufgefallen«, fuhr er fort, »doch nur wenige bemerken sie. Auf nichts ist mehr Verlaß – nicht einmal mehr auf die Erde selbst! Und es wird ständig schlimmer!«

»Wie meinen Sie das?« fragte Arden nicht besonders interessiert. Er bedauerte die Begegnung bereits und überlegte, wann er sich endlich würde entschuldigen können.

»Nehmen Sie das Wetter«, erwiederte Jordan. »Die Jahreszeiten haben kaum noch Bedeutung. Fragen Sie die Farmer, die wissen es. Hören Sie, letzten Monat habe ich mitten in der Wüste eine dichte Nebelbank gesehen. Nicht mal meine Pferde wollten mich in ihre Nähe bringen.

Und dann gibt es natürlich die Grenzen. Wieso sehen wir das Land anders, je nachdem, auf welcher Seite wir stehen?«

»Die Elementalen –« begann Arden.

»Genau«, unterbrach ihn Jordan hastig. »Angeblich treiben sie nur ihr Spiel mit uns. Aber warum? Zu welchem Zweck? Außerdem werden es immer mehr – ich habe Orte gesehen, an denen sie dicht wie eine blaue Wand sind.«

Jordan fuhr eine ganze Zeit auf diese Weise fort, erzählte Arden genaustens von Besonderheiten der Landschaft, des Lichts und der Atmosphäre, die er alle mit eigenen Augen gesehen haben wollte. Er stellte viele Fragen, ließ seinem gefangenen Zuhörer jedoch keine Gelegenheit zu antworten. Arden begann sich zu langweilen, lauschte nur mit halbem Ohr dem Monolog und versuchte, sich wieder auf den nächsten Tag zu konzentrieren. Nach einer Weile merkte er, daß er nicht der einzige war, der Jordan zuhörte. Als er von seinem Glas aufsah, entdeckte er einen jungen Mann, dessen dunkle Hautfarbe und derbe Kleidung auf ein Leben unter freiem Himmel schließen ließ. Unter seiner ledernen Kappe schauten dunkle Locken hervor. Er sprach mit dem schweren Akzent der Bergregion.

»Ihre Erzählungen berühren mich, Sir. Darf ich mich dazustellen und zuhören?«

Jordan drehte sich um. »Aber sicher. Natürlich. Wirt!«

Der junge Mann, der sich als Pazia vorstellte, setzte sich, und Arden war erleichtert. Jetzt konnte er sich aus dem Staub machen.

Wie sich herausstellte, war Pazia ein aufmerksamerer Zuhörer, und schon bald sprach Jordan fast ausschließlich zu ihm. Es gelang dem Neuling sogar, den Redefluß gelegentlich mit eigenen Fragen zu unterbrechen. Sein Interesse schien endlos, besonders was die Elementalen und die verstärkte Aktivität der Himmelsraben anbetraf. Jordan meinte, sie seien ein weiteres Zeichen für die Auflösung der Welt.

»Vor ein paar Tagen sind sie über die Stadt hinweggeflogen«, sagte Pazia. »Häuser sind explodiert.«

»Sehen Sie!« meinte Jordan. »Die ganze Welt spielt verrückt.«

»Es gibt sogar noch wildere Geschichten«, warf Pazia ein.

»Genau«, meinte Jordan aufgeregt. »Ich habe gehört, wie ...«

Arden brummte der Schädel, er konnte einfach nicht mehr. Er wollte aufstehen und meinte: »Ich muß jetzt gehen. Vielen Dank für das Bier, Jordan.«

»Bleiben Sie noch«, sagte Pazia mit einem seltsam flehenden Unterton. »Das ist doch interessant.«

»Tut mir leid. Ich muß ... ich bin mit jemandem verabredet«, erwiderte Arden, und stellte fest, daß es sogar stimmte. Seine Stunde war bestimmt schon rum. »Auf Wiedersehen.«

Die anderen beiden sahen ihm nach, als er zur Treppe hinüberging. Er nahm sie zwei Stufen auf einmal und platzte ins Zimmer. Es war leer.

»Oh nein«, stöhnte er. Nicht schon wieder.«

Er machte auf dem Absatz kehrt und wollte gerade wieder nach unten gehen, als sich ihm ein Mann in den Weg stellte. Pazia legte ihm eine Hand auf die Brust und stieß ihn ins Zimmer zurück, dann folgte er ihm hinein und machte die Tür hinter sich zu. Bevor Arden reagieren konnte, hob Pazia die Hand und riß sich die Kopfbedeckung herunter. Darunter kamen Gemmas feuerrote Locken zum Vorschein.

»Ich wäre gerne noch geblieben und hätte ihm zugehört!« meinte sie.

19.

KAPITEL

Bei Gemmas Eintreffen war der Platz des Collosseums bereits voller Menschen – eine farbenprächtige Arena in der strahlenden Morgensonne. Arden hatte, wenn auch widerstrebend, zugegeben, daß ihre Verkleidung als »Pazia« wirkungsvoll war, und sich gezwungenermaßen bereit erklärt, sie zu der Verhandlung mitzunehmen.

Sämtliche Gebäude rings um den Platz bestanden aus hellbraunem Stein und verströmten den Eindruck von großer Bedeutung – hier wurden die meisten Geschäfte der Gilde getätigt. Zwar hatte Arden Gemma erzählt, was sie erwartete, aber trotzdem war sie von dem monumentalen Richtersitz beeindruckt, der in der Mitte der Nordseite des Platzes stand. Er bestand aus dem gleichen hellen Gestein und erhob sich hoch über die Arena. Im Mittelpunkt befand sich eine einzelne steinerne Bank, die Platz genug für bis zu sieben Richter bot. Vor der Bank gab es einen Tisch aus Stein, und zu beiden Seiten jene Plattform, von denen die Bittsteller sowohl zu den Schiedsrichtern über als auch zu den Massen unter ihnen sprechen konnten.

Gemma genoß ihre Freiheit nach dem tagelangen Eingesperrtsein, bahnte sich einen Weg durch die Menge, sog die Eindrücke und Geräusche begierig in sich auf. Ringsum fand Straßenhandel in jeder Form statt, es herrschte eine erwartungsfolle, fast feierliche Stimmung. Öffentliche Verhandlungen waren in Newport eindeutig ein festliches Ereignis. Dieser Eindruck wurde noch verstärkt, als sie mehrere Berufsspieler entdeckte, die Wetten auf den Ausgang der Anhörung anboten und von aufgereten Zuschauern Geld einsammelten. Gemma fand ihre Machenschaften widerlich, besonders nachdem sie erfuhr, daß laut Wetteinsatz die beiden anderen Wettstreiter gegenüber Arden deutlich favorisiert wurden. Während sie die Spieler beobachtete, stellte sie fest, daß sie zum Ziel etlicher argwöhnischer Blicke geworden war, und ging eilig weiter, um sich einen günstigen Aussichtspunkt zu suchen. Anschließend kaufte sie einen Obstkuchen von einem fliegenden Händler und wartete, nachdenklich kauend.

Sie wünschte, Arden hätte ihr mehr Zeit gelassen, Jordan zuzuhören. Als sie in die Bar hatte zurückkehren können, war der dunkelhäutige Mann verschwunden – offenbar, um sich ein dankbareres Publikum zu suchen. Seine Geschichten hatten Gemma fasziniert und ihr gleichzeitig Angst gemacht. Sie spürte, daß die seltsamen Geschehnisse, die er beschrieben hatte, etwas mit ihrem Wunsch zu tun hatten, nach Süden zu reisen. Wie auch immer, Arden wollte von ihrer Theorie nichts wissen und bestand darauf, Jordan sei lediglich einer der vielen Irren dieser verfluchten Stadt.

»Bei der Anhörung wirst du wahrscheinlich noch mehr von diesem Unsinn hören«, hatte er gesagt. »Gewöhnlich ist hier einer unter vieren ein Irrer.« Als Gemma nachhaken wollte, hatte er sich geweigert, dies näher zu erklären, und meinte nur, er brauche Zeit, um in Ruhe nachzudenken und sich ausruhen zu können. Gemma hatte ihm widerstrebend den Gefallen getan. Auch sie hatte einige Stunden nicht schlafen können.

Gleich werde ich es wissen, dachte sie, als die Menge verstummte.

Ein Sprecher in der Livree eines Gildebeamten trat hinaus aufs Podium, gefolgt von zwei Dienern mit zwei großen Waagschalen aus Metall. Diese stellten sie auf einem Steintisch ab, dann zogen sie sich zurück. Der Sprecher sprach mit klarer, befehlsgewohnter Stimme, doch sein Auftreten verriet, je schneller dieses unbedeutende Ritual vorbei war, desto besser.

»Herbei ihr alle, die ihr Gerechtigkeit sucht! Im Namen von Lord Lunkett und kraft der Gilde von Great Newport gebe ich hiermit bekannt, daß die Richter Quillian, Medora, Warmond, Zared und Mayer den Vorsitz führen werden. Herbei! Die Schalen werden Gerechtigkeit üben.«

Damit zog er sich zurück. Fünf Richter in feierlichem Gewand kamen nacheinander die Stufen hinauf und gingen unter Applaus und Pfiffen zu ihren Plätzen. Zwei der Richter winkten lächelnd in die Menge, die anderen jedoch behielten ihren feierlichen Ausdruck bei. Nachdem sie sich gesetzt hatten, legte jeder von ihnen einen seltsam geformten Stein auf den Tisch vor ihnen. Gemma konnte nicht genau erkennen, um was es sich handelte, aber die Steine waren bald vergessen, als auf ein Signal der Richter die beiden ersten Wettstreiter auf die Plattform geführt wurden. Der Lärm auf dem Platz legte sich, und man gab dem ersten Sprecher das Zeichen, anzufangen.

Nach seiner Kleidung zu urteilen hielt Gemma ihn für einen Matrosen, und zwar einen, der, wie seine Anspannung verriet, an die Hektik der Stadt kaum gewöhnt war. Er begann zögernd und murmelte in seinen Bart, bis ihn einer der Richter aufforderte, lauter zu sprechen.

Zur Richterbank gewandt, begann er von neuem.

»Meine Herren, ich bin nur ein einfacher Fischer.«

»Das sehen wir!« rief jemand aus der Menge, und kurze Zeit flackerte vereinzelt Gelächter auf. Gemma erwartete, die Unterbrechung würde den Fischer noch weiter einschüchtern, mußte jedoch feststellen, daß sie ihn falsch eingeschätzt hatte. Er versuchte, sich Gehör zu verschaffen, dabei wurde seine Stimme lauter, seine Entschlossenheit wuchs. Er blickte abwechselnd auf die Richter und in die Menge und sprach mit aufrichtiger Leidenschaft.

»Jawohl, ein Fischer, und nicht einmal ein schlechter. Wie alle aus unserem Dorf.«

»Das haben wir schon gerochen!« brüllte ein Zwischenrufer. Der Wettstreiter fuhr unbeirrt fort, mußte fast brüllen, um sich gegen die Unruhe durchzusetzen.

»Aber ein Unglück ist über uns gekommen. Wir können unsere Kinder nicht mehr ernähren. Die Fische haben uns verlassen.«

Das brachte ihm den nächsten Lacher ein. Gemma sah jedoch, daß er nicht bereit war, sich aufhalten zu lassen.

»Und warum?« beklagte sich der Mann. »Wegen dieser verfluchten Insel, deswegen. An einem Tag ist sie da, am nächsten ist sie verschwunden. Das ist unnatürlich, und das muß aufhören!« donnerte er und hatte offensichtlich Mühe, sich wieder zu beherrschen. Als er sich den Richtern zuwandte, entstand in der Menge ein aufgeregtes Gemurmel. Die Sache wurde interessant. Eine ganze Menge Leute hatten inzwischen Geld auf den Auftritt des Fischers gesetzt.

»Meine Herren, eine Meile vor der Küste bei meinem Dorf gibt es eine Insel. Viele Jahre lang haben wir die Wasserwege und Strömungen ringsum kartographiert und die Insulaner immer fair behandelt. Und jetzt danken sie uns das mit Verrat.«

»Wie das?« fragte der Richter, der am nächsten saß.

»Es liegt ein Unheil in der Luft. Die Götter mögen meine Zeugen sein – es ist *Zauberei!*« Bei dieser Bemerkung stieg der Geräuschpegel an, und Gemma verfolgte die Geschichte mit neuem Interesse. »Was sonst kann es sein? An manchen Tagen verschwindet die Insel, so daß man einfach im offenen Meer durch sie hindurchsegeln kann, und am nächsten Tag ist sie wieder da, genau wie zuvor.«

»Welche Beweise haben Sie dafür?«

»Ich habe es mit eigenen Augen gesehen, und alle anderen aus meinem Dorf ebenso. Boote und Segeln sind unser Leben. Wir irren uns nicht. Und das ist noch nicht alles. Manchmal verschwindet die Insel nicht ganz. Manchmal entstehen lange Sandbänke aus grobem Kies, die meilenweit und messerscharf aus dem Meer hervorragen und unsere Boote daran hindern, dort zu segeln, wo sie wollen. Einige haben bereits Schiffbruch erlitten, manche sind weit draußen auf See, abgeschnitten von Heimat und Hafen, untergegangen. Einige unserer Männer weigern sich, noch rauszufahren. Und die Fische haben uns verlassen.«

»Kann man ihnen wohl kaum vorwerfen!« brüllte ein Zwischenrufer.

»Wir sind gute Menschen«, fuhr der Fischer fort. »Wir haben immer unsere Steuern bezahlt, obwohl wir arm sind. Unser Fang hat so manchen Tisch in dieser Stadt gefüllt. Wir wollen nichts weiter als Gerechtigkeit!«

»Wie lautet nun Ihre Bitte?« fragte ein anderer Richter.

»Die Gilde soll uns Truppen schicken und die Bedrohung durch diese Insel zerstören, damit unser Leben und unsere Welt wieder zur Normalität zurückkehren kann«, antwortete der Bittsteller. »Wir haben versucht, mit den Inselbewohnern zu reden, aber sie sperren sich gegen jede Einsicht und lachen bloß über unser Elend. Sie sind alle der Zauberei verfallen und müssen vernichtet werden, bevor sie uns alle vernichten.«

Gegen Ende seines Vortrages erntete der Fischer Rufe und Pfiffe, Fußstampfen und Applaus. Die Menge war einverstanden. Heute bekamen sie wirklich was für ihr Geld geboten. Gemma fragte sich, ob sie wohl die einzige war, die bei seinen Worten eine Kälte im Magen verspürte. *Für sie ist das bloß ein Spiel,* dachte sie. *Sehen sie denn nicht die Tragödie hinter dieser Farce?* Sie wußte nicht recht, ob sie das Gerede des Mannes glauben sollte, aber seine Notlage war offensichtlich echt.

Die Aufmerksamkeit der Menge richtete sich jetzt auf den zweiten Wettstreiter, der Bäckerkleidung trug und bereits jetzt in der Sonne schwitzte. Seine Augen hatten etwas Wildes.

Er begann durchaus gekonnt. Er stellte sich dem Ritual entsprechend vor und erklärte, woher er kam. Sein Geschäft, so erzählte er, sei durch den Angriff der Himmelsraben zerstört worden, und jetzt sei er völlig verarmt. Als er fortfuhr, wurde er immer unsicherer und fing an, sich zu verhaspeln. Die Menge wurde unruhig, fing an, ihn zu verhöhnen, bis der Bäcker immer verzweifelter wurde und den Fehler beging, seine eigenen Theorien über den Angriff zum Besten zu geben.

»Die Himmelsraben und die Grauen Vandalen sind ein und derselbe Feind!« ereiferte er sich und erntete dafür spöttisches Geheul. Jeder wußte, daß die Himmelsraben die Grauen Vandalen häufig verscheuchten.

»Das ist die Wahrheit!« kreischte er. »Zuerst wurden nur die Ausländer angegriffen ...« Noch mehr Gelächter entlud sich über ihm. »Das war ja in Ordnung ...«

Na, danke, dachte Gemma, die allmählich einige Sympathie für die Peiniger des Bäckers empfand.

»... aber jetzt sind wir *alle* in Gefahr, wie mein Schicksal beweist.«

»Wie lautet nun Ihr Antrag?« fragte der Richter förmlich. »Wir müssen einen gewaltigen Schutz bauen«, erwiderte der Bäcker hastig. »Eine gewaltige Kuppel, die die gesamte Stadt überspannt, damit uns die Himmelsraben nicht sehen und unsere Häuser nicht zerstören können. Sehen Sie, hier ... ich habe die Pläne schon entworfen ...« Er kramte in seinen Taschen, ohne von dem donnernden Gelächter und dem offensichtlichen Spott etwas mitzubekommen, den seine Vorschläge hervorriefen.

Der ihm am nächsten sitzende Richter tat die Pläne mit einer Handbewegung ab. »Das muß das Gildengericht untersuchen«, meinte er, »vorausgesetzt, Sie kommen tatsächlich so weit.« Lächelnd verfolgte er die Reaktion der Menge.

Sein Entschluß entsprach offensichtlich einer Vorverurteilung, trotzdem fand Gemma das Vorgehen faszinierend. Die Richter traten einer nach dem anderen vor, nahmen die geschnitzten Steinobjekte vom Tisch und legte sie jeweils in einer der Waagschalen. Vier gingen auf die Seite des Fischers, und die Waage neigte sich eindeutig zu seinen Gunsten. Lächelnd und winkend kam er die Treppe hinab.

Zu weiteren Mutmaßungen blieb ihr keine Zeit, denn die nächsten Wettstreiter erklommen bereits die Stufen zu ihren jeweiligen Plattformen. Ardens Anblick schnürte Gemma den Magen zusammen – er wirkte vor dieser Menschenmenge so winzig. Würden sie ihn ebenso auslachen wie den irren Bäcker? Sie sah zu Ardens Gegner hinüber und stellte überrascht fest, daß er in fließende blaue Gewänder gekleidet war. Dann begann Arden zu sprechen, und sie drehte sich wieder zu ihm um.

»Mein Name ist Arden. Ich habe kein Zuhause.« Seine Stimme war tief und wohlklingend, und in der Menge entstand beifälliges Gemurmel. »Meine Herren, meine Freunde, ich trete vor euch, um für ein Dorf in den Bergen weit im Südosten zu bitten. Nein, bitte, wendet euch nicht ab! Es liegt zwar weit entfernt, und doch ist dieses Dorf für uns alle von Bedeutung. Es ist ein Ort der Magie.«

Gemma bekam große Augen. Sie war so konsterniert, daß ihr Gehirn sich gegen jeden zusammenhängenden Gedanken sträubte. Sie konnte nichts tun, als zuzusehen und zuzuhören. Arden fuhr fort, seine überzeugenden Worte hallten über den Platz.

»Es handelt sich um einen so wundervollen Ort, daß ich mich selbst nicht würdig finde, dort zu leben. Ich kann nur zu Besuch kommen, wenn das Tal es mir erlaubt.«

Gemurmel in der Menge. Etwas Derartiges hatten sie noch nicht gehört. Niemand wagte einen Zwischenruf.

»Und doch braucht dieses Dorf unsere Hilfe. Denn es liegt im Sterben, und wenn das geschieht, wird unsere Welt ärmer sein. Ich will euch erzählen, warum.« Arden ließ den Blick über die Versammlung schweifen.

Er beherrscht das meisterlich, dachte Gemma. *Sie fressen ihm aus der Hand. Was mag dieser Mann noch alles an Überraschungen für mich auf Lager haben?* Dann hatten Ardens Worte auch sie ergriffen. Er erzählte von der Schönheit des Tales, von der Gesundheit und Langlebigkeit seiner Bewohner, von ihrem arbeitsreichen und doch ruhigen Leben, am meisten jedoch von ihrer Nähe, ihrer Fähigkeit, alles Wissen auf eine Weise zu teilen, die alle Arten normalen Austausches überstieg. Er malte ein so lebendiges Gemälde, daß Gemma dachte, es mit eigenen Augen gesehen zu haben, und sich selbst an diesen Ort zurücksehnte. Offenbar war sie nicht die einzige, die so empfand, denn im Publikum war es ungewöhnlich still, lediglich ein Seufzer oder manchmal eine geflüsterte Randbemerkung kommentierten einen neuen Gesichtspunkt aus Ardens Erzählung.

Als er schließlich zum Ende kam, entstand ein erwartungsvolles Schweigen, so daß alle deutlich die formelle Frage des Richters hören konnten. Arden, ein wenig zusammengesunken, so als hätte ihn sein Vortrag erschöpft, richtete sich auf und wollte antworten.

»Meine Bitte lautet: Man möge die Möglichkeiten von Great Newport dazu benutzen, wieder Wasser in das Tal zu bringen. Es gibt viele Möglichkeiten, das zu erreichen. Und die Menschen aus dem Tal haben im Gegenzug eine Menge zu bieten.« Er wartete. »Die Magie läßt nach. Bewahren wir sie für sie. Für mich. Für uns alle.«

Bei den letzten Worten klang seine Stimme matt, als wären seine Kräfte sämtlich aufgebraucht. Stille legte sich über den Platz des Collosseums.

Gemma hatte einen Kloß in der Kehle. *Das ist verkehrt,* dachte sie, als sie die wachsende Unschlüssigkeit spürte, Arden die Antwort zu geben, die er so dringend brauchte. *Was hält sie zurück? Tu doch etwas!* befahl sie sich. *Vielleicht, wenn ich anfange, begeistert zu rufen ...* Aber sie brachte es nicht fertig. Derselbe Zauber hielt sie in seinem Bann, der auch die Bürger von Great Newport lähmte.

Gemma sah, wie die Richter sich unsicher berieten. *Sie wissen genausowenig wie ich, was hier gespielt wird.*

Dann unterbrach ein fernes, klagendes Rufen die Stille. Wie viele andere aus der Menge hob Gemma den Kopf und erblickte einen Schwarm Gänse, der hoch oben über ihren Köpfen dahinzog. Sie flogen in perfekter Formation – eine Pfeilspitze, die nach Norden zeigte. Noch aus der Ferne spürte sie ihre Zusammengehörigkeit, ihre Entschlossenheit. Und dann hatte sie eine Idee. *Wenn nur ...*

Der Schrei der Gänse wurde lauter, und als noch mehr Menschen den Kopf hoben, brach die Formation auseinander, und die Vögel kreisten einen Augenblick lang verwirrt umeinander. Dann fanden sie zurück zu der vertrauten Pfeilspitze und flogen weiter. Nach Südosten.

Genau auf das Tal zu.

Jetzt entstand ein Gemurmel in der Menge, und mehrere zeigten mit den Fingern auf die Vögel. Irgend jemand rief »Ein Zeichen!«, und andere nahmen den Ruf auf. Augenblicke später war der Platz erfüllt von Rufen und erleichtertem Lachen. Gemma, bis ins Mark erschüttert von dem, was sie gerade gesehen hatte, sah hinüber zu Arden und stellte fest, daß er in den Himmel blickte und lächelte.

Danach konnte der nächste Schritt des Verfahrens nur noch eine Formsache sein. Der blau gewandete Mann verkündete leidenschaftslos die Ächtung der Sonnendiebe im Westen, hinter dem Wall aus blauen Flammen.

»Unsere Sonne wird mit jedem Aufgehen kleiner, schwächer. Bald wird die ganze Erde mit Eis bedeckt sein.« Dies wurde mit Geheul und einigem Spott begrüßt, wie auch seine folgende Behauptung, daß hinter dem Wall aus Elementalen eine weitere Welt existiere. In Newport kannte man die irren Doktrinen der Sekte der Blauen Flammen, und die Menge hatte all das schon gehört.

Gemmas Gedanken kreisten immer noch verwirrt, so daß sie nur wenig von der Ansprache des Fanatikers mitbekam. Seine letzten Worte jedoch erregten ihre Aufmerksamkeit.

»Die ganze Welt spielt verrückt. Wir müssen sie heilen. Zerstört die Eindringlinge, bevor sie uns zerstören.«

Neue Zwischenrufe begleiteten diese Schlußbemerkung, und die Menge verlangte, daß man Arden den Sieg zusprach. Der Richterspruch glich einer Vorverurteilung – einstimmig zu Ardens Gunsten. Der blau gewandete Mann stieg hinunter, und der Fischer kehrte zurück und stellte sich neben Arden, um den endgültigen Spruch abzuwarten. Der Richter in der Mitte erhob sich unter großem Getöse, um eine kurze Zusammenfassung der beiden Bitten vorzutragen. Es war offenichtlich, daß die Menge jetzt längst nicht mehr einer Meinung war. Vielleicht dachte mancher auch an die finanziellen Risiken. Miteinander wetteifernde Gesänge erhoben sich in Teilen der Menge, während die fünf Richter sich berieten. Endlich waren sie soweit. Eine erwartungsvolle Stille legte sich über die Menge.

Der erste Richter erhob sich. Er nahm sein Steinzeichen und stellte sich vor die Menge. »Richter Mayer entscheidet folgendermaßen.« Mit diesen Worten legte er das Gewicht auf die Seite des Fischers. Stöhnen und zufriedene Rufe füllten die Luft.

Der nächste Richter wartete, bis sich das Getöse gelegt hatte, bevor er seinen Namen bekanntgab und seine Stimme für Arden abgab. Die Waage pendelte sich wieder sacht schwingend in der Mitte ein. Unter zunehmendem Lärm entschied sich auch der folgende für Arden, doch der vierte stimmte wieder für den Fischer, so daß die endgültige Entscheidung in den Händen des mittleren Richters lag.

Ich würde zu gern wissen, auf wen seine *Leute gesetzt haben,* dachte Gemma. Doch dann erhob sich der Mann, und sie vergaß alle gehässigen Gedanken. Alles, was jetzt zählte, war, daß Arden gewann. *Bitte!*

Der letzte Richter ließ den Blick über die Menge schweifen, die ihn mit einer geräuschvollen Mischung aus Ratschlägen, Aufmunterungen und Drohungen bestürmte. Sein Gesicht zeigte noch immer keinerlei Regung. Endlich sank das Getöse auf eine Lautstärke, daß er sich Gehör verschaffen konnte.

»Richter Quillian entscheidet wie folgt!« Die tiefe Stimme dröhnte noch über den Platz, als er seinen Zählstein plazierte.

Auf Ardens Seite.

Erleichtert schloß Gemma die Augen, als das vielstimmige Durcheinander erneut ausbrach und alles zu den Tischen der Spieler drängte. Ihr Herz schlug noch immer schnell, als sie ein paar Augenblicke später die Augen wieder öffnete. Arden war nirgends zu sehen, aber Gemma konnte einen flüchtigen Blick auf den Mann in dem blauen Gewand erhaschen, der gerade den Platz verließ. Einer Eingebung folgend ging sie ihm nach, rannte, wo es möglich war, und holte ihn ein. Als sie ihm auf die Schulter tippte, wirbelte er herum, die Hände zum Schutz erhoben, einen stechend intensiven, irren Blick in seinen blauen Augen. Gemma, leicht außer Atem, fuhr zurück.

»Kann ich … Sie sprechen?« fragte sie.

Der Mann wurde etwas entspannter und nickte, den Blick zermürbend auf ihr Gesicht geheftet.

»Wo ist die blaue Wand?«

»Weit drüben im Westen. Wo sich nur wenige meiner Brüder hintrauen.«

»Und dahinter?«

»Eine andere Welt. Die Welt, die uns zerstören wird!« Er verfiel wieder in seinen fanatischen Tonfall. »Wir müssen gegen sie marschieren. Sie angreifen!«

»Wie ...«, setzte Gemma an, aber er schnitt ihr das Wort ab.

»Die Welt bricht auseinander. Die Götter haben es uns gezeigt, und nun verlangen sie, daß wir angreifen. Die Welt bricht auseinander!« wiederholte er dramatisch.

»Wie bei Der Zer- ... bei Der Einebnung?« schlug Gemma vor.

»Nein! Diesmal ist es endgültig. Die Erde ist wahnsinnig geworden.«

»Gibt es Magie?« fragte sie leise.

Der Mann lachte auf. »Die Magie ist tot. Sie kann uns nicht retten. Das können nur die Götter.« Er wartete und musterte Gemma eingehend. »Treten Sie unserer Sekte bei«, verlangte er. »Helfen Sie uns. Beten Sie. Wir brauchen intelligente junge Männer wie Sie. Treten Sie uns bei!« Er streckte die Hände aus, als wollte er ihre Handgelenke ergreifen. Gemma zog sie instinktiv zurück.

»Nein!« rief sie, dann machte sie kehrt und lief zurück auf den Platz. Eine Zeitlang mischte sie sich unter die Menge, ließ die Buntheit und den Lärm über sich hinwegspülen, während sie versuchte, ihre Gedanken zu ordnen.

Nach einer Weile kam sie wieder zu Sinnen und eilte zurück in das Gasthaus. Arden hatte im Zimmer auf sie gewartet und sprang auf, als sie hereinkam. Seine aufgestaute Energie entlud sich.

»War das nicht großartig!« rief er. »Diese Gänse! Ich konnte es kaum glauben. Wo hast du gesteckt?«

Gemma fiel ihm in die ausgebreiteten Arme, und sie drückten sich fest.

»Das fragst du mich immer«, erwiderte sie. »Ich wurde in dem Gedränge aufgehalten.

20. KAPITEL

Ihre Umarmung schien sich dem Ende nähern zu müssen, als Arden Gemma wieder an sich zog und sie fest auf den Mund küßte. Seine Heftigkeit überraschte sie, und sie rang nach Atem, als sie sich schließlich wieder trennten.

»Ich hab' gewonnen!« meinte er. »Kaum zu fassen!«

Gemma mußte lächeln, als sie die jugendliche Freude in seinem Gesicht erblickte. Dann lachte sie laut los.

»Was ist daran so komisch?« wollte er wissen, obwohl er selber lachen mußte.

»Du hast den ganzen Mund voller Stiefelwichse«, antwortete sie.

Arden leckte sich die Lippen, wischte sie sich dann am Ärmel ab.

»Ich dachte schon, daß du seltsam schmeckst«, meinte er.

Sie mußten wieder lachen, und dann, als sie sich ansahen, wurden ihre Gesichter allmählich ernst. Sie spürten beide die gegenseitige Zuneigung, die zwischen ihnen entstand, und hatten das Gefühl, daß mehr von ihnen erwartet wurde. Doch sie fanden beide nicht die richtigen Worte und hatten außerdem andere Dinge im Kopf. So vertrösteten sie sich mit Blicken auf die Zukunft, und schließlich brach Gemma den Bann, indem sie etwas sagte.

»Und was jetzt?«

»Jetzt wird gefeiert!« rief Arden und warf die Arme in die Luft.

»Nein. Ich meine die Verhandlung.«

»Die Sache ist entschieden«, antwortete er ausgelassen. »In zwei Tagen geht es los. Unglaublich! Normalerweise dauert es bis zu einem Monat, bis derartige Dinge vor Gericht kommen. Die Götter müssen uns günstig gesonnen sein.«

»Ich dachte, du glaubst nicht an Götter«, versuchte sie, ihn aufzuziehen.

»Wenn sie mir dabei helfen können, das Tal zu retten, dann glaube ich auch an sie«, antwortete er unbeeindruckt.

Mit einem Blick an die Decke fügte er hinzu: »Habt ihr mich gehört?«

Lachend meinte Gemma: »Du blickst in die falsche Richtung.«

Einen Augenblick lang machte Arden ein verwirrtes Gesicht, dann sah er, was sie meinte.

»Natürlich, der Weltgeist«, sagte er und blickte auf seine Füße. »Das gilt auch für dich«, meinte er und zeigte mit finsterer Miene auf den Boden.

Die Respektlosigkeit machte Gemma nichts aus, trotzdem hatte sie etwas mit ihm zu besprechen.

»Arden«, begann sie zögernd, »Diese Gänse ...«

»Das war unglaublich«, meinte er aufgeregt. »Der Zeitpunkt hätte nicht besser gewählt sein können – wie sie genau in Richtung Tal gezeigt haben! So ein Glück!«

»Vielleicht war es nicht nur Glück«, sagte Gemma ruhig.

Arden runzelte die Stirn. »Was soll das heißen?« fragte er und hob verteidigend die Hände, bevor sie Gelegenheit hatte, etwas zu erwidern. »Erzähl mir jetzt nicht, es sei Magie gewesen. Demnächst siehst du noch Inseln verschwinden!« Er grinste. Gemma blieben die Worte im Hals stecken.

»Nun?« wollte er wissen.

»Wahrscheinlich war es ihre ganz normale Zugroute«, sagte sie nach einer Pause. »Die Stadt ist bestimmt ein Orientierungspunkt, nach dem sie sich richten.«

»Wie auch immer«, erwiderte Arden. »Ich bin ihnen jedenfalls ungeheuer dankbar.« Seine Erregung war immer noch deutlich sichtbar. »Mir wäre es allerdings lieber gewesen, ich hätte dich nicht in all den Ärger hineingezogen. Wir hätten ausgehen und richtig feiern können.«

»Ich kann so ausgehen, wie ich bin«, meinte Gemma. Er hatte ihre lahme Erklärung für die Gänse akzeptiert, und sie versagte sich alle Hoffnung auf ein ernsthaftes Gespräch. »Außerdem hast du noch nicht gewonnen. Die Hauptverhandlung kommt noch.«

»Ich weiß«, tat er ihre Worte ab. »Aber ich hatte niemals erwartet, überhaupt so weit zu kommen. Darf ich meinen kleinen Erfolg nicht auskosten?« Es klang so vorwurfsvoll, daß Gemma nicht anders konnte, sie mußte lächeln.

»Hast du überhaupt noch Geld?« wollte sie wissen, »nachdem du mich die ganze Zeit ausgehalten hast?«

»Gute Frage«, meinte er. »Vielleicht sollte ich dich doch noch verkaufen.«

Gemma zuckte zusammen, als sie das hörte, doch er war viel zu aufgeregt, um es zu bemerken. Sie machte gute Miene zum bösen Spiel und sagte: »Das hat schon einmal jemand versucht. Und sieh dir an, was mit ihm geschehen ist!« Betroffen nahm Arden sie wieder in die Arme.

»Tut mir leid, Gemma«, sagte er leise. »Entschuldige.«

Nach einer Weile sagte sie: »Schon gut. Laß uns losziehen und feiern.«

Sie brauchten nicht weit zu gehen. Sie brauchten auch nicht viel Geld. Die Nachricht von Ardens Auftritt hatte sich in der Stadt herumgesprochen, und als sie hinunter in den Ausschank gingen, warteten schon mehrere Gratulanten auf ihn. Getränke flossen in Strömen, und Arden wurde immer wieder aufgefordert, die Wunder das Tales zu beschreiben. Als Gemma dazu stieß, nachdem sie ihre Verkleidung wieder in Ordnung gebracht hatte, war die Feier bereits in vollem Gang, und sie mischte sich gutgelaunt unter die Leute, obwohl sie nur wenig trank. In Gedanken war sie damit beschäftigt, die Ereignisse des Vormittags noch einmal durchzuspielen, und sie brauchte einen klaren Kopf, um sämtliche Konsequenzen zu überdenken.

Hatte sie tatsächlich den Flug der Gänse beeinflußt? In dem Augenblick hatte sie es geglaubt, doch jetzt schien es immer unwahrscheinlicher. Und trotzdem ...

Sie versuchte, sich die genaue Abfolge der Ereignisse in Erinnerung zu rufen. In der fürchterlichen Stille nach Ardens Ansprache hatte sie den Kopf gehoben, alarmiert vom Ruf der Vögel. Als sie die eindrucksvolle Formation am Himmel gesehen hatte, war sie von einem fremden Wissen erfüllt worden und hatte den Zweck des Fluges begriffen. Dann kam ihr die Idee, wenn die Vögel doch die Richtung ändern und zum Tal fliegen könnten, vielleicht würden die abergläubischen Einwohner Great Newports das als Omen verstehen. Der Gedanke war ihr gerade gekommen, als bereits die Phalanx auseinanderbrach. Gemma hatte die Verwirrung und die widerstreitenden Gefühle gespürt. Dann, in einem Vorgang jenseits allen Denkens, jenseits ihres Bewußtseins, hatte sie plötzlich die Führung der Gänse übernommen und ihnen ein neues Ziel gegeben. Nur daß es jetzt *ihr* Ziel war.

Als die Pfeilspitze sich erneut gebildet hatte, spürte sie, wie die Gedanken der Gänse sich lösten, und sie wieder die Richtung am Himmel angaben. Wie Gemma es vorhergesehen hatte, verstand die Menge es als Zeichen. Danach brauchte sie nicht mehr einzugreifen.

Hab' ich das tatsächlich gesagt? fragte sie sich wieder. *Oder spielt mir meine Erinnerung einen Streich? Vielleicht war es nur ein Zufall, vermischt mit Wunschdenken. Und trotzdem …*

Die Verbindung zu den Vögeln hatte so echt gewirkt, die vollkommene Fremdheit ihres Vogelverstandes war irgendwie ein Beweis dafür, daß sie sich die ganze Geschichte nicht bloß ausgedacht hatte. *Es ist, als dächten sie alle gemeinsam.* Diese Vorstellung war Gemma vertraut, sie wußte nur nicht, wohin damit.

Wo die Gänse jetzt wohl sind? dachte sie und erschauderte schuldbewußt. Sie wurde nachdenklich. *Vielleicht müssen sie durch die Wüste.* Gemma hoffte inbrünstig, daß die natürlichen Instinkte wieder Oberhand gewannen, bevor ihnen etwas zustoßen konnte. Dann fiel ihr ein, daß ihr Schuldgefühl ein Beweis dafür war, daß sie tief in ihrem Innern tatsächlich daran glaubte, für ihren Kurswechsel verantwortlich zu sein. Die Erkenntnis löste einen neuerlichen Erinnerungsschub aus. Plötzlich war sie wieder ein siebenjähriges Mädchen in ihrem Haus auf der Insel – in den glücklichen Zeiten, bevor Die Zerstörung alles verändert hatte.

Cais Bienen hatten Gemma schon immer fasziniert. Sie wußte, daß alle Zauberer einen Vetrauten hatten, ein Tier, mit dem sie sich in Liebe verbunden fühlten und mit dem sie sich schweigend durch Gedankenübertragung verständigen konnten. Wie es funktionierte, wußte sie nicht, aber sie nahm es als selbstverständlich hin, wie alle, die in engem Kontakt zu Zauberern standen. Doch selbst in solch seltsamer Gesellschaft betrachtete man einen ganzen Schwarm als ungewöhnlich. Es war der einzige Vertraute, der nicht aus einem, sondern einer Gruppe von Tieren bestand – Cai kommunizierte mit der Gesamtheit des Schwarms und nicht mit einem einzelnen Insekt.

Cai war bei der jungen Prinzessin äußerst beliebt. Er war witzig und immer bereit, neue Spiele zu erfinden. Im Gegensatz zu irgendwelchen Dummköpfen hatte Gemma vor den Bienen keine Angst, und manchmal betrachtete sie sie aus der Nähe. Ab und zu glaubte sie sogar zu wissen, was sie zu Cai sagten. Als sie ihren Eltern davon erzählte, lachten sie nur und machten eine Bemerkung über ihre blühende Phantasie. Das hatte sie sehr geärgert. Am Ende hatte sie natürlich bewiesen, daß sie sich irrten.

Cai war in Heald's Court zu Besuch, um Moroski, seinem Freund und Zaubererkollegen, zu helfen, seine magischen Kräfte abzulegen. Gemma hatte die Gründe dafür damals nicht begriffen, doch die Erwachsenen hatten die Geschichte sehr ernst genommen. Dann war während der okkulten Prozedur etwas schiefgegangen, die Bienen waren durchgedreht und hatten den Palast mit ihrem wilden, zornigen Herumfliegen in Angst und Schrecken versetzt. Gemma hatte das alles ungeheuer aufregend gefunden und war sehr enttäuscht gewesen, als ihre Eltern darauf bestanden hatten, daß sie auf ihrem Zimmer blieb, bis die Gefahr vorüber war. Durch einen einfachen Trick jedoch – Erwachsene waren so leicht hereinzulegen – war sie ihrem Gefängnis entkommen und hatte den Schwarm gefunden.

Auch ohne das, was sie sah und hörte, hätte Gemma damals gewußt, daß die Bienen zornig und verwirrt waren. Sie hatten versucht, vor ihr davonzufliegen, doch das hatte sie nicht zugelassen.

»Ihr frechen Bienen!« rief sie. »Kommt zurück!« Sie lief ihnen nach und stand plötzlich inmitten des wirbelnden

Schwarms. Die ganze Zeit über redete sie ruhig auf die Bienen ein, teilte ihnen mit, wie dumm sie sich verhielten, und versuchte ihnen zu erklären, daß sie zu ihrem Herrn zurückkehren sollten. Zur Überraschung aller, die Zeugen dieses eigenartigen Ereignisses wurden, reagierte der Schwarm, und Gemma führte ihn zurück in den Turm, wo die beiden Zauberer bewußtlos lagen. Dadurch hatte sie es ihnen ermöglicht, ihre Aufgabe erfolgreich abzuschließen. Damals hatte sie nicht erkannt, wie hilfreich sie gewesen war. Auch den magischen Schild, durch den sie gegangen war, um zu Cai zu gelangen, hatte sie nicht bemerkt.

»Noch einen Drink, ... Pazia?« fragte Arden. Sein Gesicht war gerötet vom Alkohol und vom Erfolg.

Gemma warf ihm einen warnenden Blick zu. Möglicherweise standen ein paar von Mendles Freunden in der lärmenden Menge ringsum.

»Nein, danke«, erwiderte sie kühl. »Meinst du nicht, du hättest allmählich selbst genug?«

Arden zwinkerte ihr zu. »Mir geht es blendend. Ich werde vorsichtig sein«, versuchte er sie zu beruhigen und drehte sich um, weil einer seiner neuen Freunde nach ihm gerufen hatte.

Plötzlich fühlte Gemma sich einsam und fehl am Platz, und ihre Gedanken kehrten zu ihrem früheren Leben zurück. Erst als sie viel älter war, hatte sie allmählich begriffen, was sie damals getan hatte. Als es passierte, hatte sie einfach instinktiv gehandelt. Lächelnd erinnerte sie sich an ihr Gespräch mit Cai am darauffolgenden Tag.

»Gemma!« rief Cai. »Ich muß mit dir reden.«

Das Mädchen löste sich aus einer Gruppe von Freundinnen und schlenderte hinüber zum Zauberer. Zusammen gingen sie in Cais Gemächer.

»Deine Großmutter hat mir erzählt, was du gestern getan hast«, begann er. »Ich möchte dir danken.«

»Schon gut«, meinte sie strahlend. »Es hat Spaß gemacht.«

»Ich habe immer gewußt, daß du dich gut mit dem Schwarm verstehst, aber wie hast du die Bienen dazu gebracht, zurück in den Turm zu kommen?«

»Ich habe ihnen einfach gesagt, sie sollen es tun«, antwortete Gemma.

»Und wie?«

Die Prinzessin dachte nach. »Sie waren nicht glücklich«, sagte sie schließlich, offensichtlich recht verwirrt.

»Und du hast sie glücklich gemacht?«

Sie nickte langsam. »Dann habe ich sie dir zurückgebracht. War das nicht richtig?«

»Oh, doch!« erwiderte Cai begeistert. »Wenn nicht ...« Er unterbrach sich. »Aber wie bist du durch den Schild gekommen?«

»Welchen Schild?«

Cai betrachtete sie nachdenklich. »Weißt du, Gemma, ich wäre gar nicht überrascht, wenn du eines Tages auch Magierin werden würdest.«

Mit einem Ruck kehrte Gemma in die Gegenwart zurück, als einer der Feiernden sie im Vorbeigehen anrempelte. Sie hatte Tränen in den Augen, als sie sich an ihre Reaktion auf Cais überraschende Behauptung erinnerte.

»Würdest du mich dann heiraten?« hatte sie ihn sofort gefragt. Es war nicht das erste Mal, daß das Kind dem Zauberer diese Frage gestellt hatte, aber es sollte das letzte Mal sein.

Wie sich seitdem alles verändert hat, überlegte sie voller Wehmut. *Auf so vielfältige Weise.*

Die Welt hatte sich verändert – war sprichwörtlich von Der Zerstörung umgewandelt worden. Viele aus ihrer Familie und ihrer Freunde waren mittlerweile tot. Cai hatte sich verändert, er glaubte nicht mehr an Zauberei, leugnete seine eigenen Fähigkeiten und erst recht sämtliche verborgenen Fähigkeiten, die Gemma vielleicht besaß. Während ihres

Heranwachsens war dies der einzige Streitpunkt zwischen den beiden gewesen.

Ich habe mich auch verändert, überlegte sie und wunderte sich über das Schicksal, daß sie so weit fortgelockt hatte, bis in dieses lärmende Gasthaus in einer korrupten Stadt voller fremder Menschen, Hunderte von Meilen von dem einzigen Ort entfernt, den sie als ihr Zuhause bezeichnen konnte.

»Ein bißchen viel getrunken, was?« meinte einer der Feiernden, als er Gemmas aufgequollene Augen und ihr trauriges Gesicht sah. Er lächelte gönnerhaft.

»Nein«, entgegnete sie trotzig. »Nicht genug!«

Und hielt ihr Glas hin, um es füllen zu lassen.

21. KAPITEL

An diesem Abend lag Gemma im Bett, lauschte auf Ardens gleichmäßigen Atem und wäre gern ebenso leicht eingeschlafen wie er. Selbst die großen Mengen Bier, die sie schließlich doch noch getrunken hatte, ließen ihren rastlosen Verstand nicht zur Ruhe kommen. Erinnerungen, alte und neue, stritten um ihre Aufmerksamkeit.

Ruhelos warf sie sich unter den Laken hin und her, drehte sich, wie es schien, zum zwanzigstenmal um und konnte doch keine bequeme Lage finden. Wenigstens hatte sie sich bei ihrer Rückkehr auf das Zimmer durch das Ablegen der Kleidung Erleichterung verschaffen können. Sie hatte sie sich vom Zimmermädchen, das sie ins Vertrauen gezogen hatte, zusammengeliehen. Nach einer Weile war sie so warm und eng geworden, daß ihre Haut angefangen hatte, unerträglich zu jucken. Als Gemma merkte, daß die Leute sie seltsam ansahen, wußte sie, daß es Zeit war zu gehen. Sie hatte sich alleine davongeschlichen und sich bereits in Gemma zurückverwandelt, als Arden nachkam.

»Gar nicht schlecht, das Gasthaus«, hatte er gelallt, bevor

er sich lachend auf das Bett fallen ließ. »Hoffentlich hat dich niemand hereinkommen gesehen. Könnte vielleicht auf dumme Gedanken kommen.« Er gluckste in sich hinein und starrte an die Decke. »Kein Mensch würde glauben, daß du eine Prinzessin bist.«

Gemma musterte ihn nachsichtig und sah, daß er zu keinem Gespräch fähig war. Was schade war, denn sie hätte ihn gerne so viel gefragt. Trotzdem brachte sie es nicht fertig, ihm das ausgelassene Feiern übelzunehmen. Sie half ihm beim Ausziehen und deckte ihn zu.

»Du hast die Stelle«, waren seine letzten Worte, bevor er in einen tiefen Schlaf fiel.

Die letzten Geräusche der späten Gäste waren bereits verklungen, als Gemma immer noch hellwach dalag. Wenn sie die Augen schloß, statt die Wände des dunklen Zimmers anzustarren und zu versuchen, sich einem Reim auf das zu machen, was mit ihr geschah, wurden ihre Erinnerungen nur noch lebhafter.

Wie sehr sie es auch versuchte, sie wurde das Gefühl nicht los, daß endlich etwas in ihr geboren worden war, etwas, das lange versteckt und unterdrückt brachgelegen hatte. Und das sie nur als Magie bezeichnen konnte.

Weißt du, Gemma, ich wäre nicht überrascht, wenn du eines Tages selber Magierin werden würdest.

Sie hörte Cais Stimme so deutlich, als stünde er neben ihrem Bett. Aber sie konnte ihn noch viel mehr sagen hören, in ihrer Erinnerung klang er oft verärgert oder bitter.

»Du bist achtzehn, Gemma. Es wird Zeit, daß du diese lächerlichen Ideen aufgibst.«

»Damals hast du sie nicht lächerlich gefunden«, erwiderte sie. »Wieso sollten wir nicht versuchen, unsere gesamten Fähigkeiten zu nutzen?«

»Nicht Fähigkeiten. Magie.«

»Das ist doch dasselbe.«

»Nein, das ist es nicht.«

»Ein bißchen Verstand solltest du mir zugestehen«,

meinte Gemma ärgerlich. »Ich erinnere mich an verschiedenes, als ich noch ein kleines Mädchen war. Ich kann lesen. Es gibt so viel, das wir über das Funktionieren unseres Verstandes nicht wissen. Früher gab es so etwas wie Magie. Wie kann sich das so vollständig geändert haben?«

Cai sah sie traurig an. »Du kennst die Antwort ebensogut wie ich«, meinte er ruhig. »Die Zerstörung war das Ende, die *Vernichtung* aller Magie. Was die Welt nicht länger braucht, stößt sie ab. Magie wäre jetzt sinnlos. Die Fähigkeit dazu, wie du es nennst, existiert nicht mehr.«

»Was macht dich so sicher? Nur weil du dich entschlossen hast, sie zu verleugnen ...«

»Ich habe mich nicht entschlossen ... sie existiert nicht mehr!« Cai war wütend geworden. »Und selbst wenn, würde ich sie nicht wollen. Magie hat *Millionen* das Leben gekostet.«

Gemma war schockiert, wie Cai die Tatsachen verdrehte. Zwar war Die Zerstörung in der Tat verantwortlich für eine große Anzahl von Toten, aber die Alternative wäre die Hölle auf Erden gewesen, unter der Herrschaft einer gewalttätigen Macht von unvorstellbarer Bosheit. Niemand, der sich eine solche Welt vorstellen kann, hätte sich anders entschieden.

»Die Zerstörung war notwendig«, flehte sie. »Und das weißt du. Wir haben *Millionen* gerettet.«

»Wovor?« Die Verbitterung war Cais grünen Augen anzusehen, und Gemma antwortete nicht. Sie konnte nicht. »Wovor?« wiederholte er mit Nachdruck. »Ich werde es dir sagen. Vor der Korruption der Magie.«

Gemma sah weg, sie hielt seinen starren Blick nicht länger aus. Als er weitersprach, klang seine Stimme ruhig, hatte aber immer noch einen stahlharten Unterton.

»Die Zeit ist vorbei, Gemma. Für immer. Die Mondbeeren sind verschwunden, Brogar ist verschwunden – zusammen mit seinem Herrn. Alles ist fort. Sämtliche Zauberer sind tot.«

»Du nicht«, sagte sie leise, trotzig.

»Ich bin auch kein Zauberer«, erwiderte er aufgebracht.

»Warum wirst du dann nicht älter?« fragte sie und sah ihn an.

»Mein Körper paßt sich noch an.« Es klang fast wie eine Entschuldigung. Gemma wußte, daß Cai an seinem jugendlichen Aussehen schwer zu tragen hatte.

»Nach über einem Jahrzehnt?« fragte sie vorsichtig nach.

»Ich werde älter werden«, antwortete er überzeugt. »Es dauert nur seine Zeit, das ist alles.« Er mußte lächeln, als er merkte, was er gesagt hatte. »Außerdem möchtest du doch bestimmt nicht zusammen mit einem alten, häßlichen Mann gesehen werden, oder?«

Gemma lächelte zurück, ließ sich aber nicht von ihrer Argumentation abbringen. »Der Schwarm ist immer noch bei dir«, stellte sie fest.

»Wir haben uns aneinander gewöhnt«, meinte Cai leichthin. »Die Bienen sind wie jedes andere Haustier.«

»Sprichst du nicht mehr mit ihnen?«

»Nein.«

»Ich glaube, manchmal kann ich sie hören«, sagte Gemma, fast wie zu sich selbst.

»Das hast du dir immer schon eingebildet, als du klein warst«, meinte Cai. Er mußte schmunzeln, als er daran dachte.

»Das war mehr als Einbildung. Ehrlich, wie man mich behandelt, könnte man meinen, ich sei immer noch ein kleines Mädchen. Manchmal fühle ich mich an diesem Ort wie gefangen.«

Cai überlegte, was er ihr sagen konnte. Er war froh, daß sie vom Thema abgekommen waren, aber Gemmas neuer Gedankengang machte ihn auch nicht glücklich. Er gab sich geschlagen, als Gemma auf ihr ursprüngliches Thema zurückkam und es erneut versuchte.

»Du heilst immer noch Menschen«, warf sie ihm vor.

Cai seufzte. *Wie oft noch?* fragte er sich. Laut sagte er, »Ich benutze lediglich mein Wissen aus meiner Zeit als ... von früher. Daran ist nichts verkehrt.«

»Genau das meine ich doch«, hakte Gemma sofort nach. »Wieso muß das Gute verschwinden, nur weil das Böse zerstört werden mußte?«

»Das sind zwei Seiten ein und derselben Medaille, Gemma«, erklärte Cai voller Ungeduld. »Mit der Magie ist es vorbei. Sie ist tot.«

Damit machte er kehrt und ging. Er konnte die Diskussion nicht länger ertragen. Die nächsten paar Tage wurde er am Hof nicht gesehen, und man nahm an, er sei in sein entlegenes Heiligtum hoch in den Bergen gegangen.

Trotz ihres heftigen Streits und des unschönen Abschieds ging es Gemma erst wieder besser, als er zurückgekehrt war, und es dauerte eine ganze Weile, bis sie die Angelegenheit mit ihrer Halsstarrigkeit wieder auf den Tisch brachte. Mittlerweile hatte sie eigene Vorstellungen entwickelt.

Als Gemma aufwachte, war sie alleine im Zimmer. Sie hatte fürchterliche Kopfschmerzen und eine trockene Kehle. Sie lag da, den Geschmack von abgestandenem Bier auf der Zunge, und verfluchte ihre eigene Dummheit. Dann stand sie auf, schüttete sich etwas Wasser aus dem Krug ein, wusch sich und spülte sich den Mund aus. Sie legte sich wieder hin und wünschte, Arden würde zurückkehren.

Er war innerhalb einer Stunde zurück und hatte ein breites Grinsen auf seinem sonnengebräunten Gesicht.

»Immer noch im Bett?« zog er sie auf. »An einem so wunderbaren Tag?«

»Ich finde deine gute Laune absolut ekelhaft«, antwortete sie. »Nach den Mengen, die du gestern getrunken hast, müßtest du eigentlich genauso leiden wie ich.«

»Für einen Kater habe ich keine Zeit«, antwortete Arden gutgelaunt. »Ich habe dir ein Geschenk mitgebracht.«

Gemma setzte sich mit Mühe auf und lächelte, trotz der Proteste ihres Kopfes. Ardens Laune war ansteckend und sein Eifer unwiderstehlich. Er setzte sich neben sie und gab ihr eine kleine Schachtel.

Drinnen lagen zwei wundervoll gearbeitete goldene Ohrringe in der Form zweier fliegender Gänse. Sie hatten die Flügel gesenkt und reckten die Hälse.

»Sie sind wunderschön!« rief sie und mußte lachen, als sie an seine frühere Bemerkung dachte und sah, wie passend das Design war. Sie hob die Hände und wollte die schlichten Stecker herausnehmen, die in ihren Ohrläppchen steckten, doch Arden hinderte sie daran.

»Noch nicht«, sagte er. »Ich kann verstehen, daß du sie gerne loswerden möchtest, aber die neuen könnten hier in der Stadt einige Bemerkungen auslösen.« Er grinste.

Gemma verstand, was er meinte. »Nicht gerade Pazias Stil, hab' ich recht?« sagte sie. »Danke.«

22. KAPITEL

Gemma zwang sich, ihre eigenen Vermutungen für den Rest des Tages zurückzustellen, und nahm sich statt dessen vor, dafür zu sorgen, daß Arden für seinen Auftritt vor Gericht entsprechend vorbereitet war. Sie brachte ihm zu essen und zu trinken, sorgte dafür, daß seine Kleidung so vorzeigbar wie möglich war, und redete mit ihm, wenn er es wollte. Sie besprachen, wie sich sein Fall am besten vortragen ließe, und er erklärte ihr das Verfahren, an das man sich halten müsse.

»Aber man wird dir doch erlauben, für dich selbst zu sprechen, oder?« fragte sie besorgt an einer Stelle. »Du warst großartig auf dem Platz.«

»So großartig, daß ich alle zum Schweigen gebracht habe«, meinte er zerknirscht.

»Aber das war doch nichts Schlimmes«, meinte Gemma empört. »Sie waren still, weil du ihre Herzen gerührt hattest.«

»Emotional gesehen war es richtig«, räumte er ein. »Rechtlich war es fast ein Katastrophe.«

»Das lasse ich nicht zu!« erwiderte sie. »Du wirst brillant sein. Dies ist ein Befehl.«

»Sehr wohl, Ma'am.« Er salutierte theatralisch.

»Dann wirst du also sprechen.«

»Ja. Das Problem ist, daß ich wahrscheinlich zu viel Hilfe bekommen werde.« Arden klang resigniert.

»Was meinst du damit?«

Er erklärte es ihr, und wieder einmal war Gemma gleichzeitig verwirrt und außer sich über das seltsame Rechtssystem der Stadt. Arden jedoch schien nicht übermäßig besorgt, und sie besprachen weiter die Einzelheiten seiner abschließenden Eingabe.

An diesem Abend aßen sie auf ihrem Zimmer und beschlossen, früh ins Bett zu gehen. Sie hatten reichlich Schlaf nötig.

»Wird Lord Lunkett selbst den Vorsitz führen?« fragte Gemma.

»Das bezweifle ich«, antwortete Arden. »Wahrscheinlich überläßt er das einem seiner Untergebenen. Obwohl, man weiß nie ... Es gibt ohnehin nur eins, dessen wir sicher sein können.«

»Und das wäre?«

»Wenn, dann verfolgt er damit nur irgendeine hinterhältige Absicht.«

Etwas in Ardens Tonfall ließ Gemma hoffen, daß ihnen derartige Feinheiten erspart blieben.

Der Zentrale Gerichtshof der Gilde in Great Newport war in einem der imposanten Gebäude in der Nähe vom Platz des Collosseums untergebracht. Hier endlich fand Gemma teilweise jene Förmlichkeit, die sie von juristischen Verfahren erwartete und die bei der Anhörung größtenteils gefehlt hatte. Das Innere des Gebäudes war dunkel und ruhig, viele hölzerne Türen gingen von der riesigen Eingangshalle ab. Wimpel und Tafeln mit Namenslisten hingen an den glatten Wänden aus Stein.

Gemma, die wieder verkleidet war, dank einiger Verbesserungen aber nicht mehr ganz so unbequem, folgte einer Gruppe von Leuten, die den Weg offenbar kannten, auf die öffentliche Gallerie. Vermutlich waren einige von ihnen Laufburschen für die Spieler draußen, für die alles seinen gewohnten Gang ging. Sie war froh, sich unter die Leute mischen zu können – auf diese Weise mußte sie keine Aufmerksamkeit auf sich ziehen, indem sie nach dem Weg fragte.

Posten in Uniform musterten jeden argwöhnisch, der das Gericht durch die Türen betrat. Einige wurden angehalten und durchsucht, vermutlich nach Waffen, und Gemma begann sich Sorgen zu machen, ob man ihre Verkleidung erkennen würde. Schließlich gab es einige weibliche Merkmale, die sich nur bis zu einem gewissen Grad verhüllen ließen. Als es dann soweit war, wurde sie jedoch nur genau gemustert und durfte passieren. Sie fand einen Platz in der zweiten der langen Bankreihen, die den Balkon füllten. Unter ihr bot sich das Bild, daß Arden ihr am Vorabend geschildert hatte.

Am hinteren Ende des Saals, unter bunten Fahnen mit dem Gildezeichen der Waagschalen im Gleichgewicht, befand sich eine Bank, ähnlich der draußen auf dem Platz. Diese hier, wie auch der davor stehende Tisch, bestand aus glänzend poliertem Holz. Die Waagschalen auf dem Tisch waren aus Messing.

Zu beiden Seiten des Saals und über seine ganze Länge standen zwei Reihen mit langen Holzbänken, die mit Kissen verziert waren. Zwischen den beiden Reihen befand sich eine offene Arena, in deren Zentrum – dem Mittelpunkt des Raumes – eine erhöhte Plattform mit Geländer stand. *Dort wird Arden stehen,* dachte Gemma mit leicht klopfendem Herzen.

Auf dem Publikumsbalkon wurde gelärmt und geschwatzt, doch Gemma war zu angespannt, um darauf zu achten, was gesagt wurde. Endlich wurde es still, als die Mitglieder der Gilde nacheinander den Saal betraten und ihre vorgesehenen Plätze auf den langen Bankreihen einnahmen. Die rechts von Gemma trugen orangenfarbene, aufsehenerregend leuchtende Roben. *Sie werden für Arden streiten, sie sind auf seiner Seite,* wußte Gemma und dachte daran, was er ihr erzählt hatte. Die zur Linken trugen ähnliche Roben, allerdings in dunkelblau. *Und die sind gegen uns.* Sie betrachtete ihre Gesichter und fragte sich, wer wohl geschickt argumentieren konnte und wer leicht zu beeinflussen war, aber das ließ sich unmöglich sagen. Alle waren dreißig Sommer alt – oder mehr, einige sahen sehr alt aus, und ein paar von ihnen mußten sogar an ihren Platz gebracht werden.

Als alle Platz genommen hatten, erschien Arden von unterhalb der Gallerie und schritt zuversichtlich in die Mitte der Arena. Er verneigte sich zu beiden Seiten des Gerichts und vor dem erhabenen Podium, sah jedoch nicht hinauf auf den Balkon, was Gemma gemischte Gefühle verursachte. Einerseits wollte sie nicht, daß ihre Anwesenheit ihn von der bevorstehenden Aufgabe ablenkte, andererseits hätte sie ihm gerne aufmunternd zugelächelt und sich gleichzeitig überzeugt, daß alles in Ordnung war. Sie konnte sich gerade noch beherrschen, nicht zu ihm hinunterzurufen.

Unbemerkt hatten drei Beamte ihren Platz an den Tischen unterhalb der Richterbank eingenommen. Sie waren vermutlich mit den Papieren beschäftigt und bereiteten sich darauf vor, die Einzelheiten der Eingabe und des Urteils festzuhalten. Einer von ihnen erhob sich und erklärte die Verhandlung für eröffnet. Als er die Namen der fünf Richter nannte, die den Vorsitz führen würden, entstand rings um sie ein überraschtes Gemurmel. *Lunkett hat also tatsächlich beschlossen, sich einzumischen*. Gemma schauderte vor gespannter Erwartung.

Die Richter erschienen und setzten sich auf die ihnen zugedachten Plätze. Gemma betrachtete den in der Mitte. Lunkett war groß, er war in eine grüne Robe gehüllt wie auch die anderen Schiedsrichter. Gerissene Augen blickten aus einem markanten Gesicht. Wie die anderen vier hatte auch er seinen Markierstein auf dem Tisch vor sich abgestellt. Jetzt konnte Gemma erkennen, daß jeder einzelne in der Gestalt eines Tieres, eines Vogels oder eines Wappens geformt war, vermutlich dem Emblem des Ranges oder Standes seines Besitzers entsprechend. Lunketts Stein war schwieriger zu erkennen, doch Gemma sah schließlich, daß es sich um eine Darstellung der Stadt selbst handelte, von den Außenmauern bis hin zu den Hauptstraßen und deren

Gebäuden. Er war außerdem beträchtlich größer und schwerer als die der anderen. *Von ihm hängt also alles ab,* dachte Gemma.

Der Sprecher verlas eine kurze Zusammenfassung von Ardens Bericht über das Tal und der Argumente, mit denen er seine Eingabe zu seiner Rettung zu unterstützen hoffte. Die Zusammenfassung wurde in einem pathetischen Stil vorgetragen, der den Worten ihre Wirkung und Überzeugungskraft nahm. Stellenweise war sie auch ungenau, und Gemma sah, daß Arden Mühe hatte, den Sprecher nicht zu unterbrechen. Der Beamte schloß mit der förmlichen Wiederholung von Ardens Eingabe.

»Seine Bitte lautet: Man möge die Mittel von Great Newport dazu benutzen, wieder Wasser in das Tal zu schaffen.« Nun ergriff Lunkett zum erstenmal das Wort.

»Die Bitte wurde gehört«, sagte er mit tiefer, befehlsgewohnter Stimme. »Jetzt müssen wir entscheiden – soll dies geschehen? Und wenn ja, auf welche Weise?«

Die Stimme habe ich schon mal irgendwo gehört, dachte Gemma. *Aber wo?*

»Antragsteller, möchten Sie der Erklärung noch irgend etwas hinzufügen, bevor das Gericht mit seiner Beratung beginnt?«

»Das möchte ich, Mylord.« Gemma atmete erleichtert auf, als Arden deutlich und voller Selbstvertrauen sprach.

»Dann nennen Sie Ihren Namen, und fahren Sie fort.« Lunkett lehnte sich zurück und legte seine großen Hände in den Schoß.

Arden tat, wie ihm geheißen, und beschrieb erneut die Wunder des Tals, wobei er die Punkte, die zuvor vom Vortragenden falsch interpretiert worden waren, vorsichtig hervorhob. In der Art, wie er beim Sprechen nach rechts und nach links blickte, zeigte sich deutlich die Liebe und Leidenschaft für das Tal, und Gemma hörte anerkennendes Gemurmel ringsum. Die Männer der Gilde jedoch blieben äußerlich ungerührt. Manche runzelten sogar die Stirn oder flüsterten sich etwas zu, was Gemma nicht zu deuten vermochte. Dann jedoch unterbrach einer der Blaugewandeten Arden.

»Wir haben uns das schon zu lange angehört«, sagte er laut unter dem beifälligen Nicken von beiden Seiten der Kammer. »Die Bitte, dieses Dorf als erhaltenswert einzustufen, wurde zu Beginn bereits hinreichend detailliert geschildert. Ziel *dieses* Gerichts ist es jedoch, zu entscheiden, ob ein solches Vorgehen tatsächlich wünschenswert und, wichtiger noch, sinnvoll wäre.« Er hatte zur Richterbank gesprochen, und auch Arden, zum Schweigen gezwungen, hatte in die gleiche Richtung geblickt.

Lunkett beriet sich hastig mit seinen Beisitzern, jedoch wohl mehr zum äußeren Schein, wie Gemma vermutete.

»Einverstanden«, sagte er. »Es sei denn, unser Bittsteller wünscht, sachdienliche Angaben zu machen, wie diese Bitte realisiert werden kann, sollte dieses Gericht zu seinen Gunsten entscheiden ...« Er wartete.

»Das möchte ich, Mylord«, sagte Arden rasch.

»Dann fahren Sie fort«, erwiderte Lunkett. Die Andeutung eines Lächelns spielte um seine Lippen. »Aber ich möchte daran erinnern, daß Sie sich an die Fragestellung halten und so kurz wie möglich fassen müssen. Wortgewandtheit wird Ihnen hier nicht viel einbringen. Sobald Sie fertig sind, wird die Debatte beginnen.«

Die Versteigerung, fuhr es Gemma durch den Kopf. *Dieser Mann hätte mich fast ersteigert!* Sie schauderte und versuchte, sich kleiner zu machen, sich hinter die Leute in der ersten Reihe zu ducken. Arden hatte wieder das Wort ergriffen, und sie versuchte, sich auf das zu konzentrieren, was er sagte, um alle anderen Gedanken aus ihrem Kopf zu verbannen.

»Great Newport verfügt über zahlreiche Qualitäten«, begann Arden. »Seine Blüte ist dafür der beste Beweis. Wasser ist wegen der zahlreichen Bevölkerung knapp, und der Fluß kann bestenfalls einen Bruchteil des Bedarfs liefern. Wenn Great Newport diese große Leistung vollbringen kann, dann steht es sicher auch in seiner Macht, die wenigen hundert Menschen in jenem Tal zu versorgen, von dem ich spreche. Die erforderlichen Mittel stehen Ihnen bereits zur Verfügung. Die Wasserkonvois entlang der Küstenstraße, die Wasserfarm, die das Meerwasser entsalzt, um es trinkbar zu machen, die technischen Fähigkeiten, Kanäle zu bauen –«

»Sicher, sicher«, unterbrach ihn ein Blaugewandeter gereizt. »Es ist wohl kaum erforderlich, die Mitglieder der Gilde über die Möglichkeiten der Stadt zu unterrichten. Unsere Leistungen sprechen für sich selbst«, fügte er großspurig hinzu. »Das steht hier nicht zur Debatte.«

»Bei allem Respekt«, mischte sich ein Orangegewandeter ein, »der Bittsteller kommt nur seiner Aufforderung nach und schlägt Wege vor, wie seine Bitte erfüllt werden kann. Höflichkeit – und das Gesetz – gebieten, daß wir ihn aussprechen lassen.«

»Vielleicht können *Sie* es sich leisten, Ihre Zeit zu vergeuden, Merril«, entgegnete der erste Sprecher, »andere haben nicht dieses Glück.« Sein Sarkasmus brachte ihm amüsiertes Gelächter ein.

»Mylords«, sagte Arden fest. Gemma atmete erleichtert auf, als er sich einmischte. »Ich möchte nur noch eine weitere Idee vorstellen, bevor ich die Angelegenheit der Schiedssprechung übergebe. Mit Ihrer Erlaubnis ...« Er sah Lunkett an, der nickte. Arden fuhr fort. »Ich habe erklärt, daß der Fluß seit Der Einebnung alle zwei Jahre einmal fließt. Den Grund dafür kennt niemand, aber offensichtlich liegt die Antwort in den Bergen im Süden. Die Menschen im Tal verfügen weder über die Leute noch über die Mittel, eine Expedition in dieses feindliche Gebiet zu entsenden. Aber diese Stadt wäre dazu in der Lage. Ich bin überzeugt, daß eine schlichte technische Korrektur ausreichen würde, um den Flußlauf an der Quelle abzulenken und dem Tal auf diese Weise Wasser und Leben zurückzugeben. Bitte ziehen Sie dies in Betracht, Mylords.«

Gemma applaudierte in Gedanken. Arden war sicher und überzeugend aufgetreten – er hatte die ersten Streitereien geschlichtet und einen praktischen Vorschlag gemacht. *Auch wenn er verlieren sollte,* dachte sie, *kann niemand sagen, er hätte es nicht versucht.*

Ein Blaugewandeter erhob sich.

»Wie der Bittsteller ganz richtig dargestellt hat, braucht unsere Stadt selbst Wasser. Warum sollten wir dann gewaltige Mengen an Geld, Energie und Zeit für eine entlegene und unwirtschaftliche Region aufbringen? Wir sind gewiß nicht unbarmherzig, Mylords, aber ich bin überzeugt, es gibt bessere Möglichkeiten, unsere Mittel einzusetzen.«

»Die Frage wurde bereits beantwortet«, erwiederte einer seiner Gegner süffisant. Er zupfte seine orangenfarbene Robe zurecht und erhob sich. »Ardens Tal ist ein einzigartiger Ort. Selbst wenn es nicht unsere moralische Pflicht wäre, es als solches zu erhalten, denken Sie doch an die Vorzüge, die ein engerer Kontakt mit sich bringen würde. Wenn nur ein Bruchteil der Aussagen des Klägers stimmt – und wir haben keinen Grund, ihm nicht zu glauben, da er persönlich nicht von seiner Eingabe profitiert –, können wir von den Menschen im Tal eine Menge lernen. Stellen Sie sich doch nur vor: eine Stadt ohne Krankheiten, in der eine Lebenserwartung von über hundert Sommern etwas Alltägliches wäre. Können wir es uns angesichts solcher Aussichten leisten, das Tal einfach aufzugeben, weil es ein wenig Mühe kostet?« Von sich überzeugt nahm er wieder Platz.

Glaubt er das tatsächlich? fragte sich Gemma. *Oder ist das auch wieder nur ein Spiel?*

»Ein *wenig* Mühe?« empörte sie ein anderer Blauer, der sich nicht einmal die Mühe machte, aufzustehen. »Selbst wenn Sie diesen *Geschichten* von Gesundheit und langem Leben Glauben schenken – ich persönlich würde es vorziehen, weitere Beweise zu sehen –, wie kann man behaupten, daß dafür nur ein *wenig* Mühe erforderlich wäre? Die Reise zum Tal geht über Hunderte von Meilen – durch die Wüste, wohlgemerkt, und anschließend durch die Berge. Wie soll ein Wasserkonvoi diese Reise bewältigen? Unmöglich.«

»Und im günstigsten Fall könnte dieser Konvoi nur vorübergehend Erleichterung verschaffen, selbst wenn er durchkäme«, fügte einer seiner Kollegen hinzu.

»Es gibt dort kein Meer, Wasserfarmen wären also nutzlos«, warf ein anderer ein.

»Es ist klar«, sagte einer mit orangenfarbenem Gewand,

»daß solche vorübergehenden Maßnahmen wenig Wert hätten. Darauf können wir uns wohl alle verständigen. Gebraucht wird eine endgültige Lösung. Ardens Vorschlag, daß ein Forschungstrupp Untersuchungen anstellt und, wenn möglich, den Lauf dieses seltsamen Flusses verändert, ist sicherlich die Lösung, die wir erwägen sollten.«

»Wenn wir schon dabei sind, vielleicht könnten wir dann gleich noch ein oder zwei Berge versetzen«, erwiderte ein Blauer zu allgemeinem Gelächter. »Damit sollte das Problem gelöst sein.«

Wie können Sie es wagen, einen solchen Scherz zu machen? dachte Gemma verärgert.

»Vielleicht können wir Magier dazu abrichten, ein paar Regenwolken an die richtigen Stellen zu zaubern«, schlug ein anderer Witzbold vor. »Bei all ihrem magischen Talent wundert mich, daß die Menschen aus dem Tal das nicht schon längst selbst getan haben.«

Gemma war empört. *Ist das möglich?* fragte sie sich. *Hättest du das tun können, Cai?*

Die Diskussion ging hin und her. Arden wandte sich abwechselnd jedem Sprecher zu, bis Gemma glaubte, ihm müsse schwindelig werden. Mehrere Male wurden ihm direkte Fragen gestellt, und immer antwortete er wohlüberlegt und hielt seine Antworten so knapp und präzise wie möglich. Dies stand im krassen Gegensatz zu dem aufgeregten Wortschwall, der im Verlauf der Sitzung zu beiden Seiten des Gerichts immer mehr zur Regel wurde. Gemma sah des öfteren, wie Arden sich auf die Zunge beißen mußte, um nicht dazwischenzureden. *Wie hält er es bloß aus, daß das Schicksal des Tals in den Händen dieser aufgeblasenen Narren liegt?* Sie hatte selbst Mühe, sich zu beherrschen.

Nach einer Weile kam man darin überein, daß, *falls* der Bitte stattgegeben wurde, die Hilfe der Stadt in einer Gruppe aus Ingenieuren und Arbeitern bestehen würde, die hinauf in die Berge steigen und feststellen sollte, ob der Fluß sich wiederherstellen ließe. Alle anderen Möglichkeiten des Wassertransports in das Tal hatte man erörtert und als undurchführbar verworfen. Die Entscheidung, ob eine solche Anstrengung jedoch überhaupt wünschenswert sei, dauerte erheblich länger.

Die Debatte kreiste um zwei Punkte. Verdiente dieses Tal eine solche Aufmerksamkeit überhaupt? Und worin bestanden die möglichen Vorteile für Great Newport? Der erste Punkt verursachte eine hitzige Debatte, bei der im Endeffekt moralische Verpflichtung und Gewinnstreben miteinander rangen. Die Orangegewandeten waren der Ansicht, ein solcher Ort sei es wert, ihn nicht bloß nach finanziellen Überlegungen einzuschätzen, während ihre Gegner hervorhoben, daß das Tal schließlich keine Steuern zahle, keine Waren ausführe und dem Allgemeinwohl weder Wissen noch Fähigkeiten beisteuere, da nur wenige seiner Bewohner je ihre abgeschiedene Heimat verließen.

Das jedoch war nichts im Vergleich zu dem Aufsehen, daß der zweite Streitpunkt erregte. Arden gab widerstrebend zu, daß die Menschen zwar bemerkenswert gesund waren, solange sie im Tal blieben, daß aber die wenigen, die das Tal verlassen hatten, anfällig seien für Krankheiten und häufig früh starben. Die Blaugewandeten ließen es sich nicht nehmen, zu fragen, was diese vielgerühmte Vitalität denn wert sei, wenn sie an das Tal gebunden war. Die anderen Vorteile – wie Schönheit, Harmonie und Wohlbefinden – waren zu nebulös, um in Betracht gezogen zu werden. Auf Philosophie legte niemand gesteigerten Wert. Der strittigste Punkt war natürlich das gemeinsame Bewußtsein der Menschen aus dem Tal. Hier fanden die Blauen reichlich Gelegenheit, ihren Scharfsinn zu demonstrieren, und obwohl ihre Gegner großes Gewicht auf die Möglichkeiten legten, die eine solche Fähigkeit mit sich brachte, war offenkundig, daß sie nicht mit dem Herzen bei der Sache waren. Arden, der selbst von dem Gehirnverbund – oder der Telepathie, wie einige der Streithähne es nannten – ausgeschlossen war, sah sich nicht in der Lage, eine überzeugende Erklärung für das Phänomen zu liefern. Als er merkte, daß dieser Umstand seinen gesamten Fall gefährden konnte, wurde er immer aufgeregter.

Bleib ruhig, drängte ihn Gemma im stillen. *Du hast immer noch eine Chance.* Und tatsächlich hatten mehrere der Orangegewandeten Argumente zu Ardens Gunsten vorgebracht. Zwar fehlte es ihnen an Leidenschaft, dafür aber machten sie sich die Logik zum Verbündeten gegen den Hohn und Spott der Gegenseite.

Nach mehr als einer Stunde erschöpfenden und fortgesetzten Austausches wurde Gemmas Aufmerksamkeit auf die Richterbank gelenkt. Lunkett ignorierte die Debatte völlig, die unterhalb von ihm tobte, und beriet sich mit seinen Beisitzern. *Er langweilt sich,* dachte Gemma klopfenden Herzens. *Es wird Zeit für eine Entscheidung.*

Sie sollte recht behalten. Bei der nächsten Gelegenheit meldete sich der Oberlord unmißverständlich zu Wort.

»Die Debatte ist abgeschlossen«, donnerte er. »Sprecher, die Zusammenfassung bitte.«

Der uniformierte Beamte erhob sich und trug eine Analyse der Diskussion vor.

»Zusammenfassend«, fuhr er fort, »sind die Orangenen der Ansicht, daß Mitleid in Verbindung mit den Vorteilen, die aus dem Kontakt zu einer solch bemerkenswerten Gesellschaft erwachsen, eine Expedition nicht nur als gerechtfertigt, sondern auch als klug und lohnend erscheinen läßt. Nach Ansicht der Blauen wäre es ein törichtes Unterfangen mit geringen Aussichten auf Erfolg und ohne Hoffnung auf irgendeine Gegeleistung, weshalb man den Vorschlag fallenlassen sollte. Wie entscheiden Sie, Mylords?« Er nahm seinen Platz wieder ein und sah gelangweilt aus wie immer.

Tolle Inspiration, dachte Gemma bitter und war erschrokken darüber, daß das Schicksal vieler Menschen auf so wenige, unpersönliche Worte reduziert worden war.

Zu Gemmas Überraschung erhob Lunkett sich. Sie hatte erwartet, daß er sein Urteil als letzter abgeben würde. Nach der plötzlichen Aufregung ringsum zu urteilen, waren andere auf der Gallerie ebenso überrascht.

»Als Oberlord von Great Newport nehme ich mir das Recht, meinen Stein als erster zu plazieren.« Seine Stimme füllte den Gerichtssaal, in dem es still geworden war. »Ich trage die Verantwortung für *alle* meine Untertanen, auch für jene, die so weit entfernt leben.« Gemmas Hoffnung stieg. »Doch Mitleid muß sich mit Vernunft mischen.« Und sank. *Wie wird er entscheiden?* Lunkett fuhr fort. »Auch, daß wir durch den Austausch mit ihnen gewinnen, ist eine wichtige Überlegung. Doch das ist reine Spekulation. Meine Pflicht gegenüber der Gerechtigkeit ist folgende Entscheidung.«

In der atemlosen Stille, die daraufhin folgte, beugte er sich vor, nahm sein steinernes Gebilde zur Hand und legte es auf die orangenfarbene Seite der Waagschale. Ardens Seite.

Die Waagschale neigte sich deutlich. Gemmas Herz machte einen Sprung, und überall ringsum entstand überraschtes Gemurmel. Einige verließen hastig den Saal. *Offenbar haben sich die Gewinnchancen deutlich verändert,* jubelte Gemma innerlich. Vermutlich müßten jetzt alle vier verbliebenen Richter einstimmig gegen die Eingabe stimmen – *gegen* ihren Oberlord – um Ardens Anliegen abzuweisen.

Geschafft! jubelte Gemma. *Wir haben gewonnen!*

Überall im Gericht waren Diskussionen ausgebrochen, und es war schwierig, die Worte des zweiten Richters zu verstehen. Zu Gemmas Überraschung stimmte er gegen die Eingabe, trotzdem ließ ihre Euphorie nicht nach. Doch als auch der nächste Richter sein Gewicht gegen Arden geltend machte, begann sie leise Zweifel zu hegen. *Sie würden doch bestimmt nicht …*

Als der vierte grüngewandete Mann sich erhob, war es im Gerichtssaal etwas ruhiger geworden, und man konnte verstehen, was er sagte. Er beschränkte sich auf eine offizielle Formel.

»Das Urteil von Holda lautet wie folgt.«

Sein steinernes Emblem wurde auf die blaue Seite der Waage gelegt, die sich jetzt nur noch minimal auf Ardens Seite neigte.

Gemma war fassungslos. *Das darf doch wohl nicht wahr sein! Nach all der Diskussion wäre es zu grausam zu verlieren.* Wieder einmal hing das Schicksal des Tals von dem allerletzten Richter ab. *Er konnte sie jetzt doch nicht einfach verdammen. Ausgeschlossen …*

Im Gericht war es still geworden. Die Folgen und möglichen Gründe für diese Rebellion gegen den Oberlord der Gilde boten ebenso Anlaß zur Sorge wie der Ausgang der Verhandlung selbst. Als der letzte Richter sich erhob, waren alle Augen auf ihn gerichtet.

»Harte Entscheidungen verlangen nach harter Logik«, sagte er langsam. »Aus diesem Grund entscheidet sich Pearle wie folgt.«

Gemma verfolgte gebannt und mit offenem Mund, wie die vierte Tafel gegen die Eingabe in die Waagschale gelegt wurde. Langsam, unaufhaltsam, neigte sich die Schale. Zum erstenmal hatten die Blauen das Übergewicht.

Im Saal brach ein Tumult los. Inmitten der plötzlichen Aufregung erhob sich der Sprecher und verkündete, daß die Blauen gesiegt hätten und die Eingabe daher abgelehnt worden sei. Dann erhob sich Lunkett und sprach zum Gericht.

»Die Entscheidung macht mich traurig«, sagte er, »doch ich muß das Urteil des Gerichts akzeptieren. Alle sollen sehen, daß sich der Oberlord von Great Newport der Gerechtigkeit nicht in den Weg stellt. Die Eingabe ist abgelehnt. Die Verhandlung ist geschlossen.«

Er hatte kaum geendet, als sich jemand anderes Gehör verschaffte.

»*Nein!*« kreischte Gemma und sprang auf. »Nein!« Sie kochte vor Wut, die Verzweiflung verlieh ihr Kraft. Am liebsten hätte sie diese verräterische Waage zerschlagen, genau wie diese selbstgerechten Männer, die dem Tal das Überleben verweigerten. Ihr Gesicht verzerrte sich zu einer wütenden Maske. Sie konnte es tun! Sie hatte die Macht dazu, sie mußte sie bloß einsetzen.

Ihr giftiger Blick fiel kurz auf Arden, der wie alle anderen auch offenen Mundes zu ihr hinaufstarrte. Sein Gesicht war wie versteinert, blaß vor Schrecken und Hilflosigkeit, doch in seinen Augen stand noch eine andere Angst, und es war offensichtlich, daß er ihr Bedürfis nach Gewalt ablehnte. *Tu es nicht*, sagten seine Augen. *Versuch zu fliehen*.

Gemma erwachte wieder zum Leben. Endlich erkannte sie die Gefahr, in der sie schwebte, und rannte aus dem

Gericht, stolperte in ihrer Hast über andere. Als sie den Mittelgang erreicht hatte, stürzte sie zur Tür, nur undeutlich das Geschrei wahrnehmend, das um sie herum anhob.

Zwei Posten versuchten sie beim Sturz durch die Tür aufzuhalten, und obwohl sie nicht gestoppt wurde, blieben ihr Hut und ihre Perücke hängen. Sie wand sich aus dem Griff ihrer Häscher, rannte weiter, hängte ihre Verfolger ab. Als sie hinaustrat in das Sonnenlicht auf dem Platz des Collosseums, blieb sie einen Augenblick lang stehen. Ihr Haar leuchtete feuerrot. Dann lief sie weiter. Sie stürzte sich in das Gedränge und versuchte, nicht auf die Schreie ihrer Verfolger zu hören.

»Diese Hexe!« brüllte einer von ihnen. »Haltet diese Hexe!«

23. KAPITEL

Die Rufe der Posten nach der »Hexe« halfen Gemma sogar bei der Flucht, denn die meisten Menschen schreckten vor ihr eher zurück, als daß sie riskierten, den Zorn einer Zauberin aus dem Norden auf sich zu ziehen. Alle hatten von ihrer eindrucksvollen Vernichtung von Mendles Auktionshalle gehört, und niemand hatte die Absicht, ähnliches zu erleiden. Außerdem machte sich in Great Newport kaum jemand die besondere Mühe, einen Flüchtigen aufzuhalten, egal um wen es ging. Diese gefährliche Aufgabe überließ man den Posten. Viele hatten selbst Grund genug, den Gesetzeshütern der Gilde aus dem Weg zu gehen.

Daher kam es, daß Gemma auf dem ersten Teil ihrer wilden Flucht den Weg wundersam frei vorfand, als sie mit Karacho über den Platz hastete. Sie brauchte bloß den unbeweglichen Gegenständen aus dem Weg zu gehen – den Ständen, Karren, einer Statue, teilnahmslosen Katzen – und weiterzurennen. Eine Zeitlang gelang es ihren Verfolgern, sie im Blick zu behalten, doch in der Menge kamen sie nur schwer voran. Als Gemma scheinbar nach einer Ewigkeit die andere Seite des Platzes erreicht hatte, tauchte sie in der nächstbesten Gasse unter und rannte blindlings weiter, bog nach Belieben ab und verlief sich in dem Irrgarten aus kleinen Sträßchen und Gassen.

Schließlich zwangen sie ihre schmerzenden Beine und ihr schwergehender Atem, langsamer zu werden, und sie begann, ihre Umgebung wahrzunehmen. Nichts war vertraut. Der Zustand der Wohnhäuser verriet ihr, daß sie sich in einem der ärmeren Viertel der Stadt befand, aber darüber hinaus hatte sie absolut keine Ahnung, wo sie war. Sie zwang sich, weiterzugehen, halb laufend, halb rennend, immer darauf achtend, ob sie verfolgt wurde.

Sie zog verschiedene neugierige Blicke von den Bewohnern des Viertels auf sich, und dann erst dachte sie daran, daß sie ihr Haar verstecken mußte, um unauffälliger zu sein. Sie duckte sich in einen Hauseingang, und dankbar darüber, Luft holen zu können, improvisierte sie hastig eine Kapuze aus dem unteren Teil ihres Rockes. Die Verzweiflung verlieh ihr Kraft. Dann blickte sie um die Ecke und hörte Rufe, die sie weitertrieben – unabhängig davon, ob sie etwas mit ihren Verfolgern zu tun hatten oder nicht. In gleichmäßigem Dauerlauf entfernte sie sich von den Stimmen und nutzte jede Gelegenheit, die Richtung zu wechseln.

Nach einer Weile bog sie erschöpft in eine lange, schmale Gasse ein, an deren Ende sich ein offener Platz abzuzeichnen schien. Doch sie hatte sich getäuscht – die Gasse endete abrupt, ebenso wie die Gebäude zu beiden Seiten. Vor ihr fiel der Boden senkrecht in die Tiefe, und sie blickte über die gigantische Müllgrube hinweg, bei der ihr erst vor ein paar Tagen so übel geworden war. Geländer oder eine Umgrenzung gab es nicht. Wäre sie immer noch so schnell gerannt wie zuvor, sie wäre glatt über den Rand hinausgeschossen und hätte sich schwer verletzt, wenn nicht gar umgebracht. Nach Gemmas Schätzung betrug der Fall über zwanzig Schritte. Als sie über den Rand der Grube blickte, entdeckte sie kleine Metallsprossen in der Grubenwand. Sie warf einen Blick zurück durch die Gasse, versuchte, wieder zu Atem zu kommen, und fragte sich, ob ihre Verfolger aufgeholt hatten. Obwohl es vollkommen still war, wagte sie nicht umzukehren. Doch die Alternative war ekelhaft. Schon der Gestank war abstoßend genug.

Runter! befahl sie sich selbst. *Für Empfindlichkeiten ist keine Zeit!*

Geschickt ließ sie sich über den Rand herab, probierte jede Sprosse mit dem Fuß. Ein oder zwei saßen ein wenig locker, und an einer Stelle fehlten ein paar, was sie verübergehend aus der Fassung brachte, doch sie kam zügig voran und landete schließlich sicher auf dem Boden der Grube. Zum Glück bot ihr die Maskerade wenigstens teilweise Schutz vor den Gefahren dieser fremdartigen Umgebung.

Dann blickte sie plötzlich in die aggressiv neugierigen Augen zweier zerlumpter Jungen und eines gleichermaßen abgerissenen Mädchens.

»Was willst du hier?« wollte der größere Junge wissen. »Das ist unser Platz.«

»Allerdings!« fügte der kleinere trotzig hinzu.

»Ich will überhaupt nichts«, sagte Gemma. »Ich versuche bloß ... einigen Leuten aus dem Weg zu gehen.«

»Den Schlüsseln?« fragte der Anführer.

»Wem?«

»Den Schlüsselmännern. Den Posten«, ließ er sich endlich zu einer Erklärung herab.

Das Mädchen spuckte auf den Boden. »Dieser Abschaum.«

Gemma sah nicht, warum sie hätte lügen sollen.

»Ja«, gestand sie. »Den Posten.«

»Warum hast du das nicht gesagt?« fragte der größere Junge, als wäre ihr Geständnis die Eintrittskarte zu diesem seltsamen Land.

»Naja, ich bin neu hier«, meinte sie schmunzelnd.

Das Mädchen musterte sie eingehend.

»Hast du was dabei?« fragte sie schroff.

»Was sollte ich dabeihaben?«

»Die Posten verfolgen niemanden zum Spaß. Was hattest du dabei?«

»N- … nichts«, stammelte Gemma. »Ich mußte das Zeug verstecken, um fliehen zu können«, fügte sie rasch improvisierend hinzu.

»Schade.«

»Du redest komisch«, mischte sich der kleine Junge ein. »Wie ein Mädchen.«

»Idiot! Mädchen tragen nicht solche Sachen.« Die Straßengöre verpaßte dem Jungen einen Knuff. Gemma sah allerdings keinen Sinn darin, sie aufzuklären.

»Wohin wolltest du denn?« fragte der ältere Junge. »Zu Carmen? Oder den Stickles?«

Gemmas Gesicht sagte alles. »Keine Ahnung«, meinte sie und sah zu der Stelle hinauf, von wo sie gekommen war. Die Kinder sahen ebenfalls hoch.

»Wir bringen ihn zu den Tunneln«, entschied ihr Anführer. »Da kann er sich überlegen, was er will.« Damit zottelte er über die Müllhaufen davon, sich vorsichtig über die Pfade tastend, die Gemma kaum sah. Sie ging ihm nach, dicht gefolgt von den anderen Kindern. Sie war froh über die Eskorte. Pfützen schleimiger Flüssigkeit, ein Gewirr aus stacheligem Unterholz, fauligem Pflanzenwuchs und trügerisch hohlen Halden umgingen sie denkbar knapp. Alleine wäre sie möglichweise von jeder verschluckt worden. Das seltsame Trüppchen passierte mehrere Müllsammler, die alleine zwischen den Trümmern arbeiteten. Eine Gruppe von Männern hatte sich trotz der sommerlichen Hitze um ein Lagerfeuer geschart und ließ eine Flasche kreisen. Die Männer starrten erst Gemma und dann die Kinder an, als sie vorbeikamen, sagten aber nichts. Tiefer und tiefer drang der eigenartige Konvoi in diese seltsame Welt ein, bis sogar Gemmas Nase sich akklimatisiert hatte und sich nicht mehr so heftig gegen die Umgebung sträubte.

Hier bin ich vor den Posten sicher! dachte sie, aber fragte sich auch, welche anderen Gefahren sie wohl von diesem Dreck und seinen Bewohnern zu erwarten hatte.

Nach einer Weile näherten sie sich einem Mann, der auf

einem Hügel aus Bruchgestein und Geröll hockte. Er stocherte sich mit einem nadelspitzen Messer in den Zähnen herum.

»Der hier muß in die Tunnel«, meinte der Anführer und zeigte mit einem schmutzigen Finger auf Gemma. »Er ist auf der Flucht vor den Schlüsseln.«

Der ganz in Schwarz gekleidete Mann hob langsam den Kopf. Die Narben in seinem Gesicht gaben ihm ein finsteres Aussehen. Er starrte Gemma an.

»Nimm den Schal vom Kopf«, befahl er. Seine Stimme war ein tiefes Grollen. Widerstrebend zog Gemma ihre behelfsmäßige Kapuze ab. Den Kinden stockte der Atem.

»Siehst du! Hab ich doch gesagt«, meinte der Jüngste. »Er ist ein Mädchen.«

»*Sie* ist ein Mädchen, Blödmann«, gab einer seiner Kumpels zurück.

Der Mann starrte einfach. Ein bitteres Grinsen kroch über sein Gesicht.

»Hier ist jemand, der dich sehen will«, meinte er langsam. »Haut ab, ihr«, fuhr er die Straßenkinder an. »Und haltet die Klappe.«

Sie rannten sofort los, ihre Gesichter glühten vor Verschwiegenheit.

»Bald weiß sowieso jeder hier Bescheid«, meinte der Mann resigniert. »Komm also besser schnell rein.«

Rein?

Er drückte ein paar Felsen auf Seite, packte dann einen in den Felsen eingelassenen Eisenring. Als er daran zog, klappte eine Falltür auf und Gemma sah Stufen, die hinab in die Finsternis führten.

»Willkommen in den Tunneln, der Heimat der Kanalratten und anderen Leute – wie mir zum Beispiel.« Er ließ sich hinab und gab Gemma ein Zeichen, ihm zu folgen. Sie zögerte.

»Angst im Dunkeln, was?« Er grinste. »Möchtest du vielleicht lieber alleine den Weg nach draußen suchen?« Er verschwand im Dämmerlicht. Einen Augenblick später fügte Gemma sich in das Unvermeidliche und kroch hinein. Die

Stufen waren schmal und steil. Vorsichtig kletterte sie hinunter, Hände und Füße sorgfältig plazierend. »Mach die Tür hinter dir zu«, riet ihr die Stimme des Mannes von unten. »Und quetsch dir nicht die Finger.« Sein kehliges Glucksen hallte überall, als sie den Stein herunterwuchtete. Als sie damit fertig war, umgab sie völlige Dunkelheit. »Immer weiter nach unten«, kam seine Anweisung. »Wenn du fällst, fang' ich dich auf.«

Dein Humor geht mir allmählich auf die Nerven, dachte Gemma, sagte aber nichts. Sie ging weiter, und endlich erreichte sie ebenen Boden.

»Bleib stehen. Ich zünde eine Fackel an.« Ein Klicken, ein Funke, und die ölige Flamme erwachte zum Leben. Gemma brauchte einen Augenblick, bis sich ihre Augen daran gewöhnt hatten, dann sah sie, daß sie in einem Tunnel standen, dessen Decke kaum höher war als ihr Kopf. Es war sehr kalt, und auf Wänden und Fußboden glitzerte Wasser. Ein Stück entfernt floh etwas vor dem Licht.

Ihr Begleiter musterte sie anerkennend.

»Mut hast du, das muß ich dir lassen«, meinte er und verschwand in dem dunklen Gang. Gemma eilte ihm hinterher, sie wollte die einzige Lichtquelle nicht verlieren. Der Boden unter ihren Füßen war eben, und der Tunnel verlief gerade. Sie passierte einige seitliche Abzweigungen, ihr Führer jedoch ging schnurstracks geradeaus, bis Gemma schließlich in der Ferne ein Licht entdeckte. Bald wurde ihr klar, daß es sich um eine Öllampe handelte, die über einer Tür hing.

Der Mann pochte mit einem komplizierten Klopfzeichen an die Tür, und ein Spion wurde aufgeklappt. Dann wurde die Tür geöffnet, und sie betraten einen bemerkenswert gemütlichen, von einer Lampe erhellten Raum, der mit Tischen, Stühlen und sogar einem Regal voller Bücher eingerichtet war. Auf dem Rost brannte ein Feuer, und der Boden war glatt und trocken. Nur ein Fenster gab es nicht. Als jemand die Tür hinter ihnen schloß, starrte Gemma auf den Mann, der sich von seinem Stuhl erhob und kam, um sie sich anzusehen. Es war Jordan.

Der Schwarze grinste sie an.

»So siehst du also in Wirklichkeit aus«, meinte er. »Pazia, wenn ich mich nicht irre. Ich vermute allerdings, das ist nicht dein richtiger Name.«

Gemma war sprachlos.

»Wie ich sehe, hast du Hewe schon kennengelernt«, fuhr Jordan fort. »Unser Türsteher heißt Paule, und meinen Namen kennst du ja bereits. Willst du uns deinen nicht auch verraten?«

»Gemma.«

»Ich wollte dich schon lange kennenlernen, Gemma. Du hast in unserer hübschen Stadt für ziemlich viel Aufregung gesorgt.«

»Wer bist du?« fragte Gemma leise. Sie war völlig verwirrt.

»Sagen wir, ich bin … jemand, dem es ebensowenig wie dir gefällt, wie diese Stadt regiert wird. Ich nehme an, nach dem heutigen Morgen trifft das zu?«

»Das weißt du schon?« sagte sie überrascht.

Jordans Grinsen wurde breiter.

»Und was jetzt?« fragte Gemma. »Was wollt ihr mit mir anfangen?«

24. KAPITEL

»Ich will mich nur unterhalten«, meinte Jordan zu ihr. »Informationen austauschen.«

»Und dann?«

»Und dann kannst du machen, was du willst. Hast du gedacht, wir wollten dich gegen deinen Willen festhalten?«

»Eure Haustür ist schließlich nicht gerade gewöhnlich«, erwiderte Gemma, die allmählich ihre Haltung wiedergewann. »Ich wußte nicht, was mich erwartet.«

Die Männer lachten. »Das beutet nicht, daß wir unzivilisiert sind«, sagte Jordan. »Möchtest du etwas Wein?«

»Wasser wäre mir lieber. Ich bin ganz ausgetrocknet«, antwortete sie.

Ihr Gastgeber ging und schenkte ihr aus einem Krug von einem der Tische ein. Gemma nahm das Glas und betrachtete es argwöhnisch, aber der Inhalt schien harmlos zu sein. Sie trank die kühle, klare Flüssigkeit und spürte, wie ihre Kehle sich bedankte.

»Bitte, setz dich«, bot Jordan ihr an, und Gemma ließ sich entspannt auf einen der Stühle fallen. Er nahm in dem neben ihr Platz, die anderen Männer jedoch blieben stehen. Offensichtlich hatte sie die Situation neugierig gemacht.

»Also«, begann Jordan. »Erzähl mir von dir, wie du in die Stadt gekommen bist und wie du es geschafft hast, sie halb niederzubrennen.«

»Nein«, meinte Gemma entschlossen. »Erst erzählst du mir, wieso du das wissen willst.«

»Du scheinst dich wirklich besser zu fühlen«, meinte er lachend.

»Du könntest mir auch erzählen, was aus Arden geworden ist«, fuhr Gemma fort. »Offenbar bist du ja bestens informiert über das, was heute morgen geschehen ist«, fügte sie trotzig hinzu.

»Ich nehme das als Kompliment«, meinte Jordan. »Arden geht es gut. Die Behörden haben nichts gegen ihn, er ist lediglich einer dieser armen Schlucker, die im Machtspiel von Newport nach Belieben benutzt und verschlissen werden. Für die Gilde hat er keine wirkliche Bedeutung, daher kann er gehen, wohin er will. Im Augenblick ist er bloß ein bißchen verwirrt von deinem Verhalten und macht sich Sorgen, wo du steckst, aber das läßt sich richten. Paule, kümmer dich bitte darum.« Der Mann ging ohne ein Wort.

»Einfach so?« fragte Gemma.

»Warum nicht?«

»Weil niemand in dieser Stadt etwas ohne bestimmten Grund tut.«

»Das ist dir also aufgefallen, ja?« knurrte Hewe. Seine Stimme klang amüsiert.

»Dein Mißtrauen ist berechtigt«, sagte Jordan. »Ich hätte

gerne die Zeit, dich von unserer Vertrauenswürdigkeit zu überzeugen, aber wenn du nicht willst, kannst du gehen. Hewe wird dich zu jedem beliebigen Punkt in der Stadt führen.«

Gemma war neugierig geworden und sah vom einen Mann zum anderen. Selbst wenn man Jordan glauben konnte, war die Aussicht, mit dem bärenhaften Hewe durch den Tunnel zurückzukehren, nicht verlockend. Hier gab es viel zu viele Rätsel, um einfach hinauszuspazieren. Außerdem, wenn sie Arden verrieten, wo sie steckte, waren die Chancen, ihn wiederzusehen, größer, wenn sie hierblieb.

»Du hast die Erlaubnis, mich zu überzeugen«, sagte sie so hochmütig es ging.

»Schön gesagt!« erwiderte Jordan entzückt. »Was meinst du, Hewe, sollen wir ihr ein bißchen von uns erzählen?«

»Ich glaube kaum, daß sie gleich zur Gilde rennt und uns verpfeift«, erwiderte der große Mann. »Nicht bei dem, was sie gegen sie in der Hand haben.«

»Was soll das heißen?« fragte Gemma schnell.

»Offenbar war unser Freund Mendle nicht das einzige Opfer deines Feuerwerks«, sagte Jordan. »Es gibt andere – allesamt Mitglieder der Gilde –, die dir eine besonders unangenehme Erfahrung versprochen haben, sollten sie dich jemals fangen. Du kannst von Glück reden, daß du heute morgen entkommen bist.«

»Brandstiftung hat noch nie etwas Gutes gebracht«, kommentierte Hewe. »Und ich spreche aus eigener Erfahrung.« Die beiden Männer lachten über einen Scherz, den nur sie verstanden.

»Wie schön, daß euch das amüsiert!« fauchte Gemma sie an. Ihre respektlose Art nervte sie – außerdem hatten sie immer noch nichts über sich erzählt.

»Ich bitte um Vergebung«, sagte Jordan. »Unsere Art zu leben erzeugt einen recht bitteren Humor.«

Gemma ahnte allmählich, was er damit meinte.

»Ihr lebt außerhalb des Gesetzes.« Es war eher eine Feststellung als eine Frage.

»Besser ›unterhalb‹«, schlug Hewe vor.

»Wir machen gerne von all unseren Fähigkeiten Gebrauch«, erklärte Jordan. »Auch von denen, die unsere Herrscher als illegal betrachten.«

»Du sagst immer ›wir‹«, fuhr Gemma fort. »Gehört ihr zu einer Organisation?«

»Vermutlich könnte man es so nennen. Wenn das auch nach klareren Strukturen klingt, als tatsächlich vorhanden sind.«

»Wer *seid* ihr dann?« Das ständige Ausweichen ging Gemma allmählich auf die Nerven. »Was wollt ihr erreichen? Welche Ziele verfolgt die Organisation? Ob sie nun klare Strukturen hat oder nicht.«

Eine Weile war es still, dann meinte Hewe: »Es wird Zeit, ernst zu werden, Jordan.«

Der schwarze Mann nickte, trotzdem dauerte es noch ein paar Augenblicke, bis er sprach.

»Man könnte uns als Untergrund bezeichnen«, begann er. »Das ist schließlich ganz passend. Wir sind ein ziemlich zusammengewürfelter Haufen, den die Abneigung gegen die Art, wie diese Stadt und die Provinz regiert werden, vereint. Du hast in den paar Tagen hier genug gesehen, um zu wissen, daß Great Newport kaum ein Hort der Freude und des angenehmen Lebens ist. Oder der Gerechtigkeit. Die Hälfte der Bewohner hat kaum genug zu essen, während andere sich der abscheulichsten Gefräßigkeit hingeben. Einige leben in Palästen, andere in Hütten – wenn sie Glück haben.«

»Und einige im Untergrund«, warf Hewe ein. »Und ein paar auf den Müllbergen über unseren Köpfen.« Er zeigte mit dem Daumen Richtung Decke.

»Wie du bereits gesehen hast, ist das Rechtssystem korrupt und drückt nach Belieben auch mal ein Auge zu«, fuhr Jordan fort. »Der Handel wird von ein paar vermögenden Leuten kontrolliert. Und Gott stehe dem bei, der es wagt, aus der Reihe zu tanzen – für das Vergnügen einer Nacht würde die Gilde glatt ihre eigenen Kinder verkaufen. Sie sehen nicht, daß die Welt ringsum ihnen bald mit großem Getöse um die Ohren fliegen wird. Und wenn das passiert, ist es für uns alle zu spät.

Wir müssen die Gilde loswerden. Das ist zwar nur ein erster Schritt, aber irgendwo müssen wir ja anfangen.«

»Und was dann?« wollte Gemma wissen.

»Wir haben Träume«, sagte Jordan ernst. »Dieses Land ist reich genug, um *allen* ein gutes Leben zu ermöglichen. Vielleicht keins im Überfluß, aber eins, das es wert ist zu leben. Wenigstens das hat die Menschheit verdient.«

»Wie wollt ihr die Gilde besiegen?« fragte Gemma vorsichtig. »Etwa durch Gewalt und Blutvergießen?«

»Gegen sie haben wir keine Chance«, antwortete Jordan. »Der Kern ist zu faul, um zu gesunden. Er muß herausgeschnitten werden.«

»Wenn wir genug sind«, fügte Hewe hinzu, »muß es nicht unbedingt zu schweren Kämpfen kommen. Selbst der Verkommenste kann gezwungen werden, das Offensichtliche zu erkennen.«

»Deshalb gehen wir mit Bedacht vor«, fuhr Jordan fort. »Wir wollen niemanden töten, obwohl wir dazu bereit wären. Eine zweite Chance werden wir nicht bekommen, wenn wir also etwas unternehmen, muß es genau das richtige sein.« Er unterbrach sich. »Es wird allerdings nicht mehr lange dauern. Ich denke, daß verstehst du jetzt auch.« Er sah sie ruhig an.

Wie sehr er sich von der zwanghaften Plaudertasche unterscheidet, die Arden im Gasthaus mit Beschlag belegt hatte, dachte Gemma.

»Du meinst, was draußen vor der Stadt passiert?« fragte sie. »Die Vorfälle, von denen du Arden erzählt hast?«

»Ja. Ich fürchte allerdings, meine Geschichten waren eher ermüdend«, fügte Jordan grinsend hinzu.

»Er hatte eine Menge anderer Dinge im Kopf.«

»Du dagegen ...« Gemmas Gesichtsausdruck brachte Jordan zum Schweigen. Sie beugte sich plötzlich vor, tauchte eine Fingerspitze ins Wasser und zeichnete etwas auf die Tischplatte – zwei Waagschalen, aus dem Gleichgewicht gebracht durch eine Art Fisch. Hewe grunzte spöttisch, als er sah, was es war.

»Ist das euer Zeichen?« fragte Gemma.

»Nein!« antwortete Jordan mit überraschender Heftigkeit. »Obwohl viele Leute fälschlicherweise dieser Ansicht sind.«

Gemma lehnte sich zurück, unerklärlicherweise enttäuscht.

»Das Zeichen hat uns in der Vergangenheit eine Menge Ärger eingebrockt«, meinte Hewe.

»Wieso?«

»Es taucht öfter an verschiedenen Orten des Verbrechens auf«, erläuterte Jordan. »Offenbar eigenen wir uns gut als Sündenbock, viele bringen uns in Gedanken mit dem Zeichen in Verbindung.«

»Und wer steckt wirklich dahinter?« fragte Gemma.

»Das wüßte ich auch gerne. Theorien gibt es jede Menge«, meinte er vergnügt, »aber keine davon macht viel Sinn.«

»Zum Beispiel?«

»Zum Beispiel die Gilde selbst, die unserem Ruf schaden will. Die Himmelsraben, aus Gründen, die nur sie selber kennen. Die Grauen Vandalen, weil die sowieso völlig irre sind. Die Leute, die jenseits der Berge im Süden leben, weil sie eine Invasion Cleves vorbereiten. Männer aus einer anderen Welt, aus irgendeinem Grund. Was weiß ich.« Jordan wartete. »Reicht das?« fragte er.

»Es reicht«, gab Gemma ihm verwirrter als zuvor recht. »Entschuldige meine Fragerei.« Sie mußte grinsen, und Jordan erwiderte ihr Lächeln.

»Sind damit alle deine Fragen über uns beantwortet?« wollte er wissen.

Wenn du nur alle meine Fragen beantworten könntest«, dachte Gemma wehmütig. Laut sagte sie, »Nicht ganz. Wo sind die anderen Mitglieder des Untergrunds?«

»Du meinst, wer gibt uns die Hoffnung, die alte Ordnung stürzen zu können?«

»Ja.«

»Es gibt nur wenige Lebensbereiche in dieser gesegneten Metropole, in denen nicht wenigstens einige Bürger zur Vernunft gekommen sind«, meinte der schwarze Mann ausweichend. »Gewöhnlich nehmen sie Kontakt zu uns auf, und nicht umgekehrt. Ob du es glaubst oder nicht, wir haben sogar ein paar Freunde in der Gilde selbst. Du wirst mir verzeihen, wenn ich dir nicht verrate, wer sie sind.« Jordan unterbrach sich. »Händler, Kunsthandwerker, viele Menschen innerhalb und außerhalb der Stadtmauern, ein paar Posten. Fanatiker, Idealisten, Reisende und Abenteurer – von allem etwas, eigentlich.«

»Und wozu gehörst du?«

»Ich?« Jordan wirkte überrascht, fing sich aber schnell. »Ich bin ein professioneller Idiot«, sagte er mit einem Grinsen. »Der um der Aufrichtigkeit willen das Unmögliche versucht.«

»Spricht du von deiner Aufrichtigkeit?«

»Von der der Menschheit.«

Gemma musterte sein lächelndes Gesicht. Sie fing an, ihn sehr zu mögen. Hinter seiner Lockerheit verbarg sich etwas, das sie respektieren konnte.

»Ihr riskiert euer Leben, hab' ich recht?« fragte sie leise.

»Wir lachen über den Tod«, verkündete Jordan theatralisch.

»Uns bleibt gar nichts anderes übrig«, fügte Hewe hinzu. »Die Scherze darüber sind grauenhaft, aber es sind die einzigen, die wir haben.« Die beiden lachten vergnügt.

»Könnt ihr nicht mal einen Augenblick lang ernst bleiben?« fragte Gemma überrascht.

»Hoffentlich nicht«, antwortete Jordan.

»Ich glaube, die junge Dame hat die Ergründung unserer Motive noch nicht abgeschlossen«, meinte Hewe mit gespieltem Ernst. »Nächste Frage bitte.«

Sie sahen Gemma erwartungsvoll an, dann platzten sie fast vor Lachen. Sie machten ein derart unterwürfiges Gesicht, daß Gemma beim besten Willen nicht ernst bleiben konnte.

»Ihr beide gehört auf die Bühne«, rief sie. »Was für eine Nummer!«

Jordan und Hewe sahen sich an.

»Ich wußte, daß wir sie irgendwann auf unserer Seite haben würden«, meinte der große Mann.

»Das liegt an unserem Charme«, entgegnete der andere. »Eigentlich ganz einfach.«

»Ihr Idioten!« lachte Gemma.

»Aber professionelle Idioten!« räumte Jordan ein.

Eine Zeitlang sagte niemand etwas, dann wurde Gemma wieder ernst und versuchte es nochmal.

»Geht der Untergrund auch über die Stadtgrenzen hinaus?« fragte sie.

»Ja.«

»In allen Schichten der Bevölkerung?«

»Ja.«

»Und die Grauen Vandalen?«

Das traf eine empfindliche Stelle. Jordans Blick wurde kalt. Er sah sie nachdenklich an.

»Einige der Vandalen waren früher mit uns befreundet«, erklärte er. »Wenigstens erkennen sie, daß etwas nicht in Ordnung ist, aber sie machen die Falschen verantwortlich dafür.«

»Die meisten von ihnen sind völlig verrückt«, fügte Hewe hinzu. »Sie wären zu nichts zu gebrauchen, selbst wenn wir ihre Hilfe wollten.«

Dahinter steckt noch viel mehr, entschied Gemma, während sie ihre untypisch vorsichtigen Mienen musterte. Sie hatte noch jede Menge Fragen.

»Bist du der Führer des Untergrundes?« fragte sie und sah dabei Jordan an.

»Nein«, antwortete er.

»Doch«, widersprach Hewe.

Jordan zuckte mit den Achseln. »Wie jeder andere auch, nehme ich an. Ist das so wichtig?«

»Ich bin nur neugierig«, sagte sie.

»Haben wir schon gemerkt.«

»Ist das verkehrt?«

»Nein. Ganz im Gegenteil«, erwiderte Jordan. »Das ist ein Zug, der alle intelligenten Menschen auszeichnet. Sogar uns.«

»Es wird langsam Zeit ...« begann Hewe.

»... daß du uns von dir erzählst«, brachte Jordan den Satz zu Ende. »Bist du tatsächlich eine Hexe?« wollte Hewe wissen.

25. KAPITEL

»Wenn, dann solltet ihr euch besser in acht nehmen«, sagte Gemma. »Ihr könntet den Rest des Tages als Frösche verbringen.«

Hewe schreckte in gespieltem Entsetzen zurück.

»Das ist also der Dank dafür, daß ich dich gerettet habe«, beschwerte er sich.

»Wollt ihr jetzt meine Geschichte hören oder nicht?« fragte Gemma mit einem Lächeln.

»Natürlich wollen wir«, erwiderte Jordan.

Gemma erzählte also ihre Geschichte. Sie erwähnte ihren ursprünglichen Impuls, nach Süden zu reisen, die katastrophale Reise sowie ihre Rettung durch Arden und konzentrierte sich auf ihre Ankunft in Newport.

»Solche Geschichten interessieren mich«, meinte Jordan beiläufig.

»Arden ist ein guter Redner«, meinte Hewe dazu, »trotzdem wäre die Sache um ein Haar gescheitert. Diese Gänse haben ihm sehr geholfen.«

»Du hattest nicht zufällig etwas damit zu tun?« fragte Jordan, den Blick auf Gemmas Gesicht geheftet.

Sie zögerte.

»Wieso fragst du?« erkundigte sie sich nach einer Weile.

»Nur so eine Idee.«

»Ich bin nicht sicher«, sagte sie und beantwortete seine ursprüngliche Frage. »Ich glaube ja, aber manchmal kommt mir das alles absurd vor.« Sie beschrieb ihre Gefühle in diesem Augenblick so gut es ging und sah, wie die beiden Männer Blicke tauschten. »Aber ich überspringe zu viel«, fügte sie hinzu. »Davor ist noch eine Menge passiert.«

Gemma erzählte, wie sie sich im Gasthaus gelangweilt hatte und sie schließlich von Mendle gefangen worden war. Jordan und Hewe fragten sie genau nach den Ereignissen aus, die der Versteigerung vorausgingen, jede Einzelheit wollten sie wissen, doch Gemma erklärte, ihre Erinnerung an diese Zeit sei recht verschwommen. Und sie erzählte ihnen auch, warum.

»Drachenblumen!« rief Hewe überrascht. »Er hat wirklich nichts riskiert.«

»Eigentlich doch«, erwiderte Gemma und erzählte ihnen von der Versteigerung und den dramatischen Ereignissen, die zu ihrem Abbruch geführt hatten.

»Bei den Göttern!« meinte Hewe atemlos. »Und *du* meinst, wir gehörten eigentlich auf die Bühne.«

»Das hast du alles getan?« fragte Jordan noch einmal nach. »Alleine?«

»Was genau, weiß ich selber nicht«, meinte Gemma. Sie brachte es nicht über sich, das Wort ›Magie‹ zu benutzen, denn sie dachte daran, wie empfindlich Arden darauf reagiert hatte. »Ich weiß nicht, wie es dazu kam oder was genau passiert ist, aber ich war dafür verantwortlich. Dessen bin ich sicher.«

»Ich wäre zu gerne dabei gewesen«, meinte Jordan.

»Zum Glück warst du nicht dabei«, entgegnete sie. »Du scheinst mir nicht der Typ zu sein, der Sklaven hält.«

»Danke«, erwiderte er, seinen Kopf verneigend.

»Danach stand fest«, fuhr sie fort, »daß ich mich verkleiden mußte.«

»Verständlich«, meinte Hewe trocken.

»Und dabei habe ich dich im Gasthaus kennengelernt.« Jordan nickte wie zur Bestätigung, und Gemma wartete einen Augenblick. »Was du an dem Abend erzählt hast, was hatte das eigentlich zu bedeuten?«

»Darüber reden wir später«, antwortete er. »Jetzt erzähl erst mal, wie du die Dinge siehst.«

»Viel gibt es nicht mehr zu erzählen«, meinte sie. »Von der Vorverhandlung und den Gänsen wißt ihr bereits.«

»Und von der darauffolgenden Feier«, meinte Hewe grinsend. »Da warst du vermutlich wieder Pazia.«

Gemma nickte. »Warst du auch da?«

»Der Untergrund hat seine Augen überall«, verkündete Jordan melodramatisch. Gemma sah ihn an. »Naja, fast überall«, gestand er.

»Wenigstens in den meisten Gasthäusern«, fügte Hewe hinzu.

»Das überrascht mich nicht«, lachte Gemma. »Naja, und danach blieb nichts weiter, als auf die eigentliche Verhandlung zu warten. Auf heute. Ich glaube, nach dem Urteilsspruch bin ich durchgedreht. Einen Augenblick lang wußte ich nicht mehr, was ich tat.«

»Ich bin überrascht, daß du den Laden nicht niedergebrannt hast«, bemerkte Hewe.

»Hätte ich vielleicht sogar! Aber ich bin noch rechtzeitig wieder zu Sinnen gekommen und konnte fliehen – knapp. Ich bin immer weitergelaufen – und hier gelandet«, schloß Gemma.

»Spratt und die Kinder haben sie entdeckt, als sie von der Rattle Alley heruntergeklettert kam«, meinte Hewe zu Jordan. »Dann haben sie sie zu mir gebracht.«

»Zeig ihnen, daß wir zufrieden mit ihnen sind«, forderte ihn der schwarze Mann auf.

»Leben diese Kinder wirklich auf der Halde?« fragte Gemma.

»Mal hier, mal da. Mach dir um sie keine Sorgen – sie wissen, wie man überlebt. Du scheinbar auch.«

»Genau das meint Arden auch«, antwortete Gemma verlegen. »Aber jedesmal verdanke ich anderen mein Überleben.«

»Das gehört dazu«, warf Jordan ein. »Man muß wissen, wen man sich zunutze machen, wem man vertrauen kann.«

»Mir zum Beispiel«, fügte Hewe hinzu. Er breitete seine Hände aus. Sein Gesicht war ein Bild der Unschuld, als er zu einem imaginären Publikum sprach: »Würdet ihr diesem Mann in ein Loch in der Erde folgen?«

»Ich hatte keine Wahl«, meinte Gemma schmunzelnd.

»Stimmt. Aber warum deshalb die hohe Meinung verderben, die ich von mir habe?«

Vom Tunnel her waren Schritte zu hören. Hewe erstarrte und lauschte. Als es an der Tür klopfte, im gleichen Rhythmus wie zuvor, trat er hinter den Spion, dann entriegelte er die Tür und öffnete sie. Davor stand Paule. Hewe sagte etwas zu ihm, dann ging er wieder. Hinter ihm verbarg sich Arden, der daraufhin in den Raum trat. Er sah sich argwöhnisch um und blinzelte im Schein der Lampe. Gemma stand auf und wartete darauf, daß er sie umarmte, doch Arden sah sie nur flüchtig an, ohne sie zu begrüßen. Dann sah er Jordan.

»Wer bist du?« fragte er schroff.

»Das sind Freunde«, erklärte Gemma schnell. »Sie haben mich vor den Posten versteckt.«

Arden sah sie erneut an. Sein Gesichtsausdruck blieb starr wie zuvor.

»Wärst du nicht so *dumm* gewesen, wäre das nicht nötig gewesen«, fuhr er sie an.

»Du tust deiner Freundin unrecht«, flocht Jordan ruhig ein.

»Und was weißt du davon?« fuhr Arden ihn an. Jordan hielt seinem Zorn gelassen stand.

»Gemma war bestürzt über das, was vor Gericht geschehen ist«, meinte er, »und hat ihren Natur gemäß reagiert. Daß sie dabei demaskiert wurde, war reines Pech – das kannst du ihr nicht vorwerfen.«

»Ah, ein Experte, was?« meinte Arden sarkastisch. »Laß dir eins gesagt sein, mein Freund, diese Frau macht nichts als Ärger!« Er zeigte auf Gemma, sah aber immer noch Jordan an. »Seit sie hier ist, ist mein Leben ein Chaos. Und das ist ihre *Natur*. Pech hat damit nichts zu tun.« Er spie die Worte aus, als seien sie Gift – und für Gemma waren sie das auch. Sie spürte, wie etwas in ihr zusammenschrumpfte. Der Verstand sagte ihr, daß ihn das Urteil schwer mitgenommen hatte und er jetzt versuchte, seinen Schmerz an anderen auszulassen. Trotzdem, was auch immer seine unbewußten Motive sein mochten, seine Worte waren schmerzlich, und das um so mehr, als sie genau wußte, daß sie auch ein Körnchen Wahrheit enthielten.

»Immer mit der Ruhe«, brummte Hewe.

Arden wirbelte herum, und einen Augenblick lang glaubte Gemma, er wollte auf den kräftigen Mann losgehen, doch er hielt sich klugerweise zurück. Statt dessen ließ er die Schultern hängen, und Gemma sah, daß sein Ärger teilweise verflogen war. Er drehte sich wieder zu ihr um.

»Wieso hast du das getan?« Die ruhige Frage hatte etwas Gequältes.

»Ich konnte nicht anders«, erwiderte sie. »Entschuldige bitte.«

Jordan war während der Auseinandersetzung sitzen geblieben, jetzt stand er auf und bot Arden seinen Platz an. »Wein?« fragte er. Arden nickte, und man füllte vier Gläser. Jordan meinte: »Die Verhandlung war abgesprochen.«

»Meinst du, ich wüßte das nicht?« erwiderte Arden verbittert mit gesenktem Blick. »Ich glaube, ich weiß sogar, warum.«

»Reine Augenwischerei«, fuhr der andere fort. »Dein Fall hat bei den Bürgern großen Eindruck gemacht, doch die Gilde hatte nicht die geringste Absicht, die Kosten zu bewilligen, um deiner Eingabe nachzukommen. Also hat man die Verhandlung so eingerichtet, daß Lunkett sein Mitgefühl demonstrieren konnte, obwohl er nichts dagegen hatte, das Gesetz zu beugen.«

Arden nickte matt, aber Gemma rief ungläubig: »Das ganze Ritual war reine Show?« Solch hinterhältige Grausamkeit war für sie unfaßbar.

»Wenn man hier so lange lebt wie ich«, antwortete Jordan, »sind solche Dinge keine Überraschung mehr.«

Eine Weile herrschte Schweigen.

»Was willst du jetzt machen?« fragte Hewe schließlich, und Arden sah von seinem Wein auf.

»Wenn die Stadt nicht hilft, muß ich es tun«, verkündete er ohne allzugroße Überzeugung. »Ich werde die Quelle finden und einen Weg, wie man den Fluß umleiten kann.« Es klang wie ein auswendiggelerntes Zitat.

»Na dann viel Glück«, meinte Jordan.

»Ich kann es gebrauchen.« Dann kam ihm ein neuer Gedanke. »Könnten mir deine Leute vielleicht helfen?«

»Ich fürchte, wir haben schon genug eigene Probleme«, erwiderte Jordan voller Mitgefühl. »Das Umleiten von Flüssen ist nicht gerade unser Lebenszweck, außerdem haben wir niemanden, der weiß, wie man so etwas anfängt.«

Arden nickte und versank noch tiefer in Mutlosigkeit.

Nach einer weiteren Pause meinte Jordan: »Es gibt jedoch noch eine Möglichkeit.«

»Welche?«

»Du könntest dich uns anschließen und uns dabei helfen, die Gilde zu besiegen. Dann –«

»Das kann Jahre dauern«, unterbrach Arden ihn. »Bis dahin sind das Tal und alle, die dort leben, tot.«

»Was ist mit dir Gemma?« fragte Jordan. »Deine Fähigkeiten könnten wir bestimmt gut gebrauchen.«

»Ich?« Gemma war überrascht und suchte bei Arden nach Hilfe, doch der starrte bloß über den Rand seines Glases ins Nichts. »Ich wäre wohl eher eine Last.«

»Anfangs vielleicht«, gab Jordan ehrlicherweise zu. »Aber wir müssen über den Zeitpunkt hinausblicken, wenn wir in dieser Stadt wieder für Recht gesorgt haben.« Er grinste zu Hewe hinüber. »Du hast es gesehen, das weiß ich. Mit der Welt stimmt einiges nicht, und um diese Probleme zu lösen, brauchen wir jede Hilfe, die wir bekommen können.«

»Wenn ihr so lange hier gelebt habt«, fragte Gemma nachdenklich, »woher wollt ihr das dann alles wissen?«

»Weil ich eine Art Reisender bin.« Jordan lächelte. »Wir haben unsere Augen überall.«

»Was soll das heißen?« fragte sie.

»Das ist die Schwierigkeit – wir wissen es nicht. Was meinst du?«

Worte und Bilder tauchten vor Gemmas innerem Auge auf. Der Fischer bei der Vorverhandlung: *Die Götter mögen meine Zeugen sein, aber das war Hexerei. Was sonst?* Der blaugewandete Fanatiker: *Die Welt bricht auseinander.* Jordan selbst im Gasthaus: *Die ganze Welt wird verrückt.* Ihr drehte sich der Kopf, als weitere Visionen auftauchten. Himmelsraben, die kreischend über das Firmament ziehen; der Ruf eines Grauen Vandalen: »Tod der Teufelsbrut!«; ein grauer Monolith, über den blaue Flammen zucken; vorüberhuschende Elementale; eine Bühne, die explosionsartig in Flammen aufgeht; *etwas*, das sie aus dem fernen Süden ruft; Inseln, die verschwinden; Flüsse, die vertrocknen. *Die Magie läßt nach.*

»Es ist, als ...« begann sie zögernd, »als wäre dies alles

Teil eines Ganzen, das zu groß ist, um es zu verstehen.« Sie schwieg. »Nichts davon macht Sinn. Wie können wir hoffen, es zu korrigieren, wenn wir nicht einmal erkennen, was falsch ist?«

»Wir müssen es eben versuchen«, meinte Jordan. »Informationen sammeln. Deswegen können Leute wie Arden so wichtig für uns sein.«

Arden sah auf, als sein Name genannt wurde.

»Wovon sprecht ihr?« wollte er wissen.

»Über den Unsinn, vor dem du gestern Abend nicht schnell genug fliehen konntest«, antwortete Jordan.

Offenbar wurde Arden jetzt wach. »*Bitte,* redet ihr bloß nicht wieder dieses Zeug ein! Feuerwände und andere Welten, sterbende Sonnen und Wahnsinn. Demnächst preist ihr noch die Vorzüge der Magie!« fügte er sarkastisch hinzu.

»Du hast selbst gesagt, das Tal sei ein Ort der Magie«, warf Gemma ein.

»Das ist etwas anderes.«

»Wieso?«

Sie starrten sich schweigend an.

»Ich glaube, das Tal ist wichtig«, meinte Jordan leise. »Vielleicht können wir dort alle noch etwas lernen. Ich würde es sehr gerne besuchen.« Gemma stimmte heftig nickend zu.

»Dann solltest du dich beeilen.« Arden war verbittert.

»Aber Arden, es gibt noch so viele Rätsel in dieser Welt«, fuhr Jordan fort.

»Nicht für mich«, erwiderte der andere hartnäckig.

»Dann geh zurück ins Tal. Tu für sie, was du kannst«, fuhr der Schwarze fort. »Aber gleichzeitig mußt du uns helfen. Du kannst uns Informationen schicken – über alles und jeden. Die seltsamen Dinge, die du siehst. Mit der Zeit wird sich alles aufklären.«

Arden dachte eine Zeitlang nach.

»Also gut«, meinte er endlich. »Ihr habt Hilfe verdient, wenn ihr die stinkenden Bastarde vertreiben wollt, die diese Stadt regieren.«

»Danke. Willst du schon bald aufbrechen?«

»Je früher, desto besser«, erwiderte der Reisende.

»Wir können deine Pferde in einer Stunde zum Osttor schaffen«, erläuterte Jordan. »Gepackt und startbereit.«

»Gut«, sagte Arden. »Das wäre nicht schlecht.« Er klang beeindruckt.

Jordan wandte sich an Gemma.

»Was willst du tun?« fragte er. »Ich möchte noch immer, daß du bleibst und uns hilfst.«

»Was?« Arden sah vom einen zum anderen, Überraschung und Bestürzung in den Augen.

»Gemma verfügt über gewisse ... Fähigkeiten«, meinte Jordan beiläufig, »ob du das glaubst oder nicht.«

»Tut das nicht!« Arden schien auf einmal verzweifelt. »Es wird ihr weh tun!«

»Sie kann von Nutzen für uns sein.« Das schwarze Gesicht blieb ungerührt. »Dessen bin ich sicher.«

Arden wandte sich an Gemma. »Ich nehme an, das ist es, was du willst«, sagte er.

Wirklich? fragte sich Gemma. *Wenigstens nehmen mich diese Männer ernst. Andererseits würde ich so gerne das Tal sehen – außerdem muß ich immer noch nach Süden. Aber vielleicht sollte ich hier helfen ...*

Als er sah, daß sie noch immer schwieg, stand Arden auf und ging zur Tür.

»Also, ich gehe jedenfalls zurück in das Tal«, erklärte er. »Kommst du nun mit oder nicht?«

Gemma zögerte, dann warf sie Jordan einen entschuldigenden Blick zu.

»Ich komme mit«, beschloß sie.

26.
KAPITEL

Wie Jordan versprochen hatte, warteten die Pferde gleich außerhalb der Stadtmauer. Arden sah schnell nach Halfter und Ausrüstung und bedankte sich bei dem Jungen, der sie versorgt hatte. Der Junge verschwand ohne ein Wort, und die Reisenden brachen auf. Langsam ritten sie durch das Gewirr aus behelfsmäßigen Hütten, doch diesmal wurden sie nicht mit Argwohn oder neidischen Blicken empfangen. Zu ihrer Verwunderung lächelte man ihnen gelegentlich sogar zu. Offenbar reichte Jordans Unterstützung bis vor die Mauern von Great Newport.

Sie vermieden die aus der Stadt führenden Hauptstraßen, erreichten den Rand der Barackensiedlung und ritten über offene Steppe, Richtung Südosten. »Haltet euch etwa drei Meilen weit von der Küstenstraße fern«, hatte Hewe ihnen geraten. »Danach ist die Chance gering, daß ihr auf eine Patrouille stoßt – sie entfernen sich nicht gerne weit von ihrem Mittagessen.«

Als sie die engen Wege hinter sich hatten, war die Versuchung groß, ihre Pferde in einen Galopp fallen zu lassen, um die widerwärtige, bedrohliche Stadt so schnell und so weit wie möglich hinter sich zu lassen. Sie hielten sich jedoch zurück, denn es wäre vermutlich dumm oder gar gefährlich, jetzt die Aufmerksamkeit auf sich zu lenken. Sie waren schon so vielen Fallen aus dem Weg gegangen, außerdem wären Lark und Mischa nicht gerade begeistert, wenn sie schon zu Beginn einer langen und harten Reise so hart arbeiten müßten. Trotzdem, mit jedem Schritt, der sie weiter von Great Newport entfernte, stieg ihre Stimmung. Sie waren frei!

Dies verdankten sie zum großen Teil Jordan und seinen Freunden. Nachdem der Entschluß, aufzubrechen, einmal gefallen war, hatte man Arden und Gemma ein Stück weit durch das riesige Untergrundnetz unterhalb der Stadt geführt und war schließlich in einer Hütte hinter dem Osttor zum Vorschein gekommen. Die Existenz der wenigen Tunnel, die unter der Stadtmauer hindurchführten, war ein wohlgehütetes Geheimnis, und zwar eins, das eine führende Rolle spielen würde, sollten Jordans Pläne jemals Früchte tragen.

Durch die Wahl ihres Fluchtweges waren sie natürlich möglichen Schwierigkeiten mit den Torposten aus dem Weg gegangen. Es wäre fürchterlich riskant gewesen, ihren unerlaubten Aufenthalt in der Stadt erklären und Gemmas Identität verheimlichen zu wollen. Jordan meinte, es wäre eventuell zu arrangieren gewesen, aber nicht derart kurzfristig. »Schließlich haben auch meine Möglichkeiten ihre Grenzen!«

Jetzt ritten sie schweigend mit dem Ziel, den Rest des Tages ein gutes Stück voranzukommen. Beide waren mit ihren eigenen Gedanken beschäftigt, doch nach einer Weile, als sie sich an die Bewegungen der Pferde gewöhnt hatten, drehte Gemma sich um und blickte in den Himmel.

»Was dort wohl passiert?« überlegte sie leise, nachdenklich. Auch Arden drehte sich um.

»Hoffentlich brennt sie nieder«, erwiderte er mürrisch. Einen Augenblick später merkte er, was er gerade gesagt hatte, und mußte lachen. Ein entspanntes Lächeln huschte über Gemmas Gesicht. »Vielleicht hätte ich dich dort lassen sollen«, meinte er. »Du hattest doch schon ganz gut angefangen.«

»Ich wäre fast geblieben«, meinte Gemma leise.

»Ich weiß.« Kurz darauf fügte er hinzu, »Bedauerst du, daß du abgereist bist?«

»Irgendwie ja.«

Sie ritten schweigend weiter. Arden verheimlichte ihr, wie sehr ihn ihre Worte verletzt hatten. Als die Sonne unterging, glaubte Gemma einen schwachen blauen Lichtkranz an ihrem Rand zu sehen, entschied aber, es sei nur Einbildung. Sie blickte fort, und Punkte tanzten vor ihren Augen.

»Ich will dir wirklich nicht mißtrauen, Gemma«, meinte Arden plötzlich mit einem flehenden Unterton. »Nur gibt es bereits zu viele *reale* Dinge in dieser Welt, um die ich mich kümmern muß. Ich werde nie an deine Zauberei glauben können, solange ich keine Beweise gesehen habe. Das verstehst du doch, oder?« Er sah sie an, einen flehenden Blick in den grünen Augen.

Überrascht über seinen Ausbruch antwortete Gemma eine Weile nicht. Schließlich meinte sie: »Ich verstehe es. Aber das macht es auch nicht leichter.«

»Möchtest du ... möchtest du zurück?« fragte er zögernd.

»Nein. Ich möchte das Tal sehen. Es ist wichtig – das hat sogar Jordan erkannt«, meinte Gemma. Außerdem muß ich immer noch nach Süden. Die Sehnsucht ist immer noch da.« Im stillen fügte sie hinzu: *Außerdem möchte ich mit dir gehen.*

»Ganz bestimmt?«

»Ja. Willst du nicht, daß ich mitkomme?« Sie lachte. Ihr selber kam es schrill und unsicher vor, doch Arden grinste glücklich.

»Natürlich will ich das. Was ich da vorhin gesagt habe, das war alles gar nicht so gemeint. Ich war nur verärgert über diesen lächerlichen Prozeß.«

»Schon gut, ich mache dir keinen Vorwurf«, antwortete sie. »Bis jetzt habe ich dir nichts als Ärger gemacht, und wahrscheinlich wird sich das nicht ändern. Ist dir das klar?«

»Ich wäre enttäuscht, wenn es anders käme«, antwortete er überglücklich, und sie lächelten sich an.

Die Blume in Gemmas Herzen, die in dem unterirdischen Zimmer zu welken begonnen hatte, erwachte zu neuer Blüte.

In dieser Nacht schlugen sie ihr Lager neben einem kleinen Teich auf.

»Am liebsten würde ich ihn mitnehmen«, meinte Arden versonnen, während er den Blick über das stille Wasser schweifen ließ.

Am nächsten Tag erreichten sie die Abtei und einigten sich, dort Rast zu machen, obwohl es noch mehrere Stunden Tageslicht gab. Arden war mittlerweile überzeugt, daß ihnen niemand folgte, und so beschlossen sie, die Gastfreundschaft der Brüder nach Kräften auszunutzen, bevor sie die beschwerliche Reise durch die Diamantenwüste antraten.

Die unheimliche Stille der uralten Gemäuer ging Gemma wieder ziemlich an die Nerven, doch diesmal spürte sie den Frieden, der sich dahinter verbarg, und da sie wußte, was sie erwartete, empfand sie es diesmal nicht als ganz so schwere

Prüfung. Früh am Morgen brachen sie auf, ritten jedoch langsam, machten häufig Rast, besonders während der heißesten Tageszeit. Arden hatte wieder etwas von dem feurigen Schnaps der Brüder gekauft, trank diesmal jedoch nicht davon.

»Den heben wir uns auf, bis wir die Wüste hinter uns haben«, erklärte er. »Das ist kein guter Ort, sich zu betrinken.«

Als wollte sie seine Worte bekräftigen, hielt die Wüste am selben Abend für Gemma eine neue Überraschung bereit. Sie hatten noch am Rand der kargen Ebene ihr Lager aufgeschlagen, um die letzten Reste von Grün auszukosten, und saßen schweigend an ihrem Feuer, als die Pferde nervös zu stampfen und zu schnauben begannen.

»Was haben sie denn?« fragte Gemma.

Arden zuckte mit den Achseln und ging nachsehen. Gemma hörte, wie er leise auf die Pferde einredete, um sie zu beruhigen. Dann fuhr sie auf, als er plötzlich laut fluchte und schrie: »Pack alles zusammen! Schnell! Wir ziehen weiter!«

»Was ist passiert?« rief sie zurück, während sie damit begann, Sachen in die Satteltaschen zu stopfen. Arden kam, die Pferde führend, zurück und half ihr beim Packen. Hastig belud er die Reittiere mit den weit aufgerissenen Augen.

»Was ist los?« fragte sie erneut. Seine verbissene Hast machte ihr Angst.

Als Antwort nahm Arden einen Ast aus dem nahen Feuer. Als er den brennenden Scheit fortschleuderte, tanzten Dutzende winziger Flammen über den Erdboden.

Und der Erdboden bewegte sich.

Im flackernden Schein der rasch verglühenden Feuer sah Gemma, daß der Boden unter einer Masse von krabbelnden Wesen verdeckt war. Sie waren ungefähr so groß wie ihre Hand und sahen aus wie eine Kreuzung zwischen einer Spinne und einem Krebs. Ihre Schwänze krümmten sich über den Rücken und endeten in einem giftigen Stachel. Sie waren ekelhaft. Gemma schüttelte sich hilflos.

»Was ist denn das?« flüsterte sie, wie hypnotisiert von

ihrem leise knisternden Angriff. Ihr unartikuliertes Quieken bohrte sich schmerzhaft in ihren Kopf.

»Später«, meinte Arden knapp. »Gehen wir.« Er hob sie in den Sattel und bestieg Lark. Die Pferde brauchten zum Aufbruch nicht gedrängt zu werden, und kurz darauf lag der Horror weit hinter ihnen.

»Wir können jetzt im Bogen zurückreiten«, meinte Arden. »So gehen wir ihnen aus dem Weg.« Sie kehrten um und ritten in einem gemächlicheren Tempo weiter.

»Was war das?« fragte Gemma noch einmal.

»Skorpione. Gewöhnlich ziehen sie zu zweit oder dritt umher, und dann kann man recht leicht mit ihnen fertigwerden. Manchmal aber rotten sie sich zusammen und ziehen zu Hunderten umher, wie eben. Kein Mensch weiß, warum. Dann bleibt einem nichts übrig, als ihnen aus dem Weg zu gehen.«

»Sind sie giftig?« fragte Gemma.

»Ja«, antwortete Arden und bestätigte damit ihre Vermutung. »Ein Stich ist sehr schmerzhaft, auch wenn er einen nicht umbringt. Wenn es mehrere sind ... gut, daß wir nicht schon geschlafen haben.«

»Machen sie immer solche Geräusche?«

Arden war fassungslos. »Was für Geräusche?« fragte er.

»Dieses Quieken«, antwortete Gemma. »Hast du es nicht gehört?«

»Nein.« Er war verwirrt, sagte aber nur: »Jetzt können wir die Richtung wieder ändern. Wir werden in Kürze hinter ihnen sein, dann können wir uns etwas erholen.«

Gemma beugte sich vor und fuhr mit der Hand durch Mischas Mähne. »Danke, daß du uns gewarnt hast«, sagte sie leise. Das Pferd neigte leicht den Kopf.

»Das bedeutet ›bitte‹«, meinte Arden lachend. »Die beiden waren nicht gerade scharf darauf, dort zu bleiben.«

Sie schlugen erneut ihr Lager auf, doch es dauerte eine Weile, bis sie einschliefen, obwohl Arden wiederholt versicherte, daß sie nach dem Abzug der Skorpione vollkommen sicher seien. Sie schreckten jedesmal hoch, wenn die Pferde stampften oder schnauften.

In dieser Nacht passierte jedoch nichts mehr, und am Morgen brachen sie zur Durchquerung der Wüste auf. Am späten Nachmittag des nächsten Tages entdeckte Arden den Monolithen. Er zeigte ihn Gemma und meinte: »Das bedeutet, wir haben die Hälfte hinter uns und sind genau auf dem richtigen Kurs.«

»Wieso kannst du so genau den Kurs halten?« fragte sie mit Blick auf die nichtssagende Landschaft ringsum.

»Durch die Sonne – auch durch die Sterne, solange man sie sehen kann«, antwortete er. »Aber zum größten Teil dank meines Naturtalents.«

»Wie ich sehe, macht sich deine alte Bescheidenheit wieder bemerkbar«, meinte sie grinsend.

»Ich bin hier ebenso zu Hause wie überall sonst«, bemerkte Arden. Er klang ernst. »Hier draußen verstehe ich das Leben. Was wichtig ist und was nicht.«

»Wohingegen du in der Stadt nur ein armer, verwirrter Junge vom Land bist«, sprach Gemma den Satz für ihn zu Ende.

»Soweit würde ich nicht gehen«, gab er grinsend zurück. »Sollen wir heute unser Nachtlager in der Nähe des Monolithen aufschlagen – im Gedenken an alte Zeiten?«

»Ja«, antwortete sie sofort, froh darüber, daß er es zuerst vorgeschlagen hatte. Arden war zu sehr mit der Erinnerung an ihre erste Begegnung beschäftigt, um ihre Begeisterung zu bemerken. Irgendetwas an seiner Stimmung berührte Gemma, und nach ein paar Augenblicken des Schweigens meinte sie: »So lange ist das gar nicht her, oder?«

»Nein, ist es wohl nicht.« Er sah sie an. »Kommt mir aber viel länger vor.«

Gemma beschloß, seine Bemerkung nicht so ernst zu nehmen.

»Schleppt sich die Zeit in meiner Gegenwart etwa so schwer dahin«, fragte sie gereizt.

»Eigentlich kommt es mir vor wie gestern.« Arden versuchte, ihrem gespielten Ärger mit ebensowenig überzeugender Schüchternheit zu begegnen.

»Hast du das *alles* vergessen?« erwiderte sie.

»So viel wie möglich jedenfalls!«

»Der Mann hat Nerven!« meinte sie empört zu Mischa.

»Ich gebe auf«, meinte Arden zu Lark. »Frauen. Nie sind sie zufrieden.«

Als wollten sie ihre Zustimmung bekunden, neigten beide Pferde den Kopf, und ihre Reiter lachten lauthals los. Doch sowohl Arden als auch Gemma spürte hinter den Späßen und Wortgefechten unausgesprochene Botschaften.

Inzwischen hatte sie der stete Schritt der Pferde dem Monolithen immer näher gebracht, und Gemma fühlte eine erwartungsvolle Spannung in sich aufsteigen, gemischt mit ein wenig Angst. Beim letztenmal hatte dieser Ort einen neuen Anfang markiert – fast eine zweite Geburt. Was würde er diesmal bringen?

Bei Sonnenuntergang schlugen sie das Lager auf, und wieder sah Gemma ein blaues Flackern am Rand der goldenen Scheibe. Sie zeigte es Arden und fragte ihn, ob er es auch sähe. Er nickte und machte ein verdutztes Gesicht.

»Was glaubst du, was das ist?«

Arden zuckte mit den Achseln. »Wer weiß?« meinte er und drehte sich um. »Im Augenblick interessiert mich das Abendessen mehr.«

Damit, dachte Gemma, *wäre diese Unterhaltung gestorben.*

Nach dem Essen saßen beide am Feuer und legten kleine Zweige aus Dornengestrüpp nach. Arden holte den Schnaps aus der Abtei hervor und füllte ihre Becher mit einem großzügigen Schluck.

»Ich dachte, die Wüste sei kein guter Ort, sich zu betrinken«, meinte Gemma.

»Nur bei Antritt einer Reise oder wenn man sich schon verlaufen hat«, erwiderte er. »Beides trifft auf uns nicht zu. Und du hast die ganze Nacht, um dich davon zu erholen.«

»Ich? Und was ist mit dir? Du mußt den Kurs halten.«

»Starke Getränke machen mir nichts«, antwortete er lässig. »Eigentlich traurig. Bestimmt verpasse ich ein großes Vergnügen.« Er machte ein lächerlich trauriges Gesicht, aber seine Augen funkelten.

»So habe ich das nicht gemeint«, erwiderte Gemma schmunzelnd. »Wenn ich mich recht erinnere, habe ich dich eines Abends in Newport ins Bett bringen müssen.«

»Was! Vollkommen ausgeschlossen!« rief er.

Gemma wußte nicht, ob er noch Spaß machte oder ob er sich tatsächlich nicht an das Ende der Feier im Gasthaus erinnern konnte, und beschloß, ihn auf die Probe zu stellen.

»Aber es stimmt. Wußtest du, daß du ein birnenförmiges Muttermal auf deinem –«

»Das reicht!« Arden schnitt ihr das Wort ab. »Trink«, befahl er und hob seinen Becher. Sie gehorchte schmunzelnd und sah ihn über den Rand des Bechers an, als sie an der brennenden Flüssigkeit nippte. Sie tranken eine Weile schweigend, dann warf Arden ein paar Zweige ins Feuer. Sie knackten und rauchten kurz, dann fingen sie Feuer.

»Das Angebot steht noch – wann immer du die Arbeit willst«, sagte er leise.

»Ich werde es mir merken«, erwiderte sie. Sie versuchte, ihren beiläufigen Ton beizubehalten, merkte aber bald, daß sie sich nicht mehr auf ihre Stimme verlassen konnte. *Worauf wartest du noch?* fragte sie sich. *Du kannst deine Gefühle nicht leugnen, und offensichtlich geht es ihm ganz genauso. Sag was!* Aber es kam nichts.

»Möchtest du noch?« fragte Arden und hielt ihr die Flasche hin.

Gemma nickte. Sie haßte sich für ihr Schweigen. Eine Zeitlang war das einzige Geräusch das Knacken des Feuers.

»Ich ... ich bin nicht sehr gut ...«, fing sie endlich an. »Ich weiß nicht, wie man mit solchen Situationen umgeht.« Es klang lahm, Arden schien trotzdem zu verstehen.

»Schon gut«, meinte er. Es klang alles andere als verletzt. »Ich bin selber nicht gerade ein Experte.«

»Aber –«

»Kein Wort über die Tanzmädchen!« befahl er. »Zu deiner Information, ich war noch nie in einer solchen Lage.« Er schwieg. »Hat dir schon mal jemand gesagt, wie wunderschön du bist?«

Ich? Gemma war verblüfft. Als sie nicht antwortete, fuhr

Arden fort: »Hier sitzen wir nun, allein unter dem Wüstenhimmel, haben genug Sterne über unseren Köpfen für ein Dutzend Liebeslieder, genug zu trinken, um sämtliche Hemmungen abzulegen, und dann wissen wir beide nicht, was wir daraus machen sollen! Entspann dich einfach, Gemma, und genieße den Augenblick. Das tue ich auch. Ich glaube, ich bin gestorben und im Himmel.«

»Wo?«

Arden lachte. »Ich versuche, romantisch zu sein, und dich interessieren bloß die nackten Tatsachen! Nach Ansicht der Mönche ist der Himmel der Ort, in den man nach seinem Tod gelangt – vorausgesetzt, man hat rechtschaffen gelebt und die Götter nicht beleidigt.«

»Oh.«

»Mach nicht so ein besorgtes Gesicht«, fuhr er fort. »Noch zieht mich nichts dorthin.«

»Das habe ich nicht –«

»Ich weiß«, unterbrach er sie. »Mach dir trotzdem keine Sorgen.« Er stand auf, ging vor ihr in die Hocke und legte ihr sanft seine braunen Hände auf die Schultern. »Wir haben viel Zeit.« Er küßte sie zärtlich auf die Stirn und stand wieder auf. »Ich muß vor dem Schlafen noch nach den Pferden sehen«, bemerkte er, drehte sich um und ging. Gemma sah ihm nach, ihre Gedanken waren ein einziges Chaos. Sie legte den Kopf in den Nacken und leerte ihren Becher. Kehle und Magen brannten, doch sie merkte es kaum.

Wir haben viel Zeit.

Sie sah zu dem schwarzen Schatten des Monolithen hinüber.

Wirklich? fragte sie sich.

27. KAPITEL

Schon bald bereute Gemma, so schnell so viel getrunken zu haben. Sie brauchte heute einen klaren, wachsamen Kopf – und das letzte, was sie wollte, war, vor Arden einzuschlafen. *Wie bringen die Mönche dieses Zeug mit einem rechtschaffenen Leben in Einklang?* dachte sie gehässig. Als sie in ihre Decke gehüllt dalag, versuchte sie sich in allen furchterregenden Einzelheiten an den Marsch der Skorpione zu erinnern, um wachzubleiben, doch die alkoholumnebelte Schläfrigkeit war stärker. Endlich hörte sie zu ihrer großen Erleichterung, wie Ardens Atem sich veränderte, und wußte, daß er fest schlief. Sie erhob sich, kroch langsam von ihrem Lager und schlüpfte aus dem Zelt. Arden rührte sich nicht.

Die Nacht war kühl. Gemma zitterte in ihren Unterkleidern, dachte aber nicht daran, umzukehren und sich etwas Wärmeres anzuziehen. Die Sichel des Mondes sowie eine große Zahl von Sternen warfen ein fahles Licht über die trostlose Landschaft. Die letzten Scheite des abendlichen Feuers glühten tiefrot. Die Pferde standen still unter ihrem Baldachin, und es ging kein Wind. Alles war ruhig.

Gemma holte ein paarmal tief Luft, um einen klaren Kopf zu bekommen, dann ging sie barfuß zu dem Monolithen. Sie bewegte sich vorsichtig, wich den Dornen der Wüstensträucher aus und ging nur dort, wo der Fels und der Sand eben aussahen.

Neben der hohen Säule blieb sie stehen, an derselben Stelle wie beim ersten Mal. Zuerst blickte sie am Stein hinauf, dann hinunter in die schwarze Grube, in der er stand – und ihre Entschlossenheit wankte. Zweifel und Ängste überkamen sie, besonders, weil sie Arden nichts von ihrem Plan erzählt hatte. Er wäre niemals einverstanden gewesen, und trotzdem mußte sie es einfach tun.

Sie hob den Arm, legte ihre Hand vorsichtig auf den Stein und war erschrocken, wie kalt er sich anfühlte. Glatt und wie aus Eis. Eigentlich hätte er doch etwas von der Hitze des Tages speichern müssen. *Noch ein Rätsel.*

Sie plazierte ihre Füße so, daß sie diesmal nicht aus dem Gleichgewicht gebracht werden konnte, und drückte fest. Der riesige Stein bewegte sich augenblicklich, neigte sich fort von ihr und glitt übergangslos in eine neue Stellung, wo er mit einem leisen Klicken einrastete. Gemma konnte nicht anders, sie trat einen Schritt zurück und sah gespannt zu. Unter ihren Füßen fühlte – und hörte – sie ein Grollen, das langsam erstarb, bis alles wieder still war. *Was bedeutete dieses Geräusch*? Es war, als sei der Schaukelstein irgendwie mit unterirdischen Felsen verbunden, die als Antwort auf eine überirdische Bewegung ihre Lage veränderten.

Gemma betrachtete den Stein noch immer mit Argusaugen. *Und wenn ich mir das alles einbilde? Und es gar kein blaues Feuer gibt?* Pilgerfeuer hatte Arden es genannt. Was bedeutete das? Sie fragte sich, ob sie wohl die ganze Nacht hier stehenbleiben würde, und mußte trotz ihrer Anspannung lächeln.

Es gibt keinen singenden Ochs', meinte eine unbekannte Stimme. Klopfenden Herzens wirbelte sie herum und warf einen Blick auf das Zelt. Doch dort war alles ruhig, keine Spur von Arden. Plötzlich bekam sie es mit der Angst und sah sich nach allen Richtungen um. Angestrengt blinzelte sie in die dunkle Nacht.

Es ist falsch. Der Clan kann nicht zusammenkommen. Od, meinte eine andere Stimme. Wieder sah Gemma sich verzweifelt um, ohne etwas zu entdecken. *Werde ich wahnsinnig?* fragte sie sich, doch dann erregte etwas ihre Aufmerksamkeit und ließ sie nicht mehr los – die blauen Flammen kehrten zurück.

Gleich nach dem ersten Flackern war sie wie hypnotisiert. Die Flammen wurden unter ihren Augen größer, verbreiteten sich in den Rillen und Kanälen des Steins, zuckten über die glatteren Flächen. Muster – immer in Bewegung, sich ständig entwickelnd – bildeten sich vor ihren Augen und veränderten sich. Sie wurden stärker, glühten intensiver, und der Stein wurde zu einem Leuchtzeichen in der Wüste, der einen Kreis aus Sand und Dornengestrüpp mit seinem gespenstischen blauen Schein erhellte. Die mittlerweile aufgewachten Pferde scharrten und schnaubten, und ein winziger Teil von Gemmas Verstand fragte sich, wie lange es dauern würde, bis Arden wach wurde. Größtenteils jedoch beschäftigte sie sich mit dem Spektakel vor ihren Augen und den Gefühlen, die es hervorrief.

Beim letztenmal hatte sie unter Austrocknung und einem Sonnenstich gelitten und war dem Tod nahe gewesen. Diesmal war sie gesund und entschlossen, alles genau zu verfolgen. Sie stellte fest, daß ihre Erinnerung an die Flammen bemerkenswert genau war, fast konnte sie ihre Entwicklung vorhersagen, und einmal glaubte sie sogar, das Zeichen der sich neigenden Waagschale in den flackernden Mustern zu erkennen.

Vergessen hatte sie jedoch das Gefühl der Angst, das das Anwachsen des Feuers begleitete. Es war ein kaltes Gefühl, das tief in ihrem Innern begann – ein gleichzeitiges Erkennen von Macht und Ablehnung. Ihre eigenen magischen Erfahrungen verliehen ihr einen gewissen Einblick in die Ereignisse, deren Zeuge sie jetzt wurde, doch die Macht, die hier am Werke war, war anders. Sie war ungeheuer, weit entfernt, erbarmungslos. Gemma sah ihre Natur, hatte aber nicht die geringste Vorstellung, woher sie stammte.

Ganz tief im Innern wußte Gemma, daß diese Macht auch grausam war, kalt und unmenschlich. Und doch war es Magie und ein weiterer Beweis dafür, daß sie recht hatte. Vielleicht hatte sich die Magie verändert – Gemma war sich dessen sogar sicher –, aber sie existierte noch!

Warum sollte eine solche Macht diesen Stein bewachen?

Mittlerweile bedeckten die Flammen die gesamte Oberfläche des Steins mit einer solchen Helligkeit, daß es schmerzte, hinzusehen. Und doch konnte sie sich nicht abwenden. Die Kälte stieß sie ab, aber die Macht ließ sich nicht leugnen und zog sie gegen ihren Willen zu sich. Ein geheimnisvoller Druck lag schwer in der Luft und erschwerte das Atmen. Gemma war wie verzaubert, unfähig, sich zu bewegen oder um Hilfe zu rufen.

Was habe ich getan? Arden, hilf mir! rief sie im stillen. Eine seltsame Stimme antwortete ihr.

»Der Große-der-sich-häutende singt in seiner Not. Ox.«

»Unbewußt. Nicht für den Clan. Ed«, antwortete wiederum eine andere.

Gemmas Gedanken kreisten. Von der furchterregenden Macht des Steins gefangengehalten zu werden, war beängstigend genug. Daß dieser Terror noch von unsichtbaren Beobachtern vermehrt wurde, die in Rätseln sprachen, war mehr, als sie ertragen konnte. Sie spürte, wie eine vertraute Schwärze durch ihren Kopf zu wirbeln begann. Als sie stürzte, fingen starke Hände sie auf und stützten ihren ohnmächtig werdenden Körper.

Dicht an ihrem Ohr sprach eine Stimme, eine kräftige, vertraute, jetzt jedoch mit Ehrfurcht durchsetzte Stimme. Was er sagte, wußte sie nicht, doch in Ardens Gegenwart durchzog ein warmes Gefühl von Geborgenheit ihren Körper, und sie überließ sich dankbar seinen Armen.

Der Stein bewegte sich. Langsam und unbarmherzig kippte er zurück, auf sie zu, bis er wieder in seiner ursprünglichen Stellung ruhte. Arden zerrte sie von ihm fort, doch Gemma fürchtete sich nicht mehr. Die Macht, die sie hatte erstarren lassen, zog sich zurück – sie hatte ihre Schuldigkeit getan. Langsam erstarben die Flammen – zurück blieben nur ein paar Punkte, die wie Glühwürmchen leuchteten.

Noch einmal bebte und grollte die Erde unter ihren Füßen. Dann war alles still.

Arden hielt sie fest und doch zart in seinen Armen, dann drehte er sie um, damit er ihr ins Gesicht sehen konnte. Gemmas Augen waren glasig, aber sie brachte ein schwaches Lächeln zustande.

»Alles in Ordnung?« fragte er hörbar besorgt. Sie nickte langsam. »Was wolltest du hier draußen? Nein, sag jetzt nichts. Komm zurück ins Zelt. Wir werden morgen darüber reden.«

Gemma ließ sich zurück in ihren Unterschlupf helfen. Im Gehen – wackelig noch – drehte sie sich um, doch umsonst.

»Wo sind die anderen?« fragte sie leise.

»Welche anderen?«

»Die zu mir gesprochen haben.«

»Es ist niemand sonst hier, Gemma«, erklärte Arden ihr vorsichtig. »Du brauchst Schlaf. Komm zurück ins Bett.«

»Hast du sie nicht gehört?« hakte sie nach.

»Natürlich nicht. Im Umkreis von vielen Meilen gibt es hier keinen Menschen.« Er klappte das Zelt auf, doch Gemma blieb stehen und sah sich um.

»Hier ist sonst niemand«, wiederholte er. »Komm rein.«

Gemma gehorchte, sie war zu müde, um etwas anders zu tun. Die Aussicht auf Schlaf war verlockend. Aber sie wußte, daß Arden sich irrte und daß sie nicht alleine in der Wüste waren. Endlich hatte sie sie gesehen.

Mehrere Augenpaare, stecknadelkopfgroß und blau, so als spiegelte sich darin ihre Erinnerung an das Pilgerfeuer. Doch sie waren nicht auf den Stein gerichtet gewesen.

Sondern auf sie.

28.
KAPITEL

»Mach das nicht noch mal!« sagte Arden voller Nachdruck. »Was immer da draußen war, es hätte dich töten können. Was wolltest du damit beweisen?«

Gemma war zwar zu ihrer großen Überraschung am nächsten Morgen früh aufgewacht, trotzdem war Arden vor ihr wach. Als er sah, daß sie die Augen offen hatte, vergewisserte er sich sofort, daß alles mit ihr in Ordnung war. Als er mit dem Ergebnis sichtlich zufrieden war, machte er ihr ernste Vorwürfe.

»Ich mußte sehen, ob es wieder geschieht«, versuchte sie ihr Tun zu rechtfertigen. »Und es ist wieder geschehen.«

»Was?«

»Die blauen Flammen, nachdem ich den Stein angestoßen habe.«

»Nachdem du *was* getan hast?« rief er entsetzt.

Gemma erklärte ihrem staunenden Begleiter, wie das

Feuer jedesmal darauf zu reagieren schien, daß man den Stein bewegte, so als wäre es erforderlich, um ein unerklärliches Gleichgewicht wiederherzustellen.

»Du hast ja gesehen, daß er wieder zurückgekippt ist«, stellte sie fest.

»Ein Schaukelstein«, meinte Arden. »Wer hätte das gedacht?« Dann verwandelte sich sein verzücktes Erstaunen in Zorn. »Wieso mußtest du dich alleine davonschleichen?« wollte er wissen. »Warum hast du mir nicht erzählt, was du vorhast?«

»Weil du es nicht magst, wenn man mit Magie spielt«, antwortete sie mit leichtem Spott.

»Wer hat denn von Magie gesprochen?« explodierte Arden.

»Ich!« meinte sie trotzig. »Was glaubst du, hat sonst diese Flammen erzeugt?«

Die Sicherheit, mit der sie das sagte, hatte etwas Erschütterndes, trotzdem antwortete er: »Es gibt alle möglichen Erklärungen dafür.«

»Nenn mir eine«, befahl sie.

»Naja, manchmal sieht man bei Gewitter oben auf den Bergen flackernde Lichter«, erwiderte er.

»Das hier ist ja wohl kaum ein Berg, außerdem war kein Wölkchen am Himmel!« Gemma wurde sarkastisch. »Himmel noch mal, was überzeugt dich denn endlich?«

Arden schwieg.

»Ich wüßte etwas«, sagte Gemma und schleuderte ihre Bettdecke fort. »Ich werde ihn noch einmal umstoßen, und diesmal kannst du von Anfang an zusehen.«

»Nein!« sagte Arden entschieden. »Du wirst dich diesem Stein nicht mehr nähern.«

»Wie willst du mich aufhalten?«

»Das wirst du sehen.«

»Aber warum, Arden?«

»Blödes Weib!« preßte Arden zwischen zusammengebissenen Zähnen hervor. »Was für eine Frage.« Er seufzte. »Weil der Abend gestern zuviel für dich war. Du wärst fast in Ohnmacht gefallen, und wenn die Pferde mich nicht geweckt hätten …« Er unterbrach sich, um Luft zu holen. »Und dann hast du angefangen, wirres Zeug zu reden – jemand hätte mit dir geprochen.« Er grinste. »Und diesmal hattest du nicht einmal Sonnenbalsam benutzt.«

Gemma bekam seinen lahmen Versuch, komisch zu sein, überhaupt nicht mit. Die Erinnerungen fluteten zurück, die seltsamen Stimmen – was hatten sie gleich gesagt? – und die Augen. *Beobachteten sie.*

»Was ist los?« fragte Arden besorgt. Gemma saß völlig regungslos, ihr Gesicht war blaß, ihr Blick ohne Ziel. Seine Worte rissen sie aus ihrem Traum.

»Es hat wirklich jemand zu mir gesprochen«, behauptete sie. »Sie haben mich sogar beobachtet. Wir müssen sie finden!« Damit rappelte sie sich auf und stürzte aus dem Zelt. Arden folgte ihr, wie ein Wahnsinniger fluchend. Gemma sah sich um, aber selbst am hellichten Tag war bis auf die Pferde nichts zu erkennen.

Ihr Blick kehrte zum Stein zurück, als Arden sie erreichte.

»Das reicht jetzt«, sagte er, aber Gemma war tief in Gedanken und antwortete nicht. »Komm und hilf mir, das Lager abzubauen«, fuhr Arden fort. »Ich will unterwegs sein, bevor es zu heiß wird.«

»Nein.« Gemma drehte sich zu ihm um. »Ich breche erst auf, wenn wir herausgefunden haben, was das alles bedeutet.«

»Bei den Göttern«, seufzte Arden matt und verdrehte verzweifelt die Augen. »Begreifst du es denn nie?« Er schwieg. »Ich werde es anders ausdrücken. *Ich* breche auf, mit den Pferden und meiner gesamten Ausrüstung.« Er hielt die Hände hoch, um jeglichen Einwand abzuwehren. »Und ich werde nicht zulassen, daß du hierbleibst und dich umbringst. Habe ich mich klar ausgedrückt?« Sie starrte ihn eine Weile abschätzend an.

»Ich verstehe dich nicht«, sagte Gemma schließlich.

»*Du* verstehst *mich* nicht?« rief Arden aufgebracht.

»In der Stadt hast du mich gebeten, die Existenz von Magie dadurch zu beweisen, daß ich die Lampe zerstöre«, fuhr sie ruhig fort. »Ich habe es nicht gekonnt. Und jetzt habe ich Gelegenheit, es dir schlüssig zu beweisen, und du sträubst dich dagegen. Du willst gar keinen Beweis, habe ich recht?«

»Ich will zurück ins Tal«, fauchte er zurück. »Die Rettung dieses Ortes und seiner Bewohner ist meine größte Sorge, und nicht die Jagd auf einen geheimnisvollen Mythos, genannt Magie.«

»Aber das ist doch dasselbe!« schrie Gemma, die vor Aufgebrachtheit fast abgehoben hätte.

»Wovon redest du eigentlich?« Arden hatte offenkundig keine Ahnung.

»Du hast es selbst gesagt«, erwiderte Gemma schnell. »*Die Magie läßt nach*.«

»So habe ich das nicht gemeint.«

»Was du gemeint hast, spielt keine Rolle. Du hattest recht!« fuhr sie begeistert fort und flehte ihn mit Blicken an, er möge zuhören. »Alles hängt zusammen – ich weiß es einfach. Der Welt ist etwas Wichtiges verlorengegangen, und wenn wir es ihr nicht zurückgeben, könnte *alles* zerstört werden, nicht bloß das Tal!«

Nach ihrem Ausbruch ergriff Gemma Ardens Hand und flehte still um Verständnis. Er sagte eine ganze Weile nichts.

»Du bist das seltsamste Wesen, das mir je begegnet ist«, meinte er schließlich. Gemma atmete erleichtert auf. »Zwar begreife ich kaum die Hälfte von dem, was du sagst, aber ...« er hielt kurz inne: »... wenn du recht hast, was soll uns deine Magie nützen, wenn sie nichts weiter bewirkt, als diesen Stein zu kippen?«

»Das ist nicht *meine* Magie!« rief Gemma aufgebracht über seine Begriffsstutzigkeit.

»Wessen dann ...?« Die Falten auf Ardens Stirn verrieten seine Verwirrung.

»*Diese* Magie hat ihren Ursprung woanders«, versuchte Gemma ihre Erfahrung zu erklären. »Und sie war viel mächtiger als alles, was ich je tun könnte.«

»Und das alles, bloß um einen Stein zu kippen, den man mit einer Hand umstoßen kann.« Ardens Skepsis war offenkundig, aber wenigstens war er bereit, darüber zu sprechen. Es war ein Schritt in die richtige Richtung.

»Ich begreife es auch nicht«, meinte sie. »Deswegen muß ich weitere Nachforschungen anstellen.« Sie ließ die Worte in der Luft hängen. Arden blickte über ihre Schulter auf den Stein. *Er kann unmöglich abstreiten, die Flammen gestern nacht gesehen zu haben*, dachte sie.

»Läßt du es mich noch einmal versuchen?« fragte Gemma leise.

Arden schüttelte den Kopf. »Nein.« Bevor sie widersprechen konnte, fügte er hinzu: »*Ich* werde es tun. Du hältst dich zurück.«

Damit löste er seine Hände aus ihrem Griff und ging, ohne ihr Zeit für eine Antwort zu lassen. Gemma blieb nichts übrig, als sich umzudrehen und zuzusehen, wie Arden zum Monolithen ging. Sie zwang sich zur Konzentration, wollte alles in Erfahrung bringen, was man im nüchternen Licht des frühen Morgens sehen konnte, stellte jedoch fest, daß sie sich um Arden sorgte. *Jetzt ist es zu spät*, dachte sie, als er die Hände hob und den Stein von sich stieß. Er trat zurück, überrascht darüber, wie leicht er sich bewegen ließ.

Wieder bewegte sich der Stein geräusch- und übergangslos in seine alternative Stellung. Einen Augenblick später kam er zur Ruhe, sie hörten das unterirdische Grollen, und Arden blickte erstaunt zu Boden. Dann richtete er sein Augenmerk wieder auf den Stein.

Gemma spürte den Unterschied im selben Augenblick, als die blauen Funken erschienen. Sie wollte etwas rufen, aber sowohl sie als auch Arden wurden von der ungreifbaren Macht festgehalten. Mit dem Größerwerden und dem Vermehren der Flammen wuchs auch ihre Angst. Als das blaue Feuer am hellsten war, schrie sie Arden zu: *Geh weg! Geh weg!* Noch immer konnte keiner von ihnen sich bewegen.

Kurz darauf sah Gemma, was den entscheidenden Unterschied ausmachte. Zuvor war die Macht unpersönlich gewesen, emotionslos und eiskalt. Jetzt enthielt sie Zorn und Rachsucht.

Mitten im Blau tauchte eine häßlich violette Farbe auf, wie ein altes Hämatom. Langsam veränderte es sich – wurde zu einer Art Kreis aus pulsierender Farbe. Es wurde heller und heller, erst violett, dann rot und schließlich ein zorniges Orange.

Eine Explosion zerriß die Luft und zackige Lichtblitze sprangen in einem Bogen aus dem Orange zu Arden über. Er stürzte, wie von der Axt getroffen. Der Lärm zwang Gemma in die Knie – die plötzliche Energieentladung und eine unkontrollierbare Welle von Angst verwandelten ihre Beine in Gelee. Gleichzeitig schwenkte der Monolith in seine ursprüngliche Stellung zurück und die Flammen verschwanden – viel schneller als zuvor. Der Boden bebte noch kurze Zeit, dann war es still.

Das panische Wiehern der Pferde riß Gemma aus ihrer Trance. Sie starrte die Tiere an, sah, wie sie an den Zügeln rissen, sah ihre aufgerissenen Augen und ihre schaumbedeckten Schnauzen, aber im Augenblick konnte sie nichts für sie tun. Halb wach, halb kriechend, schleppte sie sich zu Ardens regungslosem Körper.

Seine Augen waren geschlossen, und sie konnte nicht sehen, ob er atmete oder nicht. Sie suchte unter der kalten Haut an seinem Hals nach seinem Puls und fand ein schwaches, unregelmäßiges Flattern. Gemma wußte, daß sie ihn nicht ohne weiteres bewegen konnte, und schaute hoch zum Stein, der sie beide überragte. Jetzt waren sie wohl in Sicherheit – das Schlimmste war bereits erledigt –, und sie stolperte davon, um Decken für ihren Begleiter zu holen.

Drei Stunden später kam Arden wieder zu Bewußtsein. Gemma war nicht die einzige, die sorgenvoll den Kopf drehte, um nach ihm zu sehen – und unter den Blicken so vieler forschender Augen wäre er fast wieder in Ohnmacht gefallen.

29. KAPITEL

Nachdem Gemma es Arden so bequem wie möglich gemacht hatte, setzte sie sich neben ihn, mit dem Rücken zum Stein, und begann, seine kalten Hände zu reiben, und versuchte, sie wieder zum Leben zu erwecken. Sein flacher Atem machte ihr Angst, und sie sah häufig nach seinem Puls. Er war zwar vorhanden, blieb aber sehr schwach. Sie kam sich recht hilflos vor und verließ ihn nach einer Weile, um nach den Pferden zu sehen. Sie wußte, daß Arden das so gewollt hätte, außerdem konnte ihrer beider Leben von Lark und Mischa abhängen. Die Tiere waren inzwischen ruhiger geworden, trotz ihrer aufgerissenen Augen, und Gemma kümmerte sich eine Weile um sie, redete mit ihnen, streichelte sie. Alle paar Augenblicke sah sie zu Arden hinüber, und als sie die Pferde beruhigt hatte, kehrte sie zu ihrem Begleiter zurück, überglücklich, daß er ein wenig mehr Farbe im Gesicht hatte. Er war immer noch bewußtlos, aber sein Puls – vorausgesetzt, dies war kein Wunschdenken ihrerseits – schien ein wenig kräftiger.

Sie redete leise auf ihn ein und versprach ihm, sich nie wieder mit Magie abzugeben, sollte er jemals wieder gesund werden.

»Jedenfalls nicht mit dieser Art von Magie«, korrigierte sie sich. »Wieso hat der Stein dich verletzt und mich nicht? Fast war es, als hätte er sich darüber geärgert, daß man ihn schon wieder gestört hat.« Sie lächelte, dann wurde ihr Gesicht sorgenvoll. *Blödsinniger Gedanke!* »Wie auch immer, ich glaube nicht, daß wir es noch einmal versuchen werden.« *Das hast du ja von Anfang an gewollt.* »Entschuldige Arden. Wenn du mich nur hören könntest.« Sie starrte in sein regungsloses Gesicht, Tränen traten ihr in die Augen.

Ich liebe dich, Arden, dachte sie, unfähig, es auszusprechen, obwohl sie wußte, daß er sie nicht hören konnte.

»Ard-en?« antwortete eine verwirrt klingende Stimme. *»Ist das ein Name, oder sind es zwei? Av.«*

Gemma erschrak heftig, sah sich um, konnte aber niemanden entdecken. Dann dämmerte ihr allmählich, daß kein Geräusch die stille Wüstenluft gestört hatte – das seltsame Geräusch war in ihrem Kopf gewesen. Sie bekam es wieder mit der Angst, begann an ihrem Verstand zu zweifeln.

Die nächste fremde Stimme meldete sich in ihrem Kopf.

Der Große-der-sich-häutet hat keinen Clan. Ed. Sie klang kummervoll.

»Wer seid ihr?« rief Gemma verzweifelt. *Wer seid ihr?*

Die Antwort bestand in einem Gefühl der Verblüffung, das ihre Verwirrung nur noch vergrößerte. Sie schloß die Augen.

Könnte sie namenlos sein. Ox.

Die Namenlosen sprechen nicht. Aber wir hören. Ed.

Vorhin hat sie Ard-en gesagt. Vielleicht einer von ihnen. Od.

Gemma hielt sich die Ohren zu, obwohl sie wußte, daß das nichts ändern würde. *Hört auf! Hört auf damit!* flehte sie unhörbar.

Die Stimmen ließen nach.

Gemma nahm die Hände von den Ohren und öffnete vorsichtig die Augen – aus Angst vor dem, was sie sehen würde. Die Pferde standen geduldig unter ihrem Baldachin, und der Stein hinter ihr blieb ruhig – doch davon abgesehen, war dort nichts als Sand, Felsen und Dornengestrüpp.

Eine schnelle Bewegung auf dem Boden erregte ihre Aufmerksamkeit. Sie erstarrte. Eine neue, unmittelbarere Angst überkam sie. Ein Skorpion, dessen gelber Körper in der Sonne glänzte, hielt geradewegs auf Arden zu. Gemma sah sich verzweifelt nach einer Waffe um, konnte aber keine entdecken. In seinem geschwächten Zustand würde Arden einen Stich des giftigen Geschöpfes nicht überleben. Gemma stellte sich zwischen die beiden und trat Sand nach dem näherkommenden Tier. Erst zögerte es, dann kroch es weiter. Gemma wollte ihn gerade angreifen, als aus einer unerwartete Ecke Hilfe kam.

Eines der Tiere aus ihrem Traum kam aus dem Gestrüpp herbeigesprungen. Es bewegte sich schnell auf seinen vier geraden Beinen, hatte den Schwanz wie einen Spazierstock in die Höhe gereckt. Es schoß geradewegs auf den Skorpion zu, sprang ihn an und biß ihm das giftige Glied mit einer raschen Bewegung ab. Nachdem es seine Beute auf diese Weise entwaffnet hatte, stopfte sich das pelzige Tier den Skorpion ins Maul und kaute mit sichtlichem Genuß.

Gemma beobachtete es mit einer Mischung aus Erleichterung, Faszination und Ekel. *Ein Meyrkat!*

Als es mit seiner Mahlzeit fertig war, stellte sich das Tier auf die Hinterbeine und sah Gemma an, als wollte es feststellen, ob sie eine Gefahr bedeutete. Mit einem Blick in seine Augen wurde Gemma klar, wer sie vergangene Nacht beobachtet hatte. Der Meyrkat reichte ihr gerade eben bis zum Knie und hatte einen mattbraunen Pelz, der am Kopf kürzer war als auf seinem übrigen Körper. Seine Augen waren schwarz und von einem dunklen Pelzkranz umgeben, der sie größer erscheinen ließ, als sie tatsächlich waren. Die spitze Nase schnupperte neugierig. Die Vorderpfoten endeten in scharfen Krallen und hingen locker vor dem Körper herab.

Als sie sich so wenige Schritte voneinander entfernt gegenüberstanden, sah Gemma, wie perfekt der Meyrkat seiner Umgebung angepaßt war. *Kein Wunder, daß man sie nie zu Gesicht bekommt,* dachte sie.

Der Clan kann dich hören, Namenlose. Ox. Die Worte drängten sich ungefragt in Gemmas Verstand. Es entstand eine Pause, so als wartete man auf eine Antwort, dann fuhr die Stimme fort. *Du störst unseren Bau. Die Jungen verstehen Namenlosigkeit nicht. Bist du Ard? Oder En? Ox.*

Keine von beiden, dachte Gemma. *Ich bin Gemma. Ox.*

Der Meyrkat jaulte kurz auf. Gemma wußte, daß sie mit dem Tier sprach, doch was sie sagten, begriff sie nicht.

Ox ist ein Clan-Name. Ich trage ihn. Ox. Jetzt klang die Stimme ebenso empört wie verwirrt.

Gemma dämmerte es. *Du heißt Ox? Mein Name ist Gemma,* dachte sie bewußt, voller Verwunderung darüber, was sie hier tat. War das vielleicht tatsächlich Gedankenübertragung – wie zwischen einem Zauberer und seinem Vertrauten?

Der Meyrkat schien über ihre letzte Bemerkung nachzudenken.

Gem-ma, sagte er nach einer Weile. *Das sind zwei Namen. Ox.*

In meinem Clan ist es einer. Gemma, antwortete sie, und dachte daran, ihren eigenen Namen am Ende eines Satzes hinzuzufügen.

Das deutet auf mangelnde Kenntnis hin. Des eigenen Selbst. Ox, antwortete der Meyrkat.

Wieso? Das verstehe ich nicht. Gemma. Allmählich begriff sie, wie es funktionierte, und zweifelte auch nicht mehr an der Echtheit der Unterhaltung oder der Identität ihres Gesprächspartners. Offenbar erwartete man, daß nach jedem Satz der eigene Name angefügt wurde, vermutlich um den Sprechenden zu kennzeichnen, und die anfängliche Verwirrung war dadurch entstanden, daß sie sich nicht daran gehalten hatte. Außerdem wurde ihr allmählich auch klar, daß der Meyrkat nicht alle ihre Gedanken hören konnte. Es war möglich, einige auszusenden, während man andere für sich behalten konnte, sei es aus privaten Gründen oder weil sie unwichtig waren. Ein ungeheuer tröstlicher Gedanke.

Lange Namen, wenig Wissen. Ox. Die Stimme des Meyrkats klang jetzt geduldig, so als erklärte er etwas einem Kind. Gemma glaubte zu wissen, was er damit meinte.

Es ist der einzige Name, den ich habe. Gemma.

Nicht Ard? Ox.

Nein. Das ist Arden. Gemma. Sie zeigte auf den immer noch am Boden liegenden Mann und sah, daß die Augen des Meyrkats ihrer Bewegung folgten. *Das könnte verwirrend werden,* dachte sie für sich.

Ard-en. Ist er ohne Wärme? Ox.

Nein. Er lebt noch. Gemma, erwiderte sie in der Hoffnung, daß Ox das gemeint hatte. Sie kniete nieder und fühlte Ardens Puls. Er war ein wenig kräftiger geworden.

Gott-Himmel-Feuer-Stein ist verärgert. Hat ihn gebissen. Ox, meinte der Meyrkat.

Gemma nickte.

Kannst du ihm helfen, Ox? Gemma.

Ich werde den Clan fragen. Der Clan verfügt über großes Wissen. Ox. Damit machte er kehrt, rannte los und verschwand bald in einem Gewirr aus Dornenbüschen. Die Trennung versetzte Gemma einen Stich. Der vertrauliche Kontakt hatte ihr Auftrieb und Nähe gegeben, mehr als ein einfaches Gespräch. Zum erstenmal in ihrem Leben wurde ihr klar, wieso Zauberer eine starke emotionale Bindung zu ihren Vertrauten hatten. Hoffentlich kam Ox bald zurück.

Als Arden die Augen öffnete, sah er als erstes die Reihe der Meyrkats, die nur drei Schritte von seinem Lager entfernt standen. Sie blickten in alle möglichen Richtungen, so daß er einige im Profil sah, einige von hinten, ihre kleinen, runden, abstehenden Ohren und ein paar spitze Nasen, die auf ihn gerichtet waren. Nachdem er erwacht war, drehten sie sich jedoch im Nu alle gleichzeitig zu ihm um, und er sah sich einem Dutzend glänzender, schwarzer Augen gegenüber. Die Gleichzeitigkeit ihrer Bewegungen gab Arden das seltsame Gefühl, er könnte vielleicht doch noch bewußtlos sein – und die Tiere Bilder aus einem Traum.

Dann schob sich Gemmas Gesicht in sein Blickfeld. Ihre Augen waren voller Hoffnung und Sorge.

»Geht es dir gut?« fragte sie ängstlich. Als er nicht antwortete, fügte sie hinzu: »Kannst du mich überhaupt hören?«

Er versuchte zu sprechen, konnte aber kaum seine Zunge bewegen. Nur ein schwaches Zischen entwich seinen Lippen, doch Gemma schien zu ahnen, was er meinte, und fing an zu lächeln.

»Kannst du dich bewegen?« fragte sie.

Arden versuchte es, doch sein Körper schien weit entfernt und taub, seine Glieder gehorchten ihm nicht. Das machte ihm Angst, was man seinen Augen offensichtlich ansehen konne, denn Gemmas Blick wurde besorgter.

»Bald geht es dir wieder gut«, versuchte sie, ihn zu trösten. »Du darfst nichts überstürzen.«

Arden merkte, daß er keine Ahnung hatte, was geschehen

war. Wieso lag er hilflos auf der Erde? War er von einer Schlange oder einem Skorpion gebissen worden? Und wieso konnte er sich an nichts erinnern?«

»Zur Abwechslung kann ich dich mal pflegen«, meinte Gemma strahlend, doch Arden spürte die falsche Fröhlichkeit in ihrer Stimme. Sie drehte den Kopf, um nach den Meyrkats zu sehen, und Arden erblickte hinter ihr den Monolithen. Seine graue Masse erfüllte ihn mit namenloser Angst. Ein winziges Bruchstück seiner Erinnerung kehrte zurück, und er versuchte zu sprechen, schaffte es aber nicht. Gemma sah, wie er sich anstrengte.

»Möchtest du Wasser?«

»Sss.«

Sie tauchte einen Finger in einen Becher und befeuchtete seine Lippen, dann ließ sie etwas in seinen Mund tropfen. Ein schmerzhaftes Kribbeln setzte in Fingerspitzen und Zehen ein, und er nahm das Gefühl bereitwillig auf, wollte, daß es sich ausbreitete, als Beweis dafür, daß noch Leben in seinem Körper steckte. Sein Wunsch erfüllte sich. Kurz darauf durchzog ihn eine wohlige Qual, als jeder Muskel, jede Faser und jeder Nerv in seinem Körper protestierend erwachten. Mit Gemmas Hilfe gelang es ihm, sich aufzusetzen und seine Glieder zu strecken, was seine schmerzhafte Rückkehr ins bewußte Sein beschleunigte. Er trank noch etwas Wasser und konnte wieder sprechen.

»Was ist passiert?« erkundigte er sich leise. »Was wollen die hier?«

»Erinnerst du dich nicht?« fragte sie. Als er den Kopf schüttelte, erzählte ihm Gemma von dem gescheiterten Experiment mit dem Schaukelstein. Er konnte sich an nichts erinnern, aber tief in seinem Innern wußte er, daß es der Wahrheit entsprach. Die Angst vor dem Unbekannten stieg in ihm hoch.

»Du warst den ganzen Vormittag bewußtlos«, schloß Gemma.

»Fühlt sich an, als wären es mehrere Tage gewesen«, antwortete er heiser. »Und die? Die Meyrkats?«

»Der Clan hat mir geholfen«, antwortete Gemma mit

einem begeisterten Lächeln. »Ox hat dich vor einem Skorpion gerettet, und alle haben sie für deine Erholung gesungen.«

»Ox?« fragte Arden verwundert.

»Der Größte. In der Mitte.«

Der Meyrkat, auf den Gemma zeigte, senkte rasch den Kopf und gab ein Pfeifen von sich. Arden kniff die Augen zusammen und fragte sich, ob er vielleicht doch noch träumte.

»Ich kann mit ihnen reden, Arden. Ist das nicht wunderbar!« meinte Gemma aufgeregt. »Ich habe dir soviel zu berichten.«

In diesem Augenblick hätte Arden fast aufgegeben. Aus Gründen, die er nicht begriff, stellte er plötzlich fest, daß er weinen wollte, und eine unerträgliche Mattigkeit überkam ihn.

»Jetzt nicht, Gemma. Bitte. Ich muß schlafen.«

Gemma schwieg, wenn auch sichtlich enttäuscht, und machte sein Lager bequemer. Das letzte, was Arden sah, bevor er sich dem Schlaf überließ, war, wie einer der Meyrkats auf einen Dornbusch kletterte. Unglaublich behend und geschickt richtete sich das kleine Wesen auf einem dünnen Ästchen auf und ließ den Blick über das Land ringsum schweifen, als hielte es Wache.

Als Arden das nächstemal wach wurde, war es fast dunkel, und er fühlte sich viel besser. Er war durstig und hatte einen Bärenhunger, und Gemma, froh über seine Rückkehr in die Normalität, kümmerte sich sofort um ihn. Die Meyrkats waren nirgendwo zu sehen, doch Arden spürte, daß Gemma sich – nur mit Mühe – zurückhielt, ihm die Neuigkeiten zu erzählen.

Auf Gemmas Vorschlag ließ Arden sich zum Zelt hinüberhelfen. Ein Feuer war vorbereitet worden, und er freute sich auf die behagliche Wärme. Er fühlte sich sehr schwach. Was immer ihm der Stein angetan hatte, es hatte ihm den allergrößten Teil seines Erinnerungsvermögens geraubt.

Gemma zündete das Feuer an, obwohl es noch immer warm war, und Arden entspannte sich und genoß die Hitze. Er fror noch immer. Seine Pflegerin sah es und holte eine Decke.

Als sie zurückkehrte, erkundigte sich Arden nach den Meyrkats, und die Erleichterung in Gemmas Gesicht hatte fast etwas Komisches. »Aber erzähl es mir langsam!« fügte er mit aller Kraft hinzu, die er aufbringen konnte. Er mußte schwach grinsen, als sie ihre Gedanken ordnete.

»Du erinnerst dich doch, wie ich gestern abend meinte, jemand hätte mit mir gesprochen?« begann sie. »Und du nichts hören konntest?«

Arden nickte. *Das* wußte er noch, aber sein Gedächtnis hatte andere unerklärliche Lücken. Er ließ von der Grübelei ab, als Gemma fortfuhr.

»Das war keine Einbildung. Sondern die Meyrkats!« Ihre Augen strahlten vor Vergnügen. »Innerhalb ihres Clans kommunizieren sie per Gedankenübertragung, und aus irgendeinem Grund kann ich sie ebenfalls hören – und mit ihnen sprechen. Alles nur hier drinnen.« Sie tippte sich gegen den Kopf.

»Denkst du dir das auch bestimmt nicht aus?« fragte er, obwohl er die Antwort schon wußte.

»Nein, natürlich nicht – und was noch dazu kommt, diesmal kann ich es dir sogar beweisen«, ergänzte sie aufgeregt. »Komm und sieh sie dir an. Der Clan-Bau ist nicht weit.«

»Jetzt nicht, Gemma. Ich glaub's dir auch so«, sagte er müde. »Ich werde sie mir später ansehen. Jetzt erzähl mir von ihnen.«

»Ich habe so viel herausgefunden«, sagte sie stolz. »Manchmal ist es schwierig, zu verstehen, was sie sagen, weil ihre Worte und Gedanken so anders sind als unsere ...«

»Wundert mich nicht«, brummte er trocken.

»Aber ich werde immer besser. Während du geschlafen hast, haben wir uns fast die ganze Zeit unterhalten.« Sie zögerte.

»Und?« drängte er sie.

»Du hast gesagt, ich soll langsam erzählen«, erwiderte sie

mit einem Lächeln. »Ich versuche, dir alles in der logischen Reihenfloge zu erzählen.«

»Ich muß mich entschuldigen«, meinte er mit reumütig gesenktem Blick.

»Laß den Unsinn!« lachte Gemma. »Also«, fuhr sie fort und wurde wieder ernst. »Erstmal machen sie alles als Gruppe, und der Clan ist ihnen das allerwichtigste. Ich wußte nicht, daß Tiere so sein können. Einige sind sehr gut in bestimmten Dingen, aber sie legen ihre Fähigkeiten zum Wohl der anderen zusammen. Wenn sie auf Jagd gehen, halten immer ein oder zwei nach Raubtieren Ausschau. Einige von ihnen können auf höher gelegene Stellen klettern, auf Büsche zum Beispiel. Sie haben einen unglaublichen Gleichgewichtssinn.«

»Ich habe einen von ihnen gesehen«, warf Arden ein und wunderte sich, mit welcher Ruhe er Gemmas seltsame Erzählung akzeptierte.

»Das war Av«, erklärte Gemma. »Sie findet immer den besten Aussichtspunkt. Wenn die Luft rein ist, stößt sie leise Pfiffe aus, wenn sie aber einen Adler oder etwas Ähnliches sieht, bellt sie zur Warnung, und die anderen sind in wenigen Augenblicken sicher in ihrem Bau.«

»Wieso benutzen sie dafür keine Gedankenübertragung?«

»Weiß ich nicht genau«, meinte Gemma nachdenklich. »Wahrscheinlich wird sie nur für Unterhaltungen benutzt, während die hörbaren Rufe direkt auf ihre Instinkte zurückgehen.«

»Du bist ja wirklich schon ein Experte«, kommentierte Arden. »Schade, daß sie nicht auf den Stein klettern können. Von dort aus könnten sie viele Meilen weit sehen.«

»Sie würden es nicht tun, selbst wenn sie könnten. Sie haben Ehrfurcht vor dem Schaukelstein«, antwortete sie.

»Dann haben wir ja etwas gemeinsam«, meinte Arden gequält.

»Sie nennen ihn ›Gott-Himmel-Feuer-Stein‹«, fügte Gemma hinzu, »was beweist, daß sie ihn nicht verstehen. Interessant, da sie doch ganz in seiner Nähe leben.«

»Wieso beweist es das?«

»Je weniger sie von etwas verstehen, desto länger ist der Name, den sie dafür haben«, erklärte sie. »Menschen sind ihnen wohl auch ein bißchen rätselhaft, denn wir heißen ›Große-die-sich-häuten‹. Das hat wahrscheinlich damit zu tun, daß wir Kleidung tragen. Ihre eigenen Namen sind dagegen alle sehr kurz – Ox, Av, Ul und so weiter.«

»Muß schön sein, sich so gut zu verstehen«, meinte Arden. Gemma wußte nicht recht, ob sie ihn ernst nehmen sollte.

»Gem-ma und Ard-en machen ihnen ein bißchen Schwierigkeiten«, meinte sie. »Sie glauben, wir hätten jeweils zwei Namen, und begreifen nicht, wieso.« Sie rutschte ein Stück und machte es sich bequemer, dann fuhr sie fort: »Soweit ich es beurteilen kann, essen sie alles, was sich bewegt. Gemeinsam nehmen sie es – so wie es ist – auf. Ich weiß, daß sie Skorpione essen. Sie nennen sie ›Stecher-Essen‹. Ox hat einen verspeist, der dich bedroht hat. Ekelhaft.« Die Erinnerung machte sie nachdenklich. »Es gibt auch ›Bogen-Essen‹, was immer das sein mag.«

»Schlangen?«

»Wahrscheinlich.« Gemma erschauderte. »Ich habe sie gefragt, ob sie Wasser aus den Wurzeln der Dornenbüsche trinken, aber sie haben die Frage nicht verstanden. Ich glaube, sie wissen nicht, was Wasser ist.«

Arden machte einen Augenblick lang ein nachdenkliches Gesicht, dann schüttelte er den Kopf und fragte: »Wieviel sind es?«

»Ungefähr dreißig. Sie sind ungeheuer stolz auf ihren Bau, den sie selbst gegraben haben.« Gemma wartete. »Od hat etwas von einem Riesenbau mit singender Luft erzählt, aber was er damit gemeint hat, weiß ich nicht.« Jetzt machte sie ein verwirrtes Gesicht. »Es scheint aber irgendwie mit dem Stein in Verbindung zu stehen.«

»Singen ist ihnen wichtig?« fragte Arden, der sich an ein früheres Gespräch erinnerte.

»Ja«, meinte Gemma lachend. »Weiß Gott, warum. Sie machen einen fürchterlichen Lärm.«

»Kein Wunder, daß ich sie geweckt habe«, meinte er grinsend. »Haben sie einen Anführer?«

»Ja, Ox. Er ist das größte, kräftigste Männchen«, antwortete sie. »Sie ähneln den Menschen in vielerlei Hinsicht sehr.«

Arden überging das. Es war mittlerweile dunkel und er war sehr müde.

»Wir bringen dich besser ins Zelt«, beschloß Gemma voller Eifer. »Den Bau kannst du dir morgen ansehen.« Arden rührte sich nicht und starrte ins Feuer. »Es gibt bei ihnen ein Sprichwort«, fuhr Gemma fort. »›Der Clan ist allwissend.‹ Wir können so viel von ihnen lernen! Und die Gedankenübertragung – ist dir das auch aufgefallen? Wie bei den Leuten im Tal.«

Arden schaute zu ihr hoch, sein Gesicht war ausdruckslos.

»Was für ein Tal?« fragte er.

30. KAPITEL

Zuerst dachte Gemma, Arden mache Spaß, dann aber merkte sie schnell, daß dem nicht so war. Er konnte sich zwar an die Reise in die Stadt und an einige der Geschehnisse dort erinnern, die Einzelheiten des Prozesses jedoch und all sein Wissen über das Tal waren völlig aus seinem Gedächtnis gelöscht.

Gemma versuchte, es ihm zu erklären, wiederholte geduldig, was er ihr vom Tal erzählt hatte. Irgend etwas mußte doch eine Reaktion hervorrufen, doch er hörte bloß aufmerksam, aber unberührt zu. Es schien unfaßbar, doch das Ziel seiner früheren Besessenheit war nun eine unbekannte Größe. Als Gemma mit ihrem Wissen aus zweiter Hand am Ende war, fragte sie: »Kommt dir nichts davon bekannt vor?«

Arden schüttelte den Kopf.

»Dabei hast du es so geliebt!«

»Ich weiß nicht mal mehr, wo es liegt«, antwortete er kummervoll. »An die Berge kann ich mich noch gut erinnern – schließlich bin dort aufgewachsen –, aber das Tal ...« Seine Stimme erstarb.

»Und wo sollen wir jetzt hingehen?« fragte Gemma leise.

»Es müßte irgendwo im Südosten liegen«, meinte er, »sonst wären wir nicht in diese Richtung geritten.«

»Wir werden es finden«, prophezeite sie entschlossen. Wenn sie nur so zuversichtlich sein könnte, wie sie sich anhörte. »Dann wird alles wieder zurückkommen.«

Arden senkte die Lider. »Jetzt werden wir erstmal schlafen«, fügte sie hinzu.

Das Zelt war voller Träume.

Gemma sah auf ihren Schatten herab, der tief unten über den Wüstenboden zu gleiten schien. Sie sah den Stein, einen grauen, himmelwärts zeigenden Finger, eingekreist von winzigen Gestalten. Ihr Gesang reichte bis zu ihr hinauf, übertönte das Rauschen des Windes und den gleichmäßigen Rhythmus des Flügelschlages.

Ihr Schatten zog über den Stein hinweg, ein dunkles Zucken, und plötzlich erwachten auf seiner Oberfläche blaue Flammen zum Leben. Gemma flog weiter, die vertrauten Erscheinungen neben ihr.

Dann spürte sie, wie sich bei ihren Begleitern etwas veränderte, bis nur noch einer neben ihr war. Die Vertrautheit war jetzt gefärbt von Traurigkeit und Bedauern. Auch die Art ihres Fluges hatte sich verändert; das sanfte Gleiten war mühelos, ließ sich aber nicht mehr recht kontrollieren. Die Form ihres Schattens war anders geworden – ein spitzes Dreieck, das immer dichter über die grünen Felder und verängstigten Schafe hinwegsegelte. Hier gab es keine Wüste.

Sie landeten, lachten ausgelassen vor Freude und überschlugen sich erleichtert im Gras. Gemma schaute hinauf zu den massiven Stadtmauern, von wo aus sie gestartet waren, und schätzte die Entfernung, die sie zurückgelegt hatten.

»Eineinhalb Meilen?« fragte sie ihren Begleiter.
»Eineinhalbtausend«, antwortete er. »Jetzt kannst du nie mehr zurück.« Seine Stimme war von einer Traurigkeit, daß Gemma sich umdrehte und ihn ansah. Sie hatte plötzlich Angst bekommen. Sie sah nur den Schwarm am Rand des Feldes, der sich rasch zurückzog. Mittendrin befand sich eine schattenhafte, kaum zu erkennende Gestalt.
»Ich brauche dich!« rief sie, doch ihre Worte gingen in einem Schrei unter. »Hilf mir, Cai!«

Das Zelt war voller Träume.
Arden hatte sich in einem Irrgarten aus Metall verlaufen. Endlos lief er durch lange Korridore, über eiserne Brücken und stählerne Abgründe, treppauf und treppab über schwach schimmernde Stufen. Lärm und Hitze bedrängten ihn von allen Seiten. Wasser schoß durch Kanäle hindurch, daß ihm bange wurde, und aus verborgenen Geysiren zischte Dampf.
Er ging weiter und weiter, kam aber nicht von der Stelle. Er befand sich in einer Tretmühle, dazu verdammt, seine Reise bis in alle Ewigkeit zu wiederholen, um sie jedesmal am Ziel erneut zu vergessen – ein endloses Entdecken von etwas, das er längst kannte.
Die Brücke war schmal und überspannte einen Graben. Weit unten schoß weißes Wasser vorbei. Arden hatte sie bereits zur Hälfte überquert, als er die Gruppe von Frauen und Männern bemerkte, die mit verschränkten Armen auf der gegenüberliegenden Seite wartete und sein Weiterkommen mit kalter regungsloser Miene verfolgte.
Sie tragen Masken, dachte er.
Dann begann die Gruppe zu rufen, auf ihn zu zeigen. Arden versuchte, ihnen zuzulächeln, doch es war unmöglich. Er berührte seine Wange mit der Hand und fühlte Metall. Verzweifelt riß er an der Maske, doch sie rührte sich nicht – wie er es auch versuchte, er wurde dieses fürchterliche Ding nicht los, mit dem man sein Gesicht versiegelt hatte. Er schrie, verlor das Gleichgewicht und stürzte von

der Brücke. Dabei sah er für einen kurzen Augenblick Gemma in der Gruppe mit den eisernen Gesichtern. Sie rief etwas, doch er bekam nur ihre letzten Worte mit.

»Hilf mir Cai!«

Arden stürzte in die metallenen Tiefen.

Als das erste Licht des neuen Tages durch die offene Zeltklappe drang, saßen die beiden sich kerzengerade gegenüber. Sie hatten beide die Augen weit aufgerissen, und doch sahen sie unterschiedliche Welten. Der Schock stand ihnen ins Gesicht geschrieben. Langsam wurden ihre Blicke wieder schärfer, und die beiden konnten sich wieder so sehen, wie sie waren.

»Du hast geträumt«, sagte Gemma, um ihre Stimme auszuprobieren. Sie musterte ihn mit gerunzelter Stirn. »Was sind das für Zeichen auf deinem Gesicht?«

Arden berührte vorsichtig seine Wange. Sie fühlte sich beruhigend warm und weich an, doch es gab entzündete Stellen, an denen die Haut empfindlich und fast gerissen war.

»Es waren Alpträume«, sagte er langsam. »Glaube ich wenigstens.« Die Einzelheiten schwanden bereits wieder aus seinem Gedächtnis. »Wieso soll Cai dir helfen?«

Gemma war sprachlos. »Ich weiß es nicht. Ich träume manchmal von ihm«, erzählte sie nach einer Weile.

»Offenbar hast du große Stücke auf ihn gehalten.« Ardens Stimme enthielt einen kaum spürbaren Unterton von Ärger.

»Ja, das habe ich. Er war der einzige, der mich je verstanden hat.«

Anschließend entstand ein langes Schweigen, keiner war erpicht darauf, die Unterhaltung fortzusetzen. Doch der Tag wurde Wirklichkeit, und allmählich verloren die Träume ihre Kraft.

»Wie fühlst du dich?« fragte Gemma schließlich.

»Viel besser.« Plötzlich grinste er. »Fast wieder wie ein Mensch. Außerdem habe ich Hunger.«

Nach dem Frühstück führte Gemma ihn zum Clan-Bau,

wo ein ziemliches Gewimmel herrschte. Die Beschaffung von Nahrung in ausreichenden Mengen verlangte den kleinen Tieren in dieser kargen Gegend eine unablässige Anstrengung ab. Doch sofort als der Posten die Menschen näherkommen sah, spürte Gemma, wie die Neuigkeit an den Clan weitergegeben wurde, und es versammelte sich eine Gruppe Meyrkats. Sie war bereits sehr beliebt, so fremd und interessant, wie sie für die Tiere war, und das beruhte auf Gegenseitigkeit. Als sie jedoch Arden auf eine freie Fläche in der Nähe eines Eingangs führte, empfing sie eine scharfe Warnung.

Sag nichts, befahl ein erwachsener Meyrkat. *Es würde den Kleinen stören. Od.*

Gemma gehorchte und gab Arden ein Zeichen, er solle stehenbleiben. Sie legte die Finger an die Lippen. Vor ihnen, unter der Obhut von Od und einer wachsenden Menge interessierter Zuschauer, umkreiste ein sehr junger Meyrkat einen Skorpion. Für einen so jungen wäre der Stich vermutlich tödlich, und Gemma spürte die Spannung der Zuschauer. *Warum helfen sie ihm nicht?* dachte sie insgeheim.

Das winzige Tier schlug nach dem Skorpion und schoß vor, um den giftigen Schwanz abzubeißen. Für einen Augenblick entkam ihm sein Opfer, schließlich jedoch hatte er Erfolg und verspeiste glücklich seine Beute.

Gut gemacht, Em. Du lernst schnell. Od. Die Glückwünsche gaben die Stimmung der gesamten Gruppe wider.

Danke, mein Lehrer. Em, erwiderte der Kleine, den Mund voller Skorpion und die Stimme voller Stolz.

»Was sollte denn das?« fragte Arden leise.

»Jeder Erwachsene bringt einem der Kinder bei, wie man Nahrung findet. Der Skorpion ist eine ihrer wichtigsten Lektionen«, erklärte sie.

Dann wurde Gemma von den Meyrkats bestürmt und mit Fragen überschüttet. Schon bald drehte sich ihr der Kopf, und sie mußte Ox bitten, die ganzen Fragen in irgendeine Art von Ordnung zu bringen. Er tat es, und anschließend konnte Gemma Arden davon überzeugen, daß sie mit dem Clan kommunizieren konnte. Nicht, daß es noch eines

Beweises bedurft hätte – der Umstand, daß die scheuen Tiere sie so nahe heranließen, war Beweis genug für ihr ganz besonderes Verhältnis. Trotzdem bestand sie auf einer Demonstration und verriet Arden vorab, worum sie die Meyrkats bitten wollte. Die Tiere folgten ihren Anweisungen und amüsierten sich großartig dabei. Für sie war es ein Spiel. Und als Gemma schließlich verkündete, es sei genug, gab es einstimmigen Protest. Die Folge war, daß das Spiel fortgesetzt wurde, und langsam fanden auch die beiden Menschen ihren Spaß daran. Gemma hatte ursprünglich ganz einfache Dinge von ihnen verlangt – ein bestimmtes Tier sollte vortreten, einen Warnpfiff ausstoßen und so weiter. Jetzt schlugen sie auf Geheiß Purzelbäume, begruben sich gegenseitig bis zum Hals im Sand, und drei Junge hüpften über Ardens ausgestrecktes Bein.

Die fröhliche Atmosphäre übertrug sich auf die darauffolgende Unterhaltung. Gemma wollte verschiedene Fragen stellen, und eine Gruppe von fünf Meyrkatältesten erklärte sich bereit, sie nach bestem Vermögen zu beantworten. Ein paar von den anderen blieben, um zuzuhören, mischten sich jedoch nicht ein. Arden entschuldigte sich nach einer Weile, da er nach den Pferden sehen wollte. Außerdem war es für ihn frustrierend, daß er an der Kommunikation nicht teilhaben konnte, und Gemma zu unterbrechen und um Erklärungen zu bitten, fand er unangebracht.

»Sie wünschen dir alles Gute«, rief sie ihm nach, als er ging.

Offensichtlich hatte sie Mühe, nicht zu lachen – denn tatsächlich hatte Ox gesagt: *Möge dein Land immer stark sein und deine Paarungen gute Kinder hervorbringen.*

»Sag ihnen ›Vielen Dank‹«, erwiderte Arden mit einem Lächeln. »Ich wünsche ihnen auch alles Gute. Amüsante kleine Burschen sind das.«

Gemma übermittelte den Meyrkats seinen Gruß – und veränderte ihn leicht bei der Übersetzung. Dann begann sie aufgeregt, ihre Fragen zu stellen. Sie war bereits mit den feinen Unterschieden in Klang und Lautstärke vertraut und konnte sogar ihre ›Stimmen‹ unterscheiden. Nach einer Weile wurde die Nennung des Namens am Ende einer jeden Äußerung fast überflüssig, und sie schaffte es, jeden Sprecher anzusehen.

Wie lange lebt ihr hier schon? Gemma.

Länger als es Wissen gibt. Od.

Der Clan erneuert sich. Av.

Neuer Bau nach dem Beben. Aber in derselben Gegend. Ox.

Das Beben war offenbar der Ausdruck der Meyrkats für Die Einebnung. Von ihren früheren Gesprächen wußte Gemma, daß der Clan seinem Territorium große Bedeutung beimaß und es gegen alle Neuankömmlinge verteidigte, trotzdem konnte sie sich nicht recht vorstellen, daß sie kein freundlicheres Zuhause hatten finden können als die Mitte der Diamantenwüste. Sie fragte, ob sie je daran gedacht hatten, weiterzuziehen. Die erste Antwort kam von einem Weibchen, das bisher nicht gesprochen hatte.

Früher hat es Wanderer gegeben. Vor langer Zeit. Ul. In ihrer Stimme lag Wehmut.

Unsere Wege des Wissens sind jetzt besser. Av, meinte die ältere Frau leise, doch Od unterbrach sie entschieden.

Wir können nicht fort. Der Gott verlangt unseren Gesang, und der Clan will nicht riskieren, daß er zornig wird. Od.

Welchen Gesang? Gemma.

Den Gesang an den Gott. Wenn der Wind dreht. Od.

Gemma wußte nicht recht, wie sie das verstehen sollte, und beschloß daher, zu raten.

Ist der Stein der Gott? Gemma.

Ihre Frage rief unter den Meyrkats große Aufregung hervor, und ihre Köpfe drehten sich rasch mal hier-, mal dorthin, so als wollten sie sehen, wie die anderen reagierten. Schließlich antwortete das dritte Männchen.

Der Gott-Himmel-Feuer-Stein ist das Geschenk Gottes an uns. Er stand einst hier und verwandelte die Luft in Stein. Ed.

Wir bewachen ihn immer noch. Ul.

Einige Geschichten besagen, er sei in dem Stein. Ed.

Dann singt ihr den Stein an? Gemma, sagte sie.

Wenn der Wind dreht. Od.

Wann ist das? Gemma.

Diese Frage verstanden die Meyrkats nicht, und Gemma mußte auf die Antwort warten.

Wenn er kommt. Ox. Der Führer des Clans hatte eine ganze Weile geschwiegen, und jetzt enthielt seine Stimme eine eigenartige Mischung aus Autorität und Verwirrung. Gemma verfolgte diese Frage nicht weiter und fragte statt dessen, was geschah, wenn sie den Stein ansangen.

Unser Gesang verwandelt sich in Feuer, und der Boden bewegt sich. Ul. Das war genau jener romantische Stil, den Gemma mittlerweile von Ul erwartete, diesmal jedoch klang es, als trage sie einen wichtigen und gut gelernten Text vor.

Blaues Feuer? Wie gestern abend? Gemma, wollte sie aufgeregt wissen.

Nein. Es wurde nicht gesungen. Der Wind dreht sich noch nicht. Od.

Aber die Flammen sind blau. Av.

Es sind nicht dieselben. Od. Er klang dogmatisch, erbost sogar, und es folgte eine beklommene mentale Stille. Dann setzte Ox das Gespräch fort.

Wir singen. Das ist richtig. Ard-en stößt. Das ist falsch. Gott-Himmel-Feuer-Stein ist verärgert. Ox.

Zustimmendes Gemurmel von den anderen. Gemma vermochte seine Logik nicht zu widerlegen, und der Klang seiner Worte ließ es ratsam erscheinen, das Thema nicht weiter zu verfolgen. Statt dessen erkundigte sie sich nach dem riesigen singenden Bau, von dem am Vortag die Rede gewesen war. Aus ihren Antworten schloß sie, daß die Höhlensysteme unter der Wüste gemeint waren. Trotzdem verstand sie nicht, wieso die Meyrkats solche Scheu vor ihnen hatten.

Das Grollen wendet sich ab. Ed.

Ein fester Wind, weiß vor Kälte. Ul.

Der singende Sand wird durch den Wind hervorgerufen? Gemma. Aus irgendeinem Grund löste diese Frage große Heiterkeit bei ihnen aus.

Gem-ma, du redest seltsam. Ox.

Sie mußte selbst lachen. Die Meyrkats waren entzückt über das Geräusch, und einige der Jungen, die zugehört hatten, wälzten sich glücklich zirpend über den Boden.

In der Folge beschränkte Gemma ihre Fragen auf praktische Dinge und wurde mit Informationen über die Organisation und die Gewohnheiten des Clans belohnt. Man zeigte ihr die Aussichtspunkte, die besonderen Stellen, die sie zum Sonnenbaden benutzten und verschiedene Eingänge des Baus.

Schließlich machte der Hunger dem Gespräch ein Ende, und Gemma kehrte zu Arden zurück. Beim Essen erzählte sie ihm, was sie in Erfahrung gebracht hatte. Arden interessierte sich besonders für Beschreibungen der Höhlen.

»Ich werde das Gefühl nicht los, daß all dies mit dem Tal zusammenhängt, daß ich angeblich retten will«, meinte er anschließend. »Vielleicht reichen die Höhlensysteme bis unter die Berge.«

»Irgendwie hängt *alles* zusammen«, erwiderte Gemma. Sie lernte, ihren Gefühlen zu trauen – was immer der Grund war, weshalb sie in in dieses Land gereist war, er hatte ihr einen festen Glauben an irrationale Wahrheiten eingeimpft.

»Interessant, was sie über den Stein erzählen«, meinte Arden.

»Interessant ist gut!« brauste sie auf. »Er hätte dich fast umgebracht.«

»So leicht wird man mich nicht los. Ich bin zäher, als ich aussehe!« grinste er.

»Ich wünschte, ich könnte verstehen, was sie wirklich meinen«, überlegte Gemma und tat, als hätte sie seine letzte Bemerkung nicht gehört.

»Viel Zeit bleibt dir nicht«, antwortete Arden, inzwischen wieder ernst. »Unsere Vorräte gehen zur Neige. Wenn wir nicht gleich morgen früh aufbrechen, kommen wir vielleicht nie mehr aus dieser Wüste raus. Wir können uns schließlich nicht von Skorpionen ernähren.«

Den Rest des Tages unternahm Gemma weitere Versuche, einige der Geheimnisse ihrer seltsamen neuen Freunde zu enträtseln. Sie hatte jedoch nur mäßigen Erfolg, denn die Tiere wollten jetzt auf Futtersuche gehen, da sie den größten Teil des Vormittags beim Plaudern verloren hatten. Nahrung war knapp in dieser Jahreszeit, und das Füllen von dreißig

Mägen war eine Beschäftigung, die einen voll und ganz in Anspruch nahm. Dennoch erfuhr sie noch ein paar Einzelheiten über das Leben des Clans, die zwar in sich faszinierend, aber nur von geringem praktischem Nutzen waren.

In dieser Nacht schliefen sowohl Arden als auch Gemma gut, und am Morgen brachen sie das Lager ab und machten sich für die Abreise fertig. Der Clan verabschiedete sie. Nach zahlreichen Lebewohls, denen die Trauer der Meyrkats über ihren Aufbruch anzumerken war, kamen Arden und Gemma in den Genuß einiger Lieder. Der Lärm war eine Qual, man sah es ihren Gesichtern an. Das Abschiedslied brach unvermittelt ab, als einer der Meyrkats verkündete: *Genug gesungen. Ed.*

Anschließend bestiegen Gemma und Arden ihre Pferde, und unter letzten Lebewohlrufen und Winken brachen sie auf. Für Gemma war es schmerzlich, ihre neugewonnenen Freunde zurückzulassen – im Innern ihres Kopfes wurde es plötzlich so still.

»Wenn sie doch nur mitkommen könnten«, seufzte sie sehnsüchtig.

»Mir geht es genauso«, stimmte Arden ihr zu. »Vielleicht hätten sie wenigstens den Weg gewußt!«

31.
KAPITEL

Acht Tage nach Verlassen der Wüste hatten Gemma und Arden verschiedene kleine Täler und ihre dörflichen Gemeinden ausfindig gemacht, keines davon war jedoch in irgendeiner Weise ungewöhnlich gewesen oder hatte bei Arden irgendeine Reaktion ausgelöst. Einige der Orte erkannte er von seinen früheren Wanderungen wieder, doch mit dem verlorenen Tal konnte er sie nicht in Verbindung bringen, und er begann, an der Existenz ihres Ziels zu zweifeln. Gemma, die überzeugt war, daß es – *irgendwo* – existierte, versuchte ihn zu trösten.

»Du hast doch erzählt, daß du vor deiner Ankunft dort noch nie etwas von dem Tal gehört hattest«, meinte sie. »Es ist also keine Überraschung, daß auch sonst niemand etwas davon weiß.«

»Vielleicht sind wir in der völlig falschen Gegend«, antwortete er niedergeschlagen. »Wir können monatelang umherwandern, wenn ich mich an nichts erinnere. Außerdem bleibt uns offenbar nicht mehr viel Zeit.«

Arden besaß immer noch ein wenig Geld, das er dazu benutzt hatte, in den Dörfern ihre Vorräte aufzufüllen. Doch sowohl er als auch Gemma wußten, daß sie sich bald selbst würden versorgen müssen. Das mußte ihr Suche unweigerlich verzögern.

»Ich habe mir genau gemerkt, wo wir bis jetzt gewesen sind«, tröstete ihn Gemma, »also werden wir wenigstens nicht im Kreis herumlaufen. Irgendwann müssen wir es finden.«

Gegen mittag des achten Tages sollte sich ihre Vorhersage erfüllen, auch wenn anfangs nur sie es merkte. Beim Überqueren eines Passes zwischen zwei Tälern, mit schroffen Berggipfeln zu beiden Seiten, blickten sie hinab auf eine im wesentlichen braune Wald- und Farmlandschaft. Die Luft war still und ruhig. Gemma spürte einen Hoffnungsschimmer und sah zu Arden hinüber, doch sein Gesicht war leer und undurchschaubar. Er sah in das Tal hinab wie immer, wenn sich ein neues Panorama bot.

»Erkennst du etwas wieder?« fragte sie leise.

»Nein.«

Sie ritten weiter, es ging jetzt bergab. Das Bild unten paßte auf Ardens Beschreibung. Das ausgestrocknete Flußbett, die leeren Auffangbecken, die weit verstreuten Häuser und weit im Süden ein Dorf. Doch noch immer war ihm nicht anzusehen, ob er etwas wiedererkannte. Gemmas Gefühl, am Ziel zu sein, wurde immer stärker, auch wenn nichts Greifbares diesen Eindruck untermauerte. Es lag in der Luft wie eine Energie, etwas, das sie noch nie zuvor gespürt hatte. Es zog sie weiter, obwohl dies nicht das wundervolle, üppige Tal war, das Arden beim erstenmal gesehen hatte, denn diesen Ort umgab trotzdem etwas ganz Besonderes.

Gemmas Hoffnung wurde zur Gewißheit, als ein Stück weiter unten ein Kaninchen genau vor den Pferden ins Freie sprang. Das kleine Geschöpf blieb stehen und sah zu, wie sie näherkamen. Seine Körperhaltung verriet keinerlei Angst, und als es schließlich zur Seite wich, tat es dies gemächlich. Arden betrachtete es teilnahmslos.

»Ich hätte es fangen sollen«, meinte er. »Wir könnten etwas frisches Fleisch gebrauchen.«

Nicht hier, dachte Gemma, sagte aber nichts.

Kurz darauf sah sie einen gleichermaßen furchtlosen Fuchs, der unter einem verdorrten Baum saß und verfolgte, wie sie vorüberritten.

Bald wurde immer offensichtlicher, wie trocken das Tal war – die Hufe der Pferde wirbelten Staub auf, und das Gras war braun. Als sie ein Plateau direkt über dem Farmland erreichten, hielten sie an und betrachteten die vor ihnen liegende Landschaft. Überall war es das gleiche: welke, absterbende Felder, zwischen denen nur wenige Flecken Grün zu erkennen waren, Bäume, die ihre Blätter vorzeitig abgeworfen hatten. Einige waren vollkommen kahl. Es waren nur sehr wenige Tiere zu sehen.

Gemma wollte gerade zur unvermeidlichen Frage ansetzen, als eine Frauenstimme nach ihnen rief. Sie kam aus einem Brombeergestrüpp zu ihrer Linken, die Frau winkte und rief noch einmal. Dann hob sie den Saum ihres Rockes und kam auf sie zugelaufen. Arden stieg ab und blickte die Fremde an, die ein paar Schritte entfernt stehenblieb. Sie hatte ein hübsches, wenn auch von Sorgen zerfurchtes Gesicht, ihre Arme waren dünn.

»Arden! Bist du es wirklich!« sagte sie fassungslos. »Wir dachten, du würdest nicht mehr zurückkommen.«

Gemma sah, wie Arden bei ihren Worten zusammenzuckte. Die Hoffnung im Gesicht der Frau erstarb, als sie ihn ansah, erst wich sie Schmerz, dann Mitleid. Sie kam einen Schritt näher.

»Arden?« Ihre Stimme klang sanft, tröstlich.

»Ich habe euch enttäuscht.« Seine Worte klangen barsch, doch seine Stimme stockte. »Es tut mir leid.«

»Laß nur ...«, begann sie, dann schaute sie hoch zu Gemma, als sähe sie sie zum erstenmal.

Als Arden sich umdrehte, merkte Gemma, daß seine Erinnerung zurückgekehrt war und mit ihr der Schmerz über sein Versagen.

»Das ist Mallory«, erklärte er.

Mallory führte sie zu ihrem Haus. Das geheimnisvolle gemeinsame Wissen, das zumindest in dieser Familie noch funktionierte, hatte ihren Mann und zwei Söhne bereits dorthin gerufen. Nach einer lauten Begrüßung, die aufgrund der sichtlichen Sorge der Eltern ein schnelles Ende fand, kümmerten sich die Jungen um die Pferde und ließen die Besucher mit Mallory und Kragen allein.

Arden stellte ihnen Gemma vor, und sie gingen nach hinten in die Küche. Arden nahm mit versteinerter Miene Platz, dann holte er tief Luft und sagte: »Ich muß dich enttäuschen, Kragen. Ich muß euch alle enttäuschen.«

»Du hast getan, was du konntest«, warf Mallory ein. Auf dem Weg hinunter zur Farm hatte sie einen kurzen Bericht von der Reise nach Newport gehört.

»Aber es war nicht genug!« fuhr Arden sie heftig an. Mallory zuckte zusammen.

»Es war eine vage Hoffnung«, meinte Kragen ruhig. »Das haben wir alle gewußt. Wenn du es nicht schaffst, dann niemand. Du darfst dir keinen Vorwurf machen.«

»Das tue ich aber«, erwiderte Arden bitter. »Ohne Gemmas Hilfe wäre ich nicht einmal *soweit* gekommen.«

Das Eingeständnis überraschte Gemma dermaßen, daß sie vergaß, was sie hatte sagen wollen. Sie konnte nur mit den Achseln zucken, als der Farmer und seine Frau sie ansahen.

»Offensichtlich hast du auch eine Geschichte zu erzählen«, meinte Mallory.

»Das ist nicht wichtig«, entgegnete Gemma. »Was zählt ist das Tal. Arden hat mir so viel über euch alle erzählt ...«

»Fühlst du dich hier wie zu Hause?« fragte Mallory plötzlich.

»Ja«, antwortete Gemma ohne Zögern – ohne zu wissen, daß die Frage eine tiefere Bedeutung hatte. Kragen und seine Frau sahen sich an.

»Die meisten Fremden tun das nicht«, meinte der Farmer. »Du und Arden, ihr habt eine Menge gemeinsam.«

Gemma und Arden sahen sich an. Ein paar Augenblicke lang schwiegen sie, dann mußten sie unter den Blicken ihrer amüsierten Gastgeber lauthals lachen.

»Seit wir uns getroffen haben, sind wir praktisch in nichts einer Meinung!« erklärte Arden.

»Vielleicht bringt euch dann das Tal wieder zu Verstand«, entgegnete Mallory.

»Du hattest schon immer eine seltsame Sicht der Dinge«, erwiderte er und musterte sie neugierig. Dann wandte er sich an Kragen, dessen Gesicht wieder ernst geworden war. »Wir stehen die Dinge hier?«

»Ziemlich schlecht. Seit Caleys Tod beim letzten Einbruch sind wir mit den Brunnen nicht mehr viel weiter gekommen. Je tiefer wir graben, desto schwieriger wird es. Darüber hinaus waren sie alle trocken, wie sich herausgestellt hat.«

»Und wie steht es mit dem Flußlauf im Osten?«

»Schlecht. Wir haben ihn ein wenig nutzen können, aber es hat einfach nicht gereicht.« Kragen klang müde. »Außerdem ist auch er vor ein paar Tagen ausgetrocknet.«

»Ist sonst noch jemand weggezogen?«

»Drei oder vier Familien«, meinte Mallory. »Wir haben nichts mehr von ihnen gehört. Und die Alten sterben langsam aus.« Sie schwieg. »Alida hatte vor ein paar Tagen eine Totgeburt.«

Arden wirkte entsetzt. Offenbar war so etwas im Tal früher völlig ausgeschlossen gewesen.

»Einige der kleinen Kinder sind krank«, fuhr Mallory fort. »Sie bekommen einfach nicht genug zu essen, um groß und stark zu werden, und sie haben keine Abwehrkräfte gegen Krankheiten.«

»Wir sind alle sehr empfindlich geworden«, stellte Kragen nüchtern fest.

In die darauffolgende Stille hinein stellte Gemma eine Frage, die ihr schon lange auf dem Herzen gelegen hatte.

»Verfügt ihr immer noch über das gemeinsame Wissen?« fragte sie leise.

»Ja, aber es ist träger geworden«, berichtete Kragen. »Und weniger verläßlich. Um sicherzugehen, müssen wir Nachrichten versenden, wie es die Fremden tun.«

»Die Jungs sind schon unterwegs«, fügte Mallory hinzu. Wir haben morgen im Unterdorf einen Rat einberufen. Jetzt, wo du wieder hier bist.«

»Ich wünschte, ich hätte bessere Neuigkeiten«, sagte Arden unglücklich.

»Wird Kris da sein?« fragte Gemma.

»Nein. Er ist schon seit ein paar Tagen bewußtlos«, erklärte Mallory traurig.

Auf der Ratsversammlung am nächsten Tag gab es in der Tat nur sehr wenig gute Neuigkeiten. In Ardens Erinnerung waren dies fröhliche gesellschaftliche Ereignisse gewesen, diesmal jedoch war die Stimmung verständlicherweise verbittert. Trotzdem hieß man Arden willkommen, und auch Gemma wurde höflich begrüßt – doch die mitgebrachten Neuigkeiten schienen den Menschen die letzte Hoffnung zu nehmen. Streit und schlechte Laune wurden offen ausgetragen, und es wurde deutlich, daß die meisten nur noch die Wahl zwischen zwei langsamen Formen eines qualvollen Untergangs sahen.

Man versuchte, Arden gegenüber fair zu sein, und hörte sich geduldig seine Geschichte an. Doch obwohl die meisten für seine Schwierigkeiten bei der Auseinandersetzung mit der korrupten und fremdartigen Stadt Verständnis hatten, konnten sie ihre Bitterkeit und ihren Kummer nicht verhehlen. Sie waren der Meinung, man hätte eine solch lebenswichtige Aufgabe keinem Fremden überlassen sollen. Das war doppelt ungerecht, denn von ihnen hätte niemand eine derartig lange Reise unternehmen können, daher stellten sich eine Menge Leute auf Ardens Seite.

Trotzdem war die scharf geführte Diskussion für die Besucher eine Tortur, und Gemma mußte sich beherrschen, sonst hätte sie einigen von Ardens Verunglimpfern eine passende Antwort gegeben.

Kein Mensch hätte mehr erreichen können! ärgerte sie sich. *Ihr habt ja keine Vorstellung, welchen Preis er dafür hat zahlen müssen*. Klugerweise hielt sie sich trotzdem zurück.

Am Ende der Diskussion wurde deutlich, daß man keine andere Wahl hatte, als so weiterzumachen wie bisher. Man mußte darauf hoffen, daß der Fluß eines Tages zurückkehrte. Man wollte noch mehr Brunnen graben, wo es möglich war, weitere Ströme umleiten und dergleichen mehr. Die Idee, in den entlegeneren Gebieten Wüstendorn anzupflanzen, wurde mit der Begründung verworfen, daß er lediglich Wasser speichern, nicht aber erzeugen konnte. Der Ruf nach weiteren Auswanderungen wurde ebenfalls zurückgewiesen, obwohl klar war, daß einige fortgehen würden. Die Zäheren unter ihnen wollten weiter versuchen, Lebensmittel in den Nachbartälern zu kaufen.

Lediglich Arden hatte neue Vorschläge, doch seine Ideen fanden bei seinen Zuhörern nur wenig Beachtung.

»Die Leute aus der Stadt werden keine Ingenieure schikken. Trotzdem ist die Idee gut, nach der Quelle der Flusses zu suchen. In den Bergen leben Menschen, die uns vielleicht helfen können, ich werde daher ins Hochland hinaufsteigen. Ich werde niemanden bitten, mich zu begleiten, aber angenommen, wir finden die Quelle und es gelingt uns, sie umzuleiten, wäre das die Mühe nicht wert?« Er blickte abwartend in die ernsten Gesichter, die ihn umgaben. »Welche Wahl haben wir denn? Übermorgen breche ich mit allen auf, die den Mut haben, mich zu begleiten. Alleine, wenn es sein muß. Denkt darüber nach.«

Danach löste sich die Versammlung rasch auf, und Gemma wurde Elway und den anderen Familienmitgliedern vorgestellt, die von ihrer Farm am Südende des Tales heraufgekommen waren. Sie hatte das Gefühl, sie bereits zu kennen.

Arden hatte keine Gelegenheit gehabt, sie vor der Versammlung zu sprechen, und wurde von dem stämmigen Farmer und von seiner Frau Teri, die ihn fest in ihre Arme schloß, herzlich begrüßt – und von Horan, seinem Freund aus jungen Jahren. Mallory und Kragen bildeten den Rest der Gruppe.

Als die Vorstellungen vorbei waren, blickte Gemma in ihre ernsten Gesichter. Sie hätte diese Menschen gerne in glücklicheren Tagen kennengelernt.

»Willst du wirklich alleine ins Hochland?« fragte Mallory Arden.

»Natürlich nicht«, beantwortete Teri die Frage für ihn. »Gemma wird ihn doch bestimmt begleiten wollen.«

»Keine vorschnellen Schlüsse ...«, begann Elway.

»Teri hat recht«, unterbrach ihn Gemma. »Ich kann jetzt nicht aufhören.« *Ich stecke schon zu tief drin – in mehr als einer Hinsicht*, fügte sie im stillen hinzu.

Arden lächelte sie an. Seit Tagen hatte er nicht so glücklich ausgesehen.

»Ich komme ebenfalls mit«, sagte Horan unerwartet. Alles drehte sich nach ihm um, und er mußte lachen, als er die unterschiedlichen Gesichter sah. »Macht nicht so überraschte Gesichter«, sagte er. »Das macht doch Sinn. Ich bin unverheiratet, und ich bin noch verhältnismäßig gut bei Kräften. Um das bißchen, was hier auf der Farm noch zu tun bleibt, kann Vater sich kümmern. Wer wäre geeigneter, mitzugehen?«

Mallory meldete sich als erste zu Wort und sprach etwas aus, das viele dachten.

»Aber du bist krank geworden, als du letztes Jahr ins Westtal gegangen bist«, wandte sie unglücklich ein.

»Vielleicht ist es in den Bergen anders«, erwiderte er.

»Aber ...« begann Teri. Ihre Augen bekamen einen mütterlich-besorgten Ausdruck.

»Der Junge hat sich entschieden«, stellte Elway fest. »Wenn Arden ihn will, soll er mitgehen.«

Der ›Junge‹, der beinahe vierzig Jahre alt war, warf seinem Vater einen dankbaren Blick zu. Dann sah er Arden voller Hoffnung an.

»Eine Antwort erübrigt sich ja wohl, oder? Ich wüßte nicht, wen ich lieber mitnehmen würde.«

Die Sache war beschlossen, und Gemma wußte, von nun an würde jeder mit ganzem Herzen hinter dem Abenteuer stehen.

»Möchte sonst noch jemand mitkommen?« erkundigte sich Arden.

»Es gibt nicht viele Männer ohne Frau und Kinder, die dir von Nutzen sein könnten«, antwortete Horan nachdenklich. »Aber ich werde mich umhören.«

Ihre Unterhaltung wechselte von Zukunftsplänen zur gegenwärtigen Lage, besonders der auf Elways Farm. Das Zuhören war alles andere als angenehm. Zwar lebte die gesamte Familie – bis auf Fletcher – noch, aber der Gesundheitszustand der Kleinen war besorgniserregend.

»Und dann ist da natürlich Kris«, sagte Teri. »Niemand begreift, was mit ihm geschehen ist.«

»Wo ist er?« wollte Arden wissen.

»Bei Dugan und Clare«, antwortete Elway. »Gleich südlich von hier.«

»Clare verfügt über bessere Heilkräfte als wir alle«, fügte Teri hinzu, »und selbst sie steht vor einem Rätsel.«

»Seit wann ist er schon in diesem Zustand?«

Elway rechnete kurz nach. »Zwölf oder dreizehn Tage«, sagte er. »Er ist eines Abends schlafen gegangen und seitdem nicht mehr aufgewacht.«

»Können wir ihn sehen?« fragte Gemma.

»Sicher, warum nicht.«

Sie kletterten auf Elways Karren – alle bis auf Arden und Horan, die in ein Gespräch vertieft zu Fuß hinterherliefen –, und der Farmer fuhr sie über die staubige Straße. Es wurde wenig gesprochen, doch Gemma war das Schweigen nicht unangenehm. *Vielleicht wird die Magie schwächer, aber ganz ist sie noch nicht verschwunden*, dachte sie.

Clare empfing sie an der Tür und bat sie alle ins Haus. Nach einer kurzen Unterredung führte sie Arden und Gemma nach oben in das Schlafzimmer, in dem Kris lag. Er war mit einem weißen Laken zugedeckt, trotzdem erkannte Gemma die Umrisse des winzigen, mißgestalteten Körpers darunter. Nur sein Kopf und der verkrümmte Arm lagen frei, seine Augen waren geschlossen.

Er bewegte sich kaum. Erst als Gemma sich neben das Bett kniete, sah sie das sachte Heben und Senken der Brut. *Welche Geheimnisse mögen in deinem Kopf gefangen sein?* fragte sie sich, als sie Kris Hand ergriff und sie festhielt.

Sie hörte, wie Arden den Atem anhielt, und einen Augenblick lang schien die Hand auf ihren Druck zu reagieren.

Dann verschwand das Zimmer.

Ich habe auf dich gewartet, sagte eine Stimme. *Wo warst du so lange?*

32. KAPITEL

Gemma sackte mit geschlossenen Augen nach vorn. Arden eilte herbei, um ihr zu helfen, doch Clares Hand auf seinem Arm hielt ihn zurück.

»Laß sie«, sagte die Heilerin. »Sie ist nicht in Gefahr.«

Arden sah sie an. »Woher willst du das wissen?«

»Die Wärme ist noch da – ich habe das oft gespürt. Kris wird ihr nichts tun.« Sie schien ihrer Sache sicher zu ein. »Wer weiß? Vielleicht kommt etwas Gutes dabei heraus.«

Arden war unsicher und drehte sich wieder zu Gemma um. Sie wirkte vollkommen entspannt, lehnte sich gegen das Bett und hielt Kris' Hand noch immer umklammert.

Wo bist du? fragte er lautlos.

Gemma befand sich noch immer im Tal – jedoch nicht an dem trockenen und staubigen Ort, den sie tags zuvor betreten hatte. Ihr Wunsch, es so zu sehen, wie es einmal gewesen war, in all seiner Schönheit, seinem Glück, wurde erfüllt. Ihr Spektralkörper erlaubte ihr lediglich das Hinsehen und nicht mehr – aber sie war da. Es erschien so wirklich wie alles, was sie erlebt hatte, und sofort akzeptierte sie das Wunder und ihre Rolle als Zuschauer.

»Ich habe auf dich gewartet«, sagte Horan. »Wieso hat es so lange gedauert?«

»Ich bin aufgehalten worden«, antwortete Arden schüchtern.

Die beiden jungen Männer standen am Ufer eines kleinen Teiches. Sie waren umgeben von Bäumen, und grünlich-gelbes Licht sprenkelte die Wasseroberfläche. Mallory kam aus dem Wäldchen, und die beiden Männer drehten sich zu ihr um.

»Das sehe ich«, bemerkte Horan, und Arden wurde rot. »Hoffentlich erwischt Kragen euch beide nicht zusammen!«

»Kragen hat noch nicht um meine Hand angehalten«, erwiderte Mallory, während Arden versuchte, nicht noch mehr zu erröten.

»Außerdem«, fuhr sie fort, »wer so hübsch ist wie ich, muß damit rechnen, daß er mehr als einen Verehrer hat.«

»Ich ...« begann Arden.

»Womit haben wir bloß ein solches Mädchen in unserer unschuldigen Familie verdient?« fragte Horan zum Spaß und breitete die Hände aus. Seine Augen lachten. »Arden, mein Freund, hüte dich vor der Versuchung.«

»Du hast gut reden!« rief Mallory. »Dreißig Jahre und immer noch keine Manieren.«

»Achte nicht auf sie«, riet Horan Arden. »Wir haben zu tun.«

»Frechheit! Wessen Idee war das denn?« wollte sie wissen.

»Hab' ich vergessen«, erwiderte er, doch sein Grinsen verriet etwas anderes.

»Ach, du bist unmöglich«, scherzte sie und versuchte, ihn ins Wasser zu stoßen. »Du weißt ganz genau, daß ich es war – zum Glück hat wenigstens einer in unserer Familie nicht nur Muskeln, sondern auch ein bißchen Verstand.«

Sie schlug nach ihm, doch Horan wich geschickt aus, und sie wäre beinahe ins Wasser gefallen. Lediglich Ardens schnelle Reaktion rettete sie.

»Ich bin froh, daß es hier wenigstens einen Ehrenmann gibt«, meinte sie hochmütig. »Vielen Dank, mein Herr.«

»Laß dich nicht in Versuchung führen«, flüsterte Horan hinter vorgehaltener Hand.

»Eines Tages erwische ich dich noch!« drohte sie, löste sich aus Ardens Griff und zeigte mit dem Finger auf ihren Bruder.

»Den Tag möchte ich erleben«, antwortete er lachend.

Aus den Bäumen erschallte Hunleys Stimme.

»Wann seid ihr drei endlich fertig!« rief er. »Lang und ich haben lange genug bis zu den Knien im Schlamm gestanden. Wir wollen sehen, ob es funktioniert!«

»Natürlich funktioniert es!« rief Mallory zurück. »Wenn ihr alles richtig gemacht habt.«

»Ich öffne jetzt die Schleuse«, verkündtete Horan.

»Komm, Arden. Wir gehen den Fluß hinab.« Damit ging Mallory voraus, am Ufer entlang, das eine Seite des Teiches bildete. Beim Gehen veränderte ich auch Gemmas Perspektive, und sie konnte Hunley sehen – Elways Ältesten – und Lang, der sich über eine Konstruktion aus Holz beugte. Sie überspannte das Flußbett, durch das nur ein Rinnsal lief.

»Indem man den Griff nach rechts dreht«, erklärte Mallory, »können wir die Wassermenge in beiden Läufen des Flusses regulieren.«

»Wie wird das funktionieren?«

»Siehst du die Holzplanke in der Mitte?« erläuterte Mallory. »Man kann sie nach rechts oder links verschieben.«

»Wie ein Schiffsruder?« schlug Arden vor.

»Wenn du so willst«, antwortete sie leicht verärgert. »Ich habe noch nie ein Schiff gesehen.«

»Paß auf«, meinte Mallory.

Ein Wasserschwall stürzte das Flußbett hinab. Als er auf die Barriere traf, schoß eine Gischt in die Höhe und durchnäßte Hunley bis auf die Haut. Mallory prustete vor Lachen, und ihr Bruder schüttelte die Faust in gespieltem Zorn. Lang auf der anderen Seite hatte mehr Erfolg. Als der Strom gleichmäßiger floß, begann er, den Griff langsam zu drehen. Der Strom, der bis dahin in den rechten Arm geflossen war, wurde in zwei gleiche Teile geteilt.

»Läßt sich problemlos bewegen«, kommentierte Lang sichtlich zufrieden. »Ein Kind könnte ihn bedienen.«

»Was, selbst Mallory?« Horan war unbemerkt hinter seine Schwester und Arden getreten.

»Ich werde die Bemerkung ignorieren«, sagte sie in gespieltem Hochmut. Sie sahen zu, wie Lang und Hunley weitere Korrekturen vornahmen und die Teilmengen variierten, die in die jeweiligen Kanäle flossen.

»Nicht schlecht«, lautete Hunleys Urteil.

»Wir können eine ganze Reihe von ihnen installieren und das Wasser gleichmäßig über das ganze Land verteilen«, erklärte Mallory Arden, »ganz gleich, wie weit es vom Zufluß entfernt ist. Im Augenblick haben wir beim Aufteilen zu wenig Kontrolle über die Bewässerungsströme.«

Arden war beeindruckt und sagte das auch.

»Habt ihr das gehört?« wollte Mallory von den anderen wissen. »Wenigstens einer, der Talent anerkennt.«

»Ermutige sie nicht auch noch, Arden«, sagte Horan. »Du warst als einziger lange genug in ihrer Nähe, um zu wissen, wie unerträglich sie in Wirklichkeit ist.«

»Das werde ich glücklich ertragen«, widersprach Arden gallant.

»Ich bin verliebt!« erklärte Mallory und schlang ihm die Arme um den Hals. Ardens erschrockenes Gesicht erzeugte schallendes Gelächter bei den Männern, die zugesehen hatten.

»Sie ist nicht mehr das kleine Mädchen, daß du kennengelernt hast, was?« meinte Hunley.

»Bitte, bring mich fort von hier«, flehte Mallory und blickte Arden voller Bewunderung in die Augen.

Einen Augenblick lang fragte er sich, ob sie es ernst meinte. »Das kann ich nicht ... du weißt doch ...«, stammelte er. Dann sah er das Funkeln in ihren Augen und das Lächeln, das sich langsam auf ihrem Gesicht breitmachte, und beschloß, es ihr heimzuzahlen. Er zog sie an sich und küßte sie lange und leidenschaftlich unter dem Applaus und den Pfiffen ihres Publikums. Als sie endlich voneinander abließen, mußten beide lachen.

»Ist unsere Schwester bei diesem Mann in guten Händen?« fragte Hunley mit gespieltem Ernst.

»Also, mein Bruder«, erwiderte Horan. »Ich glaube, ich würde die Frage eher anders herum stellen.«

»Aber er ist verrückt.«

»Stimmt. Kein Mann bei klarem Verstand würde sie *so* küssen.«

»Achte nicht auf diese Dummköpfe«, warf Mallory ein. »Zeig mir mehr von deiner wilden Leidenschaft.«

Arden ging darauf ein und knurrte wild, doch sein eher lahmer Versuch brachte ihm bloß amüsiertes Geheul von den anderen ein. Mallory warf in gespieltem Entsetzen die Arme in die Höhe, kreischte und lief fort. Nach ein paar Schritten blieb sie stehen, drehte sich um, sah Arden an, der sich nicht von der Stelle gerührt hatte, und befahl, »Also schön, dann komm und fang mich!« Dann machte sie auf dem Absatz kehrt und sprang davon. Nach kurzem Zögern folgte Arden ihr unter dem Spott seiner Freunde – die mittlerweile wie die Tiere kreischten.

Er holte sie ein, und zusammen gingen sie den Pfad entlang, heraus aus dem Wald. Der Ausblick, der sich vor ihnen auftat, war friedlich und wunderschön: Felder, grün und golden, bedeckten wie ein Flickenteppich das ganze Tal. Hie und da gab es einzelne Häuser, und tief unten im Tal, Richtung Norden, konnten sie die Zusammenballung von Häusern erkennen, aus denen das Unterdorf bestand. Baumgesäumte Berge erhoben sich zu beiden Seiten des Tals, und weiter oben ragte kahler Fels in den blauen Himmel.

»Bleibst du noch lange?« fragte Mallory nach einer Weile.

»Nein. Ich sollte bald aufbrechen.« Es klang wie eine Entschuldigung.

»Du sollst … du mußt dir meinetwegen keine Sorgen machen«, sagte Mallory vorsichtig. »Ich weiß, daß du fort mußt.«

»Ich brauche all meinen Mut, um wiederzukommen«, gestand Arden.

»Warum?«

»Weil ich es so gerne möchte.«

»Das gibt keinen Sinn.«

Arden lächelte versonnen. »Hier ist nicht mein Zuhause. Eigentlich gehöre ich nicht hierher, und jedesmal, wenn ich zurückkomme, wird mit das deutlich bewußt. Außerdem schmerzt es, fortzugehen.«

»Es ist wirklich schön hier«, meinte sie und ließ den Blick über die grüne Landschaft schweifen.

»Das ist nur einer der Gründe, warum es weh tut«, antwortete er.

Die Bilder in Gemmas Kopf erloschen abrupt. Sie befand sich wieder in Kris' Zimmer. Seine Hand hatte sich aus ihrem Griff gelöst. Einen Augenblick lang spielte sie mit dem Gedanken, sie wieder zu ergreifen, entschied dann aber, daß sie genug gesehen hatte. Sie wollte aufstehen und merkte, daß ihr die Beine eingeschlafen waren. Arden war sofort zur Stelle. Er war jetzt wieder älter, aber ebenso gutaussehend, und half ihr auf.

»Was ist passiert?« wollte er wissen. »Alles in Ordnung?«

Gemma nickte und ignorierte das Kribbeln in ihren Beinen.

»Kris hat mir das Tal gezeigt«, sagte sie. »Bevor …«

»Es war wunderschön«, sagte er mit traurig versonnenem Blick.

»Und so wird es wieder sein«, meinte sie und ergriff fest seine Hand.

33. KAPITEL

»Begreifst du denn nicht?« beschwor Gemma ihn. »Kris hat uns die Antwort gezeigt.« Sie hatte sich schon oft gefragt, warum er ihnen gerade diese Vision vorgeführt hatte, und jetzt wußte sie es. Sie sah in die Gesichter ringsum, deren Ausdruck zwischen aufkeimender Hoffnung und sichtlicher Skepsis schwankte. Man hatte die Küche auf Elways Farm in einen improvisierten Versammlungsort verwandelt – außer der Familie waren vier junge Männer anwesend, die Horan in der Hoffnung zum Kommen überredet hatte, sie würden sich der Expedition anschließen. Gemmas Vision hatte ihren Überlegungen Nahrung gegeben.

»Warum sollte Kris ausgerechnet dir dieses Zeichen geben?« fragte einer von ihnen. *Einer Fremden,* schien sein Ton zu beinhalten.

»Wer weiß?« antwortete Gemma. »Vielleicht, *weil* ich eine Fremde bin.«

»Wir alle haben versucht, Verbindung zu Kris aufzunehmen«, meinte Elway. »Aber es ist uns nicht gelungen. Ein Kanal schließt sich, damit sich vielleicht ein anderer öffnet.«

»Darum geht es in Wirklichkeit doch gar nicht«, warf Gemma ein. »Was ich gesehen habe, habe ich gesehen. Ich hab' mir das doch nicht ausgedacht.«

»Aber darauf haben wir nur dein Wort«, führte ein anderer Besucher an.

»Die Bemerkung spricht nicht gerade für dich, Bowen«, erwiderte Teri energisch, doch Gemma fühlte sich nicht angegriffen.

»Du hast recht«, meinte sie mit einem Blick auf Bowen. »Ich weiß, daß die Bilder von Kris stammen, ob ihr mir aber glauben wollt oder nicht, liegt bei euch.«

»Warum sollte sie lügen?« fragte Arden aufgebracht. »Was hätten wir davon?«

»Begleitung«, antwortete Bowen trocken.

Beklommenes Schweigen. Nach einer Weile stieg Horan in die Debatte ein.

»Ich glaube Gemma«, sagte er ruhig, »aber ganz gleich, woher diese Szene deiner Ansicht nach stammt, sie ist für unser Problem von Bedeutung. Alles andere wäre zu unwahrscheinlich. Wir müssen unbedingt zumindest einen Teil des Flusses umleiten, und die Wassertore sind eine verkleinerte Version dessen, was wir brauchen. Wenn irgend etwas das Tal retten kann, dann das, diesmal allerdings hoch oben in den Bergen. Deswegen werde ich Arden begleiten.«

»Selbst wenn man Gemmas Geschichte völlig außer acht läßt«, warf Mallory ein, »liegt unsere einzige Hoffnung in der Entdeckung der Quelle.«

»Warum gehst du dann nicht mit?« fragte einer von Bowens Begleitern.

Mallory warf den Kopf in den Nacken. »Vielleicht tue ich es sogar!« erwiderte sie und stieß damit auf sichtlichen Unglauben.

»Es kommt niemand mit, der nicht willens und fähig ist«, warf Arden rasch ein.

Dann sprach Bowen. Seine Worte klangen nicht mehr ganz so zynisch wie zuvor, doch der Kern blieb negativ.

»Lassen wir die Visionen mal außer acht«, meinte er, »das Projekt scheitert bereits an seinem Umfang, bevor es überhaupt begonnen hat. Wir bräuchten eine große Anzahl Menschen, um etwas zu bauen, das groß genug ist, einen ganzen Fluß umzuleiten. Vorausgesetzt, wir finden ihn überhaupt. Bis auf Arden kennt sich niemand in den Bergen aus, außerdem wird es im Hochland bald kalt. Und wir wissen auch, daß wir alle krank werden, sobald wir das Tal verlassen.« Er hielt inne. »Tut mir leid, Horan. Ich kann dem Tal und meiner Familie mehr nutzen, wenn ich hierbleibe. Wenn du entschlossen bist zu gehen, dann wünsche ich dir alles Gute, aber ich komme nicht mit.« Er sah seine Begleiter an, die zustimmend nickten, dann brachen er und zwei der anderen auf. Ashlin, der Jüngste, blieb. Er war peinlich berührt, als er merkte, daß er plötzlich im Mittelpunkt stand.

»Ich komme mit, wenn du willst«, sagte er nervös.

»Willkommen«, meinte Arden.

»Ich komme auch mit«, sagte Mallory entschieden. Ihr Entschluß stand fest.

Einen Augenblick lang herrschte Schweigen, dann erhob sich vielstimmiger Protest von ihrer Familie. Sie wartete, bis sie sich wieder beruhigt hatten, dann sagte sie: »Gemma geht mit. Wieso nicht auch ich?«

»Gemma ist das Reisen gewöhnt«, erklärte Teri freundlich. »Du hast das Tal noch nie verlassen.«

»Wir werden alle fortgehen müssen«, erwiderte Mallory. »Oder wir bleiben hier und sterben. Außerdem verfüge ich über Fertigkeiten, die vielleicht nützlich sein können. Ihr habt alle gesagt, daß ich in praktischen Dingen recht erfinderisch bin. Wir sind nicht viele, also müssen wir eben unseren Einfallsreichtum nutzen.«

»Aber was wird aus deinen Kindern, deinem Zuhause?« fragte Teri und wandte sich an ihren Schwiegersohn. »Kragen, kannst du sie nicht zur Vernunft bringen?«

Der Farmer dachte eine Weile nach, schließlich sagte er: »Verzweifelte Zeiten verlangen nach verzweifelten Anstrengungen. Die Jungs werden zurechtkommen, wenn ihr sie zu euch nehmt, und unsere Farm ist dem Ruin so nahe, daß es wirklich keinen Unterschied macht. Wir brauchen das Wasser. Mallory hat mehr Mumm als die meisten aus dem Tal, ob Mann oder Frau.« Er sah seine Frau an, und die beiden schmunzelten vielsagend. »Außerdem kann ich sie dann im Auge behalten. Nimmst du uns beide mit, Arden?«

Einen Augenblick lang verschlug es Arden die Sprache, sein Blick schwankte zwischen Mallory und Kragen hin und her.

»Natürlich wird er das«, rief Gemma und brach das angespannte Schweigen. Die Aussicht stimmte sie froh. Sie wußte nur wenig von Mallory – aus Vergangenheit und Gegenwart – doch das hatte sie längst überzeugt, daß sie ein Gewinn für ihre kleine Gruppe war. Und Kragens Kraft, seine Ruhe und Sicherheit waren bestimmt ebenso wertvoll. »Arden?« drängte sie ihn.

Er nickte. »Wenn ihr euch beide sicher seid.« Er fragte sich, womit er solche Loyalität verdient hatte, und war mehr als je zuvor entschlossen, dem Tal und seinen Bewohnern seine alte Schuld zurückzuzahlen.

Dann wendete sich die Debatte praktischen Dingen zu, und kurz darauf trennte sich die Gruppe. Mallory, Kragen und Ashlin kehrten in ihre Häuser zurück, um ihre Angelegenheiten zu regeln, Vorräte bereitzulegen und sich auf den Morgen vorzubereiten, Gemma und Arden dagegen blieben zusammen mit Horan in Elways Haus, da man von dort aus am besten aufbrechen konnte.

Den Abend verbrachten sie damit, ihre Route nach Süden zu planen, soweit es ihre Kenntnisse zuließen.

»Warum folgen wir nicht einfach dem Flußbett?« fragte Gemma vernünftigerweise.

»Weil der Fluß an bestimmten Stellen über steile Hänge fließt«, erwiderte Arden. »Wir kämen vielleicht hinauf, aber die Pferde nicht.«

»Außerdem fließt er an einigen Stellen unterirdisch«, fügte Horan hinzu. »Zumindest behaupten das alle.«

»Wir müssen ihm eben folgen, wo immer es geht«, schloß Arden. »Und wo das nicht geht, müssen wir seinen Lauf erraten!«

»Uns ist jeder Fluß recht«, grinste Horan, »vorausgesetzt, wir können ihn überreden, zu uns zu kommen.«

»Am besten wäre einer, der das ganze Jahr über fließt, und zwar jedes Jahr«, meinte Arden.

»Mit klarem Wasser und ganzen Schwärmen von Fischen«, fügte Horan mit einem versonnenen Blick an die Decke hinzu.

»Warum nicht auch noch mit ein paar Nuggets Waschgold, wenn ihr schon dabei seid«, rief Teri aus dem Nebenzimmer.

»Wir wollen nicht gierig werden«, antwortete Horan. »Ich wäre mit den Fischen zufrieden.«

»Fische kann man nicht trinken, und man kann auch keine Ernte mit ihnen bewässern«, warf Gemma ein, gleichzeitig froh und entsetzt von ihrer Fähigkeit, über ein so ernstes Thema Späße zu machen.

»Zum Glück weiß wenigstens eine von euch, worauf es wirklich ankommt«, rief Teri und erschien im Türrahmen. »Gemma, ich erwarte von dir und Mallory, daß ihr diese Männer bei der Stange haltet.«

»Ich werde es versuchen«, versprach Gemma mit einem Lächeln.

»Eure Zimmer sind fertig«, fuhr ihre Gastgeberin fort. »Genießt eure letzte Nacht in einem richtigen Bett.«

Teri hatte natürlich angenommen, Arden und Gemma wollten im selben Zimmer schlafen, daher ließen sie sie in dem Glauben. Mit Blick auf den frühen Aufbruch am nächsten Tag gingen alle früh schlafen. Gemma folgte Arden mit einer Mischung aus Hoffen und Bangen hinauf in ihre gemeinsame Kammer. Teris Annahme hatte ihrer Spekulation Nahrung gegeben. Sie war verwirrt und glücklich, unfähig zu einem klaren Gedanken. Die Erinnerung an die beiden letzten Tage vermischte sich mit Erinnerungen an frühere Zeiten, und die Aussicht auf die gefährliche Reise – und die bevorstehende Nacht – verwirrte noch mehr. *Was denkt er wohl?* überlegte sie. *Was erwartet er von mir? Was erwarte ich von ihm?*

Als Gemma ins Zimmer trat, fand sie statt des erwarteten Doppelbettes zwei säuberlich getrennte Lager vor und wußte nicht, ob sie lachen oder weinen sollte. Sie sah zu Arden hinüber, der ebenfalls auf die Betten starrte. Er hob den Kopf, und als ihre Blicke sich trafen, fingen sie beide an zu lachen.

Gemma spürte, wie die Spannung von ihr wich. Was immer jetzt geschah, würde geschehen, weil sie es beide so wollten. Sie konnten Freunde bleiben oder Liebhaber werden – es war egal. Arden nahm sie in die Arme und sie drückten sich. Dann löste er sich ein wenig von ihr.

»Eine Verschwörung«, sagte er. Ihre Gesichter waren nur eine Handbreit voneinander entfernt, und Gemma sah ihm in die Augen. »Die ganze Welt hat es offenbar darauf abgesehen, uns zusammenzubringen.« Er schmunzelte.

»Möchtest du es denn?« Sie lächelte zurück.

»Du ... du bist viel zu wichtig, Gemma. Jemanden wie dich habe ich noch nicht kennengelernt.«

»Das will ich auch hoffen!«

»Ich meine es ernst«, widersprach er, auch wenn seine Augen noch immer schelmisch funkelten.

»Ich auch«, erwiderte sie strahlend vor Wonne.

»Wenn das alles vorbei ist ...« begann er, dann gingen ihm die Worte aus. Gemma betrachtete sein Gesicht, während er sich bemühte, seine Gedanken in Worte zu fassen, und liebte ihn wegen seiner unerwarteten Verletzbarkeit um so mehr.

»Du brauchst nichts zu sagen«, meinte sie leise. *Ich verstehe dich.*

»Für die Reise morgen werden wir all unsere Kräfte brauchen«, sagte er, schüchtern geworden.

»Es würde einen schlechten Eindruck machen, wenn wir hoch zu Roß einschliefen, meinst du nicht?« gab sie ihm recht. »Vor allem, weil sie erwarten, daß du sie anführst.«

»Stimmt.« Arden war erleichtert, daß sie sich so vollkommen verstanden. Sie lösten sich voneinander und entkleideten sich in verschiedenen Ecken des Zimmers. *Falsche Bescheidenheit?* dachte Gemma amüsiert über ihren Einfall, dann kletterte sie ins Bett und sah zu Arden hinüber. Er hatte sich bereits zugedeckt, die Hände unter den Kopf gelegt, und starrte an die Decke.

»Wir sind sechs«, sagte er leise. »Nicht gerade eine Armee, was?«

»Qualität zählt, nicht Quantität«, hielt sie ihm entgegen.

»Mhhh.«

»Freust du dich, daß Mallory mitkommt?«

Eine ganze Weile kam keine Antwort.

»Warum nicht?« erwiderte er endlich. Es klang, es wollte er sich verteidigen.

»Du hast bestürzt ausgesehen, als sie meinte, sie wollte mitkommen.«

»Das haben alle getan! Ich bin froh, daß sie mitkommt. Sie ist praktisch veranlagt, und das kann uns nur nützlich sein.«

Sie plauderten noch ungefähr eine Stunde über weitere Gesichtspunkte der Expedition, dann entschlossen sie sich zu schlafen. Arden machte die Lampe aus, die zwischen ihren Betten hing.

Wo werden wir morgen abend sein? dachte Gemma. *Und den Abend danach? Nicht, daß es eine Rolle spielte. Solange du noch da bist.*

»Arden«, flüsterte sie.

Keine Antwort.

»Du weißt, daß ich dich liebe, nicht wahr?«

Sie setzte das Gespräch in Gedanken fort. Arden erwiderte, ›Das ist doch nur natürlich‹. ›Ich meine es ernst‹, versicherte sie. In diesem Augenblick trafen sich ihre Blicke und er sagte: ›Ich liebe dich auch.‹

Ganz anders die Wirklichkeit. Ardens einzige Reaktion war ein leises Schnarchen. Er schlief tief und fest. Lächelnd folgte Gemma bald darauf seinem Beispiel.

34. KAPITEL

Die sechs Teilnehmer an Ardens Expedition verließen das Tal früh am nächsten Morgen auf den kräftigsten Pferden, die die jeweiligen Haushalte zur Verfügung stellen konnten. Ihre Satteltaschen waren gefüllt mit soviel Nahrung und Wasser, wie man eben entbehren konnte. Sie bildeten einen seltsamen Trupp. Arden hatte praktisch während der gesamten Vorbereitung geschwiegen, während Horan und Mallory ständig geschwatzt und gescherzt hatten. Offensichtlich wollten sie die allgemeine Stimmung heben. Kragen war wie gewöhnlich nicht aus der Ruhe zu bringen, wenn er auch gelegentlich über die komischen Kommentare seine Frau lachte. Ashlin war sichtlich nervös, hatte Mühe mit dem Zaumzeug und reagierte kaum, wenn er angesprochen wurde.

»Was ist, Ashlin?« fragte Mallory. »Du siehst aus, als hättest du Öl statt Wein getrunken.«

»Was?« Er fuhr erschrocken auf, und Mallory wiederholte ihre Frage.

»Bowen hat mit meinen Eltern gesprochen. Sie wollten nicht, daß ich mitkomme«, erzählte er leise.

»Oh.«

Einmal angefangen, sprudelten seine Worte nur so hervor.

»Ich war noch nie woanders als hier«, fuhr er fort. »Ich kenne nicht einmal die Pfade an der Südseite des Tals.«

»Keine Sorge«, beruhigte ihn Horan, der den Kummer des jungen Mannes mitbekommen hatte. »Aber wir kennen sie. Und nach ein paar Tagen werden wir uns allesamt dermaßen verlaufen haben, daß es dir genauso gehen wird wie allen anderen.« Er lächelte ihm aufmunternd zu.

»Ich habe ein wenig Angst«, gestand Ashlin fast trotzig.

»Wer hat die nicht?« entgegnete Horan. »Du wärst dumm, wenn es anders wäre.«

»Du warst bereits jetzt schon tapferer als jeder von uns«,

warf Mallory ein, »als du dich gegen Bowen und deine Familie durchgesetzt hast. Wir mußten nicht kämpfen, um losziehen zu können. Du weißt, was richtig ist, und stehst dazu. Deine Überzeugung und dein Mut werden uns allen von Nutzen sein.«

Der junge Mann sah schon viel glücklicher aus.

Gemma hatte die Veränderung beobachtet und fühlte sich unter ihren Begleitern wohl. Sie kam sich ausgesprochen verletzlich vor – nicht, weil das Verlassen des Tals für sie etwas Entsetzliches hatte, sondern weil so viel vom Gelingen der Reise abhing. Sie schob die nagenden Zweifel beiseite, ob sie tatsächlich etwas würden erreichen können, und dachte statt dessen an den Anblick des Tals, den Kris ihr gezeigt hatte. Diese wenigen Augenblicke hatten ihr den eisernen Willen eingeimpft, den Ort und seine Bewohner zu retten – was immer es sie auch kosten mochte. Als es Zeit wurde, aufzubrechen, verabschiedete sie sich von Elway, Teri und den anderen lebhaft winkend – so als hätte sie sie schon ihr ganzes Leben gekannt.

Beim Aufbruch hielten sich Mallory und Kragen ein wenig zurück. Der Abschied von ihren Kindern war ihnen schwergefallen, und sie trösteten sich damit, schweigend nebeneinander herzureiten und zu wissen, daß die Jungs ganz aufgeregt waren, im Haus ihrer Großeltern bleiben zu dürfen.

Am Anfang war die Kursbestimmung einfach, denn sie folgten dem ausgetrockneten Flußbett durch eine sacht geschwungene Landschaft. Eine Weile ging alles gut, und nach drei Tagen langsamen aber ununterbrochenen Reitens hatten sie die Grenzen des Tals ein gutes Stück hinter sich gelassen. Wenn sie sich umdrehten, war der Talgrund nicht mehr zu erkennen. Manchmal war es schwer zu unterscheiden, wo er endete und die Nachbartäler begannen.

Der Anblick einiger kleiner Bäche versetzte sie in Aufregung, doch wie sich herausstellte, waren sie zu dürftig, um von tatsächlichem Nutzen zu sein. Immerhin konnten sie ihre Vorräte auffüllen.

Am vierten Abend im Freien beschlossen sie, ein Lagerfeuer zu entzünden. Zwar ging der Herbst gerade erst in den

Winter über, aber sie waren bereits so hoch, daß die Nächte in der Höhenluft kühl wurden. Ein Feuer wäre in dieser unfreundlichen Umgebung ein tröstlicher Anblick. Man stellte die drei Zelte auf, dann versammelte sich die Gruppe um Kragen, der das Feuer aufschichtete. Er versuchte es anzuzünden, brachte jedoch mit seinem Feuerstein den Zunder nicht zum Brennen.

»Komm schon«, drängte Horan. »Und du willst ein Mann vom Land sein?«

»Das könnte Gemma dir doch abnehmen«, meinte Arden. »Sie ist geübt im Feuermachen.« Gemma reagierte mit Humor auf die etwas bösartige Anspielung.

»Ach, jetzt auf einmal glaubt ihr mir«, meinte sie.

Endlich gelang es Kragen, das Holz zu entzünden, aber da die allgemeine Neugier einmal geweckt war, bat man Gemma, von den Geschehnissen in Newport zu erzählen. Ihr Publikum lauschte gebannt, schien sie ernst zu nehmen, doch Gemma konnte nicht anders, sie mußte Arden einen Seitenblick zuwerfen. Er lag ausgestreckt auf dem Boden, ein schmales Lächeln auf den Lippen.

»Arden glaubt natürlich kein Wort davon«, schloß sie. »Wie ihr an dem ekelhaften Grinsen auf seinem Gesicht erkennen könnt.«

Er setzte sich auf. Seine Augen glänzten im Schein des Feuers. »Hör auf damit, Gemma. Du mußt zugeben, in dem Zustand warst du nicht gerade die verläßlichste Zeugin«, behauptete er. »Aber seitdem habe ich gesehen, wie du einige interessante Dinge getan hast. Ich weiß nicht, was Magie ist oder wie sie funktioniert, aber wenn du tatsächlich ein besonderes Talent besitzt, könntest du es vielleicht für das Gelingen unseres Plans einsetzen. Ich werde nichts von mir weisen, was uns hilft.«

»Ich dachte, Magie und Zauberei seien bloß Mythen«, sagte Ashlin.

»Hier schon«, erwiderte Arden. »Aber wo Gemma herkommt, hat es so etwas offenbar bis vor wenigen Jahren gegeben.«

»Bis Zur Einebnung«, meinte Gemma. »Irgend etwas ist da geschehen.«

»Das kann man wohl sagen«, bestätigte Arden flapsig.

»Verspotte mich nicht«, mahnte sie. »Du weißt, was ich meine.«

»Erzähl ihnen von deinem Freund Cai«, bat er sie.

Gemma sah ihn an und versuchte zu ergründen, wie er über Cai dachte. *Was genau will er eigentlich wissen?* fragte sie sich.

»Er war ein Zauberer«, begann sie, »doch nach Der Einebnung war ihm dieser Titel zuwider, und er stritt die Existenz von Magie einfach ab. Trotzdem konnte er mit ihrer Hilfe noch immer Kranke heilen, und die Bienen ...« Ihr kam eine Idee. *Die Bienen.* Cai war der einzige Zauberer, dessen Vertrauter unsterblich war. Denn ein Schwarm konnte sich erneuern, der Tod eines Einzelwesens bedeutete lediglich eine Veränderung des Charakters, nicht jedoch die Auslöschung von Leben. *Vielleicht bedeutete Magie ...*

Nach und nach bemerkte sie die fünf Augenpaare, die sie aufmerksam betrachteten.

»Ich hoffe, du verrätst uns, was du denkst«, sagte Horan. »Nach deinem Gesicht zu urteilen, ist es ziemlich verblüffend.«

»Es ist nur ein Gedanke«, meinte sie mit einem unsicheren Lächeln, doch in ihrem Herzen wußte sie, daß sie recht hatte. »Vielleicht ist die alte Magie tatsächlich gestorben, doch sie wurde durch etwas anderes ersetzt, etwas, das komplizierter ist ...«

»Nicht!« flehte Arden und hielt die Hände in die Höhe.

»Sei still!« fuhr Mallory ihn an. Alle sah sie überrascht an. »Sprich weiter, Gemma.«

»Es kann nicht mehr von einem einzelnen Kopf kontrolliert werden. Es müssen mehrere sein, die irgendwie miteinander verbunden sind.« Jetzt fanden die Einzelheiten des Mosaiks ihren Platz. »In gewisser Weise hatte Cai recht. Es gibt tatsächlich keine Zauberer mehr. *Er* ist etwas Besonderes wegen der Bienen, nicht umgekehrt – durch den Bienenschwarm ist der Fortbestand seiner Fertigkeiten gesichert.« *Oh, Cai, wenn du wüßtest!*

»Bienenschwarm?« fragte Horan fassungslos.

Gemma erzählte von Cais einzigartigem Vertrauten und erklärte ihren willigen und gebannten Zuhörern weitere Aspekte ihrer Theorie.

»Der Clan der Meyrkats bildet eine Einheit«, meinte sie, »und sie können sich mittels Telepathie verständigen. Du hast mir selbst gesagt, daß sie immer als Gruppe agieren«, fügte sie mit einem Blick auf Arden hinzu. »Und ich konnte mit allen von ihnen sprechen.« Diese neue Facette von Gemmas Charakter war den Talmenschen unbekannt gewesen, daher mußte sie zunächst alles über die Wüstenlebewesen erzählen.

»Und für die Gänse gilt das gleiche!« fuhr sie fort. »Ich konnte sie nur deswegen beeinflussen, weil sie eine Gruppe waren, die ein gemeinsames Ziel verfolgte.« Sie sah Arden an, wollte, daß er ihr widersprach, doch er sagte nichts. »Erinnerst du dich noch an die Skorpione?« fragte sie ihn. »Einzeln sind sie gefährlich, aber unbedeutend, doch wenn sie zu einer großen Gruppe zusammenfinden, verändert sich ihr Charakter. Ich habe sie sogar sprechen gehört!«

»Vermutlich kein angenehmes Geräusch«, bemerkte Kragen trocken. Gemma achtete nicht auf ihn. Sie wollte gerade ihr wichtigestes Argument anbringen.

»Das Tal ist eine geschlossene Gesellschaft«, führte sie aus, »abgeschieden und vollständig. *Deswegen* teilt ihr alle das gemeinsame Wissen, und deshalb konnte Kris Ereignisse vorhersehen und all die wunderbaren Dinge bewirken. Er hat sich die Magie von euch allen – als Gruppe – zunutze gemacht.«

Ihr Wortschwall fand ein unvermitteltes Ende, und ein paar Augenblicke lang war das Knacken des Feuers das einzige Geräusch. Alles dachte über ihre Worte nach. Überraschenderweise war es Ashlin, normalerweise der Schweigsamste von allen, der den offenkundigsten Fehler in Gemmas Theorie bemerkte.

»Und was ist mit dir, Gemma?« fragte er ruhig. »Zu welcher Gruppe gehörst du?«

Es folgte ein langes Schweigen.

»Ich weiß es nicht«, gestand sie endlich.

»Vielleicht brauchst du das nicht«, sagte Mallory. »Vielleicht besteht dein Talent darin, die Fähigkeiten anderer Gruppen zu erkennen und in die richtigen Bahnen zu lenken.«

»Das würde schließlich erklären, wieso du mit Kris und den Meyrkats sprechen konntest«, warf Ashlin ein, dem offenbar daran lag, seine unangenehme Frage wieder wettzumachen.

»Aber wo bleiben wir dabei?« fragte Kragen und brachte ihre Vermutungen mit einem Schlag wieder auf den Boden der Tatsachen zurück. »Glaubst du, wir sechs könnten eine magische Gruppe werden?«

Die Frage war ernst gemeint, trotzdem prustete alles los. Die Vorstellung war einfach zu absurd.

Das Feuer war mittlerweile niedergebrannt, und die Kälte der Nacht kroch ihnen in die Glieder. Horan gähnte und erhob sich.

»Ich verschwinde in meinem Bau«, meinte er. »Kommst du mit, Ashlin?«

»Sieht eher aus wie ein Bienenstock«, entschied Arden. »Wenigstens bleiben wir über dem Erdboden.«

»Vergleiche mich nicht mit Skorpionen«, erwiderte Horan grinsend. »Gute Nacht.« Er und Ashlin gingen zu ihrem gemeinsamen Zelt. Kurz darauf legten Arden und Kragen sich zur Ruhe und ließen die beiden Frauen allein über der letzten Glut des Feuers sitzen.

»Es geht um mehr als nur um das Tal, hab' ich recht?« fragte Mallory nach ein paar Augenblicken gemeinsamen Schweigens. »Was wird aus dem Rest der Welt?«

Die Worte erweckten in Gemma erneut düstere Vorahnungen – Vorahnungen, die sie wegen der Notwendigkeit, etwas gegen das ausgetrocknete Tal zu unternehmen, unterdrückt hatte.

»Wenn ich das nur wüßte«, seufzte sie voller Mitgefühl. »Aber irgend etwas läuft fürchterlich verkehrt, und wenn wir nichts dagegen tun, wird es schlimmer werden.«

»Wieso hilfst du uns dann?« fragte Mallory.

»Weil das Tal ein Symbol für alles Gute ist«, vermutete

Gemma. »Wenn wir das nicht retten können, welche Hoffnung bleibt dann für die Welt?« Sie unterbrach sich, um nachzudenken. »Es ist, als wäre irgendeine fürchterliche Macht am Werk, die alles zerstören will, was uns lieb ist – Liebe, Glück, Magie. Wir dürfen sie nicht gewinnen lassen.«

»Magie ist also wichtig?«

»Davon bin ich fest überzeugt.« Wieder hörte sie die Worte des Fanatikers aus Newport. *Dies ist endgültig. Die Erde ist wahnsinnig geworden.* »Im Augenblick jedoch scheint alles erkennbar Magische entweder verrückt oder destruktiv zu sein – oder beides. Die Reisegeschichten, die ich gehört habe, waren furchterregend.«

Sie unterhielten sich noch eine Weile, und Gemma erzählte die Geschichten, die sie in Newport gehört hatte: von den blauen Flammenwänden, den Elementalen, den verschwundenen Inseln und dergleichen.

Nach einer Weile meinte Mallory: »Das ist mir zu hoch!« Gemma nickte. Sie wußte genau, was sie meinte. Kein einzelner Mensch konnte das begreifen. Wie ließ sich herausfinden, was das alles genau bedeutete?

Mit dem undeutlichen Gefühl bevorstehenden Unheils gingen sie in ihre Zelte.

Am nächsten Tag begannen ihre Schwierigkeiten erst richtig.

35. KAPITEL

Horan wachte hustend auf. Er beharrte darauf, es sei nichts Ernstes und sie sollten ihre Reise fortsetzen, trotzdem waren alle besorgt. Gegen Mitte des Vormittages war nicht zu übersehen, daß er unsicher im Sattel saß, und Arden ordnete eine Rast an. Sie rasteten eine Weile, und als sein Husten nachließ, gewann Horan ein Stück seiner sonst so guten Laune wieder. Dennoch fiel ihm das Atmen nach der geringsten Anstrengung schwer.

»Hoffentlich finden wir den Fluß bald«, meinte er zu Mallory, die sich um ihn kümmerte. »Meine Lunge fühlt sich an, als wäre sie voller Staub.«

Trotz seines Lachens sah sie, daß er Schmerzen hatte, und sagte nichts.

Arden war ein Stück vorausgeritten, um das Gelände zu erkunden, und kehrte mit der Nachricht zurück, er hätte vermutlich einen Paß nach Westen hinüber gefunden.

»Wenn ich mich nicht irre, gibt es dort ein Dorf, und mit ein bißchen Glück werden wir dort freundlich empfangen.«

»Aber das bedeutet, daß wir uns vom Fluß entfernen«, wandte Horan ein.

»Nur vorübergehend«, erwiderte Arden. »Ein Dach über dem Kopf und frischer Proviant sind einen kleinen Umweg wert.«

»Kannst du reiten?« fragte Mallory ihren Bruder.

»Natürlich«, gab Horan zurück, dennoch mußte man ihm in den Sattel helfen. Seine plötzliche Schwäche ärgerte ihn, und die Befürchtungen der anderen wurden größer.

Als sie aufbrachen, fing Kragen an zu husten.

Kurz nach Mittag erreichten sie das Dorf Braith. Es war eine relativ arme Siedlung, die sich vom Ertrag aus der Hochlandjagd und den Früchten des kargen Bodens ernährte. Trotzdem unterhielt man dort eine traditionelle Berghütte, eine schlichte, praktische Holzhütte mit einfachem Mobiliar – Kojen, einen Tisch auf Sägeböcken, Bänke. Bei ihrem Eintreffen wurden die Reisenden zuerst von einer Gruppe lärmender Kinder begrüßt, die neben ihren Pferden herlief. Offenbar waren Besucher in diesem Teil der Welt ein seltenes Ereignis, und als sie näherkamen, erschienen die älteren Einwohner, um die Ankömmlinge argwöhnisch zu mustern.

Arden erfuhr während ihres zweieinhalbtägigen Aufenthalts in Braith den Grund für diese anfängliche Feindseligkeit. In den vergangenen Monaten hatte das Tal selten Gäste gesehen, eine Gruppe jedoch hatte die Gastfreundschaft der Dorfbewohner ausgenutzt, Proviant und Waffen gestohlen und war anschließend mitten in der Nacht aufgebrochen. Die Dorfältesten beschrieben die Diebe als wahnsinnig. Bei einer anderen Gelegenheit hatte man weitere dieser Wahnsinnigen dabei beobachtet, wie sie gegen grau gekleidete Krieger im oberen Teil des Tals gekämpft hatten. Obwohl die Dorfbewohner nicht direkt betroffen waren und die Überlebenden spurlos verschwanden, waren die verstümmelten Leichen, die zurückblieben, Grund genug, allen Reisen mit äußersten Vorsicht zu begegnen. Zudem hatte die Zahl der Himmelsraben in letzter Zeit zugenommen. Zwar hatten die Dorfbewohner, abgesehen von dem Lärm, keinen Schaden davongetragen, trotzdem begegneten sie den metallenen Vögeln mit Angst und Ehrfurcht. Arden erzählte seinen Begleitern, was er in Erfahrung gebracht hatte.

»Graue Vandalen! Hier!« Gemma war bestürzt.

Arden nickte. »Wir werden vorsichtig sein müssen«, meinte er. »Wir wollen nicht, daß man unser Ziel mißversteht.« Er sah, wie Gemma mit unangenehmen Erinnerungen kämpfte.

Arden bot sich den Dorfältesten als Kontaktperson an, schließlich kannte er sich besser als seine Begleiter mit dem Leben in den Bergen aus, Gemma und Mallory dagegen fanden unter den Kindern ihre Freunde. Sie ließen sich von ihnen bei der Pferdepflege und der Essenszubereitung helfen. Besonders letzteres war für die Kleinen von Interesse, denn sie lernten, daß ihre Besucher kein Fleisch aßen – ein Gedanke, der ihnen ziemlich seltsam vorkam. Die Dorfbewohner stellten soviel Proviant zur Verfügung, wie sie erübrigen konnten und es die Gesetze der Gastfreundschaft verlangten, Arden bestand jedoch darauf, daß sie es sich bezahlen ließen. Die wenigen Münzen, die sie mitgebracht hatten, wurden dankbar angenommen, da Braith recht regelmäßigen Kontakt zur Außenwelt unterhielt.

Bei der Lage des Flusses konnte keiner der Dorfbewohner helfen. Sie wußten gerade mal, daß er durch das Obertal floß, von seinem Oberlauf dagegen hatten sie keine Ahnung.

Dringendere Sorge bereitete jedoch der Zustand von

Horan und Kragen. Beide hatten mittlerweile Fieber und waren sehr schwach, und keines der Mittel, das ihre Begleiter oder die Wahrsagerinnen aus dem Dorf ausprobiert hatten, zeigte irgendeine Wirkung. Schlimme Träume quälten sie im Schlaf und Schmerzen in den wachen Stunden. Nach zwei Tagen in Braith wurde offenkundig, daß keiner von ihnen weiterreiten konnte. Das Tal strafte sie dafür, daß sie es verlassen hatten. Selbst Ashlin, der bis dahin relativ fit gewesen war, beschwerte sich mittlerweile über Schmerzen in der Brust und mußte eingestehen, daß es ihn unkontrollierbar zurück nach Hause zog.

Das brachte die anderen in Verlegenheit. Arden bestand darauf, notfalls alleine weiterzureiten, obwohl ihn das Leiden seiner Freunde bestürzte und er gerne die Zeit gehabt hätte, sie sicher nach Hause zu bringen. Auch Gemma war hin und hergerissen, doch in ihrem Herzen wußte sie, daß sie mit Arden reiten würde. Mallory fiel die Entscheidung am schwersten. Die Vorstellung, umzukehren, war ihr zuwider, andererseits waren ihr Mann und ihr Bruder krank und brauchten sie. Sie sah ein, daß sie ins Tal zurückkehren mußten. Mehrere Stunden verbrachte sie gedankenverloren an ihren Betten, doch als ihre Entscheidung schließlich feststand, hatten Kräfte sie bewirkt, die über ihr Begreifen hinausgingen.

Es begann mit der Dämmerung. Gemma hörte die Himmelsraben als erste. Kurz darauf jedoch hörten auch die anderen das Geräusch, als die gigantischen Metallvögel über das Tal dahinzogen. Alle waren erleichtert, als der Lärm endlich nachließ.

»Sie sind weg«, meinte Arden leise.

Doch dann vernahm Gemma ein anderes Geräusch, eines, das lange unterdrückte, in der letzten Zeit vergessene Gefühle in ihr wachrief. Der Süden rief sie wieder – mit einem Sirenengesang außerhalb des Hörbereiches der meisten Menschen. Sie stand auf und bewegte sich wie in Trance.

»Wo willst du hin?« fragte Arden, ohne aufzusehen.

»Nach draußen.«

Gemma verließ die Hütte und blickte in den dunkler werdenden Himmel. Die Himmelsraben waren längst abgezogen, der Gesang jedoch blieb, zog sie weiter, machte jeden vernünftigen Gedanken unmöglich. *Wieso verschwende ich hier meine Zeit?* fragte sie sich gequält. *Ich sollte nach Süden gehen. Wo meine Bestimmung liegt.* Sie drehte sich um und betrachtete die hoch aufragenden Berge, die ihr den Weg versperrten, doch sie wußte, daß sie jedes Hindernis überwinden konnte. Dort, an der Quelle des Gesangs, würden sicher all ihre Sehnsüchte befriedigt werden – und das war jede Mühe wert.

Das Wort ›Quelle‹ ließ sie nicht mehr los. *Vielleicht sind die Quelle des Gesangs und die Quelle des Flusses ein und dieselbe – sie liegen beide im Süden –, und alles ist miteinander verbunden.* In ihrem hypnotisierten Zustand erschien ihr die Theorie zu schön, um sie zu verwerfen. Sie hörte, wie jemand neben sie trat und drehte sich um. Mallorys Augen glänzten, als sie die Berge im Süden betrachtete.

»Hörst du es auch?« fragte Gemma erstaunt.

»Ja«, erwiderte Mallory. »Dorthin müssen wir gehen.«

Gemma war entzückt, eine Seelenverwandte gefunden zu haben. Solange der Gesang sie umspülte, waren Worte überflüssig. Nur ihr unbewußter Überlebenswille hinderte sie daran, augenblicklich aufzubrechen. Dann, plötzlich, hörte der Gesang auf.

»Nein!« Der Schmerz über diesen Verlust war Mallory deutlich anzumerken.

Gemma zitterte. Ardens Stimme, der sie von der Tür aus rief, war eine lästige Störung.

»Was macht ihr zwei da draußen?«

Die beiden Frauen sahen sich schuldbewußt an.

»Wir unterhalten uns bloß«, rief Gemma zurück.

»Bleibt aber nicht zu lange draußen«, erwiderte Arden. »Es wird bald zu kühl.« Er ging wieder hinein, und die beiden ließen noch einmal den Blick über den inzwischen schweigenden Süden schweifen.

»Hast du es vorher schon einmal gehört?« fragte Mallory leise.

»Ja, oft«, antwortete Gemma. »Es nimmt die unterschiedlichsten Formen an, doch der Ruf war der Grund, warum ich überhaupt mein Zuhause verlassen habe. Hier ist er allerdings stärker als je zuvor.«

»Aus so großer Entfernung hast du ihn gehört?« fragte Mallory fassungslos. »Was kann das bloß bedeuten?«

»Wenn ich das wüßte.«

»Wie hast du das nur die ganze Zeit ausgehalten?« Mallory sah ihre Begleiterin an. »Ich wäre am liebsten sofort in die Berge marschiert.«

»Aber du hast es nicht getan«, erwiderte Gemma. »Man kann es also besiegen.«

»Aber letzten Endes läßt es sich nicht ignorieren.« Mallorys Festellung klang zuversichtlich, und doch schwang ein wenig Furcht mit.

»Hast du das nie zuvor gespürt?« fragte Gemma. Mallory schüttelte den Kopf.

»Nie. So etwas hätte ich nicht vergessen! Wie oft kommt es vor?«

»Ich glaube nicht, daß es einem bestimmten Muster folgt«, antwortete Gemma.

»Kann Arden es hören?«

»Nein.« Aber dann dachte Gemma darüber nach. *Wirklich nicht?* Sie mußte an ein früheres Erlebnis denken. »Das ist nur ein Trick, Gemma«, hatte Arden gesagt. »Wenn du diesem Geräusch folgst, wirst du sterben.« *Sollte das bedeuten, daß er das Geräusch tatsächlich gehört hatte, es jedoch für etwas anderes hielt? Wie konnte jemand es hören und dem Ruf nicht folgen? Sich ihm völlig zu widersetzen, mußte die Kraft jedes Menschen übersteigen.*

»Worüber denkst du nach?« fragte Mallory.

»Als ich zum erstenmal davon sprach, meinte er, ich sei verrückt«, erzählte Gemma. »Aber vielleicht -«

Ardens Stimme unterbrach sie, diesmal klang sie lauter und ziemlich verärgert.

»Kommt ihr jetzt endlich rein, oder muß ich euch holen kommen?« rief er.

»Wir sollten reingehen«, flüsterte Gemma. Sie gingen

zurück zur Hütte. Arden wartete auf sie, musterte sie argwöhnisch, folgte ihnen nach drinnen. Mallory trat sofort an Kragens Bett und erklärte ihm, daß sie bei Gemma und Arden bleiben wollte.

36.
KAPITEL

Sie verließen Braith am nächsten Morgen und trennten sich, als sie wieder auf ihrer ursprünglichen Route waren. Ashlin war der fitteste von denen, die ins Dorf zurückkehrten und hielt ein Seil, das an den Zügeln der anderen beiden Pferde befestigt war. Schon beim Gedanken, nach Hause zurückzukehren, hatte sich der Zustand von Horan und Kragen gebessert. Ihre Stimmung war gestiegen, trotzdem dachten sie nicht daran, ihre Meinung zu ändern, und Mallorys Entschluß wurde mit erstaunlichem Gleichmut akzeptiert. Kragen sah, daß sie gesund und fest entschlossen war. Er verabschiedete sich herzlich von ihr und war glücklich, wieder nach Norden zu reiten.

Die anderen ritten nach Süden, dem schwer auszumachenden Fluß folgend, und obwohl Mallory sich immer wieder umdrehte und ihrem Mann nachsah, solange er in Sicht blieb, bestand kein Zweifel an ihrem Entschluß.

Das Gelände wurde immer schroffer, aber zumindest gab es hier Wasser und daher auch Laub sowie ausgedehnte Waldgebiete. Über ihnen zogen ein paar Wolken, im Süden jedoch wesentlich mehr. In großer Entfernung befanden sich riesige schneebedeckte Berge – etwas, das Mallory noch nie gesehen hatte.

»Es ist wunderschön«, meinte sie leise zu Gemma. Sie dachten beide dasselbe: *Kommt der Gesang vielleicht von dort?* Zum erstenmal seit ihrem Eintreffen auf dem Südkontinent spürte Gemma eine stechende Kälte während der Tagesstunden. Nachts teilten sie sich ein Zelt und drängten sich beim Schlafen zusammen, um sich zu wärmen.

Die Route, der zu folgen sie gezwungen waren, behinderte ihr Fortkommen zusätzlich. Es war nicht länger möglich, dem Flußlauf zu folgen – sie hätten manchmal über Felsbrocken reiten müssen, was für die Pferde eine sichere Katastrophe bedeutet hätte. Gelegentlich wurden sie zu großen Umwegen gezwungen, um einen steilen Anstieg zu umgehen, manchmal verirrten sie sich und mußte umkehren. Verschiedene Male verloren sie den Fluß für Stunden aus den Augen, doch immer gelang es ihnen auf ihrem beschwerlichen Weg zur Quelle, ihn wiederzufinden.

Es ging frustrierend langsam voran. Daß sie nach einer Weile jagen mußten, um ihren Proviant aufzufüllen, machte es noch schlimmer. Wasser war inzwischen kein Problem mehr. Mallory aber brachte es nicht über sich, das Wild zu essen, das Arden geschossen hatte, die Folge war, daß sie sich von einer kargen Diät aus Wurzeln, Beeren und Blättern ernährte. Ihr Gesicht wurde hager, und oft zitterte sie. Nachts lag sie zwischen Gemma und Arden und ließ sich von ihrer Körperwärme trösten. Trotz ihrer Schwäche wurde sie im Gegensatz zu den anderen Bewohnern des Tals nicht krank.

Zwölf Tage nachdem sie Braith verlassen hatten, stießen sie auf den Anblick, den sie gefürchtet hatten. Der Fluß verlief durch ein kurzes, schmales Tal, das sie vom unteren Ende her betreten hatten. In der Ferne stieg das Gelände in einem geröllbedeckten Hang an, der in einen Berggipfel überging. Es gab keinen Hinweis darauf, wo der Fluß in das Tal eintrat. Beim Weiterreiten wurde ihnen mit schrecklicher Gewißheit klar, was sie erwartete.

Seit vielen Meilen war tief unten im Flußbett ein Bach dahingeplätschert, und als die Reiter das untere Ende der Geröllhalde erreichten, bestätigten sich ihre schlimmsten Befürchtungen.

Das Wasser sprudelte am Fuße des Berges wie aus einer Quelle zwischen Felsbrocken hervor. Dahinter floß der Bach unterirdisch, so daß sie ihm unmöglich folgen konnten.

Eine Untersuchung förderte mehrere kleine Höhlen ans Licht, in die Arden ein paar Schritte weit hineinkroch. Weiter hineinzurobben hatte jedoch keinen Sinn. Entmutigt schlugen sie ihr Lager auf, obwohl es erst kurz nach Mittag war. Gemma zündete ein Feuer an, während Arden und Mallory ihren Proviant auffüllten, so gut es ging.

Später am Nachmittag saßen sie alle um das Lagerfeuer herum und drückten sich um die erforderliche Diskussion. Schließlich meinte Arden: »Wir haben gewußt, daß dies irgendwann passieren würde, und wahrscheinlich wird es wieder passieren. Seit Braith sind wir keinem anderen menschlichen Wesen mehr begegnet – die Entscheidung liegt also bei uns.«

»Umkehren hat keinen Sinn. Wir könnten höchstens die anderen Seiten dieser Grate ausprobieren«, meinte Mallory und zeigte auf die Hügel im Osten und im Westen.

»Und dort hinauf können wir nicht.« Gemma zeigte mit dem Kopf auf den Berg, der ihnen den Weg versperrte. »Selbst wenn es Sinn hätte. Der Fluß befindet sich *im* Berg.«

»Also bleibt uns nichts anderes übrig, als zu raten«, schloß Arden. »Welche Seite sollen wir nehmen?«

»Für die Pferde wird keine Seite einfach sein«, bemerkte Gemma mit Blick auf die steilen Hänge.

»Es könnte Tage dauern, bevor wir merken, daß wir den falschen Weg genommen haben. Wir müßten umkehren.« Frust und Wut war seiner Stimme anzumerken.

»Haben wir eine Wahl?« fragte Gemma.

»Wir könnten uns trennen«, schlug Mallory vor. »Wir könnten uns meilenweit gegenseitig im Auge behalten und ein Zeichen ausmachen, für den, der den Fluß als erster findet.

Arden schüttelte den Kopf. »Zu riskant«, meinte er. »Außerdem müßten wir vielleicht dieses Ding halb umgehen« – er zeigte auf den Berg, als hätte man ihn nur dahingestellt, um ihn zu ärgern – »bevor wir den Fluß erreichen, und dann können wir uns auf keinen Fall mehr sehen.«

»Wir bleiben zusammen«, beschloß Gemma entschieden.

»Welche Seite sollen wir also nehmen?« fragte Mallory. »Osten oder Westen?«

»Westen«, entschied Gemma. »Auf diese Weise haben wir frühmorgens Sonne.«

Nach diesem Entschluß versorgten sie ihre Pferde, sammelten zusätzliches Holz für das Feuer und versuchten, die beste Strecke ausfindig zu machen.

In dieser Nacht fing Mallory im Schlaf an zu husten und warf sich unruhig hin und her. Gemma streckte die Hand aus und streichelte ihrer Freundin sacht über die Wange. Mallorys Krämpfe ließen nach, nicht dagegen Gemmas frischgeborene Sorgen.

Früh am Morgen brachen sie auf. Es war kalt, und schon bald waren sie froh, die westliche Route genommen zu haben. Anfangs konnten sie noch im Zick-Zack den grasbewachsenen Hang zwischen Felsbrocken und Felsvorsprüngen hinaufreiten, doch später waren sie gezwungen, abzusteigen und ihre Pferde zu führen. Der Boden wurde zunehmend schroffer, und immer häufiger mußten sie geradewegs bergan gehen, um größeren Geröllzonen auszuweichen. Mallory mußte oft anhalten, und ihr Atem ging schwer. Gelegentlich fing sie wieder an zu husten, doch jedesmal eilte Gemma an ihre Seite und hielt ihre Hand, während sie eine Pause einlegten. Der Körperkontakt schien Mallory zu beruhigen.

Arden beobachtete sie voller Sorge. Jetzt umzukehren bedeutete eine unerträgliche Verzögerung, doch Mallory blieb trotz ihrer Schwäche standhaft. »Es ist nicht die Krankheit, die einen beim Verlassen des Tals befällt«, meinte sie mit einem schwachen Lächeln. »Ich bin einfach die Bergluft nicht gewöhnt.«

»Sie braucht Wärme, eine Pause und etwas Vernünftiges zu essen«, sagte Gemma zu Arden. »Gibt es hier vielleicht noch ein anderes Dorf?«

»Das halte ich für unwahrscheinlich – nicht in dieser Gegend«, antwortete er. »Aber sobald wir eine geeignete Stelle gefunden haben, werden wir für ein paar Tage ein Lager aufschlagen, bis es ihr besser geht. Wir können alle eine Pause gebrauchen.«

Der mühsame Anstieg setzte sich fort, der Berg zu ihrer Linken schien ihren armseligen Bemühungen Hohn zu sprechen. Am späten Nachmittag endlich überquerten sie den

Kamm und stellten zu ihrer großen Überraschung fest, daß das Land dort nicht in ein weiteres Tal mündete. Statt dessen befanden sie sich am Rand einer weitläufigen Hochebene, die im Westen des Berges lag und sich weit nach Süden erstreckte. Selbst in dem schwindenden Licht war zu erkennen, daß kein Fluß diese Ebene durchquerte. Arden fluchte laut, doch Gemmas scharfer Blick hatte etwas entdeckt, das Hoffnung gab.

»Ist das nicht Rauch?« fragte sie und zeigte in die entsprechende Richtung.

Arden kniff die Augen zusammen.« Kann sein«, meinte er, »aber er ist viele Meilen entfernt. Bis heute abend kommen wir auf keinen Fall soweit.«

»Dann laß uns jetzt das Lager aufschlagen und morgen gleich bei Tagesanbruch aufbrechen«, antwortete Gemma. »Meinst du, es handelt sich um ein Dorf?«

»Hoffen wir's«, gab Arden zurück. Er klang völlig mutlos.

»Kommt schon, so schlimm ist es nicht«, sagte Mallory. »Vielleicht haben wir den Fluß nicht gefunden, aber wenigstens dürfte das Reisen auf dieser Hochebene einfacher werden. Wir können es in einem Tag bis auf die Südseite des Berges schaffen.«

Ardens Gesicht hellte sich ein wenig auf, doch Gemma widersprach: »Wenn das ein Dorf ist, bleiben wir dort. Wenigstens ein paar Tage.«

»Arden könnte vorgehen und sich umsehen«, fuhr Mallory fort. »Ich sehe es gar nicht gern, wenn er nichts zu tun hat.«

»Er war noch nie besonders geduldig«, fügte Gemma hinzu.

Arden betrachtete die beiden grinsenden Frauen, die eine Front gegen ihn gebildet hatten.

»Wenn ihr zwei jetzt endlich fertig seid ...« meinte er. Dann lächelte er zurück. »Womit habe ich das eigentlich verdient?« fragte er den Himmel. »Alleine in der Wildnis mit zwei zänkischen Weibern.«

»Die meisten Männer würden sich glücklich schätzen, mit solchen Schönheiten alleine zu sein«, gab Mallory zurück.

Arden setzte ein idiotisches Gesicht auf, sein Tonfall wurde übertrieben.

»Ich bin nur ein einfacher Junge vom Land, Ma'am. Ich bin nur für eine gerüstet.« Als sie losprusteten, fügte er mit seiner eigenen Stimme hinzu, »Außerdem bist du verheiratet.«

»Soll das heißen, daß du mich nicht mehr liebst?« flehte ihn Mallory übertrieben jämmerlich an und mußte erneut lachen. Einen Augenblick später änderte sich ihre Stimmung. Mallorys Vergnügtheit wich einem heftigen Hustenanfall, der sie, verzweifelt Luft schnappend, auf die Knie warf. Gemma blieb bei ihr und wickelte sie in Decken ein, während Arden ein Feuer entfachte und das Zelt aufschlug. Die Nacht hindurch lagen sie dicht aneinandergedrängt, und Gemma spürte, wie Mallorys Körper sich unter Fieberträumen schüttelte.

Mit der Dämmerung kam neue Hoffnung auf. Mallory hatte sich beruhigt, war zwar immer noch schwach, aber im Südwesten war deutlich ein dünner Rauchkringel über der Ebene zu erkennen. Sie brachen so früh wie möglich auf und suchten sich ihren Weg zwischen den überall auf der Hochebene herumliegenden Felsbrocken hindurch.

Sie erreichten schnell das Dorf, das aus gerade mal zwölf Hütten bestand. Nach einer argwöhnischen Musterung entschieden die Bewohner, daß die Reisenden keine Bedrohung darstellten, hießen sie herzlich willkommen und führten sie zur Gasthütte. Das Gebäude war kleiner als in Braith, aber es war sauber und trocken, und eine der Steinwände hatte eine Feuerstelle. Gleich nach Bekanntwerden von Mallorys Zustand sandte der Obermann, der Ehren hieß, zwei junge Burschen aus, um Reisig und Feuerholz zu sammeln.

»Ich werde Mousel holen«, entschied er. »Sie ist unsere Wahrsagerin.«

Wie sich herausstellte, war Mousel ein untersetztes, finsteres Weib, dessen strahlende Augen im Gegensatz zu ihren schwerfälligen Bewegungen und ihrer noch schwerfälligeren Zunge standen. Sie kümmerte sich um Mallory und scheuchte alle bis auf Gemma aus der Hütte. Kurz drauf lag

Mallory unter mehreren Decken. Beim Anblick des Feuers, das munter auf dem Rost loderte, fühlte sie sich gewärmt und entspannt wie schon seit Tagen nicht mehr. Mousel hatte Zunge und Rachen untersucht, mit geschickten Fingern ihren Hals abgetastet, und sie hatte ihrem Atem gelauscht. Sichtlich zufrieden holte die Weise eine Tonflasche hervor und verabreichte ihrer Patientin zwei Schlucke daraus.

»Magst du das?« fragte sie.

Mallory lachte. »Wenn das Medizin ist, hab' ich nichts dagegen, krank zu sein!« sagte sie.

»Ist gut«, gab Mousel ihr recht. »Später bekommst du mehr.« Mallory nickte schläfrig. »Sie soll drei-, viermal davon trinken«, wies die Wahrsagerin Gemma an. »Du auch, wenn du Kraft brauchst.«

»Was ist das?«

»Ein Spezialtrank. Etwas ganz Besonderes. Ich mache ihn selbst.«

Mousel ergriff eine Hand von Mallory, und Gemma, die auf der anderen Seite des Bettes saß, tat es ihr nach. Sofort spürte sie ein neues Gefühl, eine Mischung aus Wärme und Unbehaglichkeit. Instinktiv schreckte sie vor der Unbehaglichkeit zurück, versuchte, sie von sich zu schieben, nur die Wärme aufzunehmen. Mallory murmelte schläfrig vor sich hin, und Gemma stellte fest, daß Mousel sie mit ihren strahlenden Augen fixierte.

»Du hast heilende Hände«, sagte die Wahrsagerin. »Gut.«

Ich? dachte Gemma und versuchte dahinterzukommen, was hier passierte. *Aber das kommt doch bestimmt von dir.* Sie war verwirrt.

»Entspann dich«, wies Mousel sie an. »Hilf ihr.«

»Ich verstehe nicht.«

»Warte.« Mousels Ton verriet, daß sie nicht die Absicht hatte, sich zu weiteren Erklärungen hinreißen zu lassen, und Gemma zog sich in ihre eigene Gedankenwelt zurück. Sie hielt immer noch Mallorys Hand. So verharrten sie, bis Mallory in den Schlaf hinüberglitt.

Inzwischen versuchte Arden, von Ehren und den anderen

Dorfältesten soviel er konnte in Erfahrung zu bringen. Ihr Dorf hieß Keld, und die Ebene, auf der es stand, war unter dem Namen Maiden Moor bekannt. Die Hochebene erstreckte sich viele Meilen weit nach Süden, wo sie nach Osten schwenkte und so den Berg Blencathra zur Hälfte umschloß. Für Arden waren das gute Neuigkeiten, denn ihre Weiterreise versprach so viel schneller und sicherer zu werden. Leider wußten die Dorfbewohner nichts von einem Fluß unter der Hochebene. Nach Westen hin endete Maiden Moor in einer steilen Felsklippe, die Hunderte von Schritten in ein waldreiches Tal abfiel.

»Nicht gerade der Ort für einen Abendspaziergang«, meinte Arden dazu.

»Stimmt. Man kann eine ganze Weile schreien, bevor man unten aufschlägt«, erwiderte Ehren mit einem breiten Grinsen.

Als Arden zum Gästehaus zurückkehrte, war Mousel bereits gegangen.

»Wie geht es Mallory?« erkundigte er sich.

»Schon viel besser«, antwortete Gemma und erzählte ihm, wie seiner Freundin aus dem Tal die geheimnisvolle Flüssigkeit eingeflößt worden war und sie anschließend immer wieder zwischen Wachen und Schlafen hin und hergeschwankt sei.

»Es ist warm hier drin«, meinte er. »Ich könnte auch einen Schluck gebrauchen.«

Gemma reichte ihm die Flasche. Er entkorkte sie, schnupperte daran und machte ein erstauntes Gesicht.

»Ich hätte nicht gedacht, daß das hier noch hergestellt wird«, sagte er und nahm einen Schluck.

»Was ist es denn?«

»Bergmet. Frag mich nicht, was drin ist, außer wildem Honig, Alkohol und – wenn ich mich nicht völlig täusche – ein Hauch Drachenblume.«

»Dann rühre ich das Zeug nicht an!« meinte Gemma.

»Keine Sorge«, entgegnete Arden. »Es ist nicht wie das Zeug, das dir diese Bastarde in Newport gegeben haben. Es enthält nur eine winzige Menge, und die kann, richtig angewandt, sehr gesund sein.« Grinsend nahm er einen weiteren Schluck. »Außerdem schmeckt es wunderbar.«

»Laß etwas für Mallory übrig«, befahl Gemma. »Eigentlich ist es für sie.«

»Wir können alle etwas zusätzliche Energie gebrauchen«, gab Arden unverfroren zurück, verkorkte aber trotzdem die Flasche. »Du kannst später probieren. Man wird uns gleich etwas zu essen bringen.«

»Wir haben Glück, daß die Leute so freundlich sind.«

Arden nickte.

»Du scheinst einen ziemlichen Eindruck auf sie gemacht zu haben«, meinte er.

»Ich?«

»Sämtliche Frauen beraten sich, seit Mousel die Hütte verlassen hat«, fuhr Arden fort, »und wenn ich mich nicht irre, bist du das Thema ihres Gesprächs.«

»Sie meinte, ich hätte heilende Hände«, erklärte Gemma ihm nachdenklich. »Was immer das bedeutet.«

»Ich weiß nicht mehr als du«, antwortete er. »Sie haben mich in ihr Gespräch nicht eingeweiht. Aber ich habe trotzdem etwas über unseren Aufenthaltsort herausgefunden.« Er erzählte Gemma, was er erfahren hatte. »Morgen werde ich Lark nehmen und auf die Südseite von Blencathra reiten.« Er geriet ins Schwärmen. »Mal sehen, wie es dort aussieht.«

An der Tür klopfte es, und Arden stand auf, um die Essensträger hereinzulassen. Eda, Ehrens Frau, kam zusammen mit ihrem Mann herein. Beide trugen große, in Dampf gehüllte Holzschalen, aus denen es verlockend duftete. Hinter ihnen folgte Mousel mit kleineren Schalen, Holzlöffeln und einer weiteren Flasche Met. All dies wurde auf den Tisch neben Mallorys Bett abgestellt.

»Ich habe einen Bärenhunger«, flüsterte sie.

»Iß«, meinte Eda vergnügt. »Es enthält nichts Tierisches.«

»Und trinkt«, forderte Mousel sie auf. »Ihr alle.« Dabei sah sie besonders Gemma an, die sich bei ihr bedankte. »Du bist sehr freundlich.«

»Ich tue es gern«, gab Eda lächeln zurück.

»Wir kommen später wieder«, fuhr Mousel fort, »mit den Besessenen.«

Die Dorfbewohner verließen nacheinander die Hütte, während Arden und Gemma sich verwirrt ansahen.

»Was hatte das denn zu bedeuten?« wollte sie wissen.

»Keine Ahnung«, antwortete er.

»Wir werden es früh genug erfahren«, warf Mallory ein. »Füttert mich.«

Ungefähr eine Stunde später waren sämtliche Schalen geleert, wie auch die erste Flasche Met. Mallory war fast wieder eingeschlafen und hatte ein zufriedenes Lächeln auf dem Gesicht. Auch Gemma hatte sich überreden lassen, von dem Getränk zu kosten, und fühlte sich ein wenig beschwipst und warm. Das Feuer warf einen roten Schein auf ihre Wangen, die bereits rosig leuchteten. Auch Arden war bester Laune, voller Pläne für den morgigen Tag und zuversichtlich, daß sie am Ende erfolgreich sein würden. Gemma wußte, daß es der Alkohol war, der aus ihm sprach, trotzdem freute sie sich, ihn wieder so zuversichtlich zu sehen, und sie widersprach ihm nicht. Er wollte gerade die zweite Flasche öffnen, als die Dorfbewohner zurückkehrten. Diesmal ging Mousel voran, gefolgt von zwei Frauen, die sie zuvor noch nicht gesehen hatten. Jede von ihnen trug ein kleines Kind auf dem Arm, und Gemma sah sofort, daß mit den Kleinen, die regungslos in den Armen ihrer Mütter lagen, etwas nicht stimmte. Sie bekam Mitleid.

»Die Kinder sind krank«, stellte Mousel fest. »Sie sind von Dämonen besessen. Meine Kraft reicht nicht, sie von ihnen zu befreien.« Schweigen. Dann sagte sie zu Gemma: »Du hast heilende Hände. Du mußt sie retten.

37. KAPITEL

Gemma wandte sich zu den Müttern um und sah, daß sie neue Hoffnung schöpften; dann erblickte sie die teilnahmslosen, leeren Augen der Kinder.

Bei den Sternen! dachte sie verzeifelt. *Was soll ich bloß tun?* Sie blickte in die erwartungsvollen Gesichter der Frauen und stand langsam auf. Ihr war schwindelig vom Met.

Mousel winkte eine der Mütter zu sich.

»Leg ihn aufs Bett«, wies sie sie an. »Komm, Gemma. Ich führe dich.«

Sie knieten zusammen am Bett des Kindes.

»Die Dämonen sind hier drin«, erklärte Mousel und tippte auf die nackte Brust des Jungen. »Sieh hin. Fühl es.« Sie nahm Gemmas Hand und legte sie auf die feuchtkalte Brust. »Spürst du es?«

Nein! Gemma hatte Angst. *Ich fühle überhaupt nichts. Hilfe!*

Ein Lichtkanal durchbrach den dunklen Nebelwirbel ihrer Gedanken, und plötzlich kniete Cai neben ihr und nicht Mousel.

»Du weißt, was zu tun ist«, sagte er ruhig. »Ich werde nicht immer hier sein, um dir diese Dinge zu zeigen.« Seine Stimme öffnete weitere Kanäle, durch die Bewußtsein hineinströmte.

»Bleib bei mir«, sagte Gemma rasch. Sie hatte Angst, er könnte sie verlassen.

»Sicher.«

Sie entspannte sich, und ihr Bewußtsein floß über ihren Körper hinaus in den des Kindes, das ganz still vor ihr lag. Sie verfolgte die Ausbreitung von Gesundheit durch Blut, Sehnen und Knochen, bis ...

Die Krankheit traf sie wie ein Schlag, und sie zuckte zurück. Ihr war übel geworden, sie wollte nichts weiter, als weg von hier und sich verstecken.

»Da!« meinte Cai. »Jetzt siehst du es.«

»Es ist schrecklich.«

»Dann heile es!« befahl Cai. »Warum, glaubst du, bringe ich es dir sonst bei?«

»Mach du es«, jammerte sie angsterfüllt.

»Das kann ich nicht. Das ist deine Aufgabe.«

Der Raum existierte nicht mehr. Gemmas Bewußtsein war beschränkt auf das fürchterliche Etwas in der Brust des kleinen Jungen. Sie ›sah‹ das kranke Ventil, wie sich infolgedessen Blut in der Lunge des Jungen sammelte und wußte, daß er daran bald ersticken würde. Sie ›sah‹ die Möglichkeit, wie sie die Flüssigkeit ablassen konnte und veranlaßte dies, dann richtete sie ihr Augenmerk auf das Ventil selbst. Es handelte sich um eine kalte, harte Wucherung, die sie beschimpfte und sie mit der Glut ihres Zornes speiste, bis sie warm und nachgiebig wurde. Dann formte sie sie und ließ die Gesundheitsströme hindurchziehen. Anschließend trat sie gedanklich zurück, um ihr Werk zu begutachten.

»Gut gemacht«, meinte Cai. »Du lernst schnell.«

Gemma hob die Hand, und der Raum wurde allmählich wieder scharf und deutlich. Die Brust des Jungen hob sich, und eine blaßgrüne Flüssigkeit schoß ihm aus Nase und Mund.

»Die Dämonen!« rief Mousel, als die Mutter des Jungen entsetzt aufschrie.

Der Kleine hustete und spuckte. Sein Blick war nicht stumpf, sondern lebendig und angsterfüllt. Er fing an zu weinen. Mit Tränen in den Augen nahm seine Mutter ihn rasch auf den Arm und hielt ihn fest.

»Danke«, sagte sie mit brechender Stimme. »Vielen Dank.«

Gemma sah sie ungläubig an. *Was habe ich getan? Hab ich es wirklich geschafft?*

»Du hast es geschafft«, antwortete Cai, doch waren es Mousels Lippen, die sich bewegten. Plötzlich wurde Gemma schwach und sackte zu Boden. Sie spürte, wie jemand die Arme um sie schloß, und ließ sich in Ardens wärmende Umarmung fallen.

»Alles in Ordnung?« fragte er mit von Scheu ergriffener Stimme. Sie nickte, unfähig zu sprechen.

»Bring ihn nach Hause. Halte ihn warm«, meinte Mousel

zu der Mutter des Jungen. »Die Dämonen sind fort. Jetzt wird er wieder gesund.« Sie wandte sich an Gemma. »Bist du stark genug für die andere?«

»Nein, sie ist ...« begann Arden, doch Gemma hatte den Blick in den Augen der anderen Mutter gesehen und unterbrach ihn. »Ja. Gib mir etwas zu trinken. In ein paar Minuten bin ich fertig.«

Arden half ihr auf, und sie setzte sich auf die Kante von Mallorys Bett, während Mousel das andere Bett saubermachte. Er brachte die zweite Flasche, und sie trank dankbar daraus und spürte, wie die Kraft ihren gesamten Körper durchströmte.

Mallory griff nach ihrer freien Hand und drückte sie fest.

»Ich dachte, du schläfst«, sagte Gemma.

»Das hätte ich mir um nichts entgehen lassen«, antwortete Mallory. »In dir steckt mehr, als ich gedacht hatte.«

»In mir steckt mehr, als *ich* gedacht hatte«, war die ruhige Antwort.

»Du beherrschst den Streit mit den Dämonen«, verkündete Mousel.

Die einzigen Dämonen bilden sich in meinem Kopf, dachte Gemma und nahm einen weiteren Schluck. *Dieses Zeug hat zweifellos eine merkwürdige Wirkung auf mich.*

Inzwischen hatte man die beschmutzten Laken ausgetauscht, und das zweite Kind, ein Mädchen von vielleicht sieben Jahren, lag auf dem Bett. Ihre Augen waren leer, und sie rührte sich nicht.

»Bist du sicher?« wollte Arden wissen.

Gemma nickte und nahm ihren Platz neben dem Bett kniend ein. Dabei fiel ihr auf, wie sehr es der Situation an Kris' Bett glich. *Wenn ich doch damals nur genug gewußt hätte – ich hätte ihm helfen können,* grübelte sie, dann schob sie den quälenden Gedanken von sich und konzentrierte sich auf das kranke Kind und auf ihre Verbindung mit Cai.

»Bist du noch da?« fragte sie, einen Augenblick lang von Panik ergriffen.

»Ich bin hier«, kam die Antwort. »Obwohl du mich jetzt nicht mehr brauchst.«

»Doch. Bitte bleib.«

Es kam keine Antwort, doch Gemma spürte seine beruhigende Anwesenheit immer noch neben sich und vertiefte sich in ihre Aufgabe. Auf Mousels Bitte legte sie dem Mädchen die Hand auf die Stirn, und sofort war sie umhüllt von einem brennenden Schmerz, der sie fast überwältigte. *Das ist ihre schreckliche Welt,* dachte sie entsetzt darüber, daß jemand so junges und unschuldiges mit einer solchen Tortur leben mußte. *Kein Wunder, daß sie sich von der Welt zurückgezogen hat.*

Die Quelle der Krankheit des Mädchens brauchte nicht lange gesucht zu werden. Sie zog Gemmas Aufmerksamkeit unwiderstehlich auf sich, wütend darauf bedacht, sich ihren Angriffen zu widersetzen. Die Wucherung saß im Schädel, hinter dem rechten Auge des Kindes, ihr endgültiger Sieg stand unmittelbar bevor. Gemma sah sie als einen widerlich kalten, bösartigen Knoten, dessen einziger Zweck in der Unterwerfung jenes Wesens bestand, das diese teuflische Ausgeburt beherbergte.

Diesmal gab es keine einfachen Lösungen. Es war ein Kampf des Willens, und Gemma stürzte sich kopfüber hinein. Kurz darauf rang sie bereits mit ihrer Erschöpfung, und sie fragte sich, ob dies vielleicht über ihre Kräfte ging. *Hilf mir, Cai.*

»Versuch es weiter«, drängte er. »Nichts geht über deine Kräfte, solange du an dich glaubst.«

Irgendwo, in dieser anderen Welt, hielt ihr jemand eine Tasse an die Lippen. Sie schluckte instinktiv und spürte, wie ihr neue Kräfte wuchsen.

»Verschwinde!« beschimpfte sie den abscheulichen Tumor. »Ich werde deine Anwesenheit nicht länger dulden!«

Sie spürte, wie die innere Struktur der Wucherung ein wenig nachgab, und ließ sich diesen Vorteil im Gefühl des Sieges nicht mehr nehmen. Der Knoten begann sich aufzulösen, kehrte langsam wieder zu seiner alten Form zurück, aber sie verfolgte unnachgibig jede Ranke, stellte sie und machte ihre Bösartigkeit zunichte. Instinktiv wußte sie, daß jedes andere Vorgehen ein neues Aufflackern der Krankheit provoziert hätte.

Endlich war sie zufrieden und zog sich zurück. Sie hob die Hand. Cai war nicht mehr bei ihr, und die Frage, wohin er wohl verschwunden sein mochte, war das letzte, an das sie sich erinnerte, bevor sie zusammenbrach.

»Ich dachte schon, du würdest überhaupt nicht wieder aufwachen«, meinte Arden. Es sollte wie ein Scherz klingen, aber die Erleichterung stand ihm überdeutlich ins Gesicht geschrieben.

»Wie spät ist es?« fragte Gemma.

»Gleich Mittag. Du hast fünfzehn Stunden geschlafen.«

Es dauerte eine Weile, bis sie begriff.

»Das Mädchen«, begann sie, »geht es ihr gut?«

»Seit Sonnenaufgang läuft sie draußen herum, spielt und macht ebensoviel Krach wie die anderen Kinder«, antwortete Arden mit einem Schmuzeln. »Du bist jetzt anerkannte Wunderheilerin in Keld.«

Gemma lächelte. »Ich fühle mich schwach wie ein Baby«, sagte sie.

»Das überrascht mich nicht. Du hast drei Stunden gebraucht, um die Kleine zu heilen, und es sah nicht aus, als sei es leichte Arbeit gewesen.«

»Drei Stunden?« Gemma war erstaunt. *Wo ist die Zeit geblieben?*

»Ein paarmal wäre ich fast dazwischengegangen«, fuhr Arden fort.

»Ich bin froh, daß du es nicht getan hast.«

»Ich auch.«

Er beugte sich vor und gab ihr einen zarten Kuß.

»Keine Bevorzugung«, kam es aus Mallorys Bett. »Hier ist noch eine Kranke, die einen Kuß möchte.«

»Du siehst schon viel besser aus«, meinte Arden, als er ihr den Gefallen tat und sie auf die Stirn küßte.

»Ich fühle mich auch schon besser. Wer würde das nicht, wenn eine berühmte Heilerin sich um einen kümmert. Gemma, das war phantastisch. Wie hast du das gemacht?«

»Ich habe wirklich keine Ahnung. Ich war allerdings nicht ganz alleine.«

»Du hast dich mit *irgend* jemandem besprochen, das steht fest. Und dabei ein paar sehr seltsame Dinge gesagt.« Arden grinste. »Aber das ist bei dir ja wohl normal.«

»Ich kann mich an fast nichts erinnern«, stellte Gemma fest.

»Hast du Hunger?«

Gemma war ausgehungert und machte das unmißverständlich klar.

»Gut, dann gehe ich los und organisiere eine Festmahlzeit«, versprach Arden, bereits auf dem Weg zur Tür. »Von jetzt an werden uns die Menschen von Keld wie Könige behandeln.« Er ging hinaus.

»Was ist daran so komisch?« wollte Mallory wissen.

An diesem Abend versammelte sich die gesamte Bevölkerung Kelds zu einer Feier unter freiem Himmel zu Ehren der Reisenden und der Gesundung der Kinder. Sie sangen und tanzten um ein großes Freudenfeuer gleich vor dem Dorf und tranken und aßen mehr, als gut für sie war. Wahrscheinlich blieben ihre Vorratskammern in den nächsten Monaten leer, doch dieses Fest wollte sich keiner versagen. Es war lange her, daß Keld einen solchen Tag erlebt hatte.

Natürlich wollten Ehren und seine Dorfbewohner, daß ihr Besuch an den Feierlichkeiten teilnahm, doch Arden weigerte sich rundheraus, auch nur eine seiner Schutzbefohlenen aus dem Bett, und schon gar nicht hinaus in die kalte Nachtluft zu lassen. Die Bewohner von Keld mußten sich daher mit häufigen Besuchen am Krankenbett zufriedengeben, zu denen sie erlesenste Speisen und Getränke mitbrachten. Gemma und Mallory genossen diese Aufmerksamkeiten ebenso wie die allgemein fröhliche Stimmung, doch im Laufe der Nacht wurden die beiden müde. Arden ging dazu über, sie vor den rüpelhafteren Besuchern abzuschirmen, und nach einer Weile verweigerte er allen, mit einer Mischung aus Takt und Charme, die Gemma nur bewundern konnte, den Zutritt.

Man hatte Verständnis dafür, daß die Frauen Ruhe brauchten, doch jetzt wurde Arden gedrängt, an den Festlichkeiten teilzunehmen. Er lehnte ab, doch die Dorfbewohner blieben gutgelaunt und hartnäckig, so daß er schließlich nachgab. Er versicherte Gemma und Mallory, daß er bald zurückkehren würde, zuckte hilflos mit den Achseln, ging hinaus und schloß hinter sich die Tür.

Man ließ die beiden Frauen weitgehend in Ruhe. Sie saßen aufrecht im Bett, jede mit einem Becher Met in der Hand. Mousel hatte ihnen versichert, es gäbe nichts Besseres, um sowohl Geist als auch Seele wiederherzustellen, und sie hatten nicht die Absicht, ihr zu widersprechen – besonders, nachdem sie hinzugefügt hatte, nichts anderes in Keld schmecke auch nur halb so gut. Mit gut gefüllten Mägen nippten sie langsam und genossen die Stille.

»Hoffentlich amüsiert Arden sich«, meinte Mallory. »Er hat sich den Spaß verdient. Er war in letzter Zeit ziemlich verbittert. So war er vorher noch nie.«

Gemma mußte an die Szene denken, die Kris ihr gezeigt hatte.

»Du hast ihn geliebt, nicht wahr?«

»Ich tue es noch immer«, antwortete Mallory. »Wie einen Bruder«, fügte sie rasch hinzu, als sie sah, wie Gemma erstarrte.

»Er hat mir eine Menge über das Tal erzählt, besonders über seinen ersten Besuch«, sagte Gemma. »Kein Wunder, daß er so entschlossen ist, diesen Ort zu retten.«

»Ich glaube, sein Leben war nicht besonders glücklich, bevor er zu uns kam«, erzählte Mallory leise.

»Hat er je darüber gesprochen?«

»Nein. Niemals. Aber ich habe mich oft gefragt ...« Mallory schwieg und nahm noch einen Schluck. »Darf ich dich etwas fragen?« meinte sie nach einer Weile.

»Natürlich.« Gemma erwartete eine weitere Frage über ihr Verhältnis zu Arden, doch Mallory überraschte sie damit, daß sie ein völlig anderes Thema anschlug.

»Ist dir eigentlich schon aufgefallen, daß du immer nach der Einnahme von Drachenblumenessenz besonders spektakulären Gebrauch von Magie gemacht hast?« Gemma sah sie überrascht an, und Mallory sprach weiter. »Mir scheint, es hat damit zu tun, daß du dann immer alleine gehandelt hast und nicht zusammen mit einer der Gruppen, von denen wir neulich abends gesprochen haben.« Sie wartete gespannt auf Gemmas Antwort, doch es entstand ein so langes Schweigen, daß Mallory sich fragte, ob sie die Freundin vielleicht gekränkt hatte. »Du brauchst nicht darüber zu sprechen, wenn du nicht willst«, fügte sie hinzu.

»Schon gut«, meinte Gemma und klang ebenso besorgt wie Mallory. »Ich habe tatsächlich schon daran gedacht, aber eigentlich gehofft, es sei Zufall. Der Gedanke, daß man so etwas für die Ausübung von Magie braucht, behagt mir überhaupt nicht.«

»Ist das so schlimm?« fragte Mallory.

»Magie sollte ein natürlicher Bestandteil der Welt sein«, erklärte Gemma und starrte auf die Flüssigkeit in ihrem Becher, »und man sollte nichts weiter dafür benötigen, als das Wissen, sie weise und richtig anzuwenden.«

»Und du hast niemanden gefunden, der dir das beigebracht hat?«

»Nein.«

Gemmas gesamte Verwirrung, all ihre Selbstzweifel, kamen an die Oberfläche, als ihr wieder einmal dämmerte, daß sie es mit Kräften zu tun hatte, die sie nicht verstand. *Welches Recht habe ich, mich in die Gesundheit von Kindern einzumischen? Ich hätte sie umbringen können!* Beim Gedanken an ihre rein instinktiven Aktionen brach ihr kalter Schweiß aus. *Aber Cai hätte mich niemals unterstützt, wenn es nicht richtig gewesen wäre.* Dann dachte sie zurück. In Newport hatte Cai ihr nicht aktiv geholfen. Und doch war der Zauberer in Keld bereit gewesen, sie zu motivieren. *Zur Heilung,* entschied sie. *Er hat die Anwendung seiner Kräfte zugelassen, weil es darum ging, jemanden zu heilen. Das muß es sein.*

Mallory sagte etwas.

»Was?« Ihr Gedankenfluß wurde unterbrochen.

»Vielleicht ermöglicht dir erst die Drachenblumenessenz, dieses Wissen zu erkennen«, wiederholte Mallory. »Um einen Lehrer zu finden – Cai vielleicht.«

Gemma sah sie erstaunt an.

»Woher kennst du Cai?«

»Ich bin nicht so dumm, wie ich aussehe«, antwortete Mallory mit einem Lächeln.

Du bist alles andere als dumm, dachte Gemma.

»Außerdem hast du seinen Namen gestern abend ein paarmal erwähnt, als du das Mädchen geheilt hast«, fuhr Mallory fort. »Arden hat mir ebenfalls von ihm erzählt.«

»Meine Augen brennen«, sagte Arden beim Hereinkommen. »Offenbar sprecht ihr über mich.« Sein Gesicht war vom Tanzen oder Trinken gerötet, wahrscheinlich von beidem. »Was nur natürlich ist«, fügte er mit einem Grinsen hinzu.

»Eigentlich haben wir über Cai gesprochen«, klärte Mallory ihn auf.

»Ach, über den!« tat Arden die Bemerkung ab. »Der wundersame Zauberer des Nordens.« Er schwenkte die Arme und wäre fast gestürzt. »Was wollt ihr von dem? Er ist meilenweit entfernt, *ich* dagegen ...« Er ließ sich unvermittelt auf das Fußende von Gemmas Bett fallen und legte sich die Hand aufs Herz. »Ich bin hier. Höchstperönlich.«

»Und betrunken«, fügte Mallory hinzu.

Arden löste seinen Blick von Gemma und funkelte seine Anklägerin an.

»Willst du einem Mann alle einfachen Freuden versagen?« wollte er wissen.

»Arden, nichts an dir ist einfach«, meinte Gemma.

»Wie weise von dir«, meinte er halb im Spaß. »Eigentlich ist meine Mutter schuld. Seit ich klein war –«

Er unterbrach sich abrupt, sein ganzes Auftreten änderte sich, und die Farbe wich aus seinen Wangen. In der folgenden Stille verhallten die Gräusche der Feier draußen ungehört. Gemma und Mallory warteten schweigend darauf, daß er weitersprach.

Arden starrte gedankenverloren vor sich hin, bis er schließlich bemerkte, daß die beiden Frauen ihn gespannt betrachteten.

»Arden, erzähl uns davon, es wird dir helfen.«

Einen Moment lang verlor sich sein Blick in ihrem Gesicht, dann begann er leise zu sprechen.

»Ich habe nie verstanden, warum ich ihr einziges Kind war, und als ich es herausfand, war es zu spät, ihr zu helfen.«

Er hielt inne und ließ die Vergangenheit vor seinem geistigem Auge Revue passieren.

»Sie war so wunderschön«, erzählte er, »sie hätte jeden Mann haben können, den sie wollte, und doch blieb sie bei ihm ... meinem *Vater.*« Er spie das Wort angewidert aus. »Er war brutal, doch in welchem Ausmaß, das habe ich erst herausgefunden, als meine Mutter gerufen wurde.«

Gemma und Mallory sahen sich an, doch Arden bemerkte es nicht.

»Sie wurde damals verrückt und ist einfach gegangen. Er hatte sie allerdings bald eingeholt und schlug sie wie von Sinnen. Was habe ich ihn dafür gehaßt ...« Arden rang die Hände. »Es hat nichts genützt. Beim nächstenmal verschwand sie wieder, ohne auch nur daran zu denken, was er ihr antun könnte. Sie wäre auch geradewegs über eine Klippe gegangen, wenn das der geradeste Weg gewesen wäre. Das Ganze machte überhaupt keinen Sinn – sie nahm nicht einmal ein Pferd oder Vorräte mit.« Sein Gesicht hatte einen ungläubigen Ausdruck angenommen, wie das eines verlorenen Kindes.

»Natürlich hat er sie wieder eingeholt und nach Hause geschleppt. Diesmal war er so wütend, daß er den Verstand verlor – und sie umbrachte. Dann betrank er sich völlig und fing an, auf sie einzureden, er fluchte und brüllte, schließlich begann er zu schluchzen und meinte, es täte ihm leid. Ich sah sie dort liegen, regungslos, zerbrochen, doch immer noch wunderschön.« Er mußte hart schlucken, doch seine Augen blieben trocken. »Ich sah, daß sie nie wieder aufstehen würde. Dann legte er sich bewußtlos auf das Bett, unfähig, sich zu bewegen.«

Ardens Blick fand sein Ziel, er sah Gemma und Mallory an, betrachtete ihre erschütterten Gesichter.

»Ich habe das Haus niedergebrannt«, gestand er. »Mit den beiden darin.«

Die beiden Frauen wußten nicht, was sie sagen sollten. Seine Rede war offenbar zu Ende, aber sie wußten, daß nichts, was sie sagten, ihm seinen Schmerz nehmen würde.

»Meine Mutter wurde nach Süden gerufen«, erzählte Arden ihnen plötzlich. »Und seht, was ihr zugestoßen ist. Aber ihr wollt jetzt auch dorthin! Ja, sicher«, fügte er hinzu, als er ihre Gesichter sah, »glaubt ihr, ich wüßte nicht, was in jener Nacht geschehen ist? Ich habe auch etwas gehört, aber ich bin nicht so dumm, darauf zu achten.«

Als Arden weitersprach, war all sein Ärger aus seiner Stimme gewichen.

»Ich will nicht, daß ihr geht. Aber ich habe Angst, so zu werden wie *er*«, bekannte er.

»Du könntest niemals so werden«, meinte Gemma entschieden und war überrascht, endlich ihre Stimme wiedergefunden zu haben.

»Wirklich nicht?« In den Augen, die ihren Blick erwiderten, stand ein Hauch von Wahnsinn, und einen Augenblick lang war sich Gemma nicht mehr sicher. Dann faßte sie sich wieder und sah ihm in die Augen.

»Niemals«, wiederholte sie.

Er sah sie noch eine Weile an, dann ließ er die Schultern hängen.

»So, jetzt kennt ihr mein dunkelstes Geheimnis.« Er versuchte tapfer zu sein und schnodderig zu klingen, was ihm aber kläglich mißlang. »Genau wie Kris all die Jahre. Ich bin überrascht, daß er dir nichts davon erzählt hat.«

»Kris konnte sehen, was in dir vorgeht«, sagte Mallory. »Er hat es uns gezeigt, und wir waren nicht enttäuscht.«

»Das glaube ich erst, wenn wir den Fluß zurückgeholt haben«, meinte er versonnen und blickte zu Boden.

»Wie alt warst du, als das passiert ist?« fragte Gemma leise.

»Vierzehn.« Er hob den Kopf und lächelte bitter. »In den Bergen werden wir schnell erwachsen.«

»Laß es, Arden«, sagte Mallory. »Du kannst nichts ändern, und es ist wirklich lange her.«

»Wirklich lange her«, wiederholte er, jedes einzelne Wort

betonend. »Ich brauche etwas zu trinken«, fügte er kurz darauf hinzu.

»Ich auch«, meinten Gemma und Mallory gleichzeitig.

Langsam kehrte etwas Leben in Ardens Augen zurück; und Gemma sah, wie er seine Kräfte sammelte und sich aus seiner melancholischen Stimmung zu reißen versuchte. *Du bist tapferer, als du glaubst,* dachte sie. *Daß du solange damit gelebt hast.*

»Dein Wunsch sei mir Befehl«, antwortete er, stand auf und holte die Metflasche. Er füllte ihre Becher nach und fand auch einen für sich. Er schwankte zwar ein wenig, trotzdem blieb seine Hand beim Einschenken ruhig.

»Das machst du nicht zum erstenmal«, grinste Gemma.

»Stimmt«, erwiderte er. »Ich habe meine eigentliche Berufung verfehlt. Ich hätte Berufstrinker werden sollen. Ich verfüge über die perfekten Voraussetzungen.« Plötzlich verzerrte sich sein Gesicht vor Wut. »Gott verdammt noch mal!« brüllte er. »Warum mußte ich davon anfangen?« Er schleuderte die Flasche gegen die Tür der Hütte. Sie zerschellte nicht, sondern sprang über den Boden, wo sie liegenblieb, und die letzten Spritzer auf die hölzernen Dielen tropften. Arden starrte sie fassungslos an, während Gemma und Mallory den Atem anhielten.

»Bei Gott«, sagte er endlich. »Klappt den überhaupt nichts mehr so, wie ich will? Er starrte noch immer die Flasche an, als könnte er sie kraft seines Willens zersplittern.

»Das war unser letzter Met«, meinte Mallory zaghaft. »Wir Mädchen müssen schließlich bei Kräften bleiben.«

Sie warteten und wollten sehen, wie Arden auf diesen harmlosen Scherz reagierte.

»Also schön!« verkündete er dramatisch. »Ich werde gehen und noch eine Flasche holen. Nein! Ein ganzes Faß. Wir werden es brauchen, bis die Nacht vorüber ist.«

Damit zog er leicht torkelnd los und trat im Vorübergehen gegen die leere Flasche. Er schloß die Tür hinter sich mit übertriebener Vorsicht.

Gemma und Mallory sahen sich an, dann stießen sie einen Seufzer der Erleichterung aus.

38. KAPITEL

Sie blieben noch drei weitere Tage in Keld. In dieser Zeit hatten sich Gemma und Mallory erholt und Arden die letzten Spuren seines gewaltigen Katers verwunden. Trotz seines selbstverschuldeten Leidens hatte er mehrere Erkundungsausflüge unternommen und war mittlerweile erpicht darauf, abzureisen, denn er glaubte zu wissen, wo sie den Flußlauf erneut aufnehmen konnten.

An einem kalten, klaren Morgen nahmen sie also Abschied vom Dorf und ritten, während die letzten Abschiedsgrüße verhallten, nach Südosten. Sie hatten vor, die Geröllhalden des Südhangs von Blencathra zu umgehen. Den größten Teil des Vormittags ging es mühelos voran, dann jedoch mußten sie sich wegen des ansteigenden Geländes plötzlich einen gefährlichen Pfad entlangtasten, manchmal sogar absteigen. Sie befanden sich jetzt so hoch, daß das Atmen ein wenig schwer wurde und die Pferde langsam gehen mußten.

Oben auf dem Hauptgrat, genau südlich des Gipfels, machte Arden Halt und zeigte nach Osten.

»Seht ihr das kleine, abgeschlossene Tal, das dritte von hier, mit der Baumreihe auf der anderen Seite?« Seine Begleiterinnen nickten. »Ich vermute, dort verschwindet der Fluß unter der Erde«, fuhr er fort. »Bei Einbruch der Dämmerung sollten wir es bis dorthin geschafft haben.«

Gemma sah angestrengt in die Ferne und schützte ihre Augen vor der grellen Bergsonne.

»Ich glaube, weiter oben kann ich das Flußbett erkennen«, meinte sie.

»Ich bin froh, daß du es auch gesehen hast«, entgegnete Arden.

»Es paßt«, warf Mallory ein, während sie das umliegende Gelände betrachtete. »Es gibt eine direkte Verbindung von dem Paß zwischen den beiden großen Bergspitzen zu dem Tal. Wenn von dort aus ein Fluß fließt, müßte er zwangsläufig auch durch das Tal führen.«

»Also einverstanden«, schloß Arden. Er hörte sich zufrieden an. »Dann los.«

Er führte sie den gewundenen Pfad vom Kamm hinab und durch das erste Tal. Die Orientierung wurde jetzt zu einer Frage der Einschätzung und Erinnerung, da sie ihr Ziel nicht sehen konnten. Erleichtert erreichten sie den Kamm eines farnbedeckten Hügels, von dem aus sie in das gesuchte Tal hinabblicken konnten.

Im oberen Teil war das ausgetrocknete Flußbett deutlich zu erkennen. Weiter unten jedoch, unterhalb ihres augenblicklichen Standortes, gab es nicht die geringste Spur. Sie ritten weiter im schwindenden Licht des Spätnachmittags und untersuchten die Stelle, wo die Erde den Fluß schluckte. Risse und Löcher säumten die Mitte des Talbodens, machten das Reiten unmöglich und das Gehen gefährlich. Warum das Gestein ausgerechnet hier so zersplittert und porös sein sollte, war ein Rätsel, das Arden jedoch nicht allzulange beschäftigte.

»Das hier ist auf jedenfall die Stelle«, sagte er triumphierend. »Morgen reiten wir weiter flußaufwärts. Wir sind ganz nahe am Ziel.«

Die anderen wollten seine Begeisterung nicht durch die Frage dämpfen, was denn ihr Ziel sei. Statt dessen sammelten sie Holz und halfen ihm, auf einem ebenen Stück Wiese das Lager aufzuschlagen. Wenig später saßen sie um ein loderndes, gemütliches Feuer. Mallory brühte einen Tee aus einigen Kräutern auf, die sie zufällig entdeckt hatte. Die Pferde, denen man Decken über den Rücken gelegt hatte, grasten zufrieden in der Nähe. Gemma sah zu ihnen hinüber und mußte lächeln, als Lark seine Schnauze an Mischas Nacken rieb. Apple, Mallorys Pferd, bückte sich, um den nächsten Büschel Gras zu rupfen.

Der Wassertopf begann zu kochen, und Arden streckte die Hand aus, um ihn vom Feuer zu nehmen. Doch in einem einzigen Augenblick verschwand der Topf, das Feuer und alles ringsum, und sie steckten verloren in einem dichten, kalten Nebel, der jeden einzelnen von ihnen in seiner eigenen Welt isolierte. Blaue, flammengleiche Wesen huschten mit unglaublicher Geschwindigkeit durch ihr Gesichtsfeld.

Alle drei versuchten aufzuschreien, doch der alles einhüllende Nebel schluckte ihre Worte. Und dann war er plötzlich verschwunden.

Und alles andere auch.

Die Reisenden befanden sich auf dem Boden eines großen, schwach beleuchteten Raumes.

»Was …?« begann Arden, der sich mit offenem Mund umsah.

»Wo sind wir?« flüsterte Mallory.

»Sieht aus wie eine Bibliothek«, antwortete Gemma, die Mühe hatte, nicht hysterisch loszulachen.

Sie erhoben sich langsam und untersuchten ihre Umgebung. Der Raum war rechteckig, vielleicht dreißig Schritte lang und zehn Schritte breit. Drei Wände waren vollständig hinter Regalen mit Büchern in allen Formen und Größen verborgen, die bis unter die oberen Balken reichten. Die vierte Wand war nackt bis auf eine hölzerne Tür unter einem Spitzbogen. Die Luft war warm, aber stickig, so als hätte jahrhundertelang niemand gelüftet, doch weder auf den Regalen noch auf dem Fußboden lag Staub. Von der Decke aus tauchten mehrere Glaskugeln die Szene in ein weiches, gleichförmiges Licht.

»Eindeutig eine Bibliothek«, gab Arden ihr recht. »Die Frage ist bloß – wem gehört sie?« Er sah sich noch einmal um und ging dann zur Tür. Auf halbem Weg blieb er stehen und wandte sich an Gemma und Mallory, die noch immer mitten im Raum standen. »Wenn wir hier stehenbleiben, werden wir es nie herausfinden«, protestierte er, dann drehte er sich wieder zur Tür.

Er packte den Türgriff, drehte ihn, drückte, dann zog er, doch die Tür rührte sich nicht. Arden versuchte es mit der Schulter, stemmte sich dagegen, doch ohne Erfolg.

»Wir sind eingesperrt«, meinte er empört, als wäre das eine größere Beleidigung als ihre unerklärliche Beförderung hierher. Er trat gegen die Tür, die dumpf hallte, doch der einzige Erfolg war, daß er sich den Fuß stieß. Die beiden anderen kamen zu ihm, und Mallory berührte die massiven, eisenbeschlagenen Türplanken mit der Hand.

»Wir werden wohl warten müssen, bis man uns hinausläßt«, vermutete sie. »Wer das hier gebaut hat, wußte genau, was er tat.«

»Aber das ist doch verrückt!« empörte sich Arden, dessen Verwirrung sich schnell in Wut verwandelte.

»Kann man wohl sagen!« kommentierte Mallory.

Arden hämmerte ein paarmal gegen die Tür. »Vielleicht kommt jemand und läßt uns raus, wenn wir genug Lärm machen«, sagte er.

»Willst du ganz bestimmt, daß jemand kommt?« fragte Gemma. »Vielleicht haben die Leute hier etwas gegen Eindringlinge.«

»Wir sind keine Eindringlinge«, gab Arden zurück. »Man hat uns gekidnappt.«

»In einer Bibliothek?« meinte Gemma und fing an zu lachen.

»Was sollen wir also deiner Ansicht nach tun?« fauchte er sie an. Er weigerte sich, irgend etwas an ihrer Lage komisch zu finden. »Einfach dasitzen?«

»Naja, langweilig wird es uns nicht werden«, antwortete sie. »Wenigstens gibt es reichlich zu lesen.«

Arden brummte mißgelaunt.

»Vielleicht verraten uns die Bücher, wo wir sind«, schlug Mallory vor.

»Und wahrscheinlich auch, wie wir hergekommen sind«, meinte Arden voller Sarkasmus. »Red nicht solchen Unsinn, Mallory.«

»Hast du vielleicht einen besseren Vorschlag?« fragte Gemma ihn.

»Wir könnten versuchen, die Tür niederzubrennen.«

»Ich glaube, sinnvoller wäre es, jede Menge Lärm zu machen«, antwortete sie.

»Wahrscheinlich wären wir am Rauch erstickt, bevor das Ding nachgibt«, meinte Mallory.

»Ich habe nicht mal ein Messer dabei«, klagte Arden. »Sie sind alle oben im Lager.« Er schüttelte den Kopf. »Ich begreife das nicht«, gab er zu und machte sich daran, erneut gegen die Tür zu hämmern.

»Komm und hilf uns bei der Suche«, rief Mallory über den Lärm hinweg. »Gegen die Tür trommeln kannst du später noch soviel du willst. Wenn du so weitermachst, verletzt du dich am Ende noch.«

Ardens Fäuste hielten inne, dann lehnte er sich einen Augenblick lang mit der Stirn gegen die Tür, bevor er sich umdrehte.

»Na schön«, seufzte er und gestand seine vorübergehende Niederlange ein. »Welchen dieser mehreren tausend Bände möchten die Damen zuerst lesen?«

Vielleicht eine Stunde später war der gesamte Fußboden mit Büchern bedeckt. Arden hatte herausgefunden, wie man die drei beweglichen Leitern bediente, die vor den Regalen angebracht waren. Sie ruhten auf Rädern aus Metall und waren am obersten Regal in Laufschienen befestigt, so daß selbst die höchsten Bücher vergleichsweise einfach zu erreichen waren. Er hatte sich ihre Konstruktion in der Hoffnung angesehen, sie vielleicht zum Öffnen der Tür verwenden zu können, doch man sah ihnen an, daß sie zu robust waren, um auseinandergenommen zu werden. Er stieg auf alle drei, sah jedoch keine Möglichkeit zu fliehen. Die Wände über den endlosen Bücherreihen waren aus Stein.

Dank der verschiebbaren Leitern kam man nicht nur an die obersten Regale heran, Arden konnte auch einen näheren Blick auf die Lichtkugeln werfen. Sie glichen nichts, was er bisher gesehen hatte. Er war fasziniert. Ihr gleichmäßiger, steter Schein war fast weiß, und jede Kugel hing mittels eines Drahtes oder Seils von den Balken herab. Leider befand sich keine in Reichweite. Doch als Arden auf der obersten Sprosse stand und sie untersuchte, entdeckte er versteckt zwischen den Balken noch etwas anderes – lange, dünne Röhren aus einem stumpfen weißen Material, die am Dach befestigt waren. Auch an sie kam man nicht heran.

Inzwischen lasen Mallory und Gemma soviel wie möglich in der zufälligen Auswahl von Büchern. Einige Bände hatten Titel auf dem Rücken – von denen die beiden Frauen jedoch keinen einzigen erkannten –, die meisten jedoch waren nicht gekennzeichnet. Sie kamen zu dem Schluß, der Besitzer der Bibliothek müsse entweder über ein phänomenales Gedächtnis oder ein geheimnisvolles Katalogsystem verfügen. Vielleicht hatte er ja auch beschlossen, die Bücher ohnehin nie wieder zu lesen.

Die meisten Bücher, die sie auswählten, schienen unbekannte Geschichtsbeschreibungen von Orten zu sein, von denen sie noch gehört hatten. Zudem konnten sie keinerlei Verbindung zwischen nebeneinanderstehenden Bänden entdecken.

»Hör dir das an«, sagte Mallory, und hielt sich eine ihrer Entdeckungen unter die Nase, um aus der kleinen Schrift zitieren zu können. »›In den nächsten fünf Jahren wurden sechsundsiebzig Friedensverträge zwischen Olocondria und Sled unterzeichnet. Bis auf den letzten hielt keiner länger als zwei Monate, der kürzeste wurde bereits nach einer Stunde gebrochen. Jedesmal behaupteten beide Seiten, die jeweils andere sei der Aggressor, und verlangten das Recht auf Vergeltung. Als Folge davon wurde der Krieg zu einem wesentlichen Bestandteil der jeweiligen Landeswirtschaft. Als der Frieden schließlich hielt, führte das darauffolgende soziale Chaos dazu, daß beide Staaten eine gewaltige Steigerung von Verbrechen und Gewalt, Selbstmord und epidemischen Krankheiten erlebten.‹« Mallory hob den Kopf und sah Gemma an. »Können die tatsächlich so blöd gewesen sein?« fragte sie ungläubig.

»Das ist noch gar nichts«, erwiderte Gemma. Hör dir das mal an. Sie begann, aus ihrem Buch vorzulesen. »›Durch diesen religiösen Glauben wurde eine Leidenschaft geweckt, in deren Folge unschuldige Menschen der Ketzerei beschuldigt, gefoltert und getötet wurden. Viele von ihnen waren ungebildete Bauern, die nicht einmal in der Lage waren, die angeblich so perversen Machwerke zu lesen. Ironischerweise fand man heraus, daß der glühendste und ruchloseste Verfolger dieser ketzerischen Verbrechen, der den heiligen Eid der Keuschheit abgelegt hatte, einen geheimen Harem von über zwanzig Frauen und Mädchen unterhalten hatte, die er sämtlich abschlachtete, vor seinem Tod durch eine Geschlechtskrankheit.‹«

»Was ist das hier eigentlich?« fragte Mallory. »Eine Bibliothek des menschlichen Wahnsinns?«

Ein ungeheurer Lichtblitz machte ihren Überlegungen ein Ende. Mallory stieß einen leisen Schrei aus, und die beiden schützten instinktiv ihren Kopf. Das leuchtende Blitzen währte ein paar Augenblicke lang, es folgte jedoch kein Donner. Das einzige Geräusch war der dumpfe Aufprall, als Arden auf dem Holzfußboden landete. Er war in luftiger Höhe überrascht worden. Das Blitzen hörte auf, doch der gesamte Raum war jetzt in ein grellweißes Licht getaucht, daß von den weißen Röhren ausging. Jede einzelne von ihnen strahlte ein gleißendes, gleichmäßiges Licht aus, gegen das die Lichtkugeln matt wirkten.

Dann wurde die Tür aufgerissen, und die drei ›Eindringlinge‹ starrten die außergewöhnliche Gestalt an, die hereingeschlurft kam.

Er trug einen formlosen Umhang aus dunkelbraunem Stoff und war gerade mal halb so groß wie Arden. Ein riesiger Lederhut in der gleichen Farbe bedeckte seinen Kopf und hing noch über die Schultern herab. Im Halbdunkel seiner Krempe, oberhalb seiner langen, spitzen Nase, strahlten zwei kleine Augen. Die untere Hälfte seines Gesichts bedeckte ein zotteliger, schmutzigweißer Bart mit Schnäuzer, der jede Vermutung, es könnte sich um ein Kind handeln, zunichte machte.

Der Neuling sah sie alle nacheinander kurz und intensiv an, dann brummte er finster: »Diese verdammten thaumaturgischen Karten sind nie genau. Eigentlich dürfte dieses Gebiet gar nicht bewohnt sein.« Damit machte er auf dem Absatz kehrt und ging wieder hinaus. Durch sein plötzliches Verschwinden waren sie wie elektrisiert und handelten sofort.

»Warte!« schrie Arden, sich aufrappelnd, ihm hinterher.

»Bitte, gehen Sie nicht!« fügte Mallory hinzu, als sie und Gemma sich ebenfalls erhoben.

Der winzige Fremdling schenkte ihnen keinerlei Beachtung. Mit überraschender Behendigkeit verließ er schlurfend die Bibliothek und schloß die Tür hinter sich. Arden sprang unter heftigen Flüchen zur Tür. Er riß am Türgriff und wäre beinahe gestürzt, als die Tür sich mühelos öffnen ließ. Die anderen kamen herbeigeeilt, dann gingen sie hindurch und fanden sich in einem breiten, gefliesten Gang wieder. Sie sahen sich einer großen Anzahl weiterer Türen und einer geschwungenen Treppe gegenüber, die in ein anderes Stockwerk führte.

Der bärtige Fremde war nirgends zu sehen.

39. KAPITEL

»Es wird immer schöner!« meinte Arden. »Erst irrwitzige Bibliotheken, dann Zwerge, die verschwinden!«

»Hör auf zu meckern«, erwiderte Mallory. »Er hat uns doch rausgelassen, oder? Wenigstens können wir uns jetzt umsehen.«

Sie klang fast begeistert. Arden sah sie fassungslos an, dann schüttelte er den Kopf.

»Gehen wir nach draußen«, schlug er vor. »Wir suchen die Pferde, und dann –«

»*Arden*«, unterbrach ihn Mallory und hörte sich dabei an wie ein genervter Schulmeister. »Red kein dummes Zeug.«

»Wo immer die Pferde sein mögen«, fügte Gemma hinzu, »wir werden sie nicht finden, indem wir einfach vor die Tür treten.«

»Also schön, na gut«, räumte Arden ein und hob die Hände, um alle weiteren Vorträge zu verhindern. »Trotzdem will ich hier raus. Das Haus macht mich nervös.«

Ein leichter Wind blies durch den Gang. Offenbar kam er von einer breiten Tür gegenüber der Treppe. Durch die Schlitze der Doppeltür sickerte Tageslicht.

»Sieht aus, als wäre das unser Ausgang«, sagte Arden entschlossen und marschierte los, ohne sich mit den anderen zu beraten. Gemma und Mallory tauschten einen resignierten Blick. Sie wären beide lieber geblieben und hätten versucht, die Geheimnisse des Hauses und seines exzentrischen Bewohners zu lüften, doch angesichts Ardens Unnachgiebigkeit verschoben sie ihre Pläne auf später.

»Wir bleiben besser zusammen«, meinte Mallory.

Gemma war der gleichen Ansicht. »Wir können später immer noch zurückkommen«, sagte sie, als sie Arden folgten. Beim Hinausgehen fiel ihnen auf, daß in einige der Türen im untersten Stock ein Symbol geritzt war. Keines war sofort zu erkennen, trotzdem erinnerten sie Gemma an die geschnitzten Zählsteine der Richter in Newport. Mittlerweile hatte Arden die großen Türen erreicht und öffnete sie ohne Schwierigkeiten. Helles Sonnenlicht flutete herein und bestätigte, daß sie von ihrem Lagerplatz verschleppt worden waren, wo es mittlerweile fast dunkel sein mußte. Hier stand die Sonne im Zenith. Blinzelnd hielten sich die Reisenden die Hände zum Schutz über die Augen und traten hinaus auf eine städtische Straße. Als Arden die Tür hinter ihnen zumachte, schloß sich die Bibliothekstür von selbst mit einem leisen Klicken.

Die Straße war menschenleer und still. Nichts rührte sich, bis auf den Wind, und selbst der wirkte wie benommen. Gebäude wie diese hatten sie noch nie gesehen – rechteckige Gebilde mit wenig charakteristischen Merkmalen, deren glatte Oberflächen eine einheitliche Farbe aufwiesen und deren scharfe Kanten die Architektur beherrscht. Die einzige Ausnahme bildete das Haus, aus dem sie gerade gekommen waren. Es war aus grauem Stein erbaut, besaß bleiverglaste Spitzbogenfenster und ein Schieferdach. Ein Eisengitter trennte es von der Straße, und es wirkte inmitten der glatten, hellen Gebäude, die es umgaben, völlig fehl am Platz. Die Straße unter ihren Füßen bestand aus einer harten, schwarzen Substanz, die sie nicht kannten.

»Als wären wir in einer anderen Welt«, flüsterte Gemma.

»Für die Tageszeit sind nicht viele Leute unterwegs«, meinte Arden.

»Ich glaube, hier kann es unmöglich Menschen geben«, sagte Mallory. »Es ist viel zu sauber. Nirgendwo auch nur ein Staubkorn.«

Die anderen sahen sich um, und die Stille wurde immer gespenstischer.

»Na schön, versuchen wir, jemanden zu finden«, schlug Arden nach einer Weile vor.

»Gut«, antwortete Gemma. »Es dürfte nicht schwerfallen, *dieses* Haus wiederzufinden. Es fällt auf wie ein bunter Hund.«

Zu ihrer Überraschung mußten Arden und Mallory über ihre Ausdrucksweise lachen.

»Was tut es?« sprudelte Arden hervor.

»Was ist daran so komisch?« wollte sie wissen.

»Sagen wir mal so«, versuchte Mallory zu erklären, als sie wieder bei Atem war, »dieser Ausdruck wird normalerweise in der höflichen Konversation nicht verwendet.« Sie begann erneut zu kichern.

Gemma wunderte sich zwar immer noch, aber schließlich mußte sie einfach mitlachen. Der Vorfall bewies ihr erneut, daß Cleve noch immer ein fremdes Land für sie war, obwohl sie schon drei Monate hier war.

»Wollt ihr den ganzen Tag da stehenbleiben?« fragte sie in gespieltem Zorn. »Oder wollen wir uns umsehen?«

»Also los!« war Ardens Antwort.

Sie gingen die Straße entlang. Sie endete an einer Querstraße, die sich schnuurgerade in beide Richtungen erstreckte. Nach etwa hundert Schritten jedoch endeten die beiden Teile ebenfalls in rechtwinkligen Abzweigungen nach rechts und links. Die Gebäude waren alle gleich, anonym und unmenschlich. Alle üblichen Merkmale – Türen, Fenster, Kamine – fehlten auffälligerweise. Die gesichtslosen Rechtecke unterschieden sich bestenfalls in Größe und Farbton.

»Wohin jetzt?« fragte Mallory.

Arden zuckte mit den Achseln. »Egal. Ein Weg ist ebensogut wie der andere.«

Sie liefen bis zur nächsten Ecke, wo die neue Straße endete wie die andere zuvor.

»Ein Irrgarten«, sagte Mallory.

»Gebaut aus Bauklötzen für Kinder«, fügte Gemma hinzu.

»Kinder eines Riesen« korrigierte Arden. »Hoffentlich taucht sein Papa nicht auf.«

Sie stellten sich vor, wie ein riesiges Stiefelpaar sich aus dem Himmel auf sie herabsenkte, und fanden die Vorstellung so lächerlich, daß sie wieder anfingen zu lachen.

»Das ist nicht weniger lächerlich als die Tatsache, daß wir überhaupt hier sind«, meinte Arden.

»Wir haben auch so schon genug Schwierigkeiten, wir brauchen uns keine neuen auszudenken«, stellte Gemma fest. »Zum Beispiel werden wir uns hoffnungslos verlaufen, wenn wir weitermachen wie bisher.«

»Wir sollten unseren Weg markieren«, entschied Arden.

»Und womit?«

»Habt ihr irgend etwas Scharfes?« fragte er, doch die beiden Frauen schüttelten den Kopf.

»Dann wird das hier genügen müssen«, sagte Arden, zog seinen Gürtel aus und prüfte die Spitze der Schnalle. »Ich gehe davon aus, daß ihr euch umdreht, wenn meine Hosen rutschen.«

Er versuchte, einen Pfeil in die Wand des Eckhauses zu ritzen, doch das Material war viel zu hart.

»Was ist denn das für ein Zeug?« meinte er und strich mit der Hand über die silbrig-graue Oberfläche.

»Versuch es auf der Straße«, schlug Mallory vor.

Arden tat, wie ihm geraten, und brummte zufrieden, als er feststellte, daß es nicht sonderlich schwer war, ein Zeichen einzuritzen. Er zeichnete zwei Pfeile, einen, der in die Richtung zeigte aus der sie gekommen waren, einen weiteren, der in die Richtung zeigte, in die sie gehen wollten. Als dies erledigt war, machten sie sich erneut auf den Weg und wiederholten die Prozedur an jeder Ecke.

Nach einer Weile war Gemma überzeugt, daß diese absonderliche Stadt keinerlei Geheimnisse preisgeben würde. Sie sahen keine Menschen, hörten kein Geräusch, entdeckten keinerlei Lebenszeichen. Jede der kurzen, geraden Straßen war ebenso gesichtslos wie der Rest, Arden jedoch schien entschlossen, weiterzugehen und immer abwechselnd rechts und links abzubiegen, so daß sie einem Zickzackkurs folgten. Schließlich sprach Mallory aus, was Gemma dachte.

»Wir sollten zum Haus zurück«, meinte sie. »Wenigstens lebt dort jemand.«

»Nein«, antwortete Arden. »Ich will hier raus.« Er sah hoch zur Sonne. »Wir sind abwechselnd immer nach Süden und Osten gegangen, also *müssen* wir früher oder später den Rand dieser Stadt erreichen.«

»Aber es wird bald dunkel«, wandte Gemma ein. »Wir haben nichts zu essen, kein Dach über dem Kopf, und offensichtlich gibt es keine Möglichkeit, in eines dieser Dinger reinzukommen.« Damit zeigte sie auf die Gebäude ringsum. »Wir sollten umkehren!«

»Nein!«

Keine seiner Begleiterinnen begriff Ardens heftige Abneigung gegen das Haus.

»Aber ich werde langsam hungrig!« warf Mallory ein.

»Ich auch«, schloß Gemma sich an.

»Ich auch. Ein Grund mehr, hier zu verschwinden«, erwiderte Arden genervt. »Wir könnten längst in der Nähe des Stadtrandes sein.« Damit marschierte er los, erreichte die nächste Ecke vor den anderen und bückte sich, um das übliche Zeichen anzubringen. Als er um die Ecke wollte, blieb er unvermittelt stehen und starrte auf etwas in der neuen Straße. Gemma und Mallory liefen zu ihm.

Eine der Häuserfronten stand zur Straße hin offen. Drinnen befand sich ein hell erleuchteter Raum mit einem Tisch und drei Stühlen. Beim Näherkommen umgaben sie verlokkende Düfte, und sie sahen, daß auf dem Tisch eine Mahlzeit angerichtet war. Platten mit dampfendem Fleisch, Fisch und Gemüse standen neben Schüsseln mit knackigem Salat, Früchten und Nüssen. Ein Krug Wasser und zwei Flaschen einer bernsteinfarbenen Flüssigkeit standen in der Mitte. Jeder Platz war mit Gläsern und Besteck gedeckt.

Sie starrten die Festmahlzeit an und trauten ihren Augen nicht. Doch der Duft in ihrer Nase sowie das Wasser, das ihnen im Munde zusammenlief, ließen sich einfach nicht leugnen. Wieder einmal hatten sie eine gemeinsame Vision, diesmal schien sie aus einem alten Kindermärchen zu stammen.

»Das Zauberhaus«, zitierte Mallory die im Tal bekannte Version der Geschichte.

»Eine unwirkliche Mahlzeit«, fügte Arden hinzu, obwohl es echt genug aussah.

»Oder es ist vergiftet«, meinte Gemma. Die beiden anderen sahen sie argwöhnisch an.

»Warum sollte jemand –« begann Mallory.

»Uns vergiften wollen? Oder uns ein Festmahl bereiten?« unterbrach Gemma sie. »Ich glaube, wir sollten das nicht einfach hinnehmen. Kommt es euch nicht komisch vor, daß wir alle sagen, wir sind hungrig, und schon im nächsten Augenblick taucht das Essen auf, einfach so?«

Sie dachte eine Weile darüber nach.

»Also gut«, beschloß Arden. »Ich koste vor. Wenn ich keine nachteilige Wirkung verspüre, könnt ihr auch davon essen.«

»Und warum nicht ich?« fragte Mallory.

»Nein, laß mich das machen«, warf Gemma ein. »Du warst krank, und außerdem kannst du schlecht das Fleisch probieren.«

»Du wirst als Heilerin gebraucht«, sagte Arden. »*Ich* werde es probieren.«

Damit setzte er sich und kostete nacheinander von sämtlichen Gerichten. Anfangs nahm er nur winzige Häppchen, doch mit wachsendem Vertrauen aß und trank er größere Portionen. Die Frauen beobachteten ihn genau.

»Und?« erkundigte Mallory sich.

»Echt ist es«, stellte Arden fest. »Es schmeckt ein wenig fade, aber soweit ich feststellen kann, ist das das einzige, was damit nicht stimmt.« Er legte sich erneut nach.

»He, laß etwas für uns übrig!« meinte Mallory lachend. Gemma dagegen war noch immer nicht überzeugt.

»Ich warte noch etwas«, sagte sie, ohne auf das qualvolle Knurren aus ihrem Magen zu achten. »Nur für den Fall.« Sie gab sich damit zufrieden, die bemerkenswerte Kunstfertigkeit von Glas und Keramik zu begutachten. *So etwas gibt es bei uns nicht*, dachte sie.

Eine Stunde später, als Arden und Mallory noch immer

keine widrigen Anzeichen spürten, gab Gemma nach und aß. Das Essen war mittlerweile kalt, schmeckte aber immer noch herrlich. Kurz darauf war alles bis auf den letzten Rest des bernsteinfarbenen Weins verschwunden.

Draußen wurde es dunkel, und nachdem sie ihren Hunger gestillt hatten, kehrten ihre Gedanken zu dem Dach über dem Kopf zurück. Eine Rückkehr zum Haus schien an diesem Abend nicht realistisch.

»Wir könnten hier bleiben«, schlug Arden vor. »Es ist ziemlich luftig, aber wenigstens hätten wir ein Dach über dem Kopf.«

»Am liebsten«, meinte Mallory verträumt, »wäre mir jetzt ein Bett wie zu Hause. Nach einem solchen Mahl könnte ich stundenlang schlafen.«

Arden schnippte mit den Fingern »Kellner! Betten für alle!« rief er über seine Schulter.

»Dummkopf!« lachte Gemma.

»Warum nicht?« antwortete er. »Wenn uns die Stadt eine Mahlzeit servieren kann ...«

Plötzlich richtete sich Mallory auf. Sie hatte mit dem Gesicht zur Straße gesessen, stand auf und lief rasch hinaus.

»Ich habe gesehen, wie sich etwas bewegt hat«, sagte sie, und die anderen drehten sich nach ihr um. Plötzlich keimte Angst und Hoffnung in ihnen auf. Am Rand des Zimmers blieb Mallory stehen und winkte sie eilig zu sich.

»Dort drüben«, sagte sie und zeigte in die angegebene Richtung. »Ihr werdet es nicht glauben.« Sie überquerte die Straße und die beiden anderen eilten ihr hinterher. Die Vorderseite eines der gegenüberliegenden Häuser war durchsichtig geworden wie eine unfaßbar große Glasscheibe. Drinnen schien Licht und beleuchtete die drei im Haus stehenden Betten.

Sie waren fassungslos. Als sie näher herangingen, erkannten sie, daß in die Wand eine Glastür eingelassen war. Arden öffnete sie, und sie gingen hinein. Wie sich herausstellte, waren die Betten ebenso echt wie das Essen. Zwischen zweien stand ein kleiner Tisch, und über jedem Kopfende befand sich ein kleiner Schalter. Arden betätigte probeweise einen von ihnen, und eines der drei Lichter ging aus. Er betätigte ihn erneut, und die weiße Röhre leuchtete mit dem vertrauten Flackern wieder auf.

Dann entdeckte Gemma eine weitere Tür, die in einen angrenzenden Raum führte. Sie öffnete sie und ging hinein. Ein paar Augenblicke später kam sie wieder zum Vorschein, ihr Gesicht ein Bild des Erstaunens.

»Es ist ein Bad!« rief sie. »Aus Leitungen in den Wänden kommt Wasser, und es gibt sogar eine Art Nachttopf ...«

»Gott sei Dank dafür«, meinte Arden. »Ich sterbe fast ...« Er verschwand und schloß die Tür hinter sich.

Nach ein paar Augenblicken hämmerte Mallory gegen die Tür.

»Komm schon!« rief sie. »Du bist nicht der einzige, der es eilig hat!«

Arden kam grinsend heraus.

»Phantastisch«, meinte er, während Mallory dankbar seinen Platz einnahm.

Wenig später waren ihnen die geheimnisvollen Leitungen bereits selbstverständlich, und sie machten sich bettfertig.

»Schlaft nicht zu lange«, warnte Arden sie. »Wir müssen gleich bei Tagesanbruch aufstehen, wenn wir hier jemals wieder raus wollen.«

»Klingt vernünftig«, gab Gemma ihm recht.

»Also schön, ihr Sadisten«, gab Mallory nach. »Aufstehen bei Sonnenaufgang.«

»Und nicht vergessen, ihr müßt immer an diese Betten glauben«, sagte Arden. »Ich möchte nicht, daß sie mitten in der Nacht verschwinden.«

Beim ersten Tageslicht wurden sie von einem leisen, unterbrochenen Gurren geweckt, das sich anhörte wie eine hartnäckige Taube. Als sie aufwachten, erkannte Arden, daß das Geräusch von einem seltsamen Gerät auf dem Tisch neben ihm stammte. Er war sicher, daß es am Vorabend noch nicht dagegwesen war. Er betrachtete den Gegenstand, während das Gurren weiterging. Auf der Vorderseite befanden sich mehrere Knöpfe, doch als er daraufdrückte, geschah nichts.

Oben befand sich sich ein seltsam geformter Griff, von dessen einem Ende eine spiralförmige Schnur ausging. Er hob ihn hoch, und das Geräusch hörte auf, statt dessen war eine leise, weit entfernte Stimme zu hören: ›Vielen Dank, Sir. Ihr Weckruf.‹

Arden ließ den Griff fallen, der an seiner Schnur baumelte, während die drei das Ding voller Angst und Argwohn betrachteten. Gemma nahm es vorsichtig in die Hand und hielt es sich vor das Gesicht.

›Vielen Dank, Sir. Ihr Weckruf‹, wiederholte die geheimnisvolle Frauenstimme.

»Es kommt von dem einen Ende«, sagte Gemma.

»Antworte doch!« drängte Mallory. »Vielleicht hört sie dich.«

»Was!« Das war zu hoch für Gemma.

Dann begann der Griff, dumpf zu surren.

»Geh nicht fort!« rief Mallory, griff danach und schrie, »Hallo?« Doch das Surren ging weiter, und wie sehr sie auch flehte und weitersuchte, das Ding gab kein anderes Geräusch von sich. Die Reisenden waren erschüttert und verwirrter denn je zuvor.

»Naja, wenigstens hat es uns aus dem Bett geholt«, meinte Arden. »Brechen wir auf.«

Die Frauen wollten auf schnellstmöglichem Weg zurück zum Haus, doch er überredetete sie, sich weiter umzusehen, wenigstens eine Weile noch.

»Wir sind bestimmt ganz nah am Stadtrand.« Nach den Erfahrungen der Nacht war das Bedürfnis, in seine eigene Welt zurückzukehren, die er begriff und wo er sich auskannte, noch stärker geworden

Also machten sie, wenn auch widerstrebend, weiter wie zuvor, bogen erst links, dann rechts ab, markierten jede Ecke.

»Ich hätte eines der Messer vom Essen behalten sollen«, sagte Arden, als er den Schaden an seiner Gürtelschnalle untersuchte, während er den nächsten Pfeil in den Straßenbelag kratzte.

»Seht euch das an!« rief Gemma aufgeregt. Sie stand an der anderen Ecke der Kreuzung und blickte zu Boden. Die anderen gingen zu ihr. Fassungslos starrten sie auf die beiden dort eingekratzten Pfeile.

»Das ist nicht möglich!« platzte Arden heraus. »Wir können noch nicht hier gewesen sein!«

»Wir gehen im Kreis«, sagte Mallory leise. »Kein Wunder, daß all die Straßen so bekannt aussehen.«

»Nein, nein, nein«, beharrte Arden. »Wir sind nirgendwo falsch abgebogen. Das weiß ich genau.«

Trotzdem, sie hatten den Beweis vor Augen. Sie glaubten ihm, daß sie der geplanten Strecke gefolgt waren, trotzdem war nicht zu übersehen, daß sie nicht von der Stelle gekommen waren.

Auf Ardens Beharren gingen sie eine Weile weiter wie bisher und untersuchten dabei jedesmal beide Ecken. Mehrfach entdeckten sie bereits vorhandene Pfeile, und Arden wurde immer wütender und verzweifelter.

»Dies ist ein Irrgarten, wie es ihn noch nie gegeben hat«, meinte Gemma. »Er verändert sich, während man hindurchgeht.«

Arden hatte nicht mehr die Kraft zu widersprechen. Wieder war ein wertvoller Tag so gut wie verloren, und sie waren im wahrsten Sinne des Wortes im Nirgendwo gelandet. Er wollte zwar noch immer verzweifelt nach draußen, trotzdem war er einverstanden, umzukehren und den Weg zurück zu dem Haus zu suchen, vor dem er sich so fürchtete. Irgend etwas dort ließ ihm das Blut in den Adern gefrieren, aus unerfindlichen Gründen widerstrebte ihm die Vorstellung, daß Gemma sich dort aufhielt. Und doch war es der einzige Ort, an dem sie ein anderes lebendes Wesen gesehen hatten.

Gegen Ende des zweiten Tages fanden sie eine weitere Mahlzeit vor, die identisch war mit der gestrigen, sowie ein ähnliches Schlafzimmer. Es ließ sich nicht feststellen, ob es dieselben Orte waren wie zuvor, trotzdem waren sie froh, dort zu sein.

Natürliches Tageslicht weckte sie am nächsten Morgen. Der sprechende Gegenstand war nicht wieder aufgetaucht. Wenn auch nach wie vor widerwillig, ließ sich Arden zu dem Plan überreden, ihren Weg anhand der entgegengesetzen

Pfeile zurückzuverfolgen, doch ihr Vorgehen scheiterte endgültig, als sie an eine Ecke kamen, an der bereits zwei Doppelpfeile in verschiedene Richtungen angebracht waren. Nach einer kurzen und panischen Diskussion faßte Arden endlich einen Entschluß.

»Sucht euch eine Richtung aus«, meinte er. »Wie auch immer wir gehen, wir werden schon bald auf das Haus stoßen.« Er hatte die Stadt gründlich satt und wollte jetzt ebenso schnell zum Haus zurück wie seine Begleiterinnen. Wenn man diesen verfluchten Ort dort betreten konnte, überlegte er, dann mußte man ihn von dort aus auch wieder verlassen können. In jedem Fall war ihm mittlerweile alles lieber als diese eintönige Stadtlandschaft nichtssagender Häuserblocks und nicht enden wollender Straßenecken.

»Also gut«, beschloß Gemma entschieden. »Hier entlang.«

Sie führte sie an die nächste Kreuzung und sah um die Ecke.

»Da ist es!« rief sie freudig erregt.

Sogar Arden wirkte erleichtert.

40.
KAPITEL

»Was ist das?« fragte Gemma und zeigte auf eine kleine, am Geländer angebrachte Metallplatte.

»›Geschütztes Gebäude. Schutzvermerk RN 42‹«, las Gemma.

»Geschützt? Wodurch?« fragte Arden argwöhnisch, während er die Fassade des Gebäudes nach versteckten Waffen absuchte. »Ich kann nichts entdecken.«

»Schon gut«, antwortete Gemma. »Er sah nicht so aus, als wollte er uns etwas antun, als wir das erstemal hier waren. Ich glaube, um diese Art Schutz geht es gar nicht. Komm.« Und sie ging als erste die drei Stufen hinauf, die zu dem Holztor führten.

»Sollen wir anklopfen? Oder einfach eintreten?«

»Sieh erstmal nach, ob die Tür offen ist«, schlug Mallory vor.

Als Gemma den Griff anfaßte, wurde sie von der Tür ins Haus gerissen, die beim Entriegeln von alleine nach innen schwenkte. Die anderen holten sie ein, und die drei blieben dicht beieinander. Plötzlich sahen sie zwei seltsam aussehende Gestalten auf der anderen Seite der Eingangshalle. Eine war der Zwerg, den sie vorher schon gesehen hatten, die andere war fast sein genaues Ebenbild. Dieser Mann jedoch war gut einen Kopf größer als Arden und überragte seinen winzigen Begleiter um Längen. Ansonsten waren sie identisch – und hätten, von ihrer unterschiedlichen Größe abgesehen, Zwillinge sein können.

Beim unvermittelten Hereinkommen der ›Eindringlinge‹ fuhren sie plötzlich herum und starrten sie aus ihren Augen an, die unter riesigen, lächerlichen Hüten funkelten. Der größere der beiden reagierte als erster. Er trat einen Schritt zurück und schlug das riesige Buch zu, das er in seinen langen, knochigen Fingern hielt. Der andere wirkte gelassen.

»Dachte ich mir, daß ihr früher oder später zurückkommen würdet«, meinte er gleichgültig. »Versucht, nicht zu stören.«

»Skape ni odec!« fauchte der große Kerl.

»Warum sollte ich? Sie können uns nicht gefährlich werden. Sie gehören nicht mal der Lehre an.« Der Zwerg klang schicksalsergeben.

»Oyu kwon hwy. Oru krow sumt ont despi noup yb troudessi.«

»Ach Blödsinn! Wir sind ohnehin bald fort« Der Kleine wandte sich an die Reisenden. »Ich bin Wynut«, sagte er, und der Größere knurrte mißbilligend.

»Ich heiße –« begann Gemma, froh, daß sie endlich Gelegenheit hatte, etwas zu sagen, doch sie wurde unterbrochen.

»Eure Identität ist für uns ohne jede Bedeutung«, sagte Wynut. »Tut mir leid, daß unsere Reisen euch Schwierigkeiten gemacht haben. Ihr werdet aber in eure eigene Welt zurückgebracht werden. Habt bitte in der Zwischenzeit etwas Geduld, und *bitte*, laßt uns in Ruhe. Haltet euch um jeden Preis von Shanti fern.« Er zeigte mit dem Daumen auf seinen großen Kollegen.

»Og, yawa, M'i grynti ot krow!« meinte der andere.

»Idiot! Sie verstehen dich nicht, wenn du so sprichst«, sagte Wynut angewidert.

»Lal het rome orsane hent Yeth' er ont fo oru knid.«

»Natürlich nicht. Dürfen sie auch gar nicht.«

Gemma hatte die Unterhaltung mit Bestürzung verfolgt. Auch wenn Shantis Worte wie Kauderwelsch klangen, war sie überzeugt, daß sie einen Sinn ergeben würden, wenn sie nur ihr Geheimnis entschlüsseln könnte. Sie wollte gerade wieder etwas zu Wynut sagen, als die beiden Gestalten ohne Vorwarnung verschwanden. Eben waren sie noch da, und jetzt waren die Reisenden alleine in der Eingangshalle.

Das heißt bis auf eine schildkrötenähnlich gemusterte Katze, die träge die Stufen heruntergesprungen kam und sie neugierig betrachtete. Es war die größte, fetteste Katze, die Gemma je gesehen hatte, und doch bewegte sie sich mit der für Katzen typischen Eleganz. Als sie die unterste Stufe erreicht hatte, setzte sie sich mit eingerolltem Schwanz nieder und starrte Gemma in die Augen, als wollte sie deren Geheimnisse ergründen.

»Wo sind sie hin?« flüsterte Arden. Er war kurz davor Panik zu bekommen.

»Tun wir einfach, was sie gesagt haben«, meinte Mallory ruhig, wenn auch entnervt, »und gehen wir ihnen aus dem Weg.«

Die Katze miaute laut, als wollte sie dem beipflichten. Zu ihrer Überraschung jedoch verhallte das Geräusch nicht, sondern echote durch die Halle, wurde dabei immer komplexer und klarer. Dabei nahm der Schrei Gestalt an und verwandelte sich von einem tierischen Laut in Sprache, seltsam klingend, doch vollkommen verständlich. Als die schwindelerregende Verwandlung abgeschlossen war, hörten sie die Katze sagen: »Ein weiser Entschluß. Und doch auch ein törichter.«

Dieser letzte Anschlag auf ihre Sinne war fast zuviel. Sie standen da, starrten das Tier mit aufgerissen Augen und offenem Mund an. Es erwiderte ihren Blick gelassen und miaute noch einmal. Diesmal waren sie vorbereitet, und sie erkannten die Worte, bevor sie ihre endgültige Lautstärke und Klarheit erlangt hatten.

»Ihr dürft sie nicht verärgern. Andererseits seid ihr aber auch auf ihre Hilfe angewiesen.«

Arden schloß die Augen und stöhnte.

»Ich halte das nicht mehr aus«, beschwerte er sich.

Mallory und Gemma waren immer noch wie hypnotisiert von den Worten der Katze. Als spürte es ihre Hilflosigkeit, stieß das Tier einen letzten Schrei aus, dann machte es kehrt und sprang überraschend behend die Stufen hinauf. Als die Worte hörbar wurden, war es längst außer Sicht, doch seine Stimme klang ohne Zweifel amüsiert.

»Zum Essen schlage ich das Eichelzimmer vor. Andererseits ist Hunger nur relativ.«

»Machen wir, daß wir hier rauskommen«, drängte Arden und wollte zur Tür zurück.

»Nein«, widersprach Gemma schnell.

»Ich kann meine Beine sowieso nicht bewegen«, fügte Mallory hinzu, setzte sich plötzlich auf den Boden und legte den Kopf in die Hände.

Gemma legte ihrer Freundin zum Trost die Hand in den Nacken, dann wandte sie sich an Arden.

»Du hast gehört, was sie gesagt haben, oder?« fragte sie.

»Wenn wir hierbleiben, wird man uns zurückbringen. Das willst du doch, oder?«

»Aber wie sollen wir jemals zurückkehren, wenn wir uns nicht von der Stelle rühren?« Ardens logischer Verstand sperrte sich vehement gegen diesen Widerspruch.

»Wynut hat gesagt, ›*Wir* werden bald fort sein. Nicht *Sie* werden bald fort sein‹. Begreifst du nicht? Offenbar bewegt sich diese ganze Stadt – und wenn sie unseren Lagerplatz verläßt, werden wir wieder zurück sein.« Sie war sicher, daß sie Wynuts Worte richtig gedeutet hatte, für Arden jedoch war es einfach unglaublich. Er warf die Arme in die Höhe und gab sich geschlagen.

»Sag mir einfach, was ich machen soll.«

»Zuerst sollten wir das Eichelzimmer aufsuchen«, antwortete sie. »Dann werden wir wenigstens wissen, ob wir der Katze trauen können.« Sie mußte über ihre eigenen Worte schmunzeln. »Komm, Mallory. Fühlst du dich jetzt besser?«

Ihre Freundin nickte, ergriff die helfende Hand und kam langsam auf die Beine. Sie sahen sich um.

»Dort ist die Bibliothek. Durch die wir hereingekommen sind«, sagte Gemma und zeigte in die entsprechende Richtung.

»Was ist das für ein Zeichen an der Tür?« fragte Mallory.

»Ein Kleeblatt?« schlug Arden vor.

»Wie auch immer, ein Eichenblatt ist es jedenfalls nicht«, sagte Gemma.

»Dort ist es.« Mallory zeigte auf eine der Türen auf der anderen Seite.

»Habt ihr Hunger?« fragte Gemma, doch die anderen sahen sie bloß an.

»Also schön, sehen wir einfach nach, ob es dort ist«, fuhr sie fort und durchquerte die Halle. Alle drei sahen sich nervös um, als erwarteten sie jeden Augenblick neue Erscheinungen.

Gemma vergewisserte sich, daß die Schnitzerei tatsächlich ein Eichenblatt darstellte, und versuchte den Türgriff zu drehen. Die Tür ließ sich mühelos öffnen, doch die Angeln quietschten laut, daß es ihnen kalt den Rücken runterlief.

»Noch eine Bibliothek!« rief Mallory erstaunt, als sie den Raum betraten.

Bücher bedeckten die beiden Hauptwände. Am anderen Ende des Raumes standen ein leerer Tisch und mehrere Stühle.

»Hier gibt es nichts zu essen«, stellte Arden fest.

»Vielleicht, weil wir noch nichts wollen«, erwiderte Gemma.

»Wie meinst du das?«

»Diese Stadt kümmert sich um uns«, erklärte sie langsam. »Sobald man etwas wünscht, ist es da.«

»Wenn das so ist«, erwiderte Arden, »dann will ich drei

Pferde und eine Karte, aus der man entnehmen kann, wie man hier rauskommt.«

»Innerhalb vernünftiger Grenzen«, fügte Gemma hinzu.

»All diese Bücher brauche ich jedenfalls nicht«, meinte Arden und betrachtete die übervollen Regale rundum. »Was ist daran vernünftig? Es würde Jahrhunderte dauern, das ganze Zeug zu lesen.«

»Wir haben nichts Besseres zu tun«, hielt Gemma dagegen.

»Wo sollen wir anfangen?« fragte Mallory.

Arden ließ sich in einen der Sessel fallen.

»Wie bin ich bloß an euch zwei geraten?« meinte er verzweifelt. »Wir haben uns in einer unglaublichen Irrgartenstadt verlaufen, die lediglich von zwei bärtigen Irren bewohnt wird, die sich in Luft aufgelöst haben, und einer Katze, die offenbar Spaß daran hat, uns mit Rätseln zu quälen – und ihr habt nichts anderes im Kopf als – Bücher.«

Die beiden Frauen ignorierten ihn und untersuchten die unteren Regale.

»Ein paar kommen mir bekannt vor«, meinte Mallory nachdenklich.

»Ich dachte gerade dasselbe.«

»Ob es dieselben sind wie im Kleeblattzimmer?«

»Finden wir es heraus.«

Sie machten sich an die Arbeit. Arden wurde damit beauftragt, mit Hilfe der verschiebbaren Leitern zu den oberen Regalen hinaufzusteigen, und kurze Zeit später hatten sie den Boden mit Bücherstapeln übersät. Gelegentlich lasen sie sich zum Spaß oder in ungläubigem Staunen gegenseitig Abschnitte vor, doch erst viel später fanden sie, wonach sie gesucht hatten.

»Hier ist es!« rief Mallory, und las laut vor: »›In den folgenden fünf Jahren wurden zwischen Olcondoria und Sled vierundsechzig Friedensverträge geschlossen. Bis auf den letzten hielt keiner länger als zwei Monate ...‹«

»Wieviele Verträge waren das?« unterbrach Gemma.

»Vierundsechzig.«

»Das stimmt nicht. Es waren mehr.«

»Ich erinnere mich nicht mehr«, meinte Mallory. »Sollen wir weitersuchen?«

Gemma nickte.

»›Der kürzeste wurde bereits nach einer Stunde gebrochen. In jedem Fall behaupteten beide Seiten, die jeweils andere sei der Aggressor, und verlangten das Recht auf Vergeltung. Als Folge davon wurde der Krieg zu einem wesentlichen Bestandteil der jeweiligen Landeswirtschaft. Als der Frieden schließlich hielt, führte das darauf folgende soziale Chaos dazu, daß beide Staaten eine gewaltige Steigerung von Verbrechen und Gewalt, Selbstmord und epidemischen Krankheiten erlebten, die die gesamte Provinz in eine menschenleere Wüste verwandelten.‹«

»Der letzte Abschnitt ist auch anders«, sagte Gemma nachdenklich.

»Du hast recht«, gab Mallory zu, sich erinnernd. »Aber der Rest klingt ganz genauso.«

»Wort für Wort«, stimmte Gemma ihr zu.

»Zwei unterschiedliche Fassungen derselben Geschichte?«

»Ich gehe das andere Buch holen«, beschloß Gemma. »Dann vergleichen wir die beiden.«

»Das macht mich neugierig«, meinte Mallory. Das Rätsel begann, ihr Spaß zu machen.

»Wenn auch nicht so sehr wie der Gedanke an etwas zu essen«, klagte Arden von der anderen Seite des Raumes. »Ich habe Hunger, und trotzdem ist noch nichts aufgetaucht. Was wieder einmal beweist – man kann Katzen nicht trauen.«

»›Hunger ist nur relativ‹«, zitierte Gemma.

»Sehr komisch«, gab er zurück. »Sag das meinem Magen.«

»Ich habe auch Hunger«, sagte Mallory.

»Haben wir alle«, gab Gemma ihr recht. »Aber sehen wir uns zuerst dieses Buch hier an.« Sie stand auf. »Wie hieß es doch gleich?«

»*Die Kriege von Olcondoria* von Bruder Incantasius Septimus.«

Gemma öffnete die Tür zum Gang, und wollte in das Kleeblattzimmer zurückgehen.

»Vielen Dank«, sagte eine sehr große Dame und kam mit einem Tablett vor dem Bauch ins Zimmer marschiert. Sie stellte es auf den Tisch, dann betrachtete sie die Bücherstapel auf dem Fußboden und seufzte.

»Wieder etwas zum Aufräumen«, kommentierte sie den Anblick schicksalsergeben, dann zeigte sie auf das Tablett. »Ich hoffe, daß Essen ist nach euren Wünschen«, meinte sie zu ihren sprachlosen Gästen. »Und laßt die Katze nicht in die Nähe.«

Damit drehte sie sich um und ging hinüber an eines der Regale. Sie zog an einem verborgenen Hebel, und ein Teil der Wand, inklusive der Bücher, öffnete sich wie eine Tür. Beim Gehen erteilte sie noch einen letzten Rat: »Langt zu, meine Lieben, ich koche nicht gerne umsonst.«

»Warte!« rief Mallory.

»Geh nicht fort!« flehte Gemma.

Doch das Wandstück schloß sich, und die Bibliothek war wieder komplett. Mallory lief hin und versuchte, den Hebel zu finden.

»Hier ist nichts«, sagte sie, als Gemma neben ihr stand.

»Die Pastete ist ausgezeichnet«, murmelte Arden mit vollem Mund. »Kostet mal.«

Sie drehten sich zu ihm um, und er grinste kleinlaut.

»Ich habe genug von diesen Rätseln. Wenigstens ist das Essen echt.«

Wie sich herausstellte, war es ganz vorzüglich, wesentlich schmackhafter als die Mahlzeiten in der schweigenden Stadt – selbst Gemma ließ sich überreden, etwas zu essen, bevor sie ihre Nachforschungen fortsetzte. Anschließend machte sie sich auf die Suche nach der Kleblattzimmer-Version der *Kriege von Olcondoria,* schlich auf Zehenspitzen durch den Gang, sehr zu ihrem eigenen Vergnügen und dem von Mallory und Arden, die ihr von der Tür aus nachschauten. Die Tür des Kleeblattzimmers ließ sich ohne weiteres öffnen, und sie schlüpfte hinein. Sämtliche Bücher waren wieder in die Regale zurückgestellt worden, trotzdem brauchte sie nicht lange, um das Gesuchte zu finden.

Sie klemmte es sich unter den Arm und machte sich auf den Weg zurück durch den Gang, doch als sie die Schwelle überschreiten wollte, beeinträchtigte irgend etwas ihr Sehvermögen. Alles verschwamm für einen Augenblick, dann merkte sie, daß sie wieder auf dem Weg zurück ins Kleeblattzimmer war. Zur gleichen Zeit hörte sie Mallory und Arden von der anderen Seite des Ganges schreien.

Sie schüttelte wie betäubt den Kopf und trat zurück auf den Gang, das Buch immer noch unter dem Arm. Mallory und Arden waren bleich vor Schreck.

»Alles in Ordnung?« fragte Arden, als er und Mallory auf sie zugeeilt kamen.

»Ja. Was ist passiert?«

»Du warst verschwunden«, antwortete Mallory, »genau wie Wynut und Shanti. Da war ein glitschiges Geräusch, eine Art Knall ...«

»Und dann war ich wieder im Kleeblattzimmer«, beendete Gemma den Satz nachdenklich.

Sie standen nebeneinander mitten im Gang und blickten von der einen Bibliothek zur anderen.

»Laßt es mich noch einmal versuchen«, sagte Gemma. »Ihr bleibt hier.«

Sie trat näher an die Eicheltür, zögerte, ging dann weiter. Wieder dieser eigenartige Eindruck von Orientierungslosigkeit, und dann befand sie sich erneut auf dem Weg zurück in das Kleeblattzimmer. Sie drehte sich schnell um und sah, wie die anderen sich mit vor Erstaunen weit aufgerissenen Augen umsahen, um ihren neuen Standort auszumachen. Sie kehrte zu ihnen zurück.

»Denkt ihr dasselbe wie ich?« fragte Arden.

Gemma nickte. »Halte das mal«, sagte sie und gab ihm das Buch. Dann ging sie zurück zur Eicheltür und betrat das Zimmer ohne die geringsten Schwierigkeiten. Sie drehte sich um und sah ihre Freunde an.

»Offenbar mögen sie es nicht, wenn man ihre Bücher durcheinanderbringt«, folgerte Arden.

41. KAPITEL

Sie führten eine Reihe von Experimenten durch und kamen zu dem Ergebnis, daß sich keines der Bücher von der einen in die andere Bibliothek transportieren ließ. Auf Gemmas Drängen versuchten es sowohl Mallory als auch Arden, die die Prozedur mit zittrigen Knien, aber unverletzt überstanden.

»Wir können die Bände also nur hier auf dem Gang miteinander vergleichen«, schloß Mallory. »Ich frage mich nur, wieso?«

Mittlerweile war es draußen wieder dunkel, doch durch die großen offenen Türen wehte eine leichte Brise, und schon bald saßen sie Seite an Seite auf dem gefliesten Boden und verglichen die Bücher.

Arden saß in der Nähe und behielt die vielen Türen ringsum im Blick – und die Treppe. Er wußte nicht recht, *wonach* er Ausschau hielt, ihm war jedoch wohler dabei.

»Hier ist die Seite«, sagte Gemma. »Genau. Sechsundsiebzig Verträge.«

»Vierundsechzig«, erwiderte Mallory.

»... Seuchen in beiden Ländern.«

»... im Falle Sleds ... die gesamte Provinz in eine menschenleere Wüste«, brachte Mallory den Satz zu Ende.

»Aber alles übrige ist genau gleich?«

»Ja.«

»Der gleiche Titel, derselbe Autor, der größte Teil des Inhalts ist identisch ... doch mit gewissen Änderungen in den Einzelheiten. Das ergibt keinen Sinn.« Gemma war verwirrt.

Sie blätterten weiter in den beiden Bänden und entdeckten weitere kleine, aber bezeichnende Unterschiede. Der Stil blieb überall gleich, und es gab nur wenige größere Unstimmigkeiten.

»Ich frage mich, ob die anderen Bücher auch kopiert wurden«, sagte Mallory.

»Sehen wir doch nach.«

Als sie sich erhoben, sagte Arden zum erstenmal seit einer Stunde etwas.

»Ich sage es nur ungerne«, meinte er, »aber wir haben Gesellschaft.« Er nickte Richtung Treppe.

Oben stand Wynut und linste durch das Geländer.

»Stellt die Bücher augenblicklich zurück!« befahl er streng. »Ihr bringt meine gesamten Berechnungen durcheinander, und ich möchte nicht in eurer Haut stecken, wenn Shanti dahinterkommt.« Damit machte er kehrt und verschwand schlurfend. Gemma und Mallory sahen sich erstaunt an.

»Wir tun besser, was er sagt«, entschied Gemma, und die beiden eilten in entgegengesetzte Richtungen davon. Arden blieb, wo er war und blickte zu der jetzt menschenleeren Empore hinauf.

»Berechnungen?« meinte er düster. »Was haben sie vor?«

Bis vor kurzem war sein Leben recht geradlinig verlaufen, jetzt jedoch wurde er von immer mehr Beispielen dür das Unerklärliche umringt – es widerstrebte ihm noch immer, es als ›Magie‹ zu bezeichnen –, als ihm lieb sein konnte. Eine Zeitlang hatte er Schwierigkeiten gehabt, sich an das Hauptziel seiner letzten Heldentaten zu erinnern – das Tal schien Welten entfernt, und es gefiel ihm überhaupt nicht, in einer Situation festzusitzen, auf die er weder Einfluß, geschweige denn Kontrolle hatte. Drei Tage waren bereits verloren, und allmählich machte sich bei ihm eine gewisse Verzweiflung breit.

In dieser Nacht schliefen sie im Eichelzimmer. Ihnen war vertrautes Gelände lieber, trotz des harten Fußbodens. Sie wollten sich nicht weiter umsehen, schon allein deswegen, weil der Gang in Dunkelheit gehüllt war.

Der Morgan kam, und mit ihm eine weitere Begegnung mit Wynut. Ein dringendes Bedürfnis hatte sie aus der Bibliothek getrieben, und gleich vor der Tür wurden sie von der großen, matronenhaften Frau begrüßt, die hinter der Tür hervorschaute.

»Dort drinnen ist es, meine Lieben«, sagte sie lächelnd

und zeigte auf eine andere, unmarkierte Tür unter der Treppe. »Frühstück ist unterwegs.« Sie war verschwunden, bevor sie Gelegenheit hatten, sie etwas zu fragen. Arden wollte ihr nachgehen, doch die Tür ließ sich nicht öffnen, und als sie in das Eichelzimmer zurückkehrten, standen Früchte und Brot bereits auf dem Tisch.

»Habt ihr auch den Eindruck, daß sie uns nicht viel verraten wollen?« meinte Arden.

Es entstand eine Pause, dann sagte Mallory: »Und doch haben wir freien Zugang zu beiden Bibliotheken.«

»Vielleicht messen sie den Büchern keine Bedeutung bei«, meinte Gemma.

»Oder sie halten uns für harmlos«, warf Arden ein. »Schließlich sind wir nicht einmal Mitglieder«, fügte er voller Sarkasmus hinzu. »Was immer das bedeuten mag.«

Nach dem Essen beschlossen Gemma und Mallory, weiter stichprobenartig in den Büchern ringsum zu suchen, in der Hoffnung, irgend etwas zu finden, das für ihre Welt von Bedeutung war. Sie wollten nicht riskieren, durch weitere Nachforschungen den Zorn ihrer Gastgeber auf sich zu ziehen, denen das nicht recht war. Arden dagegen wollte das Gebäude unbedingt verlassen.

»Die Luft ist vielleicht nicht so frisch wie auf dem Land, aber wenigstens ist sie besser als hier drinnen«, erklärte er. »Außerdem würde ich gern die Sonne sehen können.«

»Aber geh nicht zu weit«, warnte Gemma ihn. »Ich weiß nicht, wann wir aufbrechen werden, aber wenn es soweit ist, sollten wir zusammensein.«

»Ich setze mich vor die Tür«, beruhigte er sie, dann überließ er sie ihrem Vorhaben. Die Frauen sahen ihm nach.

»Er wird verrückt, wenn wir hier nicht bald herauskommen«, sagte Mallory. »Dieser Aufenthalt setzt ihm wirklich zu.«

»Aber was können wir tun?« fragte Gemma hilflos.

Eine Stunde später, beim Durchblättern eines weiteren alten Wälzers, erregten zwei Namen in einer Fußnote Gemmas Aufmerksamkeit. Es waren die Namen ›Cleve‹ und ›Jordan‹. Klopfenden Herzens las sie rasch die Fußnote, dann überflog sie das vorangehende Kapitel. Darin wurde der Überseehandel einer Provinz mit dem Namen Quaid beschrieben – eine Unmenge langweiliger Einzelheiten. Die Fußnote war dagegen alles andere als langweilig, und sie las sie Mallory laut vor.

»›Anmerkung: Im siebzehnten Jahr der Herrschaft von König Tul unterbrach ein interner Streit in dieser entlegenen Provinz den Handel mit Cleve. Im Jahr 19 hatte das Regime, geführt von dem früheren Abtrünnigen Jordan, jedoch eine stabile Regierung gebildet, und der Kontakt wurde wiederhergestellt.‹«

»Das ist doch der Mann, den du in Newport kennengelernt hast!« rief Mallory, doch Gemma hörte sie kaum. *Dieses Buch ist unglaublich alt,* dachte sie verwundert, *und doch sind die darin beschriebenen Ereignisse noch gar nicht geschehen!* Sie überflog die anderen Kapitel im Buch, fand jedoch keine weiteren Hinweise auf diese Geschehnisse. Ein neuer Gedanke nahm in ihrem Kopf Gestalt an, und sie gab das Buch Mallory zurück, die sie mit sichtlich besorgter Miene genau beobachtet hatte.

»Lies das hier«, sagte Gemma schnell. »Und stell fest, ob Jordan irgendwo erwähnt wird.« Sie stand auf und rannte aus dem Zimmer.

»Wo willst du hin?«

»Ins Kleeblattzimmer.« Damit war sie verschwunden, und Mallory war ebenso klug wie zuvor.

In ihrer Eile übersah Gemma die Katze, als sie hinüber in die andere Blbliothek rannte und die Tür aufstieß. Die Katze beobachtete sie ohne eine Bewegung, dann schlenderte sie durch den Gang und folgte ihr in das Kleeblattzimmer.

Gemma erkannte fast augenblicklich den dunkelgrünen Einband der Geschichte Quaids und schlug die letzte Seite des Kapitels über den Überseehandel auf. Sie stöhnte. In dieser Fassung des Buches gab es keine Fußnote. *Es ist, als wäre nichts geschehen,* dachte sie. *Waren die Leute aus dem Untergrund erfolgreich oder nicht? Oder besser: werden sie erfolgreich sein?*

»Wenn das hier alternative Zukunften sind«, sagte sie leise zu sich selbst, »welche davon ist dann real?«

Zur Antwort erhielt sie ein langgezogenes Miau, woraufhin sie erschrocken gerade noch rechtzeitig herumwirbelte, um den Schwanz der Katze auf dem Gang verschwinden zu sehen. Das Geräusch echote ringsum und verschmolz dann, so daß sie die Worte mit entsetzlicher Klarheit vernahm.

»Sie sind *alle* real«, teilte ihr die Katze mit. »Andererseits ist auch die Wirklichkeit dann wieder eine Frage der Wahrnehmung. Wähle deine Wirklichkeit, bevor sie dich wählt.«

»Was soll das heißen?« rief Gemma, aber sie wußte, daß sie keine Antwort erhalten würde.

Aus dem Gang hörte sie Stimmengewirr. Das ganze Haus schien zu ächzen und zu stöhnen, doch sie blieb wie angewurzelt stehen.

»Gemma! Mallory!« Ardens Schrei war dringlich, angsterfüllt. »Kommt schnell!«

Wie versprochen, war Arden nicht weit gegangen. Er hatte sich auf die Stufen vor der Tür gesetzt und das unveränderte Bild vor seinen Augen beobachtet. Das schleichende Fortschreiten der Schatten war die einzige Bewegung. Nach etwa einer Stunde wurde es ihm langweilig, er rappelte sich langsam auf und ging zurück in die vergleichsweise dunkle Eingangshalle. Der Luftzug, der ständig durch die Tür zu wehen schien, begleitete ihn.

Hinten in der Halle standen Wynut und Shanti mit einem Buch in der Hand und sahen unter ihren Hüten hervor, als er hereinkam. Shanti rief wütend.

»Og yawa, M'i grynti ot krow!«

Wynut machte nur ein verwirrtes Gesicht und zuckte mit den Achseln.

»Sind wir immer noch nicht fort?« fragte er leise. »Offenbar liegt eine thaumaturgische Sperre vor. Aber wie ist es dazu gekommen?« Er sah Arden neugierig an, als könnte er ihm die Antwort vom Gesicht ablesen. Aus dem Kleeblattzimmer drangen Geräusche.

»M'i ont gastiyn rhee!« fauchte Shanti und machte abrupt kehrt, um in einen anderen Raum zu gehen. Dabei stieß er

Wynut vor sich her. Er schlug die Tür zu, doch nicht, bevor Arden einen Moment lang das dahinterliegende Zimmer erspäht hatte. Der Anblick erregte ihn derart, daß er nicht bemerkte, wie die Katze aus dem Kleeblattzimmer kam und huschend verschwand.

»Gemma! Mallory! – Kommt schnell!«

Die Dringlichkeit seiner Stimme trieb sie augenblicklich an seine Seite.

»Dort drinnen«, sagte er und zeigte auf die Tür. »Sie sind gerade dort verschwunden, und ich konnte einen Blick durch das Fenster am fernen Ende des Zimmers werfen. Ich habe den Berg gesehen! Blencathra!«

Die Frauen starrten auf die Tür, sagten aber nichts.

»Worauf warten wir?« fragte er ungeduldig.

»Sie haben gesagt, wir sollen ihnen fern bleiben«, erwiderte Gemma.

»Und das sind keine Leute, die man verärgern sollte«, fügte Mallory hinzu.

»Aber das da draußen ist *unsere* Welt!« rief Arden aufgeregt. »Die wirkliche Welt – mit Bergen und lebendigen Städten –, wo euer Zuhause ist und das Tal im Sterben liegt.« Er warf verzweifelt die Arme in die Höhe. »Also, ich gehe jetzt rein«, meinte er entschlossen.

»Warte!« sagte Gemma schnell, legte eine Hand auf seinen Arm und hielt ihn zurück. »Wir bleiben zusammen. Wir müssen vorsichtig sein.«

Schweigend durchquerten sie die Halle. Als Gemma das in die Tür geschnitzte Zeichen sah, mußte sie einen Schrei unterdrücken. Es war die aus dem Gleichgewicht gebrachten Waagschalen mit dem Fischzeichen über der unteren Schale.

»Wieso haben wir das vorher nicht gesehen?« flüsterte sie.

»Weil wir nicht danach gesucht haben«, antwortete Arden.

Sie legte ein Ohr an die Tür und versuchte die gedämpfte Unterhaltung drinnen zu verstehen.

»Es hat also nicht funktioniert«, sagte Wynut gerade.

»Natürlich nicht«, gab Shanti zurück. »Das sieht doch jeder Idiot. Die Frage ist: Warum? Der Zauber hätte mindestens ein halbes Jahrhundert wirken müssen.« Er klang sehr verärgert, doch als er weitersprach, hörte er sich traurig an. »Und ich kann nicht mal zurück, um ihn zu erneuern. Was haben wir bloß angerichtet?«

»Ein Chaos«, meinte Wynut trocken. »Sie sind beide verloren.«

»Diese Verschwendung«, fuhr der andere fort.

»Was kannst du hören?« flüsterte Arden Gemma zu.

»Pssst!«

Aus dem Zimmer drang kein Geräusch.

»Vielleicht sind sie nicht mehr da«, vermutete Gemma leise.

»Dann los!«

Sie drehte vorsichtig am Türgriff, doch sofort schwenkten die beiden Flügel nach innen, und sie sahen sich den beiden zornigen Bewohnern gegenüber.

»Wer hat diese Tür aufgemacht?« verlangte Shanti zu wissen, vor Schreck in einer verständlichen Sprache. »Sie war versiegelt.«

»Das war ich«, gestand Gemma so freimütig wie möglich.

»Hist si teggint ryve degrauson«, sagte Shanti zu seinem nickenden Begleiter.

»Vielleicht unterschätzen wir sie«, überlegte Wynut.

»Teg dir foh meth.«

»Nein, sie müssen hier bleiben. *Das* ist es, was uns aufgehalten hat!« Wynut war entzückt über seine Entdeckung, Shanti dagegen war alles andere als glücklich.

»Oto degrauson!« fauchte er.

»Haben wir eine Wahl?« gab der kleine Mann zurück.

»Wir brauchen Hilfe«, platzte Gemma heraus. »Wir …«

»Das ist verboten!« brüllte Shanti und packte Wynut. Dann waren beide wieder verschwunden.

»Was sollte denn das heißen?« fragte Mallory, während Arden zum Fenster am anderen Ende des Zimmers rannte. Gemma zuckte mit den Achseln.

»Sie ist weg!« rief Arden angwidert, dann fluchte er heftig. Draußen waren wieder die glatten, rechteckigen Schachtelhäuser der stummen Stadt. Sonst war nichts zu sehen.

Die Tür hinter ihnen schlug zu, und als Mallory sie wieder zu öffnen versuchte, rührte sie sich kein Stück.

»Wynut hat recht gehabt«, bemerkte sie trocken. »Wir müssen hierbleiben.«

»Wir sitzen in der Falle.« Arden war tief unglücklich.

»Jetzt auch nicht mehr als schon die ganze Zeit seit unserer Ankunft«, erwiderte Gemma ruhig und sah sich im Zimmer um. Regale bedeckten die beiden Hauptwände, diesmal jedoch standen nur wenige Bücher darauf. Die oberen Regale waren vollkommen leer. »Hier gibt es nicht viel Geschichte«, sagte sie zu sich selbst und fragte sich, was das wohl zu bedeuten hatte.

Unterhalb des Fensters stand ein eindrucksvoller Schreibtisch, auf dessen Platte Schreibutensilien und Bücher verstreut lagen. Gemma setzte sich in den dazugehörigen Sessel, während Arden sich zu Boden sinken ließ und sich mutlos zusammenrollte. Mallory kniete neben ihm und versuchte, ihn zu trösten. Gemma schien sie nicht zu bemerken – sie wußte, daß ihr Eingesperrtsein in diesem Zimmer einen Zweck haben mußte und daß es an ihr lag, ihn herauszufinden.

Sie untersuchte den Schreibtisch, zog eine der Schubladen auf und nahm ein schlichtes, ledergebundenes Tagebuch heraus. Das machte sie neugierig. Sie öffnete es an einer beliebigen Stelle und sah sofort, daß es mit der Hand geschrieben war. Die Buchstaben variierten von exakten, spinnengleichen Symbolen zu unleserlichem Gekrakel. Es gab sogar winzige Bilder und Diagramme; die Schrift war mittels bedeutungsloser Zahlen in kurze Absätze unterteilt. Das meiste ergab überhaupt keinen Sinn.

Ein Tagebuch, erkannte Gemma. *Shantis Tagebuch!*

Sie blätterte zum Anfang zurück, in der Absicht, soviel wie möglich zu lesen, doch beim Anblick der ersten Worte wünschte sie fast, sie hätte es nie gefunden.

Ich spüre, wie sich die Stadt befreit. Wenn ich denn ein Wanderer sein soll, so ist dies nicht die Art zu reisen, die ich wählen würde, dennoch werde ich das mir mögliche tun, bevor sich die Dunkelheit über uns alle senkt. Es ist wenig, verglichen mit den Ereignissen, die Die Einebnung in Gang gesetzt haben, aber auch wenn es mir schwerfällt, meine Freunde zu verlassen, so fürchte ich dennoch, daß sie am Ende nichts wird retten können.

Es folgten mehrere Abschnitte, die ebensoviel Sinn ergaben, wie Shantis Art zu sprechen. Einige bestanden aus Symbolen und Zeichen, die Gemma nicht kannte. Dann fiel ihr ein weiterer Abschnitt ins Auge, und sofort, als sie mit dem Lesen begann, schienen die Buchstaben innerlich zu erglühen und lebendig zu werden. Sie stellte fest, daß sie den Text flüssig lesen konnte, und ihre Stimmung stieg merklich, als ihr die Bedeutung der Worte klar wurde.

Es ist jetzt fast soweit. Ich muß einen Entschluß fassen. Vielleicht gibt es doch noch einen Weg. Beeil dich. Schnell!

Es folgte eine seltsame Folge von Kritzeleien und Pfeilen, und dann las sie:

Ich habe es getan! Meine winzigen Freunde sind nun die Wärter zweier Clans, die sie niemals kennenlernen werden. Wenn der Wind umschlägt, am kürzesten Tag, werden sie dem Stein mein Lob singen. Wenn er sich bewegt, dann auch der andere, und damit der Lauf des Wassers. Sowohl das Tal des Wissens als auch das Lichtlose Königreich werden ein ums andere Jahr ihren Teil erhalten und so überleben. Eine schwere Last wurde mir vom Herzen genommen, und ich kann mit ein wenig Frohsinn in meinem Lied von dannen ziehen.

Sollte es wirklich so einfach sein? fragte sich Gemma. Seine

Beschreibung des alle zwei Jahre fließenden Flusses war zu genau und konnte kein Zufall sein, und das Tal des Wissens war auch unverkennbar. Das Lichtlose Königreich blieb ihr ein Rätsel, aber die ›winzigen Freunde‹ waren sicherlich die Meyrkats. Shanti mußte jener Gott sein, der den Schaukelstein aufgestellt und ihnen zur Bewachung dortgelassen hat und der ›Sobald der Wind umschlägt‹ sang, um so auf irgendeine Weise die Quelle des Flusses zu beeinflussen. Gemma war sicher, daß es so stimmte – es paßte alles genau zusammen.

Aber was ist schiefgegangen? Sie rief sich das Gespräch in Erinnerung, daß sie vor kurzem belauscht hatte. Shanti hatte gesagt: »Ich kann nicht einmal mehr zurück, um ihn wieder einzurichten.«

Ja, vielleicht kann er das wirklich nicht, dachte Gemma aufgeregt. *Aber ich kann es!*

Sie wollte ihre Entdeckung gerade den anderen mitteilen, als ihr Blick auf die erste Zeile des nächsten Abschnitts fiel.

> Jetzt sind wir verloren. Lebt wohl, meine Freunde. Ich werde die Hoffnung niemals aufgeben, daß wir uns eines Tages wiedersehen werden, denn was nützt die Unsterblichkeit, wenn man sich jenseits all derer befindet, die einem lieb sind. Ich *sträube mich dagegen*, die Hoffnung aufzugeben. Dennoch, die Finsternis rückt immer näher – ich werde sie vor euch allen sehen. Lebt wohl.

Gemma blätterte um, während ihr die Tränen über die Wangen liefen, doch die nächsten Blätter waren leer. Sie hatte einen völlig neuen Eindruck von Shanti gewonnen. Als sie den Kopf hob, sah sie, daß die anderen sie mit sorgenvoller Miene beobachteten. Sie stand auf und trug das Buch hinüber zu ihnen.

Auf dem Boden niederhockend, sagte sie: »Ich habe die Antwort auf das Problem des Flusses gefunden. Hier, lest das.« Sie beugte sich vor und reichte Arden das Tagebuch.

Er wollte gerade danach greifen, als der Dampf aus dem Topf mit kochendem Wasser ihm die Finger verbrühte.

42. KAPITEL

Das Wasser kochte fröhlich unter ihren staunenden Blicken über dem Lagerfeuer. Sie waren zurück in ihrer eigenen Welt. Die Pferde grasten friedlich in der Nähe, Lark rieb noch immer seine Schnauze an Mischas Hals, und Apple hob, ein Maulvoll Gras mampfend, den Kopf und sah sie an. Das plötzliche Wiederauftauchen ihrer Reiter bereitete ihnen offensichtlich keine Schwierigkeiten.

Trotz der Dämmerung konnte Gemma eine Nebelbank erkennen, die auf der anderen Seite des Tals von ihnen fortwehte.

»Seht«, sagte sie und zeigte auf den Nebel. »Die Stadt verschwindet.«

Sie beobachteten, wie der Dunst in die Dunkelheit entschwand.

»Den Göttern sei Dank!« sagte Arden. »Jetzt können wir weiterreiten.« Er unterbrach sich und sah Gemma plötzlich stechend an.

»Was soll das heißen, du hast die Antwort gefunden?«

Das Buch war natürlich verschwunden, wie auch alles andere aus Shantis Stadt, und Gemma versuchte verzweifelt, sich an den genauen Wortlaut des Gelesenen zu erinnern. Eben noch waren die Worte durchaus klar gewesen und ihre Botschaft deutlich genug, doch die Schlußfolgerungen, zu denen sie sie geführt hatten, wirkten jetzt weit hergeholt, selbst für sie. Arden würde sie lächerlich finden.

»Das Buch, das ich gerade gelesen habe«, begann sie zögernd, »war Shantis Tagebuch.« Sie erläuterte, was sie über die Meyrkats und den Schaukelstein erfahren hatte, und gebrauchte dabei nach Möglichkeit die Formulierungen aus dem Buch.

»›Wenn der Wind umschlägt, am kürzesten aller Tage, werden sie dem Stein mein Lob singen.‹ Das stimmt genau mit dem überein, was die Meyrkats mir erzählt haben!« sagte sie aufgeregt. »›Wenn der eine sich bewegt, bewegt sich auch der andere – und damit der Lauf des Wassers.‹ Aber irgend etwas ist mit dem Zauber schiefgegangen, und deshalb ist der Fluß versiegt. Wir brauchen nichts weiter zu tun, als zu dem Stein zu gehen und ihn wiederherzustellen«, schloß sie triumphierend.

»Das ist alles?« stieß Arden hervor. Anfangs war er Gemmas Worten gegenüber sichtlich skeptisch gewesen, doch ihre Zuversicht und ihre Begeisterung hatten ihm ein wenig Hoffnung gegeben. Jetzt begann er wieder zu zweifeln, als ihm die Größe der Aufgabe bewußt wurde, die vor ihnen lag. Er rechnete einige Augenblicke nach, dann sank sein Mut vollkommen.

»Was ist?« wollte Gemma wissen, als sie sein niedergeschlagenes Gesicht bemerkte.

»Es ist hoffnungslos«, erwiderte er. »Bis zum kürzesten Tag sind es nur noch drei Tage – bis dahin können wir unmöglich zurück sein.«

»Nur noch drei Tage? Mehr nicht?« Gemma war am Boden zerstört. Es so weit geschafft und, wie sie fest glaubte, die Lösung zu ihrem Problem gefunden zu haben, nur um schließlich doch an schlichtem Zeitmangel zu scheitern, war allerhöchste Grausamkeit.

»Selbst mit frischen Pferden auf einer guten Straße würden wir mindestens zehn Tage zurück ins Tal brauchen«, fuhr Arden fort. »Und von dort aus ist es wenigstens noch ein scharfer Ritt von vier Tagen. Es hat nicht einmal Sinn, es zu versuchen. Selbst wenn wir keine vier Tage in dieser vermaledeiten Stadt vergeudet hätten ...«

»Aber das haben wir doch nicht!« unterbrach ihn Mallory, und die beiden anderen sahen sie an. »Wir haben dort überhaupt keine Zeit verbracht.«

»Red keinen Unsinn«, sagte Arden verdrossen.

»Es stimmt«, beharrte sie. »Seht euch doch um – alles ist genau, wie es war, als wir in die Stadt verschleppt wurden. Die Pferde sind weder weitergewandert noch unruhig geworden. Wären wir tatsächlich so lange fort gewesen, wäre das Feuer lange heruntergebrannt und das Wasser verkocht. Selbst die Kräuter sind noch frisch.« Sie zerrieb einige der Blätter zwischen den Fingern. »Hier, riech doch mal.«

»Mallory hat recht«, fügte Gemma hinzu, als sie sich an die Bewegungen der Pferde erinnerte, Augenblicke bevor die Stadt eingetroffen war. »In der Stadt mögen vier Tage vergangen sein, in unserer Welt war es nur ein Augenblick.« Eine neue Idee regte sich in ihrem Kopf, eine Idee, die sie gleichermaßen in Hochstimmung versetzte und erschreckte.

»Also schön!« erwiderte Arden verärgert. »Ganz, wie du willst. Damit bleiben uns aber trotzdem nur sieben Tage, und es ist immer noch hoffnungslos.«

»Vielleicht nicht«, sagte Gemma.

»Und wie, bitteschön, sollen wir in sieben Tagen dort hinkommen?« fragte er sie voller Sarkasmus.

»Ich kann fliegen«, meinte sie ganz sachlich.

»Nur das nicht!« rief Arden. »Nicht noch mehr Zauberei!«

»Nein, keine Zauberei«, widersprach sie ruhig. »Technik.« Sie hielt inne, dachte nach. »Ich habe oft genug einen Drachen steigen lassen, der groß genug für zwei Personen war, und ich bin sicher, daß wir einen für mich alleine bauen können.«

»Du bist verrückt«, stellte er trocken fest. »Vollkommen und absolut wahnsinnig.«

»Laß es mich doch wenigstens erklären«, flehte sie. »Ich weiß, wie man sie baut – Cai hat es mir gezeigt.«

»Mit wird allmählich schlecht, wenn ich den Namen nur höre«, murrte Arden, Gemma jedoch ignorierte den Einwurf.

»Aus Holz, Tuch und Seilen läßt sich eine Konstruktion bauen, die gleitet und sich steuern läßt. Wir sind hier so hoch, daß ich, den richtigen Start vorausgesetzt, sonstwohin fliegen könnte.«

»Den richtigen Start«, schnaubte Arden. »Vermutlich ... Nein!« Er riß entsetzt die Augen auf. »Kommt nicht in Frage!«

»Die Klippen dort sind massiv«, sagte Gemma, »außerdem wird es dort kräftige Aufwinde geben.«

»Du bist wirklich verrückt«, entgegnete Arden.

»Hast du irgendeine bessere Idee?« fragte sie.

»Ja. Wir gehen weiter bis zur Quelle des Flusses. Vielleicht haben wir keinen Erfolg, aber wir kommen wenigstens nicht dabei um!« Er schrie die letzten Worte fast, und in dem beklommenen Schweigen, das darauf folgte, traute sich keiner, den anderen anzusehen. Mallory schwieg ebenfalls, hilflos hin und hergerissen zwischen den Vorhaben ihrer beiden Freunde.

»Ich muß es versuchen«, sagte Gemma schließlich. »Wirst du mir dabei helfen?«

Arden antwortete nicht, sondern stand auf und entfernte sich vom Feuer. Bald war er in der Dunkelheit nicht mehr zu erkennen.

»Willst du wirklich fliegen?« flüsterte Mallory.

»Natürlich«, antwortete Gemma mit bitterem Humor. »Wie weit ich allerdings damit komme, ist eine andere Frage.«

»Von den Klippen am Maiden Moor?«

»Ja, der Platz bietet sich einfach an. Außerdem bin ich sicher, daß uns die Leute aus Keld helfen werden – wir werden eine Menge Material brauchen und Leute, die uns zur Hand gehen.« Sie blickte in die Dunkelheit, in der Arden verschwunden war.

»Du bist tapferer als ich«, sagte Mallory. »Mir wird schon schlecht, wenn ich nur daran denke.«

»Wahrscheinlich werde ich auch starr vor Angst sein«, meinte Gemma mit einem Achselzucken. »Aber es ist unsere einzige Chance.«

»Warum tust du das?« fragte Mallory leise.

»Das habe ich dir doch alles schon erzählt«, sagte sie matt. »Das Tal ist wichtig. Und ihr auch, ihr alle.« *Ich werde tun, was in meiner Kraft steht, bevor sich die Finsternis über uns alle senkt. Es ist wenig genug im Vergleich zu den Ereignissen, die Die Einebnung in Gang gesetzt haben.* »Außerdem fühle ich mich verantwortlich.«

»Warum?«

»Das kann ich im Augenblick nicht erklären.« Shantis Worte ließen sie noch immer nicht los. *Es fällt mir schwer, meine Freunde zu verlassen.*

Sie saßen schweigend da, und nach einer Weile kehrte Arden zurück. Gemma hob den Kopf und sah ihm ins Gesicht. Im Schein des Feuers wirkte es verbissen, aber ruhig, und als er sprach, wußte sie trotz seiner abweisenden Worte, daß er sich mit ihrer Idee abgefunden hatte.

»Wie weit bist du denn mit deinem Drachen schon geflogen?« fragte er. »Ein, zwei Meilen?«

»Nein«, antwortete sie, »ein gutes Tausend.«

43.
KAPITEL

Am nächsten Nachmittag hatten sie Keld wieder erreicht. Zuerst waren die Dorfbewohner besorgt wegen ihrer unerwartet frühen Rückkehr, doch Gemma erklärte ihnen den Grund dafür und fand bestätigt, daß die Zeit in der schwebenden Stadt hier nicht vergangen war. Soweit es die Bewohner Kelds betraf, waren sie erst vor einem Tag hier aufgebrochen.

»Uns bleiben also sechs Tage«, stellte Gemma fest.

»Fünf«, korrigierte Mallory. »Selbst wenn du fliegst, brauchst du einen Tag bis dorthin.«

»Werdet ihr uns helfen?« fragte Gemma Ehren. Er antwortete für das gesamte Dorf.

»Wenn es möglich ist, werden wir es tun«, meinte er entschlossen. »Wir sind euch weit mehr schuldig.«

Den ganzen Abend bis spät in die Nacht besprachen die drei Reisenden die Konstruktion des Drachens mit Ehren, Eda und einem Mann namens Bullin. Gemma erzählte ihnen alles, was sie aus früherer Erfahrung wußte, und beschrieb ihre Vorstellungen mit Hilfe von in Holz geritzten oder auf Stoff gezeichneten Diagrammen. Die ganze Geschichte verwirrte Ehren, doch als Oberhaupt glaubte er, an dem Projekt irgendwie beteiligt werden zu müssen. Seine Frau dagegen begriff schnell, daß das dreieckige Segel wie die Flügel eines Vogel funktionieren würden, und begann zu überlegen, welcher Stoff am besten geeignet wäre.

»Leicht muß es sein, gleichzeitig fest und winddicht«, sagte sie nachdenklich. »Wir haben etwas, das geeignet wäre, in dieser Größe jedoch ...« Dann erhellte sich ihr Gesicht. »Seid unbesorgt«, fuhr sie aufgeregt fort, »ich habe genau das richtige. Wir können morgen früh mit der Arbeit beginnen, sobald die Größen feststehen.« Dann ging sie, um etwas nachzusehen. Später kehrte sie zurück und brachte ihnen etwas zu essen. Inzwischen arbeiteten die anderen am Entwurf von Drachenrahmen und Gemmas Gurten. Bullin, der Vater jenes kleinen Jungen, dem Gemma die ›Dämonen‹ ausgetrieben hatte, hatte den Ruf, der beste Holzschmied im Dorf zu sein. Er hörte aufmerksam zu und machte wenig später bereits eigene Vorschläge.

»Das beste wird grünes Holz sein«, erklärte er. »Es enthält noch etwas Saft. Wenn es zu trocken ist, bricht es unter der Belastung, der du es aussetzen wirst.«

»Es wäre mir lieber, wenn das nicht passiert«, gab Gemma mit einem trockenen Grinsen zurück. Der Mann aus dem Dorf betrachtete sie genau, so als wollte er abschätzen, was sie wirklich dachte.

»Du hast mehr Mut als die meisten«, meinte er voller Bewunderung. »Aber warum mußt ausgerechnet *du* fliegen?«

Gemma hatte nie eine andere Möglichkeit in Betracht gezogen, daher überraschte sie seine Frage ein wenig. Für sie lagen die Gründe auf der Hand.

»Ich habe schon einen Drachen geflogen. Ich bin relativ leicht. Und ich bin die einzige, die mit den Meyrkats sprechen kann ...« Sie hielt inne. »Außerdem war es meine Idee. Es ist meine Aufgabe.«

»Mit ihr zu diskutieren ist reine Zeitverschwendung«, warf Arden ein. »Das habe ich schon vor langer Zeit herausgefunden. Diesmal jedoch hat sie recht, auch wenn ich es nur ungern zugebe. Das Risiko, daß sie damit eingeht, macht mir Angst, aber wenn es irgend jemand versucht, dann sie.« Er verschwieg eine ganze Menge, doch davon wußte Bullin nichts.

»Klingt fair«, fand er. »Um auf das Holz zurückzukommen. Ich werde morgen früh mit einigen Jungs ins Beckman-Wäldchen gehen. Dort können wir genügend Holz schneiden. Und jetzt zu den Gurten ...«

Die Unterhaltung wurde zunehmend technisch, und Arden und Mallory machten ihre eigenen praktischen Vorschläge. Als die Müdigkeit sie schließlich in die Betten trieb, wußten sie alle, daß es eine Menge Arbeit gab und viele Schwierigkeiten überwunden werden mußten, doch waren sie alle einig, daß sie ihr Ziel erreichen konnten.

»Wir bekommen noch mehr Besuch«, meinte Bullin am darauffolgenden Morgen zu Ehren und zeigte nach Nordosten. Der Dorfobere und Arden drehten sich um und sahen eine Gruppe von vielleicht acht Reitern, die sich in gleichmäßigem Tempo über das Maiden Moor näherten. Sie alle trugen das bekannte Grau. Arden drehte sich der Magen um, als er sie erblickte. Er machte kehrt und lief zu Ehrens Hütte, wo Gemma und Eda arbeiteten. Als er hereingeplatzt kam, blickten die beiden Frauen von dem gelblichen Stoff auf, den sie gerade untersuchten.

»Graue Vandalen!« rief Arden atemlos. »Du mußt dich verstecken.«

»Aber –« setzte Gemma an. Sie war erschrocken und unsicher.

»Sie brauchen dich nur anzusehen!« fuhr er sie an, wütend vor panischer Angst. »Schon deine Haarfarbe wird dir zum Verhängnis werden!«

Sie rührte sich noch immer nicht. Ardens Verzweiflung wuchs.

»Tu, was ich sage! *Bitte*. Eda, kannst du sie irgendwo sicher verstecken?«

Die Frau nickte.

»Geh zu Ehren und sag ihm, er soll allen Bescheid sagen«, meinte sie. »Ich werde mich um sie kümmern.«

»Danke.« Arden machte auf dem Absatz kehrt und rannte zurück zum Dorfoberen. Kurz darauf wußte jeder in Keld, daß es keine Gemma mehr gab. Mallory gesellte sich zu Arden und Männern aus dem Dorf, die beobachteten, wie die grau gekleideten Krieger näherkamen. Die Soldaten trugen alle Langbogen auf dem Rücken, und an ihren Gürteln hingen Schwerter. Der derbe, graue Stoff ihrer Uniformen paßte zu den bleifarbenen Wolken des winterlichen Himmels, und der Ausdruck ihrer Augen verstärkte den Eindruck von Kälte. Sie hielten an, und Ehren trat vor.

»Willkommen in unserem Dorf«, sagte er. »Ich bin der Dorfobere. Wie können wir euch helfen?«

Der Anführer der Neuankömmlinge musterte ihn verächtlich.

»Wir brauchen keine Hilfe«, antwortete er. »Nur Informationen.« Er ließ seine kalten, blauen Augen über die Männer mit den Äxten und Sägen schweifen. »Dein Dorf ist wirklich fleißig«, meinte er.

»Wir wollten gerade Holz sammeln gehen«, erwiderte Ehren.

»Es soll etwas gebaut werden«, erklärte Bullin.

»Möchtet ihr vielleicht etwas zu essen?« fragte der Dorfobere, doch der Graue Vandale ignorierte sein Angebot.

»Sind irgendwelche Reisende bei euch abgestiegen?« fragte er mit einem kurzen Blick auf die Gästehütte.

»Ja«, antwortete Ehren. »Daher ist leider nicht genug Platz für euch alle ...«

»Du verstehst nicht, was ich sage. Wir wollen nicht bleiben, sondern mit euren Gästen sprechen.« Seine Stimme klang plötzlich erregt.

»Dann sprecht«, sagte Arden und trat mit Mallory an seiner Seite vor. Der Reiter sah sie abschätzend an, dann nickte er seinen Leuten zu, die daraufhin abstiegen.

»Ich möchte, daß meine Männer sich ein bißchen umsehen«, meinte er zu Ehren, etwas friedlicher geworden.

»Bitte, wir haben nichts zu verbergen«, erwiderte der Dorfobere. »Kommt in mein Haus. Dort können wir reden.«

»Danke.« Sie gingen zu Ehrens Hütte, während die anderen grau gekleideten Reiter, ein jeder gefolgt von neugierigen Dorfbewohnern, ausschwärmten und mit der Durchsuchung des Dorfes begannen.

Eda war mit Nähen beschäftigt, als sie eintraten. Sie stand auf und hieß sie willkommen, dann eilte sie von dannen, um Tee aufzusetzen. Die anderen setzten sich, der Krieger lehnte seinen Bogen gegen die Wand.

»Dürfen wir deinen Namen erfahren?« fragte Ehren.

»Starak. Und wie heißt ihr?« Er sah die Reisenden an.

»Arden.«

»Und Mallory.«

»Woher seid ihr?«

»Ich bin aus Manesty«, antwortete Arden, »wenn ich auch schon eine ganze Weile nicht mehr dort gewesen bin. Meine Begleiterin stammt aus einem Tal im Norden von hier, zwei Tagesreisen durch die Diamantenwüste.«

»Dann seid ihr beide weit entfernt von eurem Zuhause. Was führt euch her?«

Mallory und Arden sahen keinen Sinn darin, ihre Absichten zu verschweigen, und gaben Starak eine umständliche Erklärung über ihre Suche nach der Quelle des Flusses. Er hörte aufmerksam zu, wirkte nicht überrascht und sagte auch nichts dazu. Er wog ab, ob sie ihm die Wahrheit erzählten.

»Dann braucht ihr nicht mehr weit zu suchen«, sagte er nach einer Weile. »Die Kaskade ist nur drei Tage entfernt von hier.«

»Die Kaskade?« erkundigte sich Arden.

»Ich habe sie noch nicht mit eigenen Augen gesehen«, erwiderte Starak. »Wir kommen nicht oft soweit nach Süden. Angeblich ist der Anblick ziemlich spektakulär.«

Arden stöhnte innerlich, als er daran dachte, wie nah sie ihrem Ziel gewesen waren, nur um dann doch wegen Gemmas hirnrissigem Plan umzukehren. Er fragte sich, wo sie steckte.

»Ihr wollt nicht weiter nach Süden reiten als bis zum Wasserfall?«

»Nein«, antwortete Arden. »Wenn das stimmt, was du sagst, haben wir keinen Grund dazu. Außerdem ist der Winter nahe, und schon bald ist es im Hochgebirge zu kalt.«

»Ein weiser Entschluß«, kommentierte der Soldat. »An

den ihr euch auf jeden Fall halten solltet.« Die Drohung in seinen Worten war kaum verschleiert. »Ich wünsche euch Glück bei eurem Vorhaben, doch nach allem, was ich gehört habe, hat der Wasserfall ein Ausmaß, das es so gut wie unmöglich macht, ihn umzuleiten.«

Während Eda die Teeschalen herumreichte, wurde Starak nach draußen gerufen. Nach einer kurzen Unterredung mit einem seiner Männer kehrte er zurück und nahm sein Getränk entgegen.

»Wir reiten bald weiter«, erklärte er, »aber vielleicht kommen wir in ein paar Tagen noch einmal zurück.« An Ehren gewandt fügte er hinzu: »Ich wäre dir dankbar, wenn du darauf achten würdest, wer inzwischen hier vorbeikommt.«

»Suchst du jemanden Bestimmtes?« fragte der Dorfobere.

»Nein. Nur alle mit dem unnatürlichen Bedürfnis, nach Süden zu reisen.« Starak grinste, doch sein Gesichtsausdruck hatte nichts Warmes. Er sah zu Mallory hinüber, und seine nächste Frage hätte sie fast aus dem Gleichgewicht gebracht. »Wieso habt ihr drei Pferde dabei?«

»Wir wechseln sie, um die Lasten gleichmäßig zu verteilen«, antwortete sie, nachdem sie sich rasch erholt hatte. »Auf diesem schwierigen Gelände besteht immer die Möglichkeit, daß eines von ihnen lahmt. In den Bergen sorgt man besser vor, als daß man später das Nachsehen hat.«

»Ich bewundere deine Umsicht«, erwiderte Starak, dann stand er auf und sah sich ein letztesmal in der Hütte um. »Ein bemerkenswert feiner Stoff«, sagte er zu Eda und deutete dabei mit dem Kopf auf die Bahn gelben Stoffs, die eine kleine Nische im Hintergrund der Hütte abschirmte.

»Er hat zu meiner Aussteuer gehört«, antwortete sie. »Ich hatte gehofft, ihn an meine Töchter weitergeben zu können, doch wir haben nur Söhne bekommen.«

»Darf ihn ich mal anfassen?«

Eda zögerte, und Arden wurde unruhig.

»Müßt ihr eure Pferde noch füttern oder tränken, bevor ihr aufbrecht?« versuchte er, Starak abzulenken.

»Nein. Wir sind bestens ausgerüstet. Darf ich?« Die Frage war wieder an Eda gerichtet.

»Aber sicher«, antwortete sie, und Starak trat vor. Arden erstarrte und war bereit zu kämpfen, falls erforderlich, als der Graue Vandale den Stoff anerkennend befingerte.

»Unser Grau ist praktisch«, meinte er fast wehmütig, »manchmal vermisse ich jedoch ein wenig Luxus.«

Dann riß er den Vorhang zur Seite. Der Raum dahinter war leer, und Arden spürte, wie sein Herz wieder zu schlagen begann.

»Wir müssen aufbrechen«, meinte Starak. Wenn er enttäuscht war, so ließ er sich das nicht anmerken. Er dankte ihnen für ihre Gastfreundschaft, schlenderte hinaus und rief seine Männer. Kurz darauf waren sie verschwunden.

Die Dorfbewohner sahen ihnen schweigend nach, als sie nach Süden ritten. Niemand wagte, etwas zu sagen, bevor sie außer Hörweite waren. Dann wandte Arden sich an Eda.

»Wo ist sie?« wollte er wissen.

»Du hast auf ihr gesessen«, antwortete sie und mußte lachen. Sie führte ihn in die Hütte zurück und klappte die Sitzfläche der Sitzbank hoch, auf der er und Mallory gesessen hatten. Gemma lag zusammengerollt darin. Sie erklärten ihr, die Grauen Vadalen seien fort, und sie stieg aus dem Kasten heraus und streckte erleichtert ihre eingeschlafenen Glieder.

»War das nicht riskant?« fragte Arden.

»Eigentlich nicht. Ich wußte, daß Ehren sie hierher bringen würde«, antwortete Eda selbstbewußt. »Wo hätte man ihren Argwohn besser zerstreuen können?«

»Hast du gehört, was er gesagt hat?« fragte Mallory Gemma. Sie schüttelte den Kopf. Die anderen erklärten ihr, was geschehen war.

»Wir waren also näher dran, als wir dachten«, faßte Arden zusammen. »Hast du immer noch vor, deinen verrückten Plan durchzuführen?«

»Natürlich«, sagte Gemma entschlossen. Arden war unfähig, seine Enttäuschung zu verbergen, und mußte sich abwenden.

Die Dorfbewohner hatten einen Posten aufgestellt, der nach weiteren Besuchern Ausschau halten sollte, und man machte sich wieder an den Bau des Drachens. Die nächsten vier Tage verstrichen in hektischem Treiben. Der näherrükkende Termin und das Versprechen der Grauen Vandalen, in ein paar Tagen zurückzukommen, erhöhte den Druck zusätzlich. Man schnitt Holz und sägte es zurecht, schnitzte Verbindungen, probierte sie aus. Man verwendete eine Mischung aus reifem Holz für die Stabilität und jungem für die Beweglichkeit des Gestells, änderte ständig den Entwurf für den Rahmen. Edas Mitgift wurde zurechtgeschnitten und vernäht, und nach der wohlüberlegten Anbringung weiterer Stoffbahnen nahm der Drachenflügel Gestalt an. Für das Ledergeschirr und die Riemen, die den Passagier sichern sollten, wurden Sattel und Zügel umgearbeitet, und man baute eine Seilkonstruktion, die es Gemma ermöglichen sollte, Klappen an beiden Seiten des Flügels zu öffnen und zu schließen, dann probierte man sie aus. Wenn alles stimmte, was sie von Cais Konstruktionen noch behalten hatte, müßte sie in der Lage sein, die Flugrichtung des Drachens und in gewissem Maße auch seine Flughöhe zu bestimmen.

Am Ende des vierten Tages waren die Bauteile fertig, jetzt brauchten sie nur noch zusammengesetzt zu werden. Gelang dies bis zum frühen Morgen des nächsten Tages, wollte Gemma sofort einen Flugversuch unternehmen. Sie wußte bereits, welche Richtung sie einschlagen mußte, und hatte sich das Land, das sie vom oberen Rand der Klippe aus überqueren mußte, genau angesehen. Der Ausblick von dort oben war furchteinflößend, und sie versuchte, nicht lange über den Augenblick nachzudenken, wenn sie sich in diese erschreckende Leere würde hinausstürzen müssen. Statt dessen konzentrierte sie sich darauf, die Vögel zu beobachten, die auf den Felsen lebten, und merkte sich, wo sie mit Unterstützung des Windes mühelos in der Luft schweben konnten. Sie beschloß, von einem flachen Felsbrocken abzuspringen, der über die Kante hinausragte. Der Wind an dieser Stelle wurde wie durch einen Trichter nach oben gedrückt und würde ihr den optmimalen Auftrieb verschaffen.

Ich werde alle Hilfe brauchen, die ich kriegen kann! dachte sie und fragte sich zum erstenmal, ob sie tatsächlich in der Lage war, eine solch gefährliche Aufgabe durchzuführen. *Ich wünschte, Cai könnte mir helfen.*

44. KAPITEL

Am selben Abend teilte sie Arden ihren Entschluß mit.

»Dachte ich mir«, sagte er. Sie waren alleine in der Gästehütte, da Mallory gespürt hatte, was in der Luft lag, und einen Grund gefunden hatte, sich zurückzuziehen. Seit ihrer Rückkehr nach Keld war Arden gereizt gewesen, teils, weil er immer noch zur Quelle des Flusses wollte, hauptsächlich jedoch, weil er diesen Augenblick gefürchtet hatte. Beim Bau des Drachens hatte er so gut es ging geholfen, aus der Überlegung heraus, wenn Gemma schon nicht von ihrer Wahnsinnstat abzubringen war, müsse er wenigstens dafür sorgen, daß sie eine Überlebenschance hatte. Jetzt war der Augenblick gekommen, und er konnte seine Zweifel und seine Befürchtungen nicht verbergen.

»Besteht keine Hoffnung, daß du deine Meinung änderst und statt dessen mit mir kommst?«

»Nein.« Sie sah ihn traurig an. »Ich muß es einfach tun. Das weißt du.«

»Alles nur wegen eines alten Buches, das vielleicht nicht einmal existiert?«

»Natürlich existiert es. Die schwebende Stadt befindet sich vielleicht nicht in unserer Welt, aber sie existiert. Schließlich warst du dort.« Sie hatten schon einmal darüber gestritten. »Und es war kein Zufall, daß wir dorthin gekommen sind. Ich war dazu bestimmt, das Buch zu finden. Nachdem ich es genommen hatte, konnte die Stadt verschwinden.«

»Vorherbestimmung, klar«, schnaubte er. »Was für ein absoluter Unsinn.«

»Nicht jeder ist dieser Ansicht«, erwiderte Gemma. »Denk daran, wie wir uns kennengelernt haben.«

»Tu ich ja.«

Sie saßen einen Augenblick schweigend da und sahen sich über den Zwischenraum der beiden Betten hinweg an.

»Wenn du dort bist«, begann Arden nach einer Weile, »wie willst du wissen, daß du den Zauber wiederherstellen kannst? Du bist keine Magierin.«

»Vielleicht doch«, antwortete sie mit einem Lächeln. »Mir scheinen seltsame Dinge zuzustoßen. Das kann unmöglich alles Zufall sein.«

»Das stimmt allerdings«, erwiderte er, noch immer mit ernster Miene. »Aber das hier ist etwas anderes. In Shantis Buch stand nicht, um was es sich handelt, oder?«

»Nein. Das werden die Meyrkats erledigen«, sagte Gemma und hoffte darauf, sich nicht zu irren. »Der Schlüssel muß in ihren Legenden liegen.«

»Du riskierst dein Leben auf Grund so fadenscheiniger Angaben«, staunte Arden und schüttelte fassungslos den Kopf.

»Ich riskiere es für das Tal«, widersprach sie und fügte im stillen hinzu: *Und für dich.* »Genau wie du es tätest, wäre die Situation umgekehrt.«

»Du hattest nicht einmal Gelegenheit, dieses Ding auszuprobieren«, gab Arden zu bedenken.

»Du weißt, daß dafür keine Zeit ist«, erwiderte sie geduldig. »Was wäre außerdem, wenn es perfekt fliegen, aber bei der Landung zerschellen würde? Wenn das passiert, dann am Stein, wo es keine Rolle mehr spielt. Für Reparaturen haben wir keine Zeit.«

»Das ist auch ein Punkt«, fuhr er fort. »Angenommen, du erreichst tatsächlich den Stein und alles klappt, was willst du dann machen? Du bist alleine mitten in der Wüste, ohne Pferd und ohne Vorräte.«

Zu seiner großen Überraschung lachte Gemma lauthals los.

»Ich muß viele Meilen über Gebirge und Wüste fliegen und irgendwie einen gescheiterten Zauber erneuern«, sagte sie. »Danach werde ich mit Gedanken darüber machen, daß ich mitten im Nirgendwo stecke.«

»Mach keine Witze darüber«, fauchte er sie an, das Gesicht zu einer Mischung aus Wut und Sorge verzerrt.

»Oh, Arden.« Sie kam herüber und kniete vor ihm. Sie ergriff seine Hände und blickte in sein niedergeschlagenes Gesicht. »Mach dir nicht solche Sorgen. Einen besseren Drachen kann man nicht bauen. Schlimmstenfalls versteuere ich mich und lande zu weit vom Stein entfernt, um rechtzeitig dorthin zu kommen.«

»Schlimmstenfalls?« meinte er ungläubig. »Daß der Stoff reißen oder der Rahmen mitten in der Luft auseinanderfallen könnte, bereitet dir keine Sorgen?«

»Das wird nicht passieren. Ich vertraue den Leuten, die beim Bauen geholfen haben. Du warst schließlich auch dabei.«

Arden redete weiter, als hätte er nicht zugehört. »Was ist mit einem Sturm? Regen könnte den Drachen zu schwer machen. Oder du könntest von starken Winden gepackt und völlig von deinem Kurs abgebracht werden.«

»Es hat keinen Sinn, sich über Dinge zu sorgen, auf die wir keinen Einfluß haben«, erwiderte sie. »Ich bin nicht dumm, Arden. Ich habe an all diese Dinge gedacht, und ich muß es trotzdem versuchen.«

»Ich weiß«, gab er schließlich zu. »Aber ich werde nicht ... ich kann nicht einfach hierbleiben und zusehen.« Gemma sah die Qual hinter seinen Augen. »Entschuldige«, sagte er, im stillen um Vergebung und Verständnis flehend.

Gemma spürte einen Kloß in ihrer Kehle und konnte nicht sprechen. Sie hatte Ardens Gefühle für sie unterschätzt, und jetzt war es zu spät.

»Ich werde beim ersten Tageslicht aufbrechen«, sagte er leise. »Ich will den Wasserfall am kürzesten Tag erreichen.«

»Was wird aus Mallory?«

»Sie kann hier warten, bis ich zurück bin. Sie wird ohnehin nicht vor dir aufbrechen wollen.«

Es dauerte lange, bis einer von beiden wieder etwas sagte. Gemma legte den Kopf auf seine Knie und hielt noch immer seine Hände.

»Wirst du zu mir zurückkommen?« erkundigte er sich schließlich ganz leise.

»Möchtest du das denn?« fragte sie und hob den Kopf.

»Bei den Göttern, Frau, was für eine dumme Frage!« meinte er. »Ich will es mehr als alles andere.« Er ließ sich vom Bett gleiten, so daß sie beide knieten, nahm sie in die Arme und küßte sie mit einer Heftigkeit, die sie überraschte.

»Ich auch«, flüsterte sie, als sie sich wieder trennten.

»So darf es nicht enden«, meinte er. »Nach allem, was wir zusammen durchgemacht haben, wäre das geradezu lächerlich.«

Lächelnd erwiderte sie: »Wir sind absolut füreinander bestimmt.«

»Über diese Art der Vorhersehung werde ich nicht streiten«, fügte er hinzu und küßte sie noch einmal, diesmal zärtlicher.

An der Tür klopfte es.

»Kann ich reinkommen?« rief Mallory.

»Ja«, rief Gemma zurück. Sie blieb in Ardens Armen.

»Ich störe doch hoffentlich nicht, oder?« fragte Mallory, als sie zur Tür hereinsah. »Ich kann bei Eda schlafen, wenn –«

»Komm rein«, sagte Arden. »Und mach nicht so ein sorgenvolles Gesicht.« Er wandte sich an Gemma.

»Wir brauchen unsere Kraft für die Reise morgen«, sagten sie gleichzeitig und platzten los vor Lachen.

Es war noch dunkel, als Arden Keld am nächsten Morgen verließ. Gemma hatte, gestärkt durch einen Nachttrunk Met, überraschend gut geschlafen und nur vage mitbekommen, daß er sich bewegte, bis er sich schließlich über sie gebeugt und zart auf die Wange geküßt hatte.

»Viel Glück«, wünschte er ihr leise. »Und denk an unsere Bestimmung.«

»Bestimmt«, murmelte sie. »Du auch.«

Gemma hörte, wie die Tür geöffnet und wieder geschlossen wurde. Sie fand es schwer zu glauben, daß er tatsächlich fort war. Als sie aufstand, waren Arden und Lark bereits lange unterwegs, und schon bald hatte sie andere Dinge im Kopf.

Wie sich herausstellte, war der Morgen eine einzige Enttäuschung. Eine Weile schien alles gut zu gehen, bis schließlich ein Ast die endgültige Konstruktion zerriß. Mehrmals glaubten sie, endlich fertig zu sein, doch winzige Korrekturen bereiteten zahllose Schwierigkeiten, und es dauerte bis zum Mittag, bis der Drachen schließlich zusammengesetzt werden konnte. Das große Dreiecksegel, größtenteils gelb, jedoch mit weißen und grauen Flicken, wurde von einem Kreuzrahmen aus federndem Holz getragen, der auf dem unteren Gebilde ruhte, an dem das Geschirr und die Steuerseile befestigt waren.

»Wenn wir ihn bis zu den Klippen geschleppt haben, bleiben dir nicht mehr viele Stunden Tageslicht«, stellte Bullin fest. »Willst du unbedingt heute aufbrechen?«

Gemma war hin und hergerissen. Ein Nachtflug erhöhte die Risiken und Ungewißheiten beim Steuern, doch der nächste Tag war bereits der kürzeste des Jahres, und wenn sie den Stein nicht vor der Abenddämmerung erreicht hatte, war es zu spät.

»Bringen wir den Drachen hinauf auf die Klippen«, schlug Mallory vor, »dann kannst du dich immer noch entscheiden.«

Sie befolgten den Rat, und das gesamte Dorf folgte den Drachenträgern in einer Prozession. Sie kamen nur langsam voran, da niemand riskieren wollte, den Drachen zu beschädigen. Graue Wolken ballten sich am Himmel zusammen, und mehr als ein Dorfbewohner warf ängstliche Blicke gen Himmel. Der Rahmen war mit Harzen versiegelt worden, die man vorsichtig in das Holz gerieben hatte, niemand wußte jedoch, wie das Segeltuch auf starken Regen reagieren würde.

Als der Drachen an der Abflugstelle eintraf, war ein großer Teil des Tages bereits verstrichen, und es war klar, daß Gemmas Flug bis zum nächsten Morgen aufgeschoben werden mußte. Der Drachen wurde umgedreht, so daß das

Segel auf dem Boden lag und das Risiko, fortgeweht zu werden, so klein wie möglich gehalten werden konnte. Die Dorfbewohner waren sogar so umsichtig, ihn an in den Boden geschlagenen Pflöcken festzubinden. Doch damit blieb das Problem des Regenschutzes. Wenn man das Segel nicht herunternehmen wollte – ein Vorgehen, das niemandem behagte –, ließ sich nicht viel tun. Sie versteckten ihn unter allem, was man zu seinem Schutz finden konnte und bauten ein behelfsmäßiges Dach. Die Konstruktion war wohl kaum wasserdicht, aber etwas Besseres brachten sie nicht zustande.

Zwei Mann starke Posten wurden eingerichtet, die den Drachen während der Nacht bewachen sollten, alle anderen kehrten zurück ins Dorf. Während des Abends fing es an zu regnen. Mallory lauschte dem Trommeln auf dem Dach der Gasthütte und fragte sich, ob es bis zum Morgen wieder aufhören würde.

»Ich breche beim ersten Tageslicht auf«, antwortete Gemma. »Egal, wie das Wetter ist.«

Tatsächlich war es bei Tagesanbruch kalt, aber klar. Gemma war aufgestanden, um den Beginn des kürzesten Tages des Jahres zu verfolgen, wie auch alle anderen Bewohner von Keld. Alles stapfte durch das feuchte Gras und den Farn hinauf zur Abflugstelle, und die Posten berichteten, daß, obwohl seit drei Stunden kein Regen mehr gefallen war, etwas Wasser bis zum Segel durchgedrungen war. Als man den Drachen vorsichtig aufrichtete, waren tatsächlich ein paar feuchte Stellen zu sehen, aber es hätte wesentlich mehr geschehen müssen, um Gemma von ihrem Vorhaben abzubringen.

Wieder hatte sie mit Hilfe von Met geschlafen, und Mousel hatte am Morgen eine weitere Flasche mitgebracht.

»Hier, trink alles«, befahl ihr die Wahrsagerin. »Das gibt Kraft.«

»Ich will nicht betrunken sein!« scherzte Gemma, fügte sich aber nur zu gerne. »Drachenblumen?« erkundigte sie sich.

Mousel zuckte mit den Achseln. »Ein paar.«

Gemma atmete tief durch. »Also schön, los geht's«, meinte sie und schnallte sich in die Riemenkonstruktion. Als sie und ihre Helfer überzeugt waren, daß sie sicher saß, probierte sie die Steuerseile aus. Sie funktionierten, also trug sie den Drachen mit der Hilfe von mehreren Leuten zum Rand der Klippe. Alleine konnte sie ihn gerade eben anheben, indem sie das Gewicht auf die Schultern lud, Gehen jedoch wäre zum Problem geworden.

Nachdem sie in Stellung gegangen war, wartete sie, atmete tief durch, um ihre Nerven zu beruhigen und ihren Herzschlag zu beschleunigen, und versuchte, nicht auf den Hunderte von Schritten unter ihr liegenden Wald zu sehen. Der Wind zerrte sachte am Segel, doch Mallory und Bullin hielten es noch an den hinteren Ecken fest.

Jetzt oder nie, dachte Gemma. *Wenn ich ein Wanderer bin, dann ist dies nicht die richtige Art zu reisen*. Sie lachte laut auf, als sie an Shantis Worte denken mußte.

»Wünscht mir Glück!« rief sie.

»Viel Glück«, erwiderte Mallory, froh darüber, daß Gemma die Tränen in ihren Augen nicht sehen konnte. »Komm ins Tal, wenn du fertig bist. Wir treffen uns dort.« Es kostete sie alle Willenskraft, zuversichtlich zu klingen.

»Abgemacht«, sagte Gemma, dann hob sie die Stimme, damit alle Dorfbewohner sie hören konnten. »Vielen Dank, euch allen. Hoffentlich erweise ich mich eurer Mühe würdig.«

Vielstimmige Glückwünsche.

»In der Hinsicht haben wir keine Befürchtungen«, sagte Bullin. »Viel Glück. Und leb wohl.«

»Auf Wiedersehen!« brüllte Gemma, dann trat sie einen Schritt nach vorn und stürzte sich in die zitternde Umarmung der sturmgepeitschten Leere.

Arden war zerrissen von einer Vielzahl widersprüchlicher Gefühle aus Keld davongeritten. Zwar war er unleugbar froh, wieder unterwegs zu sein und sich seinem Ziel zu nähern, doch der Verlust seiner beiden Begleiterinnen ging ihm nahe. Er wurde die verzweifelte Angst, angesichts des Risikos, das Gemma einging, einfach nicht los. Er haßte sich dafür, daß er nicht hatte bleiben und ihren Start mitansehen können, andererseits konnte er weder ihren Kurs ändern, noch ihr helfen. Müßte er zusehen, wie sie umkam, es würde ihn zerreißen. Seine Liebe machte ihn schwach, und obwohl er seine Schwäche verabscheute, ließ sich ihre Macht über ihn nicht leugnen.

Er ritt langsam an diesem Morgen, sah sich häufig um, ob sich im Dorf irgend etwas regte. Kurz nach Mittag sah er, daß der Drachen aus dem Dorf getragen wurde, und er verfolgte, wie er – einer riesigen, gelben Motte gleich – über das Maiden Moor kroch. Nach einer Weile machte er sich wieder auf den Weg, unbewußt den Weg zu höher gelegenem Gelände im Süden des Berges einschlagend, um bessere Sicht zu haben.

Bei Einbruch der Dämmerung hatte er einen Hügel genau im Süden von Blencathra erreicht. Er wußte, daß die Stelle für ein Lager ungeeignet war, doch von hier aus konnte man den gesamten südlichen Teil der Ebene überblicken, also blieb er trotzdem. Es war schon lange klar, daß Gemma ihren Flug an diesem Tag nicht mehr beginnen würde, und Arden nahm richtigerweise an, daß sie es am nächsten Morgen noch einmal versuchen wollte. Trotz seiner schrecklichen Vorahnungen konnte er unmöglich weiterreiten, ohne ihren Start gesehen zu haben.

Er schlief wenig in jener Nacht, lauschte dem Regen auf seinem Zelt, verfluchte ihn, hoffte beinahe, er könnte den Start des Drachens verhindern. Doch in seinem Herzen wußte er, daß sie auf jeden Fall starten würde. Er erhob sich kalt und steif beim ersten Tageslicht und sah hinüber zum Maiden Moor, die Sonne im Rücken. Er sah, wie die Leute aus dem Dorf bereits jetzt zum Startplatz aufbrachen, und kurz darauf, wie der Drachen umgedreht wurde.

In diesem Augenblick betete er zu allen Göttern, von denen er je gehört hatte, und flehte sie an, Gemma zu beschützen. Eine Ewigkeit schien der Drachen still zu stehen, hockte voller Anmut am Rand der Welt. Ardens Herz klopfte so stark, daß er hörte, wie ihm das Blut durch die Adern rauschte. Die gelben Flügel in der Ferne hielten seinen Blick in ihrem Bann.

»Flieg, du Bastard«, murmelte er kaum hörbar. »Flieg!«

Plötzlich war der Drachen verschwunden.

Arden hielt den Atem an. Ein paar quälende Augenblicke lang konnte er nichts mehr erkennen, ihm wurde schlecht, als seine schlimmsten Befürchtungen wahr zu werden drohten. Doch dann kam der Drachen ebenso plötzlich, wie er verschwunden war, wieder zum Vorschein und segelte über die Klippen hinweg, hoch über dem Nichts.

»Flieg, du Bastard!« brüllte Arden, reckte jubelnd, erleichtert, die Faust in den Himmel, ohne die Tränen zu spüren, die ihm über die Wangen liefen.

»Und komm ja zurück, du verrücktes Weib!« brüllte er in den leeren Raum hinaus und meinte Gemma. »Ich liebe dich!«

45. KAPITEL

Gemma kannte das magenumdrehende Gefühl der ersten Augenblicke in der Luft noch gut, doch noch nie war sie derart entsetzt gewesen. Der Sturz hinab von der Stadtmauer, der erste Flug von Cai und ihr, war furchteinflößend gewesen, aber nicht zu vergleichen mit dem Abgrund, dem sie sich jetzt gegenübersah.

Der Drachen selbst schien unglaublich schwer, der Gedanke, daß er jemals fliegen könnte, lächerlich. Einen gräßlichen Augenblick lang sah es so aus, als könnte er es nicht, und ihr Herz schlug bis zum Hals, als sie wie ein Stein in die Tiefe sackte. Sie schloß die Augen und fluchte wiederholt vor sich hin. Als der Drachen dann schneller wurde, spürte sie, wie die Flügel ihre Kraft entfalteten und die Spitze sich hob. Sie machte die Augen auf und wurde von einer Woge des Hochgefühls ergriffen, als sie den Drachen unter ihre Kontrolle brachte und er im Aufwind vor den Klippen in den Himmel stieg. Aus weiter Ferne, jenseits des Windgeheuls, vernahm sie den Jubel von Mallory und den Dorfbewohnern und fühlte sich mit ihnen in Dankbarkeit verbunden – was ihre Entschlossenheit, es zu schaffen, noch bestärkte.

Eine Weile spielte sie mit den Luftströmungen, sie gewann an Höhe und bekam ein Gefühl für die Steuerseile. Sie war begeistert, wie der Drachen reagierte, und trotz der beißenden Kälte und der dünnen Luft fühlte sie sich absolut großartig.

Arden, dachte sie und wollte, daß er es hörte. *Alles in Ordnung!* Dann mußte sie grinsen. *Wenn Cai mich jetzt bloß sehen könnte.*

Aber das kann ich doch, erwiderte ihr abwesender Freund und Mentor. *Und du jagst mir einen fürchterlichen Schrecken ein.*

Gemma lachte laut vor Freude über die unerwartete Begleitung. Adrenalin und Met schoß durch ihre Adern.

Du bist doch nicht in Gefahr, gab sie zurück. *Hilf mir lieber, dieses Ding zu fliegen!*

Du machst das ausgezeichnet, antwortete er. *Aber steig nicht viel höher. Du bekämest vielleicht keine Luft mehr.*

Gemma sah nach unten. Abgesehen von der schwindelerregenden Entfernung bis zum Wald konnte sie fast das gesamte Maiden Moor überblicken, das sich unter ihr ausbreitete. Das Dorf und die Menschen am Klippenrand konnte sie gerade eben noch erkennen. *Ich bin höher gestiegen, als ich dachte. Es wird Zeit, nach Norden einzuschwenken.*

Vergiß nicht, daß du dich auch ein wenig westlich halten mußt, erwiderte Cai.

Woher weißt du denn das? fragte Gemma, doch seine Antwort hörte sie nicht. In diesem Augenblick setzte der Gesang einer Sirene in all seiner schrecklichen Schönheit ein, und sie fühlte sich entzweigerissen. Unsicher und verwirrt zog sie noch einen Kreis. Der Süden rief sie wieder, und jetzt verfügte sie mit dem Drachen über das Mittel, in diese Richtung zu reisen. Die Versuchung war überwältigend, doch all ihre

Instinkte flehten sie geradezu an, nach Norden abzudrehen und das Ziel zu verfolgen, für das sie und Arden so lange gearbeitet hatten.

Cais Stimme – oder war es die von Arden? – klang ihr wieder im Kopf. *Wenn du diesem Klang folgst, wirst du sterben.*

Gemma biß die Zähne zusammen, zwang den Drachen auf nördlichen Kurs und begann ihre lange Reise, während ihre Gedanken quälend um die Ablehnung jener verführerischen Einladung kämpften.

Hilf mir! flehte sie Cai an und wurde mit einem Gefühl der Anerkennung und Kameradschaft belohnt. Er steuerte den Drachen nicht für sie – konnte es auch gar nicht –, doch seine körperlose Anwesenheit verhinderte, das der Zwist sie in den Wahnsinn trieb. Plötzlich ergriff sie die Einsamkeit des Fliegens, und sie begann, die betäubende Kälte zu hassen, die ihre vormals warme Kleidung längst papierdünn erscheinen ließ. Der Drachen flog weiter, schwebte zwischen den höchsten Gipfeln hindurch, die ihren Weg markierten, doch immer nach Norden – und ein wenig nach Westen.

Kurz vor Mittag endetet der Sirenengesang plötzlich, und Gemma wäre vor Erleichterung fast ohnmächtig geworden. Sie seufzte dankbar auf und betrachtete das Gelände unter ihr mit neuer Kraft. Nichts hier wirkte vertraut, doch sie konnte weit nach Norden blicken, wo die Berge niedriger wurden, und sie glaubte sogar die Ansätze der Küstenebene zu erkennen. Die zunehmende Kargheit des Landes unter ihr war ein sichtbarer Beweis dafür, daß die Wüste näherrückte, und zum erstenmal begann sie, über ihre Aufgabe nachzudenken; sollte sie es tatsächlich bis zum Schaukelstein schaffen? Bislang war all ihre Energie darauf ausgerichtet gewesen, dorthin zu gelangen. Jetzt wuchs ihre Zuversicht und war soweit gediehen, daß sie bereit war für den nächsten Schritt.

Werde ich rechtzeitig kommen? fragte sie sich. *Muß der magische Gesang vor Einbruch der Dämmerung, vor Sonnenuntergang oder vor Mitternacht gesungen werden?*

Vor Sonnenuntergang, kam Cais überraschende Antwort.

Woher weißt du das?

Ich bin ein Zauberer, sagte er, und sein bitteres, ironisches Lachen hallte ihr durch den Kopf.

Was muß ich tun? fragte Gemma schnell, zu aufgeregt, um Cais Stimmungswechsel zu bemerken. Die einzige Antwort war ein zunehmend manisches Gelächter, und eine neue Angst krallte sich in Gemmas Herz. *Cai!* rief sie. *Was ist mit dir?*

Mehrere Herzschläge lang blieb die Antwort aus, und als er endlich antwortete, war er so leise, daß sie seine matten Worte kaum verstand.

Warum kannst du mich nicht in Frieden lassen?

Sie fühlte sich fürchterlich und flehte seinen Geist an. *Verlaß mich nicht, Cai. Ich brauche dich.*

Nein, darüber bist du hinweg, meinte er niedergeschlagen. *Ich habe es versucht, doch meine Kraft läßt nach. Du bist mir mehr als ebenbürtig, Gemma – du wirst es alleine schaffen.*

Sie hörte seine Verletztheit und seine Selbstvorwürfe, wollte die Hand austrecken, um ihn zu trösten, mußte aber feststellen, daß sie doppelt hilflos war. Sie konnte nicht einmal sprechen.

Mach sie alle stolz auf dich, fuhr Cai fort. *Wie mich. Ich habe dich immer geliebt, Gemma. Behalte mich nicht in zu schlechter Erinnerung.*

Er war fort. Gemma ritt alleine durch die Lüfte. Sie weinte Tränen aus Eis über seinen Verlust, aber auch noch aus einem anderen Grund. *Wie kann er glauben, ich denke schlecht über ihn?* Es war fast zuviel für sie.

Dann, wie als Antwort auf Cais Verschwinden, geriet der Drachen aufgrund einer plötzlichen Turbulenz ins Schlingern und sackte weg. Gemma konzentrierte sich mit Mühe, versuchte, ihren Flug zu glätten, dachte daran, nicht gegen den wechselnden Wind anzukämpfen, sondern ihn so gut es ging zu nutzen – direkter Widerstand gegen die Kräfte der Natur konnte ihr zerbrechliches Gefährt zerreißen. Sie hatte zwar an Höhe verloren, hielt jedoch den richtigen Kurs, so daß sie all ihre Kraft zum Steuern benötigte und für die Suche nach neuen Möglichkeiten, aufzusteigen.

Am Nachmittag war sie fast völlig erschöpft, ihr ganzer

Körper taub. Ihr Verstand arbeitete ohne bewußte Gedanken. Die Berge unter ihr waren einem wellig-braunen, ausgetrockneten Vorbegirge gewichen, dem, wie sie wußte, die Wüste folgte. Gemma konnte sie in der Ferne erkennen, fast grenzenlos, und sie verzweifelte fast daran, den Stein in ihrer Mitte finden zu müssen.

Wieviel Zeit bleibt mir noch? fragte sie sich, doch die Frage bedeutete eigentlich nicht viel. Nach der Position ihres Schattens auf dem Boden unter ihr zu urteilen, stand die Sonne noch immer so hoch, daß wenigstens noch zwei Stunden bis Sonnenuntergang blieben. Doch auch das schien jetzt irrelevant.

Die Landschaft verwandelte sich schon bald in die allzu vertraute Mischung aus Sand, Fels und Dornengestrüpp, und sie ließ den Blick auf der Suche nach dem Stein in der Mitte über die Szenerie vorne schweifen. Doch die Wüste blieb flach und nichtssagend, schien sie mit ihrer Gewaltigkeit zu verspotten.

Mehr nach Westen.

Die Anweisung drang ungefragt in ihr Gehirn.

Cai? dachte sie automatisch, erkannte aber sofort, daß sie Ardens Stimme gehört hatte. *Arden, kannst du mich hören?* fragte sie verwundert. Obwohl keine Antwort kam, kein Gefühl der Kameradschaft wie früher bei Cai, so waren die Worte doch wirklich gewesen. Sie folgte ihnen und drehte den Drachen langsam, indem sie die Klappen ausrichtete. Ihre tauben Finger bewegten sich ungeschickt, und das Segel erzitterte, als ihr eines der Seile entglitt. Ein fürchterliches Reißen oben, und das Gefühl für den Drachen änderte sich völlig. Gemma konnte sich nicht weit genug drehen, um festzustellen, wie groß der Schaden war, doch sie mußte ihre letzten Kräfte mobilisieren, um den geraden Kurs zu halten. Sich selbst überlassen würde der Drachen nach rechts driften. Außerdem verlor er an Höhe.

Eine Bewegung in der Ferne erregte ihre Aufmerksamkeit. Sie kniff die Augen zusammen und sah einen riesigen braunen Wirbel, der die Wüste kreuzte. Wie gebannt verfolgte sie, wie der Sandsturm immer näher kam und mit jedem

Augenblick furchterregender wurde. Sie wußte, daß ihr beschädigtes Gefährt ihn niemals überstehen konnte, und sie wußte auch, daß sie keine Möglichkeit hatte, ihm auszuweichen.

Der Rand des Maelstroms erfaßte das Segel und der Drachen bockte, glitt zur Seite. Gemma gab jeden Versuch auf, ihn noch steuern zu wollen, und überließ sich dem Schicksal. Das Reißen oben wurde lauter, als das Segel langsam zerfetzt wurde, und sie schloß die Augen zum Schutz gegen den Sand, während die Welt ringsum in grauenhaft röhrender Finsternis versank.

Gemma hatte keine Ahnung, wie lange sie während des Sturms noch in der Luft blieb. Ihr kam es vor wie ein ganzes Leben, und doch mochten es nur Augenblicke gewesen sein. Ihr Absturz schließlich verlief überraschend glimpflich. Er wurde durch mehrere Dornenbüsche gedämpft. Sie blieb eine Weile regungslos mit erstarrten Gliedern liegen, konnte nicht fassen, daß sie wieder festen Boden unter den Füßen hatte. Die zersplitterten Trümmer des Drachens lagen überall ringsum verstreut. Das Gefühl kehrte in ihre Glieder zurück, langsam und schmerzhaft, begleitet vom Brennen mehrerer Kratzer und Schnitte, die ihr der Boden und die grausamen Dornen zugefügt hatten.

Es blieb dunkel. Sandwolken wirbelten in schwindelerregenden Wogen über ihren Kopf hinweg.

Wenn der Wind wechselt, dachte sie und heulte vor Enttäuschung, während sie sich mühsam aus dem Geschirr befreite. Anschließend legte sie sich mit dem Gesicht in den Sand, um ihr zerschundenes Gesicht so gut es ging zu schützen.

Während die letzte Stunde des kürzesten Tages verstrich, ließ der Wirbelsturm allmählich nach. Dann vernahm Gemma in ihrem Elend ein anderes Geräusch. Zuerst glaubte sie, ihre Ohren spielten ihr einen Streich, doch in einem vergleichsweise windstillen Augenblick war das neue Geräusch unverkennbar.

Der Gesang der Meyrkats.

46.
KAPITEL

Während Gemma nach Norden flog, ritt Arden zuerst nach Osten, dann nach Süden. Er hatte beobachtet, wie der Drachen spiralförmig in den Himmel stieg, doch als er schließlich wegkippte und rasch aus seinem Blick verschwand, war er sofort aufgebrochen. Er hielt Lark zu flottem Tempo an, sobald der Boden es zuließ, und so war es früher Morgen, als er die Stelle erreichte, wo ihr Lager von Shantis schwebender Stadt verschluckt worden war. Er ritt weiter, hielt Ausschau nach ziehenden Nebelbänken und blieb dem gesprungenen Felsen fern, wo der Fluß im Untergrund verschwand.

Die nächsten sechs Meilen war das Flußbett gut zu verfolgen. In glücklicheren Zeiten waren offenbar riesige Wassermengen durch dieses Tal hinabgeschossen und hatten dabei eine tiefe Rinne in den nackten Fels gespült, jetzt jedoch war es vollkommen trocken. Nicht einmal ein Rinnsal floß durch das staubige Flußbett.

Zu beiden Seiten des Tals wuchsen die Zwillingsgipfel, die Mallory zuvor bemerkt hatte, immer imposanter in die Höhe. Das schwarze Gestein unterhalb der Gipfel funkelte vor Eiskristallen. Dahinter, Richtung Süden, kamen immer höhere Berge in Sicht, während Lark sich weitermühte.

An einem bestimmten Punkt mitten zwischen den Bergen verlor sich jede Spur des Flusses, und im Verlauf weniger Schritte verwandelte sich die Rinne von einer felsbrockenübersäten Schlucht in ein Nichts. Der Boden des Passes wurde verhältnismäßig eben und bestand nun aus großen Felsplatten und erdigen Flecken, auf denen an verschiedenen Stellen hartes Gras wuchs.

Arden stieg mit einem verzweifelten Stöhnen vom Pferd. An dieser Stelle hatte er am allerwenigsten erwartet, die Spur des Flusses zu verlieren. Es gab nicht den geringsten Grund, warum er ausgerechnet hier aus dem Boden kommen sollte. Er kletterte in die Rinne hinab, um sich umzusehen, und wurde zunehmend verwirrt. Das Flußbett hörte einfach auf. Keine sprudelnden Quellen, keine Höhlen oder Spalten, aus denen Wasser hätte fließen können – nur eine blanke, offensichtlich undurchdringliche Felswand.

Er stieg wieder hinauf zu seinem geduldig wartenden Pferd und untersuchte dabei unablässig den Boden unter den Füßen. Es war offensichtlich, daß kein Fluß jemals über dieses Gelände geflossen war, und das gab keinen Sinn. Arden wußte, daß Flüsse nicht aus dem Nichts entsprangen, doch alles deutete darauf hin, daß der gesuchte genau dies tat. Es gab keine Quellen, keine Zuflüsse, nichts.

Arden war tief in Gedanken versunken, daher hörte er das Geräusch nicht, das Lark zu einem leisen Wiehern veranlaßte. Er war so mit der Untersuchung des Bodens beschäftigt, daß er schon eine Weile nicht mehr nach vorne gesehen hatte, und jetzt, als das Pferd sein Augenmerk wieder auf die Wegstrecke lenkte, stockte ihm der Atem angesichts der Schönheit der Landschaft vor ihm.

Zwischen den Zwillingsgipfeln stieg das Gelände wieder an, doch was ihm sofort ins Auge stach, war der winzige Regenbogen, der mitten über dem Paß hing. Er sah aus wie eine Lichtbrücke, die zwischen den beiden Bergen im sich ständig verändernden Nebel- und Dunstwirbel in der Luft am anderen Ende des Tales zu stehen schien. Gleichzeitig vernahm Arden das im Augenblick noch ferne Donnern, das jedoch angefüllt war von enormer Kraft. Er drängte Lark weiter, ohne die Nervosität des Pferdes auch nur im geringsten zu spüren. Das Geheimnis des Flusses schien im Banne dieses neuen Wunders vergessen.

Als er näherkam, konnte Arden einen flüchtigen Blick auf das werfen, was hinter dem Regenbogennebel lag, und das gewaltige Ausmaß des Wasserfalls raubte ihm den Atem.

»Die Kaskade«, flüsterte er. In ihrer Gegenwart fühlte er sich vollkommen unbedeutend. Er ritt weiter wie in Trance.

Das Donnern wurde lauter, füllte seine Gedanken und übertönte sämtliche anderen Geräusche. Lark wurde immer gereizter. Arden bemerkte es endlich und stieg ab. Er ließ das Pferd ein Stück zurückgehen und ging alleine weiter. Die glatte Felsplatte, über die er lief, endete plötzlich vor einem steilen Abhang, und er stand am Rand und blickte hinab in den brodelnden Kessel weißen Wassers, das dreißig Schritte unter ihm zu kochen schien. Die steinerne Schüssel war angefüllt von der Gischt und vom Dunst des Wasserfalls auf der gegenüberliegenden Seite. Dieser stürzte mindestens hundert Schritte über die schwarzglänzende Klippe in die Tiefe, die seinen oberen Rand bildete. Der tosende Strom zog Arden in seinen Bann, und er achtete nicht auf die Wassertropfen, die jetzt sein Haar und seine Kleider funkelnd benetzten.

Vorsichtig tastete er sich auf dem feuchten Gestein am Rand entlang. Zu seiner Linken öffnete sich der Blick, und er konnte sehen, wo das Wasser den Felsenkessel verließ. Es stürzte in einer nicht enden wollenden weißen Masse in eine senkrechte Gletscherspalte an der gegenüberliegenden Seite des Berges. Arden kniff die Augen zusammen und starrte – hundert Schritte weiter in der Gletscherspalte geschah mit dem Wasser etwas Seltsames.

Erst glaubte er, seinen Augen nicht trauen zu können, doch dann, nach mehrfachem Hinsehen, wußte er, was er sah. Eine Wand quer über die Schlucht blockierte den Lauf des Flusses. Die Wand schien aus Metall zu sein, ihre scharfe Kante war offenbar künstlich. Blaues Licht flirrte über die Oberfläche. Arden zitterte vor Angst. Hinter dem Damm war die Spalte leer – dunkler, nackter Fels.

Wo fließt das Wasser hin? wunderte er sich. *Was ist das für ein Ding?*

Noch bevor er es hörte, spürte er über das Donnern des Wassers hinweg ein anderes Geräusch, und sein Gefühl des Grauens wurde stärker. Von tief unter seinen Füßen kam ein dumpfer, wiederkehrender Hall, als würde das Fundament der Erde selbst erschüttert.

Mitten im Sturm sangen die Meyrkats und erhoben ihre Stimmen zu einem komplizierten, dissonanten Geflecht aus Tönen. Jedes einzelne Tier kannte seinen Part, und doch hatte ihr Gesang etwas seltsam Ungewisses, so als würden sie an ihren eigenen Fähigkeiten zweifeln. Einige Stimmen waren nach wie vor kräftig, schienen die anderen unterdrücken zu wollen, doch zu viele wurden immer schwächer, begannen zu zittern.

Gemma hörte sie jetzt deutlicher und merkte, daß der Sandsturm zu Ende ging. Es war zwar noch immer dunkel, doch konnte sie jetzt die Augen öffnen, ohne daß der herumfliegende Sand sie blendete. Sie erhob sich auf die Knie und versuchte herauszufinden, wo genau der Gesang herkam. Ihr zerschlagener, zerschundener Körper protestierte gegen die Bewegung, doch mittlerweile gewann sie ein Stück ihrer Zielstrebigkeit zurück und zwang sich, die Schmerzen zu ignorieren.

Langsam kroch sie auf allen vieren über den Sand. *Ist die Sonne schon untergegangen?* fragte sie sich, hielt die Hand schützend vor die Augen und sah sich um, so gut es ging. Sie hatte keine Ahnung, wo Westen war, und der Himmel war immer noch hinter fliegendem Sand verborgen.

Der Gesang der Meyrkats wurde lauter. Gemma biß die Zähne zusammen, zwang sich, schneller zu kriechen, und plötzlich vernahm sie außer dem Gesang auch Gedankenübertragungen.

Es klappt wieder nicht. Ir.

Die Götter hören uns nicht. Ul.

Wir müssen es weiter versuchen! Denkt an unser Versprechen. Od.

Singen wir. Ox.

Ods Drängen hatte den gewünschten Erfolg, und obwohl einige noch immer schwankten, erhoben sich die Stimmen des Clans mit neuer Kraft.

Einen Augenblick später zog der letzte Rest des fliegenden Sandes ab, und Gemma sah den Stein. Er war nicht mehr als hundert Schritte entfernt – das Schicksal oder Glück hatte sie näher an ihr Ziel herangeführt, als sie zu hoffen gewagt hatte. In die Sonne blinzelnd, kam sie matt auf die Beine.

Sonnenlicht! Gemmas abgestumpfter Verstand versuchte zu begreifen, was das hieß. Obwohl die Sonne tief über dem westlichen Horizont stand, schien sie noch. *Es war nicht zu spät!*

Eine Woge geistiger Verwirrung spülte über sie hinweg – gleichzeitig stockte der Gesang der Meyrkats und erstarb.

Gem-ma. Du bist zurück! Ul.

Die Tiere standen im Kreis um den Stein, und sie alle drehten sich um und sahen sie an, Dutzende schwarzglänzender Augen, alle mit demselben Ziel. Dann riefen sie plötzlich alle ihre Begrüßungen und kamen auf allen vieren auf sie zugesprungen.

Gemma nahm ihre letzten Kraftreserven zusammen, bat sie um Ruhe, als sie sich alle um sie versammelt hatten, und erzählte ihnen, weshalb sie gekommen war.

Euer Gesang ist sehr wichtig. Ihr müßt wieder anfangen. Aber zuerst muß ich euch einige Dinge fragen. Gemma. Sie hielt inne, sammelte ihre verstreuten Gedanken, während die Meyrkats in respektvollem Schweigen verharrten. *Ich bin gekommen, dem Gott zu helfen, euch wieder zu hören,* fuhr sie fort. *Ihr müßt mir den Gesang beibringen. Aber schnell, denn die Sonne ist fast verschwunden. Gemma.*

Wie erwartet antwortete Od für den Clan. Offenbar war er der Experte in Angelegenheiten, die den Stein betrafen.

Der Gesang ist einfach. Es ist ein Krallen-Zyklus. Wir wiederholen jeder abwechselnd die Gott-Worte. Od.

Fünfmal? fragte Gemma und hielt eine Hand in die Höhe, anstatt der Krallen die Finger ausgebreitet.

Ja. Die Gott-Worte sind folgende. Od. In Gemmas Kopf erschallte der Gesang, mehrere ›Stimmen‹ mischten sich, verschmolzen miteinander. Sie sollte nie erfahren, wie es ihr gelang, die einzelnen Stimmen auseinanderzuhalten, doch nach ein paar Augenblicken wurden sie ihr klar.

Bitte meinen Bruder, fortzuziehen.

Denn das Jahr ist um.

Ich werde meine Stimme mit eurer verschmelzen, Gemma, sagte sie und schaute hinauf zur Sonne, deren unterer Rand jetzt den Horizont berührte. Insgeheim fragte sie sich, was die Worte bedeuten mochten. Wie hatte es in Shantis Tagebuch gestanden? *Wenn es sich bewegt, wird sich auch der andere bewegen. Der andere.* Ihre Hoffnung stieg ein wenig.

Als der Gott euch den Stein gab, was hat er da getan? Gemma, fragte sie schnell.

Er ging in den Stein. Ox.

Gemma betrachtete den schweigenden Monolithen. *Wie hat er die Geheimnisse in deinem Innern verschlossen?* fragte sie sich.

Schließe dich unserem Kreis an. Od.

Sie trat vor. Die Bewegung tat ihr weh, und sie fühlte sich plötzlich hilflos. *Was soll ich tun?* Die Meyrkats tollten um sie herum und stießen ein besorgtes Piepsen aus, als sie ihre Wunden sahen. Die Wirkung des Met war lange verklungen, und trotz der Gesellschaft der Tiere fühlte sich Gemma sehr einsam. Cai hatte sie verlassen, Arden war meilenweit entfernt, und weder Mallory noch Mousel waren hier, um ihr bei dieser schweren Prüfung beizustehen. Sie war auf sich gestellt.

Die Meyrkats standen im Kreis, mit dem Gesicht zum Stein, alle auf den Hinterbeinen. Gemma stellte sich zu ihnen. Sofort, als der Gesang erneut einsetzte, fühlte sie sich fehl am Platz. Ihre Stimme widersetzte sich den geheimnisvollen Silben, trotzdem schien es, als hätte der Clan durch ihre Rückkehr erneut Hoffnung geschöpft, und sie sangen lauter als jemals zuvor – eine endlose Folge sich überschneidender, ständig wiederkehrender Phrasen.

Ohne ihre Vorkenntnisse hätte Gemma die Worte niemals wiedererkannt. Die stimmlichen Fähigkeiten setzten ihrer Aussprache Grenzen, sie erzeugten seltsame Akzente und Betonungen. Jede menschliche Stimme hätte dieses Muster durchbrochen. *Mein Platz ist im Gesang.*

Instinktiv trat Gemma vor und ging langsam auf den Stein zu. Ohne ihren Gesang zu unterbrechen, schlossen die Meyrkats den Kreis hinter ihr wieder, und der Klangfluß wurde ein Teil von Gemma, während sie sich bewegte.

Er ging in den Stein.

Schwarze Wolken machten sich schemenhaft in ihrem Kopf breit. Zuerst dachte sie, es seien die Auswirkungen der Erschöpfung, doch bald erkannte sie, daß sie die verborgenen Orte des Wissens waren, nach denen sie nur in allergrößter Not suchen durfte. Sie hieß die wirbelnde Finsternis willkommen und sah goldenes und silbernes Licht in ihrem Innern aufblitzen.

Ohne nachzudenken, streckte sie die Hand aus, um die Oberfläche des Monolithen zu berühren. Sie hatte nicht die Absicht, ihn umzustoßen, trotzdem spürte sie, wie nervös die Meyrkats darauf reagierten, und beruhigte sie rasch. Als Finger und Handfläche auf der harten, kalten Oberfläche zu liegen kamen, hatte Gemma keine Angst mehr. Aus ihren Fingerspitzen wuchsen Bewußtseinsstränge und gruben sich in den Stein, so wie sie in die Körper der kranken Kinder hatte greifen können.

Er ging in den Stein.

Gemmas Wahrnehmung der Welt ringsum schwand. Sie war alleine in einer völlig fremden Welt – einer Welt harter Ewigkeit und kristalliner Starre, einer Welt uralten Wachstums und unvorstellbar langsamer Bewegung – einer Welt aus Stein. Zuerst dachte sie, sie wäre kalt und leblos, doch als sich ihr Bewußtsein über die Grenzen ihres warmen, zerbrechlichen Körpers ausweitete, stellte sie fest, daß dem nicht so war. Im Felsen bewegte sich etwas.

Sie kämpfte darum zu begreifen, und obwohl sie kläglich scheiterte, fanden ihre Bemühungen ihren eigenen Lohn. Ihre Erfahrung ließ sich nicht in menschliche Worte fassen, doch hier im Innern des Monolithen entdeckte sie die Verkörperung von Magie und Zeit – den Spiegel, in dem sich alle Formen des Lebens spiegelten – den Traumstein.

Leugnen war ihr nicht mehr möglich, es gab kein Zurück. Der Traum umhüllte sie und zog sie in sein Zentrum. Im Innern brannte ein Feuer, das Buchstaben in ihr Gehirn brannte. Sie spürte Shantis Anwesenheit und die eines anderen – und schreckte vor den widersprüchlichen Kräften eines jeden zurück, doch letztendlich ließ sich die Botschaft nicht leugnen, die die Essenz des Traumes bildete.

Mein Bruder soll sich nicht bewegen.

Denn das Jahr ist nie vorbei.

Sie schrie auf, entsetzt über das überwältigende Gefühl von Übelkeit, das viel ekelhafter war als jede menschliche Übelkeit. Das Geheimnis des Monolithen war korrumpiert worden, so einfach, daß es fast zu offensichtlich schien, und doch war sein ganzes Sein jetzt nichts weiter als ein böser Trick, der seinem Schöpfer spottete.

Das ist verkehrt! schrie Gemma noch einmal.

Die Dämonen haben sie gepackt, hörte sie Mousel sagen. *Du mußt sie retten.*

Nein! protestierte sie, hilflos angesichts der bevorstehenden Aufgabe. *Das ist nicht dasselbe.*

Warum sonst sollte ich es dir beibringen? fragte Cai.

Ich kann nicht.

Dann antwortete ihr die eigene Stimme.

Magie existiert noch immer. Und ich weiß, wo ich sie finden kann!

Der Gesang der Meyrkats durchströmte noch immer ihr Wesen, und sie klammerte sich daran, als festen Punkt, von dem aus sie ihre Herausforderung in Angriff nehmen konnte. Langsam benutzte sie seine nicht nachlassende Kraft, um den Traum zu speisen, indem sie jetzt ihre eigene Stimme hinzufügte und die Macht von den entlegenen, unbekannten Regionen ihres Verstandes aus kontrollierte. Die kalte Übelkeit ließ nach, und sie nutzte ihren Vorteil, spürte, wie der ursprüngliche Traum erneut Gestalt annahm, an Gesundheit und Kraft gewann, bis ihre schwache Hilfe nicht mehr benötigt wurde. Der Heilungsprozeß war jetzt unaufhaltsam.

Bitte meinen Bruder, sich zu bewegen.

Denn das Jahr ist um.

Die zusätzlichen Worte waren verschwunden, und mit ihnen alle böse Absicht. Gemma nahm die Hand von der Oberfläche des Steins, stolperte augenblicklich und stürzte zu Boden. Ihre Beine hatten ihr den Dienst versagt, und sie saß im Sand und schaute benommen hinauf zum Stein. Der Gesang ringsum ging weiter, kraftvoll, mit freudigen Untertönen, denn die Meyrkats hatten etwas gesehen, was Gemma nicht hatte sehen können. Der Schaukelstein hatte sich in Bewegung gesetzt.

Die letzten Strahlen der untergehenden Sonne verwandelten den oberen Teil des Steins in ein rotgoldenes Leuchtzeichen, als er sich sacht in seine alternative Stellung neigte. Ein leises Klicken, dann das vertraute unterirdische Grollen.

Gemma erstarrte. Halb erwartete sie, die blauen Flammen

und die zornige Bewegung würden zurückkehren. Sie wußte nicht, wie lange sie dasaß und den Stein ansah, doch nichts geschah, und nach einer Weile merkte sie, wie still es war. Der Gesang war vorbei, sein Zweck erfüllt. Die Meyrkats scharten sich zaghaft um sie und betrachteten ihre Retterin aufmerksam aus ihren kleinen, strahlenden Augen, während die Sonne am kürzesten Tag des Jahres endgültig unterging.

47.
KAPITEL

Arden starrte in das fliegende Wasser des Wasserfalls, hypnotisiert von der unablässigen Bewegung und dem Rätsel seines Verschwindens. Als er schließlich wieder zu Sinnen kam, war der Regenbogen längst verschwunden und seine Kleider triefnaß. Zitternd sah er kurz nach links, wo – hinter den Bergen im Westen – die Sonne unterging. Er hatte die Quelle des Flusses gefunden, doch der Lösung des Problems des Tals war er keinen Schritt nähergekommen. Und jetzt sah er sich einem weiteren Rätsel gegenüber.

Er warf erneut einen Blick auf die Schlucht und den Damm – der im schwächer werdenden Licht jetzt kaum noch zu erkennen war –, dann blickte er zurück in das Tal, das er gerade hinaufgestiegen war. Lark stand geduldig ein Stück entfernt, und Arden wollte gerade zu seinem Pferd zurückkehren und sein Nachtlager aufschlagen, als er eine erneute Lichtexplosion bemerkte. Die Kraft und Häufigkeit der blauen Blitze am Damm hatten dramatisch zugenommen. Arden starrte sie an und fragte sich, was sich da wohl ankündigte. Das Metall schien zu brennen, Flammen und Funken erhellten die Dunkelheit in einem beeindruckenden Spektakel, daß ihn an seine Begegnung mit dem Monolithen erinnerte. Er fragte sich, wie es Gemma wohl auf ihrem waghalsigen Flug ergangen sein mochte. *Wo bist du jetzt?* fragte er über unzählige Meilen hinweg. Doch zu weiteren Spekulationen blieb ihm keine Zeit – der Anblick vor seinen Augen verlangte seine ganze Aufmerksamkeit.

Als das blaue Feuer seinen Höhepunkt erreicht hatte, krümmte sich die Oberkante des Damms, der unter einer unvorstellbaren Kraft erzitterte, in einem unglaublichen Bogen nach oben.Dann explodierte der Damm mit einem Krachen, als würde der Himmel in Stücke gerissen, und riesige Metallbrocken wurden in sämtliche Himmelsrichtungen geschleudert. Einige krachten gegen den nahen Felsen, andere verschwanden in der alles verschlingenden Gischt, und ein paar schoßen in die Höhe, wo sie sich träge um ihre Achse drehten, bevor sie auf die Erde zurückfielen. Ein paar kleinere Brocken gingen in Ardens Nähe nieder, doch er suchte keinen Schutz, sondern blieb wie angewurzelt stehen.

Der Fluß nahm die Felsspalte wieder in Besitz und schoß wie zur Feier seiner wiedererlangten Freiheit hinab und riß die letzten Überreste des Metalls mit sich, die ihn zuvor so brutal eingedämmt hatten. Weit unterhalb der Erdoberfläche wurde das beharrliche, mechanische Pulsieren schwächer und hörte dann ganz auf, während ein anderes, noch unheilvolleres Geräusch an seine Stelle trat. Der Fels unter Ardens Füßen begann zu beben, und er besaß die Geistesgegenwart, sich rasch vom Rand der Klippe zu entfernen.

Die Schwingungen wurden immer heftiger, und er hatte Mühe, auf den Beinen zu bleiben. Und als dann das Unmögliche geschah, verflogen seine letzten Zweifel.

Der Berg vor ihm bewegte sich.

Der gesamte östliche Gipfel neigte sich langsam, unerbittlich zur Seite, dabei verengte sich die Schlucht immer mehr, durch die das Wasser jetzt schoß, so daß es unter stetig steigendem Druck hindurchdonnerte. Gleichzeitig öffnete sich ein anderer Abfluß, ein immer breiter werdender Riß an der anderen Seite des Berges. Schon bald war diese Schlucht ebenso breit wie die andere, und das Wasser strömte durch beide hinab, wobei der Fels am Fuß des Berges wie der Bug eines Schiffes wirkte, der den Strom zerteilte. Unter donnerndem Knirschen bewegte sich der Berg weiter, bis er mit einem hallenden Krachen zur Ruhe kam, das die Erde meilenweit im Umkreis erzittern ließ.

Die ursprüngliche Schlucht war verschwunden. Jetzt floß der Fluß vom Berg nach Westen, zwischen den beiden Gipfeln hindurch. Der Boden bebte noch immer, doch Ardens Sorge um seine persönliche Sicherheit beeinträchtigte in keinster Weise das überwältigende Gefühl der Freude, das ihn jetzt erfüllte. Sein benommener Verstand erfaßte die grundlegende Wahrheit, deren Zeuge er gerade geworden war. Der Fluß floß durch das Tal, durch das er gerade geritten war, das Tal, das das Flußbett enthielt. Das Wasser war in diesem Augenblick auf dem Weg in das Tal. Er hatte einem Ereignis beigewohnt, das jede Vorstellungskraft, seine wildesten Hoffnungen, überstieg. Ihm blieb nichts, als voller Verwunderung zuzusehen, während ein triumphales Glück sein Herz erfüllte.

Ein Schaukelstein von der Größe eines Berges.

Unfaßbar, und doch war es so. Und Arden wußte auch, was – und wer – seine Bewegung ausgelöst hatte.

»Gemma!« brüllte er in den offenen Himmel. »Das hast du getan!«

Beim Aufwachen blickte Gemma in einen Himmel voller Sterne. Sie spendeten das einzige Licht; ihrer Einschätzung nach mußte es Mitternacht sein. Sie lag noch immer neben dem eindrucksvollen schwarzen Brocken des Monolithen, der ihr jedoch keine Angst mehr einflößte. Sie veränderte leicht ihre Stellung, um den Schmerz in ihren Gliedern ein wenig zu lindern, und merkte, daß sie mit mehreren Schichten eines feinen Stoffes zugedeckt war. Ihr Verstand war überraschend wach – selbst ihre Wunden schienen weniger zu schmerzen.

Sie stützte sich auf einen Ellenbogen und sah sich um – sofort erklang eine Stimme in ihrem Kopf.

Wir haben dir Buschhäute gegeben, aber wir können dir auch mehr holen, wenn du willst. Av. Die Stimme des Meyrkatweibchens klang sanft und tröstlich. Gemma sah sie, als sie sich bewegte – ein dunkler Schatten in der dunklen Nacht.

Mir ist warm genug, antwortete sie, *aber etwas zum Daraufliegen wäre nicht schlecht. Gemma.*

Av kam rückwärts näher, eine weitere Stoffbahn hinter sich herzerrend, und zwei andere Meyrkats taten das gleiche. Kurz darauf konnte Gemma ihr Lager weicher gestalten.

Sie stammen von den wurzellosen Büschen. Ed.

Gemma entschied sich gegen den Versuch, ihnen zu erklären, daß es sich bei dem ›wurzellosen Busch‹ in Wirklichkeit um einen Drachen handelte, und bedankte sich im stillen noch einmal bei Eda für ihre Mitgift.

Wir haben deine Wunden geleckt, um die Blutung zu stoppen und sie zu reinigen. Av. Sie klang fast ängstlich, und einen Augenblick lang fragte sich Gemma, welche Nebenwirkungen diese Behandlung haben mochte, doch ihre Wunden sahen bereits sehr viel besser aus, daher beschloß sie, den Instinkten der Tiere zu vertrauen.

Danke. Ich fühle mich schon viel besser. Gemma.

Woraufhin die Meyrkats zufriedene Laute ausstießen, bis der dritte des Trios das Wort ergriff.

Wir möchten, daß du in unseren Bau kommst und dich ausruhst, Gem-ma, doch du bist zu groß. Ox.

Gemma verstand die Einladung als Kompliment, so war sie auch gedacht, und fühlte sich geehrt. Das sagte sie ihnen, woraufhin der Führer des Clans fast menschlich anerkennend nickte und einen vergnügten Pfiff ausstieß.

Hast du Hunger? Ed.

Gemma hatte sich während des letzten Tages nur mit Met gestärkt, trotzdem hatte sie das Gefühl, nichts essen zu wollen.

Bald kommt die Zeit des Grüns, dann wirst du reichlich zu essen haben. Ox.

Gemma war zu müde, um zu fragen, was er meinte, und legte sich wieder hin. Sie schloß die Augen und ließ sich von einer unerwarteten Wohligkeit erneut in den Schlaf wiegen.

Wir werden weiter sprechen, wenn die Sonne aufgeht, doch jetzt muß ich mich ausruhen. Gemma.

Wir werden dich bewachen. Av.

Ruhe wohl, Freundin des Clans. Ox.

Arden ließ sich nicht entmutigen, als er erkannte, daß er in der Falle saß – er war nicht den weiten Weg gekommen, um sich im letzten Augenblick entmutigen zu lassen.

Der Berg war nicht der einzige Teil der Erde gewesen, der sich bewegt hatte – in der Nähe des Wasserfalls hatte sich ein weiterer Felskanal geöffnet, und Arden befand sich jetzt auf einer kleinen Felsinsel, die völlig von der weißen Gischt des brodelnden Wassers eingehüllt war.

Er verbrachte die Nacht zusammengerollt auf seinem einsamen Hochsitz. Obwohl er durchnäßt war und fror, wärmte ihn die Freude für das Tal von innen, genau wie sein unerschütterlicher Optimismus. Jetzt, nachdem der Fluß wiedergewonnen war, schien es ausgeschlossen, daß er nicht zu seinen Freunden würde zurückkehren können. Während er auf die Rückkehr der Sonne wartete, plante er seine Rückkehr in die Freiheit.

Bei Tagesanbruch suchte er sich seine Stelle aus, und stürzte sich mit hingebungsvoller Unbekümmertheit in die Gischt. Augenblicklich erstarb das Donnern des Wasserfalls, das die ganze Nacht über zu einem unveränderlichen Bestandteil seiner Welt geworden war. Jetzt füllte ein anderes Geräusch seine Ohren. Er kämpfte sich an die Oberfläche, ruderte im brodelnden Wasser und sog seine Lungen voll Luft. Wieder wurde er mitgerissen, ohne seine Bewegungen kontrollieren zu können. Er kämpfte um sein Leben, war den tödlichen Felsen gefährlich nahe, ohne erkennen zu können, wo er sich befand. Einen winzigen Augenblick lang schwamm er in ruhigerem Wasser, dann wurde er weitergerissen. Ein kleines Stück flußabwärts, gleich oberhalb der Wasserlinie, entdeckte er eine Höhle. Mit letzter Anstrengung bekam er den Rand der dunklen Höhle zu fassen und hielt sich fest. Seine Beine und die Seite bekamen gefährliche Schläge ab, während er sich quälend langsam in den Höhleneingang zog. Dort blieb er liegen und schnappte nach Luft.

Gerade als er aufstehen und seine neue Umgebung erkunden wollte, wurde er seitlich von einer Woge erwischt und ins Innere der Höhle gerissen. Der Höhlenboden war bemerkenswert glatt und fiel zunehmend steiler ab. Bevor er wußte, wie ihm geschah, glitt Arden immer tiefer in die Höhle. Seine verzweifelten Versuche, irgend etwas zu fassen zu kriegen, endeten an der glatten Höhlenwand. Der Eingang wurde kleiner und kleiner. Dann schwand das Licht vollkommen, und er stürzte in die Dunkelheit der Erde.

Das letzte, was er sah, war eine Vision seiner Geliebten, die verzweifelt seinen Namen schrie.

Als Gemma im Morgengrauen erwachte, fühlte sie sich erfrischt, aber sehr durstig. Eine andere Gruppe Meyrkats war da, um sie zu begrüßen.

Wir haben dir etwas zu essen gebracht. Ir.

Zwischen ihnen auf der Erde lag eine tote Schlange. Gemma betrachtete sie unschlüssig. Sie hatte nichts, um ein Feuer zu machen, und müßte erheblich hungriger sein als im Augenblick, um sich überwinden zu können, rohes Schlangenfleisch zu essen. Die Meyrkats spürten ihre Unsicherheit.

Schmeckt dir das Bogen-Essen nicht? Ul.

Ich brauche Wasser. Gemma. Die Meyrkats schienen nicht zu verstehen, daher bat sie sie, eine der Dornstrauchwurzeln auszugraben. Gleich nachdem man sie verstanden hatte, wurde dies voller Eifer erledigt, und sie verfolgten mit großem Interesse, wie Gemma die übelschmeckende, fasrige Knolle zerkaute, um etwas Wasser zu erhalten. Viel war es nicht, doch es linderte ihren Durst ein wenig.

Sie stand auf und reckte sich. Dabei streifte sie den Monolithen mit der rechten Hand und spürte ein seltsames Kribbeln. Verwirrt legte sie beide Handflächen gegen den Stein. Dann gefror das Blut in ihren Adern, als sie Ardens Gesicht vor sich sah, als befände er sich im Stein, in Schwärze gehüllt, in die Finsternis stürzend.

»Arden!« schrie sie entsetzt. »Arden!«

Mein Bruder hat ihn zu sich gerufen.

Die Botschaft erreichte sie auf unerklärliche Weise, aus einer weit entfernten Quelle, die nichts entfernt Menschliches hatte – und doch hörte sie sie so deutlich wie die Meyrkats. Und sie akzeptierte sie. Sie löste ihre Hände vom Stein in dem Bewußtsein, daß ihr keine weitere Erleuchtung beschieden sein würde.

›Mein Bruder hat ihn zu sich gerufen.‹ Was könnte das bedeuten?

Ihr fielen mehrere Möglichkeiten ein, und alle waren sie unangenehm. Sie verwarf sie, denn sie war nicht in der Lage, das Allerschlimmste anzunehmen. »Wir sind füreinander bestimmt«, hatte sie ihm gesagt.

»Und das gilt immer noch!« meinte sie standhaft zu dem Schaukelstein und versuchte, sich die Tränen nicht anmerken zu lassen.

Sie drehte sich um und entdeckte die Meyrkats. Sie hatten gewartet und höflich geschwiegen, doch offensichtlich hatte sie ihre Verzweiflung in Aufregung versetzt.

Werdet ihr mir helfen? Gemma.

Natürlich. Od.

Gemma lächelte und blickte in den Himmel. Im Westen hatten sich Wolken gebildet und zogen in ihre Richtung.

Es gibt Regen, dachte sie. *Die Zeit des Grüns.*

In ihren Gedanken formten sich Bilder der Wüste, in der eine kurzfristige Blütezeit ausbrach, und plötzlich erschien ihr ihre Lage weniger hoffnungslos.

Sie wußte, daß es ihr irgendwie gelingen würde, ins Tal zurückzukehren. Wenn Arden noch lebte – und sie war sich dessen sicher –, würde er es auch bis dorthin schaffen. Früher oder später.

Ich muß wieder fort. Gemma.

Ein paar von uns werden dich begleiten. Ul.

Als Gemma sich vorbeugte, um sich bei den Meyrkats mit einer Geste erkenntlich zu zeigen, spürte sie die ersten Regentropfen auf ihrer ausgestreckten Hand.

48. KAPITEL

Als Kragen Mallory erkannte, die den Pfad ins Tal hinuntergeritten kam, glaubte er, sein Herz würde vor Glück zerspringen. Nicht einmal der Umstand, daß sie nicht in der erwarteten Begleitung kam, konnte seine Freude trüben. Er gab seinem Pferd die Sporen und gallopierte seiner Frau entgegen.

Vor neunzehn Tagen war der Fluß ins Tal zurückgekehrt. Es war der Grund zu so mancher Feier gewesen, Kragen war in Gedanken jedoch noch in den Bergen, und in den letzten Tagen war es ihm zur Gewohnheit geworden, den Pfad vom Tal aus hinaufzureiten, in der Hoffnung, den zurückkehrenden Reisenden zu begegnen. Ein paarmal war er sogar noch weiter geritten, doch dabei war ihm nur schlecht geworden. Die Ungerechtigkeit seines Gebrechens machte ihn zornig – er wäre auf der Suche nach seiner Lieben gerne weiter in die Hügel hinein geritten. Nüchterne Überlegung und ein weiser Entschluß ließen ihn davon Abstand nehmen, doch nichts konnte ihn an seinen täglichen Ausritten nach Süden hindern.

Und jetzt wurde seine Hartnäckigkeit belohnt. Winkend und den Namen seiner Frau rufend, raste er der langsam reitenden Gruppe entgegen. Er brachte sein Ross zum Stehen, sprang aus dem Sattel und eilte Mallory beim Heruntersteigen von Apple zu Hilfe. Sie lächelte zwar, doch ihr Gesicht war blaß, und als er sie herunterhob, stellte Kragen entsetzt fest, wie leicht sie geworden war. Sie wirkte so zerbrechlich, daß er fast Angst hatte, sie zu umarmen, sie jedoch erwiderte seine Umarmung mit der gleichen Heftigkeit wie früher, und Kragen wußte, daß alles wieder gut werden würde.

Sie sahen sich mit Tränen in den Augen an, küßten sich. Sie brauchten keine Worte, um die Gefühle auszudrücken, die in ihnen aufstiegen – zusammenzusein war genug.

Bullin und Hurst hatten Mallory aus Keld begleitet und

saßen jetzt schweigend auf ihren Pferden. Die Wiedervereinigung, deren Zeugen sie wurden, berührte sie, machte sie froh. Für sie war es eine lange und beschwerliche Reise ins Unbekannte gewesen, doch jetzt erwies sie sich als doppelt lohnend. Nach einer Weile lösten sich Kragen und Mallory wieder voneinander, und sie stellte ihre Begleiter vor.

»Ohne sie hätte ich es niemals bis nach Hause geschafft«, erklärte sie ihm. »Sie waren mir die allerbesten Freunde.«

»So sehe ich sie längst auch«, antwortete Kragen. »Seid willkommen, Gentlemen. Ich schulde euch mehr, als ich je werde zurückzahlen können.«

»Gutes Essen und ein Bett für die Nacht sind Lohn genug«, antwortete Bullin mit einem Lächeln.

»Ihr seid nicht mehr als eine halbe Tagesreise davon entfernt«, sagte Kragen und wandte sich wieder an seine Frau. »Aber wo sind Gemma und Arden? Wieso sind sie nicht bei dir?«

Mallory wirkte niedergeschlagen.

»Ich hatte gehofft, Gemma würde vor mir zurückkehren«, antwortete sie traurig. »Und, oh, Kragen«, fuhr sie fort und versuchte, ihre Tränen zu unterdrücken. »Ich glaube, Arden ist tot.«

»Das sind traurige Neuigkeiten. Aber ihr wart trotzdem erfolgreich«, sagte er und konnte trotz der Traurigkeit seiner Frau einen gewissen Stolz nicht verhehlen. »Der Fluß ist wieder da!«

»*Sie* waren erfolgreich. Nicht ich.«

Er sah ihrem Gesicht an, wie vollkommen ermattet sie war, und beschloß, jede weitere Diskussion auf später zu verschieben.

»Du hast eine Menge zu erzählen«, sagte er, »aber das hat Zeit, bis du wieder sicher zu Hause bist.« Er gab ihr noch einen Kuß, dann half er ihr zurück auf ihr Pferd. Er stieg hinter ihr auf, und sie lehnte sich dankbar an ihn. Auf dem Weg hinunter ins Tal wurde wenig gesprochen. Die Reisenden waren müde und Kragen zu besorgt um den Zustand seiner Frau. Es war dunkel, als sie Elways Haus erreichten, und alle waren froh, den einladenden Schein der Lampe zu sehen, als sie sich der Farm näherten.

Der Lärm der Pferde zeigte Mallorys Familie ihre Ankunft an, und plötzlich kamen zwei kleine Jungen aus der Küchentür gerannt. Die beiden Söhne rannten an die Seite ihrer Mutter, und als sie abgestiegen war, umarmten die beiden Mallory voller Freude. Glücklich lachend ließ sie sich ins Innere des Hauses zerren. Elway, Teri und Horan erschienen nach ein paar Augenblicken, um die Ankömmlinge zu begrüßen und sich um die Pferde zu kümmern.

Kurz darauf hatten es sich alle in der Küche bequem gemacht und verspeisten ein eilig zubereitetes Mahl. Mallorys Familie war schockiert über ihr Aussehen und ihre offensichtliche Schwäche, bedrängten sie jedoch nicht mit Fragen. Sie dagegen hatte sich seit Tagen nicht mehr so gut gefühlt. Sie erzählte ihnen nur das Allernötigste und meinte, die Geschichte sei zu umständlich und kompliziert für ihren müden Zustand, und niemand protestierte, als sie kurz nach dem Essen beschloß, ins Bett zu gehen. Sogar die Jungs ließen sich überreden, ihre Ausgelassenheit zu bremsen und ihrer Mutter die Ruhe zu gönnen, die sie so offenkundig brauchte.

Daher berichteten Bullin und Hurst den Dorfbewohnern von Gemmas Heilung und ihrem erstaunlichen Flug.

»Was hatte sie vor?« fragte Horan.

»Das habe ich nie ganz verstanden«, antwortete Bullin. »Es ging irgendwie darum, einen Stein mitten in der Wüste zu bewegen. Wir wußten nur, daß es Gemma sehr wichtig war, also haben wir ihr geholfen. Das übrige kann euch nur Mallory erzählen.«

»Was es auch war, es hat offensichtlich funktioniert«, warf Teri ein.

»Aber zu einem hohen Preis«, stellte Horan bitter fest.

»Arden?« fragte Kragen.

»Ganz recht.« Hurst nickte. »Wie es aussieht, ist er in ein Erdbeben geraten.«

»Am besten erzählen wir dir von Anfang an, was wir wissen«, meinte Bullin. »Es war schon für mich schwer zu verstehen, und ich war dabei.«

Nach der Freude über Gemmas erfolgreichen Start, als der gelbe Drachen zu einem winzigen Punkt in der Ferne geschmolzen war, hatte Mallory sich zurück ins Dorf geschleppt. Sie fühlte sich kraftlos und ohne Ziel.

»Was wirst du jetzt machen?« fragte Ehren sie.

»Ich weiß es nicht. Ich habe eigentlich noch nicht richtig darüber nachgedacht«, erwiderte sie. Gemmas beängstigende Aufgabe hatte sie so sehr in Anspruch genommen, daß ihr wenig Zeit geblieben war, darüber nachzudenken, worin nun ihre Aufgabe bestand. »Ich will Arden hinterherreiten«, beschloß sie.

»Alleinreisen ist hart in diesem Land«, warnte Bullin. »Warum also begleiten wir dich nicht?«

»Gute Idee«, stimmte Ehren zu. »Ich bin noch nicht so alt, daß ich mich nicht wieder in den Sattel setzen könnte.« Der Dorfobere drehte sich um und rief jemandem etwas zu. »Hurst, komm doch mal her.«

Als Hurst kam, fragte Ehren ihn: »Du kennst das Hochland besser als die meisten. Suchst du mit uns nach Arden?«

Der Neue zuckte mit den Achseln. »Warum nicht?«

»Hurst ist unser Rumtreiber«, erklärte Ehren vergnügt. »Es hält ihn nie lange an einem Ort.«

Später am selben Morgen brachen sie auf. Bullin ritt Mischa, die beiden anderen hatten ihre eigenen Pferde – in den Bergen gezüchtete Ponys von kräftiger Statur und zotteligem Haar. Mollory folgte der Strecke, die sie mit Arden und Gemma geritten war, und führte sie zu dem Hügel, von dem aus man das Tal überblicken konnte, in dem der Fluß verschwand. Es wurde mittlerweile dunkel, aber von Arden war nichts zu sehen.

»Sollen wir hier das Lager aufschlagen?« fragte Ehren voller Hoffnung. Bei aller anfänglichen Tapferkeit, der Tag im ungewohnten Sattel hatte ihn ermüdet und reizbar gemacht.

Doch niemand antwortete ihm. In diesem Augenblick erbebte der Boden unter ihnen, und sie stiegen rasch ab, um ihre nervösen Tiere zu beruhigen. Doch das Beben wurde schlimmer und von einem Donnern in beängstigender Lautstärke begleitet.

»Klingt wie eine Lawine!« brüllte Bullin über den Lärm hinweg.

»Dafür ist es zu gewaltig!« schrie Hurst zurück.

»Das ganze Tal ist in Bewegung«, sagte Ehren mit zitternder Stimme. »Ein Erdbeben!«

Allmählich ließen der Lärm und das Beben nach, und sie warteten voller Angst, ob die Stabilität endgültig wiederhergestellt war.

»Seht!« rief Mallory und zeigte zum oberen Ende des Tals.

Eine weiße Wand kam den Hang zwischen den beiden Gipfeln hinabgestürzt. Obwohl sie aus dieser Entfernung gespenstisch leise war, konnte der Eindruck ungeheurer Kraft nicht mißverstanden werden.

»Eine Lawine?« schlug Bullin eine zweite Möglichkeit vor.

»Nein«, erwiderte Hurst. »Dafür liegt noch nicht genügend Schnee.«

»Wasser!« schrie Mallory plötzlich. Ihre Augen glühten. »Es ist passiert! Der Fluß kommt zurück!«

Die vier betrachteten wie gebannt die näherrückende Wand. Kurz darauf konnten sie es auch hören, ein donnerndes Rauschen, das mit jedem von der Flutwelle mitgerissenen und durch das Flußbett geschleuderten Felsen lauter wurde. Die erste Flutwelle hatte die Senken erreicht, war jedoch viel zu schnell, um sich dort zu sammeln. Das untere Ende des Tals verwandelte sich in ein brodelndes Flutbekken, während das Wasser krachend gegen die im Wege stehenden Hänge donnerte und in Wellen zurückgeworfen wurde, die Wolken aus Dunst hoch in die Luft schleuderten.

Allmählich beruhigte sich das Wasser, als der Zustrom von oben gleichmäßiger wurde. Riesige Luftblasen zerplatzen inmitten der Gischt, als der Fluß sein unterirdisches Bett fand, und die Wirbel bildeten schwindelerregende Muster.

»Ich bin froh, daß wir nicht dort unten waren«, meinte Hurst. »Das hätten wir niemals überlebt.«

»Ich frage mich, wo Arden steckt«, sagte Bullin und sprach damit den Gedanken aus, der Mallory bereits die ganze Zeit zu schaffen machte.

»Wenn er auf einer Anhöhe war, wird alles in Ordnung

sein«, meinte Hurst. »Es sei denn, dort oben war das Erdbeben noch schlimmer.«

»Wie auch immer, im Dunkeln können wir ihn nicht finden«, fügte Bullin hinzu. »Wir werden hier unser Lager aufschlagen, und gleich morgen früh nach ihm suchen.«

Obwohl der Wasserstand über Nacht sank, ritten sie an den höher gelegenen Hängen des Tales entlang, ein gutes Stück oberhalb des stark strömenden Flusses. Es dauerte nicht lange, und sie fanden Lark – alleine, doch immer noch mit den Satteltaschen seines Herrn. Der Hengst hatte einen wirren Blick und war nervös, doch Mallory gelang es, ihn mit Futter und besänftigenden Worten anzulocken, und schließlich war er sogar bereit, sich ihrer Gruppe anzuschließen. Offenbar fand er die Gegenwart von Mischa und den anderen Pferden beruhigend.

»Sein Zelt ist hier«, sagte Mallory, nachdem sie Ardens Satteltaschen durchsucht hatte. »Und seine gesamten Vorräte auch.«

»Wo immer er steckt, wir sollten zusehen, daß wir ihn bald finden«, meinte Hurst. »Nachts wird es mittlerweile kalt im Freien, und ohne Proviant und Schutz wird er nicht lange überleben.«

Nach einer kurzen Diskussion entschied Hurst, daß sie für ihre Suche weitere Helfer benötigten. Ehren willigte ein, nach Keld zurückzureiten, während die anderen weiterritten. Mallory sah Arden bereits irgendwo verletzt und einsam liegen.

Drei Tage des Suchens förderten nicht die geringste Spur von ihm zutage, und Mallory fühlte sich während dieser Zeit zunehmend krank. Als die Schmerzen in ihrer Brust einsetzten und sie zu husten begann, wußte sie, daß sie es nicht mehr viel weiter schaffen würde. Sie war gezwungen, voller Sorge nach Keld zurückzukehren, und man gab die Suche nach Arden auf. Die meisten glaubten, er sei entweder durch das Erdbeben oder durch die Flutwelle umgekommen. Bei aller Verzweiflung erkannte Mallory, welch unglaubliche Ironie dies wäre.

»Und am nächsten Tag bestand sie darauf, direkt hierher zurückzukommen«, erzählte Hurst. »Mousel gefiel das nicht, aber Mallory wollte nicht warten und sich erholen.«

»Immer wieder sagte sie, ihr Schutz sei mit Gemma davongeflogen, und nur das Tal könne sie jetzt noch kurieren«, fuhr Bullin fort. »Wir wußten nicht mit Sicherheit, was sie meinte, glaubten aber, wir sollten sie wenigstens zurück nach Hause bringen. Alleine hätte sie es nicht geschafft.«

»Das ganze Tal ist euch dankbar«, sagte Elway. »Es gibt nicht viele Menschen, die soviel Mühe für einen Fremden auf sich nehmen würden.«

»Nicht *alle* Menschen im Hochland sind völlig unzivilisiert«, erwiderte Hurst mit einem Grinsen.

»Wie auch immer, wir standen in eurer Schuld«, sagte Bullin. »Keld ist jetzt ein fröhlicherer Ort.«

»Möge es lange so bleiben«, hoffte Teri.

Die Nachricht von Mallorys Rückkehr verbreitete sich rasch im ganzen Tal.

Die Rückkehr des Flusses hatte mehr als nur einen Aspekt des Lebens der Gemeinschaft wiederbelebt – und das Wissen war einer davon. Viele Menschen kamen am nächsten Tag zu Elways Farm, wollten Mallory sehen und ihre Geschichte aus erster Hand hören.

Sie stand spät auf, und das Ausmaß ihrer Besserung – sowohl körperlich als auch geistig – war so deutlich, daß sogar die Menschen aus dem Tal, die an die seltsamen Kräfte ihrer Heimat gewöhnt waren, mit Verwunderung reagierten. Mallory war selbst überrascht, als sie mit dem strahlenden Kragen an ihrer Seite die Küche betrat und nicht nur von ihrer Familie und den Männern aus Keld, sondern auch von Ashlin und vier weiteren Nachbarn begrüßt wurde.

Sie warteten höflich, bis sie gefrühstückt hatte, doch offensichtlich erwarteten sie, daß sie ihre Geschichte bald erzählen würde. Das wurde noch unterstrichen, als Mallorys Ältester, der aus dem Fenster gesehen hatte, rief: »Da kommt Kris! Da kommt Kris!«

Der Krüppel betrat kurz darauf das Haus und trug seine ganz besondere Wärme in den Raum. Er begrüßte Mallory überschwenglich.

»Es geht dir besser!« rief sie entzückt.

Kris Finger zuckten. *Der Fluß hat vielen Dingen ihre Gesundheit wiedergegeben. Ich spürte, daß es besser wäre, in die Welt zurückzukehren.* Sein schiefes Gesicht verzog sich zu einem Lächeln, und seine überirdischen Augen glänzten vor Freude. Bullin und Hurst machten ein erstauntes Gesicht und wirkten ein wenig ängstlich angesichts des seltsamen Ankömmlings, doch sie erkannten schnell, daß er keine Bedrohung darstellte.

Als wäre Kris' Eintreffen ein Zeichen gewesen, begann Mallory ihre Geschichte und erzählte die Einzelheiten ihrer langen und enttäuschenden Suche entlang des Flusses, ihre freundliche Aufnahme in Keld, wie Gemma die Kinder geheilt hatte und schließlich ihre Entführung durch die schwebende Stadt. Dieser Teil der Geschichte rief die größte Verwunderung hervor, bis Mallory zu Gemmas Entdeckung des Geheimnisses des Schaukelsteins kam. Bullin half ihr bei der Geschichte über den Bau des Drachens und den Start zu Gemmas Flug.

»Offenbar hat sie den Stein rechtzeitig erreicht«, sagte Mallory, »denn in jener Nacht wurde der Fluß wiedergeboren.«

»Sie ist den ganzen Weg bis in die Diamantenwüste geflogen?« Horan gab der Ehrfurcht Ausdruck, die alle Anwesenden spürten.

»Ja. Und jetzt ist sie alleine mitten in der Wüste ohne Nahrung und Wasser!« sagte Mallory. »Wir müssen einen Weg finden, ihr zu helfen.«

Beklommenes Schweigen.

»Es ist zu spät, Mallory«, sagte Elway. »Selbst wenn wir das Tal verlassen könnten, würden wir Tage brauchen, bis wir bei ihr währen. Liebling, Gemmas Schicksal ist bereits entschieden.«

»Ihr Start von Keld liegt mehr als zwanzig Tage zurück«, fügte Horan hinzu. Wenn sie so lange überlebt hat, kommt sie ohne unsere Hilfe zurecht. Wenn nicht –«

»Aber wir können nicht einfach dasitzen und nichts tun!« rief Mallory. »Sie hat uns gerettet, das ganze Tal!«

»Du weißt sicher, wie dankbar wir ihr dafür sind«, sagte Elway, »aber wir können nichts tun. Ich wünsche von ganzem Herzen, es wäre anders.«

Mallory wollte diskutieren, merkte aber, daß es zwecklos war. *Ich kann unmöglich beide verloren haben*, dachte sie traurig.

»Wir werden Nachrichten in alle Täler des Westens schikken«, versprach Teri. »Und uns erkundigen. Das wäre wenigstens etwas.«

»Ich werde gehen«, bot Ashlin sich an, und Mallory lächelte ihm dankbar zu. Das Gesicht des jungen Mannes wirkte nervös, aber entschlossen, und er sah erst kurz zu Elway, dann zu Kris hinüber, als wollte er ihre Reaktion abschätzen. Elway nickte zustimmend, Kris jedoch blieb völlig ruhig. Seine Augenschlitze verrieten keinerlei Meinung.

»Ich werde ebenfalls gehen«, sagte Horan zu Ashlins Erleichterung. »Wir machen das besser zusammen.«

»Ich kann den Gedanken nicht ertragen, daß Gemma an diesem fürchterlichen Ort alleine ist«, sagte Mallory.

Kris blinzelte und rutschte auf seinem Platz hin und her. Den anderen kam es so vor, als hätte er sich nach kurzer Abwesenheit wieder zu ihnen gesellt. Seine vogelgleichen Hände zitterten – *Gemma ist nicht allein.*

»Dann lebt sie also!« rief Mallory entzückt, doch Kris wollte weiter nichts erklären, und niemand wäre auf die Idee gekommen, ihn zu fragen, woher er über Gemmas Lage Bescheid wußte.

Man unterhielt sich weiter. Mallory beantwortete eine endlose Folge von Fragen, bevor sie anschließend selber welche stellte. Man traf Vorbereitungen für die Reise nach Westen, bereitete Proviant für Hurst und Bullin vor, die bald nach Hause zurückkehren wollten. Mallory akzeptierte ihre Rolle als Mittelpunkt, um den sich alle Aktivitäten drehten, und obwohl sie die Rückkehr zu ihrer Familie und ihren Freunden genoß, fühlte sie sich innerlich wie mit einem Stein aus Blei beschwert. Ohne Gemma und Arden gab es für sie keinen Frieden.

In den folgenden Tagen ging es im Dorf sehr geschäftig

zu. Die Männer aus Keld machten sich auf ihre Reise nach Süden. Ashlin und Horan gingen nach Westen, und Kragen, Mallory und ihre Söhne machten sich auf den kürzeren Weg zu ihrer bedauerlich vernachlässigten Farm.

Mallory blickte von ihrem Platz hinten auf Elways Karren hinaus über das Tal und stellte erstaunt fest, welche Veränderungen schon die wenigen Tage der Wasserversorgung in der Landschaft bewirkt hatten. Überall schossen neue Triebe empor, selbst die Tiere wirkten wieder glücklicher. Hier und da erblickte sie die traurigen Reste einer verlassenen Hütte, größtenteils jedoch waren alle Anzeichen ringsum positiv.

Das haben sie für uns getan, dachte sie. *Und vielleicht werden sie es nie wiedersehen.*

Zu Hause angekommen, verdrängte sie ihre Traurigkeit. Es gab so viel zu erledigen und zu richten, daß sie anfangs keine Zeit zum Grübeln hatte. Ihre Nachbarn waren jedoch eine große Hilfe, und schon bald waren Haus und Farm wieder nutzbar. Damit hatte Mallory Zeit zum Nachdenken, und immer häufiger dachte sie an jene dramatischen Ereignisse zurück, deren Zeuge sie geworden war, und an die beiden Menschen, die dafür verantwortlich waren. Tief in ihrem Herzen war sie überzeugt, daß Arden tot war, und als die Tage verstrichen, wurde es auch immer schwieriger, daran zu glauben, daß Gemma überlebt haben könnte. Was alles noch schlimmer machte, war die Tatsache, daß sie nichts tun konnte, um ihrer Freundin zu helfen. Ashlin und Horan kehrten ohne Neuigkeiten ins Tal zurück, Mallory hielt jeden Tag Ausschau und hoffte auf eine Nachricht aus Westen.

Obwohl Kris ihr versichert hatte, Gemma sei nicht allein, wünschte sich Mallory sehnsüchtig, ihre Freundin zu suchen, und war über die ihr auferlegte Untätigkeit sehr unglücklich. Noch nie zuvor hatte sie eine Freundin wie Gemma gehabt, und Mallory verbrachte eine Menge Zeit mit der Erinnerung an ihre beschwerliche Reise und all die Unbequemlichkeiten, die sie durchgestanden hatten. Sie tagträumte von ihrem gemeinsamen Lachen und war immer wieder verwundert über das, was sie letztendlich erreicht hatten. Mittlerweile glaubte sie sogar, daß Gemma sie irgendwie vor Krankheiten schützte, sobald sie außerhalb des Tals war – auch wenn ihr das bei den anderen nicht gelungen war –, und diese geradezu magische Verbindung machte ihre Freudnschaft zu etwas ganz Besonderem.

Kragen erkannte, warum seine Frau in dieser Stimmung war, und ließ sie in Ruhe, damit sie sich ganz allmählich sammeln konnte. Er wußte, nach einer gewissen Zeit würde sie ihren Frieden wiederfinden. Die Jungs waren so froh, ihre Mutter wiederzuhaben, daß sie ihre Gedankenverlorenheit überhaupt nicht bemerkten.

Eines kühlen Nachmittags, fast einen Monat nach ihrer Rückkehr ins Tal, sammelte Mallory Kräuter am Rand der Farm, als sie die Stelle wiedererkannte, an der sie Arden und Gemma bei ihrer Ankuft aus Newport zum erstenmal gesehen hatte. Sie setzte sich auf einen Stein und starrte lange unglücklich ins Nichts. *Wo mögen meine Freunde jetzt sein?*

Nach einer Weile wurde ihr kalt, sie versetzte sich in Gedanken einen Stoß und stand auf, bereit, sich wieder ihrer Pflichten zu widmen. Als sie sich ein letztesmal umsah, erregte eine einsame Gestalt ihre Aufmerksamkeit, die noch ein gutes Stück entfernt war. Trotzdem erkannte Mallory sie am feurigen Haarschopf.

»Gemma?« fragte sie leise. Sie wagte kaum, ihren Augen zu trauen. Dann schrie sie: »Gemma! Gemma!« so laut sie nur konnte, und die beiden Frauen liefen aufeinander zu, leicht humpelnd die eine, die andere freudig erregt, ihren Korb fortschleudernd, um ihre Freundin zu umarmen, die wiederzusehen sie nicht mehr für möglich gehalten hatte.

ENDE

Band 20 277

Dave Duncan

Das Meer der Leiden

Deutsche Erstveröffentlichung

Prinzessin Inos ist ratlos. Ihr Jugendfreund Rap ist ihr erschienen, den sie schon lange tot glaubte. Doch Rap lebt, und er versucht noch immer, einen Weg zu finden, Inos zu retten – auch wenn ihm dieses Ziel ferner denn je erscheint. Als Galeerensklave gibt es kein Entkommen für ihn, zumal der Kapitän des Schiffes der bösartigste aller nordischen Freibeuter ist: Kalkor, dessen Schicksal mit dem Raps auf unheilvolle Weise verbunden ist. Die schrecklichen Visionen, die Rap im magischen Fenster gesehen hat, scheinen sich zu erfüllen ...

Dies ist der dritte Teil der spannenden Pandemia-Saga von DAVE DUNCAN in der Tradition von David Eddings und J.R.R. Tolkien.

BASTEI LÜBBE

Sie erhalten diesen Band im Buchhandel, bei Ihrem Zeitschriftenhändler sowie im Bahnhofsbuchhandel.

MARGARET WEIS & TRACY HICKMAN

DIE VERGESSENEN REICHE

ENTDECKEN SIE DAS GEHEIMNIS DER VIER VERGESSENEN REICHE

... und das Geheimnis eines unvergleichlichen Erfolgs: Mit diesem abenteuerlichen Zyklus haben die beiden Autoren neue Maßstäbe für epische Fantasy gesetzt.

Folgende Bände sind bereits als Taschenbuch erschienen:
Band 21210 Himmelsstürmer
Band 20238 Elfenstern
Band 20248 Feuersee
Band 20260 Drachenmagier

Bereits als Paperback erschienen:

Band 28198 Himmelsstürmer
Band 28201 Elfenstern
Band 28205 Feuersee
Band 28210 Drachenmagier
Band 28216 Drachenelfen
Band 28219 Irrwege
Band 28227 Das siebte Tor

BASTEI LÜBBE

Sie erhalten diese Bände im Buchhandel, bei Ihrem Zeitschriftenhändler sowie im Bahnhofsbuchhandel.